KB022527

백석

백성 17

제5부 | 돌아오는 꽃

김동민 대하소설

문이당

차례

제5부 | 돌아오는 꽃

사랑은 갈등을 부르고 …… 7
일본군 헌병분견대 …… 28
의병의 불꽃 …… 64
허유고개는 전설이 아닌 것을 …… 86
빡보 도령의 연정 …… 111
무너지는 것들 …… 126
농공은행 …… 148
밥 빌어먹기는 장타령이 제일 …… 167
국채보상운동 …… 191
나막신쟁이날과 일식日蝕 …… 223
검도와 가라테 …… 252
일본식 신재판소 …… 280
산은 산은 얼화 동대산은 …… 306
맨손과 칼 …… 327
박가분朴家粉 …… 350
천기누설 …… 380

사랑은 갈등을 부르고

준서와 얼이가 무릎을 꿇고 있었다.

비화와 우정 댁은 그들 앞에 나란히 무릎 꿇고 앉은 준서와 얼이를 보며 크나큰 당혹감과 근심스러운 빛을 떨치지 못했다. 그 속에는 분노의 빛도 확연히 서려 있었다.

그렇게도 복잡한 빛들이 한꺼번에 뒤섞여 있기도 드물 것이다. 그래서 오히려 아무러한 빛도 없는, 차라리 어떤 감정의 결도 잘 느끼지 못하는 백치와도 같은 상황이 펼쳐지고 있다고 하면 지나친 억설일까?

"……."

비록 말은 하지 않았지만 옆에 함께 있는 원아 표정도 추상화만큼이나 모호했다. 그녀 남편 안석록 화공이 지금까지 그려왔던 어떤 그림도 그토록 이해하기 어렵지는 아니 할 것이다.

그런 분위기 속에서 준서와 얼이는 삼족이 살아남지 못할 대역 죄인으로 비쳤다. 도대체 이들에게 무슨 일이 있었던 걸까? 그것은 계절 따라 남강으로 날아드는 그 많은 여름 철새와 겨울 철새도 보지 못했던 장면일 것이다.

"어머이."

"어머이."

둘 다 자기들 어머니를 부르면서 말을 잇지 못했다. 차마 옆에서 지켜보기 힘들고 민망할 만큼 그 표정들이 딱하기만 했다.

"이! 이……."

마침내 눈에 띌 정도로 크게 경련이 일고 있던 우정댁 입에서 호통이 터져 나왔다. 자칫 목청이 다 나가버리지 않을까 우려될 지경이었다. 어찌 들으면 그것은 마지막 단계까지 이른 사람의 단말마나 피맺힌 절규를 연상케 했다.

"너, 너것들이?"

손으로 자기 앙가슴을 움켜쥐다시피 하였다.

"이, 인자 대갈빼이 쪼매 굵어졌다꼬, 너, 너것들 딴에는 다 컸다꼬……."

지지난 여름 대홍수 때 남강 둑을 후려치던 강한 물살이 내던 것 같은 소리였다.

"하고 싶은 대로 다 했다, 그 말이제?"

하지만 우정 댁이 무슨 말을 해도 무어라 대꾸하기는커녕 어깨가 한층 움츠러들고 고개가 더욱 숙여지는 두 사람이었다.

"부모는 눈깔에도 안 비인다, 이거 아이가?"

그러면서 손가락으로 자기 눈을 콱 찔러서 실명하지나 않을까 우려될 만치 위험하고 아슬아슬해 보이는 우정 댁이었다.

얼이가 당장 울음을 터뜨리려는 얼굴을 했다.

"어, 어머이. 그, 그기 아이고예."

그의 말꼬리는 방바닥에 깔리는 기분이 아니라 숫제 구들장 밑으로 파고들어 가는 느낌을 주었다.

"시끄럽다 고마!"

우정 댁이 아들 말끝을 잔인할 정도로 잘랐다. 그런 그녀는 세상에서 최고로 악독한 계모라고 할만했다.

"아이고 기고."

얼이는 입을 열어 무슨 이야기를 하려다가 그만두었다. 우정 댁은 통탄했다.

"떡 해 묵을 집구석이다, 요 집구석이."

집안 귀신으로 인하여 집안이 불화하고 사나운 일만 생기므로 떡을 하여 고사를 지내야 한다는 의미였다. 하여튼 그 매몰차기가 시동생 흥부를 홀대하는 놀부 아내는 저리로 가라 할 판이었다. 평소 지나치게 정이 많다는 소리를 듣는 그녀였다.

"준서하고 지하고만 하는 기 아이고예."

우정 댁이 입도 마르고 제풀에 지쳐 힘이 빠져 잠시 가쁜 숨만 헐떡이고 있는 틈을 타서, 얼이는 준서를 한 번 본 다음에 더듬더듬 말을 이었다.

"우리 핵조 학상들은 한 사람도 안 빠지고 모돌띠리 참여하는 깁니더."

그러자 기운이 소진하여 방바닥에 벌렁 드러누워 버릴 것 같던 우정 댁이 있는 힘을 모두 짜내어 큰 소리로 또 아들 말끝을 잘랐다.

"싹 다 듣기 싫다 안 쿠나, 이 뒤질라꼬 환장한 눔아!"

철석같이 믿었던 사람으로부터 받은 엄청난 배신감에 치를 떠는 사람 모양새였다.

"오데 환장만 했으까이? 두장, 세장, 아이다, 천장, 만장도 더 핸 새끼다."

얼핏 지난날 꼽추 달보 영감이 강에서 상앗대질하듯이 하였다.

"니눔 꼬라지도 보기 싫은께 요 집구석에서 퍼뜩 나가라, 나가! 다리 몽디이를 고마 있는 대로 탁 뿔라서 후차내삐기 전에, 엉?"

"어머이!"

"내는 니 겉은 자슥새끼 둔 일이 없다. 눌로 보고 어머이고?"

한참 더 무어라고 퍼붓고 나서 우정 댁은 뒤로 싹 돌아앉는 자세를 취했다.

"내 눈앞에 비이지 말고, 나가서 뒤지든 꼬꾸라지든 니 멤대로 해라."

도저히 해결의 실마리가 보이지 않는 정황이었다. 급기야 얼이 목소리도 좀 더 높아졌다. 나 혼자에게만 죄를 뒤집어씌우려고 하지 말라고 했다.

"우리 핵조 학상들 모도 하기로 했다 안 캅니꺼?"

살림채와 가게채 사이에 울타리 역할을 하도록 죽 심어 놓은 갖가지 종류의 정원수에서 참새 소리가 요란했다. 간간이 까치가 내는 소리도 섞여 있었다.

"잡초맹캐 지멋대로 자란 호로새낀 기라, 호로새끼!"

그들 모자만 있는 게 아니라 다른 사람들도 있는 자리였지만 우정댁 입에서 심한 욕설이 나왔다. 그렇게라도 하지 않고서는 복장이 터져 더 이상 배겨내지 못할 성싶은 것이다.

"옛날 전하는 이약이 한 개도 안 틀리는 기라."

하늘 한 번 보고 땅 한 번 보면서 물 마시는 병아리처럼 천장 한 번 보고 방바닥 한 번 보고 나서 탈기했다.

"짜다라 배왔다쿠는 것들이 상구 더 몬됐다는 기."

그 말은 들은 척도 하지 않고 얼이는 항변조로 나갔다.

"그란데 준서하고 내하고 둘이만 빠지예?"

우정 댁은 처음처럼 그냥 국으로 가만히 있지 않고 이제 또박또박 말대꾸로 나오는 것에 한층 화가 돋치는 기색이었다.

"와 둘이만 빠지? 우째서?"

얼이는 발성 기관이 발달하지 못해 그 소리가 썩 아름답지 못하다는 왜가리가 내는 소리같이 퉁명스러운 소리로 말했다.

"그라모예?"

우정 댁은 물속에 숨어 있다가 사람들을 끌어들인다는, 머리 풀어헤친 여자 물귀신 혼이 씐 사람처럼 했다.

"모돌띠리 남강 물에 퐁당 빠지 죽어야제!"

"집단으로 논개가 되라꼬예?"

사안事案이 예사로운 게 아니긴 해도 지루한 공방攻防이었다.

우정 댁은 졸지에 한 방 호되게 얻어맞은 사람이 머리가 어지러워 비틀거리는 것 같은 모습을 보이더니 같잖다는 투로 내뱉었다.

"흥! 논개 좋아한다?"

"좋아하지예."

어쩌면 그때 얼이는 효원을 논개에 빗대 이야기하고 싶은 건지도 몰랐다. 사실 효원이 지금 그 자리에 있다면 자신을 옹호해줄 것이라고 믿는 얼이였다. 그 고을 사람들이 우스갯소리로 얘기하듯, 똥장군을 등에 지고 춤을 추어도 잘한다고, 손뼉을 쳐줄 사람이 효원이라고 보았다.

아니다. 어쩌면 그게 아니라 어머니보다 더 심하게 그를 닦달하고 지금이라도 빨리 그 일에서 발을 빼라고 설득하며 안달 나 할 수도 있었다. 효원은 충분히 그럴 수 있는 여자다. 얼이 자신을 누구보다도 사랑하고 아끼는 여자다.

"우리 고장 사람치고 논개 안 좋아하는 사람이 오데 있것어예? 아이지예. 다린 고장에 살고 있는 사람들도 가리방상 안 하까예."

얼이는 그 와중에도 자꾸만 떠오르는 효원 생각에서 벗어나기 위해

안간힘을 다했다. 그런데 그것과 어머니와의 이야기가 자꾸 길어지는 것과는 무슨 상관관계가 있는지 모르겠다.

"요 안다이박사야."

우정 댁이 단골로 쓰는 말 가운데 하나가 바로 그 '안다이박사'였다. 아는 체하는 사람을 조롱하는 말이다.

얼이는 일부러 말씨름을 길게 벌여서 어머니 기운을 좀 빼고, 또 그렇게 해서 어머니의 노여움과 걱정을 다른 데로 돌리려는 의중이 숨어 있었다. 그만큼 이제는 얼이 심지도 꽤 깊어졌다는 방증이었다.

"그리 죽으모 술 처묵고 논개 까락지에 꽉 끼이갖고 물구신 된 왜놈 장수지, 그기 오데 논개가?"

그런 소리까지 하는 우정 댁은 충격을 받아 실성 직전에까지 도달한 모습이었다. 그래도 얼이는 계속 제 할 소리만 해댔다.

"그랄 수는 없다 아입니꺼?"

얼이가 그런 식으로 일관하자 우정 댁도 네놈 일에는 하등 관심도 없다는 듯이, 그렇지만 심한 서러움 타는 목소리로 쏘아붙였다.

"누가 멀쿠나(나무라나)?"

모자간 언쟁 아닌 언쟁은 끝 간 데를 몰랐다. 더 큰 문제는, 건질 게 없다는 거였다.

"이 나라 젊은이들이라모 누든지……."

얼이 그 말은 다시 동강 났다.

"니는 하매 했다."

"예?"

정원수 가지를 스치는 바람 소리가 어쩐지 구슬픈 피리 소리를 떠올리게 했다.

"니는 먼첨 목심 걸고 왜놈들하고 싸왔다, 그 말이다!"

그 사실을 환기시켜주는 우정댁 말에 얼이도 그만 입을 다물었다. 기실 구구절절 그의 어머니 말에는 버릴 것이 하나도 없다는 사실을 얼이는 너무나도 잘 알고 있었다. 그렇지만 바로 그런 자각이 얼이 자신을 못 견딜 만치 고통스럽고 절망스럽게 몰아가고 있다는 것도 모르지 않았다.

"모릴 끼다, 모릴 끼다."

우정 댁은 격한 감정에 어깨까지 들썩거리며 울먹였다.

"그때 이 죄 많은 과부가 혼자서 올매나 멤을 졸잇는고는 하늘도 모릴 끼다. 땅도 모릴 끼다."

오뉴월 서릿발보다도 더한 설움과 한이 복받쳐 오르는 모습이었다.

"그란데 니눔은 또, 또……."

얼이는 입이 열 개라도 할 말이 없었다. 아니, 온몸으로 말하고 싶었지만 그러기에는 꽉 막혀버린 가슴이 허용하지 않았다.

"내는 시상에서 젤 몬난 에미다."

"……."

여전히 그곳에는 그들 모자 외에는 아무도 없는 형세였다. 하지만 그네들의 사연을 안다면 어느 누구라도 이제 그만하라고 만류할 수 없을 것이다.

"어머이가 멤이 변했어예, 멤이."

"내 멤이 변했다꼬?"

"변했지예."

"그래, 변했다! 변했다! 내가 죽을라꼬 멤이 안 변했나!"

그쯤이면 이제 그 소동은 가라앉을 정도가 되었다. 한데도 그게 아니었다. 얼이는 되레 목에 핏대를 세우고 냅다 고함쳤다.

"지발 내 앞에서 그눔의 죽는다쿠는 소리 좀 하지 마이소, 예에? 죽으모 모도 끝날 일 겉으모 와 몬 죽어예?”

“저, 저 호, 호로놈이?”

급기야 얼이 입에서는 그들 모두 사이에 금기시돼 오다시피 하는 말이 나오고 말았다. 어떠한 상황 속에 놓이더라도 결코 발설해서는 아니 될 얘기였다.

“아부지 한 사람으로 충분하다 아입니꺼?”

홀연 참새 소리가 자지러지듯 했다. 행여 포식자인 솔개나 매 같은 맹금이 출현한 것은 아닐까?

“아부지?”

드디어 그 자리에 광녀가 나타났다.

“니 아부지가 눈데?”

“…….”

“살아 있는 지 어머이도 모리는 기, 죽은 지 아부지는 알까이?”

제 힘이 세다고 힘이 약한 참새들을 내몰아버린 걸까? 이번에 정원수에서 들리는 소리는 까마귀 소리였다.

“내 아부지예?”

얼이 몸을 악령이 서서히 차지하고 있었다.

“아부지라는 말, 입에 올리지도 마라. 니눔은 그랄 자격도 없다.”

“아아, 또 누 죽는 꼴 볼라꼬 내한테 이리하는 기라예?”

얼이는 그 커다란 주먹으로 제 머리고 가슴이고 다리고 가릴 것 없이 쥐어박기 시작했다.

정말 이제는 옆에서 그대로 두고 볼 단계는 다 지났다.

“어, 얼아!”

원아가 얼이를 제지하려고 끼어들었다. 하지만 얼이는 하던 동작을 멈추지 않고 어머니를 상대로 더 언성을 높였다.

"시방꺼지는 내 보고 가서 싸우라꼬 등을 안 떠밀었어예? 억울하거로 돌아가신 아부지 웬수를 갚아라꼬예!"

제 몸을 때리던 주먹으로 방바닥을 내리쳤다.

"죽어 요런 차가븐 지하에 묻히서도 눈을 몬 감을 아부지 복수를 해라꼬 말입니더!"

"……."

"와 내 말이 틀릿어예?"

말리려고 나섰던 원아도 주춤하는 빛을 보였다.

"틀릿으모 말 좀 해보이소, 예?"

온 상촌나루터가 입을 열지 못하고 있는 것 같았다. 어쩌면 세상이 할 말은 그들 모자가 전부 해버렸는지도 모르겠다. 죽은 천필구의 혼이 온 것일까?

"각중애 와 이래예?"

얼이 음성은 까마귀 울음소리를 닮아갔다. 으스름달밤에 천년 고목의 앙상한 가지 끝에 앉아 울부짖는 소리와도 유사했다.

"예? 예?"

그 소리는 천장이며 방바닥이며 벽면이며 가릴 것 없이 제멋대로 날아가서 부딪혔다가 또 흩어져 내리곤 했다.

무섭게 추궁해오는 아들 앞에서 우정 댁은 끝내 참아내지 못하고 눈물을 보였다. 그 눈물은 온 세상을 적시고도 남을 것이었다.

"그래, 맞다, 이놈아! 망치가 가벼우모 못이 솟는다, 이전 그 말이 한 개도 안 틀리는 기라."

벽에 대고 못을 너무 많이 박아 놓으면 집이 상한다고, 될 수 있는 한 못질을 삼가는 것이 좋다는 비화 말을 그대로 따르고 있는 나루터집이었다.

"넘들한테는 다 있는 애비도 없는 기 너모 불쌍타 싶어갖고……."
우정 댁의 후회와 넋두리 실은 소리가 뒤를 이어 나왔다.
"내가 엄하거로 몬 한께 자슥새끼라쿠는 기 저리 반항하고 있는 기라."
저고리 옷고름을 들어 눈물 섞인 콧물을 닦았다.
"변한 기 맞다. 내가 죽을라꼬 멤이 변했다. 죽을라 안 캤으모 널로 안 말릿것제."
"……."
그러는 우정 댁을 안쓰러운 눈빛으로 바라보는 원아는 그 자리를 벗어나고 싶은 기색이 역력했지만 억지로 앉아 있는 듯했다.
"내가 죽고 나모 니눔 혼자 잘 묵고 잘 살아라. 잔소리 해쌌는 내가 없은께 올매나 멤이 핀하것노?"
바람에 실려 오는 강물 소리가 좀 더 거세지고 있었다. 이상할 만큼 물새들이 모두 울음을 멈추고 있었다.

"우째서 꼬빡꼬빡 말대꾸 잘하는 고 똑똑한 주디 꼭 닫치고 있는 기고?"
원아 눈이 이번에는 얼이를 향했다. 그 눈에 애처롭고 가련하다는 빛이 일렁거렸다. 그녀 가슴팍에도 한화주라고 하는 영원히 빼버릴 수 없는 대못이 쾅쾅 박혀 있다.
아마도 까마귀에게 쫓겨 다른 곳으로 날아간 게 아니라 그때까지 정원수에 계속 앉아 있은 모양이었다. 까마귀 울음소리에 섞여 참새 울음소리도 들렸다.
"알것심니더. 내가 죽을께예, 내가!"
얼이도 덩달아 울기 시작했다. 어쩌면 천필구 혼령도 와서 함께 통곡하고 있을 것이다.

"얼아."

그때까지 그 자리에 없는 듯 한참 동안 묵묵히 앉아만 있던 비화가 얼이를 보고 처음으로 천천히 입을 열었다.

"얼아, 울음 근치고 내 이약 함 들어봐라."

방문 창호지에 무슨 음영이 어른거리고 있었다.

"누야……."

얼이는 억지로 눈물을 참으려 애쓰며 주먹으로 눈가 눈물을 쓱쓱 닦았다.

막내둥이 응석 받듯 얼이가 하는 대로 내버려 두었던 비화 음성이 자못 비장했다. 전쟁터에 나서는 아들에게 말하는 것 같았다.

"니 어머이를 이해해야 된다."

낮지만 또렷한 어조였다.

"다린 사람은 몰라도 니만은 그래야 되는 기라."

얼이 두 눈에서 굵은 눈물방울이 뚝뚝 떨어져 내려 옷섶과 무릎을 적시고 있었다. 차마 두 눈 뜨고 바라볼 수 없을 만큼 안타깝고 애통한 모습이었다.

새들 울음소리가 더 높아지고 있었다.

"닐로 하매 두 분이나 사지死地로 보내셨던 어머이다. 까딱하모 살아나올 수 없는 그 이험한 데로 말이다."

우정댁 울음소리가 더 높아졌다.

"어이구, 얼이 아부지요! 내한테 이런 꼴 비일라꼬 당신 혼자 먼첨 간기요? 엉엉."

비화 음성이 물기에 젖었다.

"그러이 이 시상 우떤 부모치고 자기 자슥이 계속해서 그리 이험한 일을 하거로 그냥 놔 두것노."

방안 공기는 침체해질 대로 침체해지고 있었다.

"흑."

원아도 코를 훌쩍이기 시작했다. 농민항쟁의 희생물이 되고 만 한화주를 떠올렸을 것이다. 그 순간에는 안 화공도 록주도 위안이 되지 못할 것이다.

"어이쿠, 어이쿠!"

"흑흑, 흑흑."

방안이 완전히 초상집 분위기가 되고 말았다. 개똥밭에 굴러도 이승이 좋다는데, 한세상 제대로 누리지도 못한 채 떠나가 버린 원혼들이었다.

"그라모 내 보고 우짜라꼬예?"

얼이는 비화에게 큰소리는 지르지 못하고 안타깝다는 얼굴로 물었다. 그런 한편으로는, 설혹 죽은 아버지가 살아 돌아와서 말려도 나의 뜻은 결코 꺾을 수 없다는 단호한 빛도 보였다. 그의 종산宗山이라는 자字가 무색치 않아 보였다.

"비겁하다쿠는 소리 듣고 사느이, 내는 도로 사내답거로 죽는 길을 택할 낍니더."

두 뺨 위로 줄줄 흘러내리는 눈물을 닦을 생각도 하지 않았다.

"누라도 어차피 한 분은 죽어야 할 인생 아입니꺼?"

우정 댁이 손바닥으로 콧물을 훔쳐내며 비화에게 말했다.

"조카! 더 말할 필요 없다."

비화는 얼이를 보고 있던 눈을 우정 댁에게로 돌렸다.

"큰이모……."

지붕 위를 스치고 지나가는 바람 끝에도 강이 흐르는 소리가 매달려 있는 듯했다. 강은 하늘로 흘러 달과 별에 다다르고 싶은지도 모르겠다는 엉뚱한 생각이 드는 비화였다.

"입만 아푸다."

우정 댁은 난감한 표정을 짓는 비화에게 푸념 섞어 말했다.

"이기 모도 내가 죄가 많아서 일어난 일 아이것나. 그라고 사람 겉은 눔한테 이약해야제, 사람도 아인 눔한테 요런조런 소리 싹 다 해봤자 아모 소용도 없는 기라."

세상 한숨이란 한숨은 있는 대로 내쉬었다.

"이거는 머꼬, 말 죽은 밭에 까마구매이로 까맣기 모이갖고 어지럽거로 떠들어쌌는 꼴 아인가베."

비화는 아무리 괴롭고 힘이 들더라도 너무 자조하지 말자고 하고 싶었다. 하지만 우정 댁은 참고 견딜 만큼 참고 견딘 나도 이제는 정말 지쳤다는 빛이었다.

"내 새끼 내가 잘 알제, 누가 잘 알것노? 삼신할미도 부모보담은 더 모리는 기 정한 이치 아이것나."

그 말을 끝으로 또다시 간헐적인 울음소리와 함께 방안 가득히 침묵이 깔렸다. 언제부터인가 무언의 약속처럼 모두가 눈을 감고 있었다.

한동안이나 그러다가 얼이가 눈을 감은 채 고개를 함부로 흔들어대는 기척에 준서가 얼른 눈을 뜨고 그를 바라보았다. 다른 사람들은 여전히 눈을 감고 있는 가운데 얼이 귀에 끝없이 들려오는 환청이 있었다.

'되련님! 얼이 되련님!'

오광대 합숙소에 숨어 있는 효원이었다.

'지가 되련님께 올매나 애원했어예? 지발 이 효원이 부탁 한 분만 들어주시모 안 돼예? 예에? 지가 고마 탁 죽고 나모 생각이 달라지실랑가예?'

얼이는 자신도 모르게 너무 힘껏 깨문 바람에 제 입술에서 피가 배여 나오는 것도 깨닫지 못했다. 그의 입에서 핏빛 신음소리가 나왔다.
"아아."
효원이 검무 출 때 사용하는 칼을 내보이며 협박하고 있다.
'되련님이 으뱅 활동을 몬 멈추시겄다모 좋아예.'
얼이는 마음의 소리로 말했다.
'그, 그거는…….'
그 말을 끝까지 듣지도 않고 효원이 의절義絶 하듯 했다.
'그라모 지도 사람인께 생각이 있어예.'
얼이는 속수무책이다.
'효원, 효원.'
'질로 말리지 마이소. 지도 되련님을 더 안 말릴 낀께네예.'
'내, 내는…….'
얼이는 무슨 말이라도 하고 싶은데 목이 메어 도저히 어떤 소리도 할 수가 없다. 그런 속에 효원의 이런 말이 얼이 귀를 때렸다.
'이 칼로 내 목을 콱 찔러 죽어삐모 고만이다 아입니꺼?'
그러던 효원은 급기야 예리한 칼날을 가늘고 새하얀 제 목에 갖다 댄다. 얼이는 자신도 모르게 버럭 고함을 지르며 번쩍 눈을 뜬다.
"아, 안 돼요, 효원!"
그 소리에 깜짝 놀란 다른 사람들도 일제히 눈을 떴다. 그러고는 크게 열린 눈으로 얼이를 바라보았다.
'내가 이기 무신 짓고?'
얼이는 얼굴에 불을 담아 붓는 것 같았다. 너무나 부끄럽고 창피했다. 이런 와중에 여자 이름을 부르다니. 그것도 효원을 찾다니.
'얼이가!'
얼이에게 효원의 존재가 얼마나 큰 비중을 차지하는가를 여실히 보여주는 장면이 아닐 수 없었다.

'으, 무시라, 무시라.'

몸이 으쓱하고 뼈가 자리자리하게 끔찍스러웠다. 무연히 얼이 얼굴을 향했던 비화 눈이 이번에는 준서에게로 돌려졌다.

'해나 우리 준서도?'

비화 눈앞에 나타나 보이는 한 여자애가 있었다. 그런데 그 모습은 여느 환시처럼 금방 사라지는 게 아니라 꼭 실체인 양 오랫동안 그대로 머물러 있었다. 영원히 치워버릴 수 없는 거대한 석상石像 같았다.

—다미.

그랬다. 비화가 바로 보았다. 얼이 입에서 튀어나온 효원이란 그 이름을 듣는 순간, 준서 가슴에 화살처럼 날아와 박히는 이름이 다미였다. 준서는 스스로도 주체하지 못하는 그 현상에 엄청난 전율을 느꼈다. 그것은 통제 불능이라는 점에서 볼 때는 공포와도 통하는 것이었다.

'시방 내가?'

비록 아직은 완전히 성숙한 여자는 아니지만 어딘지 아무나 쉬 접근할 수 없는 높은 기품이 풍기고, 특히 영특하고 사려 깊어 보이는 아리따운 자태였다. 꿈은 어디까지나 꿈에 지나지 않을 뿐이지만 그 꿈은 또 현실에 뿌리를 내리고 있다. 망상이 아니기에 그렇다.

—인연.

그 두 글자가 떠올라 준서는 그만 온몸이 강한 불길에 휩싸이는 듯했다. 그가 지금까지 서당이나 낙육고등학교에서 배웠던 지식을 바탕으로 한 병적인 감상과 회의에 흔들렸다.

'아모리 이 시상 모든 사물들은 그 인연이라쿠는 거에 으해서 생기고 없어진다 글 쿠지만도, 이거는, 이거는.'

어머니 비화가 가끔씩 흘리곤 하는 말을 옆에서 귀담아들어 보면, 그녀의 조모인 염 부인 생전에 어머니가 큰 도움을 받았던 가문의 고명딸인 다미였다. 준서는 끝도 없이 계속 떠오르는 다미 생각에서 벗어나기 위해 효원을 기억 이편으로 일으켜 세웠다.

'얼이 새이하고 내하고는 우째서 이리 다리까?'

언젠가 흰 바위 쪽에서 혁노에게도 말한 적이 있지만, 준서 자신은 얼이가 좋아하는 효원 같은 여자는 썩 마음에 들지를 않았다. 비록 심성도 착하고 아름답고 쾌활한 여자이긴 했지만, 준서 눈에는 어딘가 가벼운 구석이 있어 보였다. 그뿐더러 무엇에 한 번 빠지면 물불 가리지 않을 성싶은 성격이 조금은 버겁기도 하고 거북스럽게 다가오기도 했다. 그 관기라는 신분은 나중 문제였다.

"준서야."

그때 문득 그를 부르는 어머니 목소리에 준서는 정신이 났다.

"낙육고등핵조 청년 유생들이 맨든 비밀갤사조직 이름이 머라꼬?"

비화가 그렇게 묻고 있었다. 몰라서 묻는 건 아닐 것이다. 아무튼 준서가 예상했던 물음과는 너무나 동떨어진 성질의 것이었다.

"예, 동아개진교육회라꼬……."

준서가 얼떨결에 대답했다.

"동아개진교육회, 동아개진교육회……."

비화는 그것을 가슴에 깊이 새기려는지 몇 차례나 되뇌었다. 그 표정이 너무나도 복잡다단하여 보고 있는 사람 마음이 헷갈리고 정신이 혼란스러울 지경이었다.

"왜눔들 손아귀에 넘어갈라쿠는 나라를 우리들이 구하자, 그런 뜻을 가지고 모도 피로써 맹서했다꼬?"

"……."

이번에는 준서가 바로 대답이 없자, 비화는 얼이 쪽을 보며 또 물었다.

"그리했던 기 맞나?"

하지만 얼이 또한 마찬가지였다. 두 사람 모두가 선뜻 대답하지 못하고 있었다. 그게 잘한 일이든 못한 일이든 상관없이 무응답이 상수上手라는 것일까? 아니다. 그보다도 훨씬 더한 그 무언가가 여기에는 있었다.

혈서로 만든 연판장.

비록 졸업예식 때 태극기를 게양할 만큼 민족적인 성향이 매우 강한 낙육고등학교 소속 학생들이었지만, 이빨로 손가락을 깨물어 벌건 핏물로 서약을 하던 모습은 그들 스스로 보기에도 섬뜩했었다. 아직도 코끝을 감돌던 그 피 냄새가 머리를 어지럽게 하는 것 같았다.

"둘이 다 말하기 그렇다모 좋다."

비화는 답변을 강요하지는 않았다. 그 대신 이런 말을 했다.

"내가 전해 듣기로는 안 있나, 너거들 핵조는 일제의 눈에, 항일의식의 거점지인 동시에 민족자주화교육의 중심지로 낙인찍혀 있었다 쿠데."

"……."

정원수에 앉아 있는 새들도 긴장하는 탓인지 소리가 딱 멈추었다. 어쩌면 그 미물들마저 가슴이 벅차오르는 바람에 입을 다물고 있는지도 모를 일이었다.

항일의식 거점지, 민족자주화교육 중심지.

"그기 틀린 소리는 아이가?"

비화 말에는 거의 억양이 전해지지 않았다.

"예."

준서가 대답했고, 얼이도 고개를 끄덕이며 시인했다.

"맞심니더."

그런데 두 사람 입에서 그 짤막한 대답이 나온 바로 그 순간이었다.

별안간 비화가 죽비로 내리치듯 아주 큰 소리로 나무라기 시작했다.

"그거를 암시롱, 그리 철따구니 없는 짓들을 했다, 그 말이가?"

놀란 건 단지 준서와 얼이 둘만이 아니었다.

"조카……."

"준서 옴마……."

우정 댁과 원아 역시 여간 경악하는 얼굴이 아니었다. 평소 어지간해선 화를 내지 않는 비화였다. 더군다나 일찍이 준서나 얼이를 그렇게 심하게 나무랐던 적은 한 번도 없었다.

특히 얼이에게는 유난히 도타운 정을 보이면서도 손 아픈 사람으로 대해왔었던 게 사실이었다. 물론 지금까지 준서와 얼이가 꾸중을 들을 만한 일을 저지르지도 않았다.

그러나 지금은 달랐다. 단순히 다르다는 그 정도가 아니었다. 비화 음성에는 갈수록 한층 강한 노기가 실렸다. 그녀는 영락없이 저 배봉이나 해랑을 상대로 해서 말을 하는 사람으로 비쳤다.

"함 생각해 봐라."

벌게진 얼굴로 숨을 몰아쉬더니 잠시 사이를 두었다가 물었다.

"그래도 내가 이약하는 뜻을 모리겄나?"

얼이가 손으로 약간 튀어나온 뒤통수를 긁으며 기어드는 소리로 말했다.

"무신 뜻인데예?"

한데 얼이가 그 말을 끝맺기도 전에 준서가 부리나케 입을 열었다.

"알겄십니더, 어머이."

"……."

우정 댁과 원아 그리고 얼이가 똑같이 준서를 바라보았다. 비화 시선은 얼핏 보아 사시처럼 약간 아들을 비껴 있었다. 준서가 몹시 심각하고 침통한 목소리로 말했다.

"우리가 고마 빌미를 준 거 겉심니더."

우정 댁과 원아가 동시에 반문했다.

"빌미?"

"그기 뭔 소리고?"

얼이는 그 말뜻을 알아내기 위해 머리를 짜내느라 상을 크게 찡그리고 있었다.

"빌미 맞심니더."

여전히 돌덩이보다 무겁고 그믐밤보다 어두운 기운이 실린 준서 말이 이어졌다.

"왜눔들이 시방꺼지 지들 눈 밖에 나 있던 우리 낙육고등핵조를 칠 수 있는 좋은 빌미 말입니더."

이번에도 우정 댁과 원아 입에서 한꺼번에 놀란 소리가 터져 나왔다.

"왜, 왜눔들?"

"해, 핵조를 치, 친다꼬?"

그런데 그 말을 듣고 있던 비화 얼굴에서는 노기가 약간 사라졌다. 하지만 근심 걱정의 빛은 더욱 짙어 보였다. 그리고 나오는 혼잣말이 조금 전 준서의 말보다도 더 뼈저린 느낌을 주었다.

"증말 예사 일이 아이다."

준서가 입술뿐만 아니라 어깨까지 떨며 말했다.

"그렇심니더. 우리 생각이 짧았심니더."

비화 안면에도 가늘게 경련이 일었다. 그녀는 얼굴을 하늘로 향한 채 가만 눈을 감으며 탈기했다.

"그눔들이 너거들을 가마이 안 놔 둘 끼니, 앞으로 이 일을 우째야 되것노?"

그제야 비로소 다른 사람들도 그들 모자 대화가 이해되는 모양이었다.

"그, 그렇구마!"

"그냥 있을 리가 없제."

그러잖아도 있는 트집 없는 트집 다 잡아가며 대한제국 백성을 노리는 저들이었다. 그런 마당에, 혈서로 집단서약까지 했으니 어떻게 온전할 수 있겠는가 말이다.

"조카, 우, 우짜모 좋노?"

"준서 옴마, 피, 피해갈 방법이 없으까?"

비화에게 매달리듯 하는 우정 댁과 원아는 당장 천장이 무너지고 방구들이 꺼지는 것을 보고 있는 모습이었다.

"인자, 인자는……."

"우, 우떻게……."

그것은 생각하면 할수록 무섭고 두려운 노릇이 아닐 수 없었다. 물이 썬 뒤에야 게 구멍이 보인다지만, 일을 그르쳐 놓았다는 잘못을 깨달아도 이미 때는 늦었다.

눈앞에 일본군 총칼이 번득이고 있었다. 바로 방문 밖에서 늑대처럼 사납고 어지러운 그놈들 군홧발 소리가 들리는 느낌이었다. 철커덕, 하고 총에 탄알 재는 소리와 휘익, 하고 칼을 휘두르는 소리도 동시에 나는 것 같았다.

그러나 비화라고 어쩌겠는가? 그저 출구 모를 동굴 속에 갇혀 있는 것처럼 온통 눈앞이 캄캄하고 가슴이 막힐 따름이었다. 비어사 대웅전 뒤편 고목에 명주 끈으로 목을 매달고 죽어 있는 염 부인 모습이 나타나 보였다.

'헉!'

놀라 자세히 보니 그건 바로 비화 자신의 모습이었다. 범에게 열두 번 물려가도 정신을 놓지 말라고 했는데, 다 하기 좋은 말에 지나지 않았다. 백 마디 말이 무슨 소용 있으랴. 단 한 번의 실제로 모든 것이 끝장나 버리는 것을. 그녀는 저 깊은 곳에서 우러나오고 있는 탄식과 낙담의 소리를 들었다.

'아, 내가 죽어 있거마.'

바로 그때, 얼이가 소리를 쳤다. 마치 지난 임술년에 농민군들이 유춘계가 지은 '언가'를 목이 터져라 불러대던 것같이 하였다.

"어머이! 이모! 지발하고 그런 말씀 좀 하지 마이소, 예?"

약한 참새들이 강한 까마귀에게 덤벼들기라도 하려는 것일까? 방에 앉아 있는 사람들 귀를 따갑게 할 정도로 한꺼번에 짹짹거리기 시작하고 있었다.

"그라고 왜눔들이 겁난다꼬……."

거기서 얼이는 잠깐 말을 멈추더니 더없이 의미심장한 눈으로 준서를 한 번 보고 나서 다시 입을 열었다.

"젊은 우리가 아모 일도 하지 마까예?"

준서는 잠자코 고개만 끄덕거렸다. 그런 준서를 가만히 지켜보는 비화 눈빛이 더할 나위 없이 흔들려 보였다.

"우리는 스승님들한테서 그리 안 배왔십니더."

얼이는 즉시 자리를 박차고 일어날 사람 같아 보였다.

"그라고 또 우리는, 우리가 핵조에서 배왔던 그대로 할 낍니더."

까마귀와 참새에게 잠시 빼앗겼던 영토를 회복하고자 하는 것일까? 방문까지 와 부딪는, 남강 텃새인 귀에 익은 물새의 울음소리가 들렸다.

일본군 헌병분견대

여기는 부산에 주둔하고 있는 일본군 헌병분견대.

지금 그곳에서는 실로 가증스러울 정도로 치밀하고도 은밀한 움직임이 행해지고 있었다. 귀신도 감지하지 못할 비밀스러운 분위기였다.

“다들 모였나?”

그 물음에 답할 틈도 주지 않았다.

“빠진 사람은 없지?”

하시다까 소위가 모두를 둘러보면서 짐짓 근엄한 얼굴로 물었다. 힘이 잔뜩 들어간 양쪽 어깨가 볼품없이 좁아 보였다. 군기 잡느라 쑥 내민다고 내민 그의 가슴 또한 마찬가지였다.

“하이!”

부하 헌병들이 일제히 대답했다. 그들도 상관처럼 저마다 어깻죽지에 힘이 들어가 있는 모습이었다. 그래선지 하나같이 기계 병정을 연상케 했다. 부드러운 살이 없고 따뜻한 피가 흐르지 않는 비정한 기계 인간들이었다.

“좋았어, 아주 좋았어.”

하시다까 소위는 퍽 흡족한 미소를 흘렸다. 얼핏 유아적으로 비쳤다.

"목소리가 마음에 든다."

그 혼자 중얼거리는 것 같은 말에도 부하 헌병들이 한층 더 부동자세를 취하면서 또 한입으로 외쳤다.

"감사합니다!"

하시다까 소위는 목을 뱀 대가리 모양으로 까딱까딱하였다.

"너희들이 잘한 거야."

그러나 말과는 다르게 눈빛은 여간 매서운 게 아니었다. 꿩을 노리고 있는 매를 닮았다. 그자의 목소리는 사무실 유리창에 '찡' 하고 금이 가면서 나오는 소리같이 더없이 날카롭고 예리하여 소름이 돋을 지경이었다.

"지금부터 내가 하는 말 잘 들어라."

그는 마른침을 꿀꺽 삼켰다. 목구멍 위에서 고드름처럼 아래로 내민 둥그스름한 살이 꿈틀거리는 성싶었다. 그자는 마치 대한제국을 집어삼키고 싶어 안달 나 하는 일본의 표상 같아 보였다.

"하이!"

부하 헌병들은 굳이 대답할 필요가 없는데도 상관의 비위를 맞추기 위해선지 또 그랬다. 그 똑같은 말과 똑같은 행동은 구역질이 나도록 역겨웠다.

"아암, 그렇지. 그래야 하는 거야."

하지만 하시다까 소위는 그게 기분을 좋게 하는 모양이었다. 아무래도 정상적이지 못한 인격을 지닌 자가 아닌가 여겨졌다.

"드디어 때가 왔다."

"……."

그의 음성은 떨렸으며, 부하들은 한껏 부풀어 오른 상관의 감정을 훼손시키는 것을 우려한 나머지 그때부터는 작은 숨소리조차 내지 않았다.

"그동안 이날이 오기를 얼마나 기다렸는지 모른다."

굳게 닫힌 출입문은 차고 단단한 느낌을 주는 회색에 가까웠다.

"물이 가야 배가 오지."

그자의 나중 말은, 그네들이 목적하는 바가 이루어질 수 있는 선행조건이 생겼다는 그러한 의미를 담고 있었다.

"물때 썰때를 알아야만……."

하시다까 소위의 목청이 창이나 칼로 바뀌어 거기 네모진 천장을 콱 뚫을 듯이 높아졌다. 그자 입에서 이런 놀라운 소리가 나왔다.

"눈엣가시 같던 저 낙육고등학교를 없애버릴 절호의 기회가 온 것이다. 알겠나?"

"하이!"

야마모토가 간사한 목소리를 지어내어 말했다.

"명령만 내려주십시오."

그는 충견다운 태도를 보였다. 그건 가식이 아니라 오래 몸에 배어 있는 습관이 아닐까 싶었다.

"즉시 그 고장으로 달려가 거기 있는 조센진 놈들을 씨도 남기지 않고 단숨에 몰살시켜버리겠습니다."

그의 피부는 고구마 해충인 고구마잎벌레와 유사한 흑갈색이었다.

"아, 아, 무슨 소리야?"

"예?"

하시다까 소위의 그 말에 야마모토는 혹시 내가 말을 잘못한 것은 아닌가 하고 두려워하는 눈치였다.

"그래서는 안 되는 거라고."

하시다까 소위가 바람이 일도록 손을 휘휘 내저으며 말했다.

"이 하시다까도 간다."

"그럼?"

야마모토는 매우 과장되게 놀라는 표정을 지었다. 그자는 아무래도 연기를 하는 직업을 택했어야 할 것을 잘못 짚어 그 길로 나선 것 같았다.

"못 들었나?"

하시다까 소위는 한 번 더 확인시켜주었다.

"내가 직접 우리 대일본국 헌병들을 이끌고 그곳으로 달려간다, 이 말이다."

그 말이 사무실 바닥에 떨어지기도 전이었다.

"하! 하! 지, 직접, 직접……."

평소 아부를 잘하는 세노끼도 연방 허리를 굽실거려가며 감탄사를 연발했다. 물 덤벙 술 덤벙 아무 대중없이 날뛰는 꼴이 눈이 시었고, 역시 과장이 넘쳐나는 어투였다.

"저희들과 함께 행동하신다니 이런 영광이!"

모기나 사마귀를 연상시키는 역삼각형 꼴 얼굴이 몹시 역하다는 인상을 자아내는 자였다. 그런 자와 같은 밥상머리에 앉는다면 입맛이 뚝 떨어질 것이다.

"영광?"

전신으로부터 냉기가 뚝뚝 묻어나는 하시다까 소위 입에서 와락 소름 끼치는 웃음소리가 흘러나왔다.

"흐흐흐."

"헉!"

부하들이 저마다 몸을 움찔했다. 잔인하기로 소문이 나 있는 악질 상관의 음산한 웃음소리는 결코 기분 좋은 소리가 아니었다. 그것은 자다가 들어도 그만 잠기운이 다 달아나 버릴 정도로 사람을 질리게 만들었다.

"또 잘 들어라."

더욱이 그의 입에서는 시간이 흐를수록 오금을 저리게 하는 이야기가 나왔다. 그는 창을 통해 조선의 깨끗한 하늘을 통째로 집어삼킬 듯이 노려보면서 말을 이어갔다.

"이제 머잖아 그 고을 조센진 놈들은 지옥의 현장을 보게 될 것이다."

"지, 지옥을 말입니까?"

하시다까 소위는 두 눈에 붉은 칼날을 방불케 하는 핏발을 세웠다.

"거기 유생 놈들은 몰살되고, 그놈들 학교도 불타 없어지고 만다."

부하들은 상관 말을 그대로 따라 하도록 입력된 기계를 떠올리게 하였다.

"몰살."

"불."

너나없이 무는 개를 돌아보는 모양새였다. 인간은 성미가 사납고 말이 많은 사람을 보다 조심하게 되는 법이다.

"어떠냐?"

꼬리 사린 개의 형상으로 그의 눈치를 살피고 있는 부하들이었다.

"어떠냐고, 엉?"

하시다까 소위는 책상 위에 놓여 있는 종이 서류가 훽 날아가라 바람을 일으키며 덩실덩실 어깨춤이라도 춰 보일 자세를 취하며 동조하라는 식으로 나왔다.

"상상만 해도 신바람 씽씽 날 일이 아니냐 말이다!"

문득, 창문도 몸서리치는지 덜컹거렸다. 천장과 바닥, 사방 벽이 바짝 위축되는 분위기였다. 그자의 어깨나 가슴처럼 좁아지고 좁아져서 나중에는 아무 공간도 남겨지지 않을 듯싶은 공기가 감돌았다.

"그놈들이 순순히 당하고만 있을까요?"

야마모토가 악취 풍기는 시궁창을 뒤지는 쥐 눈 같은 눈을 계속 끔벅이며 말하기 싫은 소리를 하듯 물었다.

"조센진 놈들, 갚지도 못할 독종들이 아닙니까?"

그곳 일본군 헌병분견대 안 공터 어디선가 무슨 훈련을 받는 것 같은 소리가 간헐적으로 들려오고 있었다. 그런 게 아니라면 쓸데없는 잡담들을 큰소리로 늘어놓고 있는지도 모르겠다.

"물론 그렇겠지!"

하시다까 소위는 누가 봐도 더럽게 생겨먹은 눈을 한층 매섭게 치뜨며 말했다.

"그래서 우리는 최신식 무기로 무장하게 될 것이다."

창밖 화단에서 이름을 알 수 없는 풀벌레가 내는 소리가 났다. 왜송이 건물 지붕 위를 향해서 고개를 치켜들고 서 있는 꽃밭에는 왠지 향기가 풍기지 않는 기류가 흘렀다.

"하! 최신식 무기?"

세노끼가 입을 있는 대로 쩍 벌려 보였다. 그의 시뻘건 입안은 핏물이 가득 고여 있는 듯이 징그러웠다. 벼룩 선지를 내어 먹었거나 모기 다리에서 피를 뺀 것 같았다.

"헤……."

그는 보기 싫게 들쭉날쭉 난 이빨을 무슨 자랑이라고 있는 대로 드러낸 채 완전 바보스러운 웃음을 지었다.

"그런데 그 낙육고등학교라는 학교가 그렇게 대단한 학굡니까?"

나이가 무색할 정도로 이마에 주름이 깊게 가 있는 묘쿠라는 자가 참 알 수 없다는 투로 물었다.

"조선 수도 한양에 있는 학교도 아니고, 여기 부산포보다도 더 조그만 고을 학곤데 말입니다. 도대체 이해가 안 된다고요."

하시다까 소위도 동감인지 고개를 주억거렸다.

"그건 그래."

돌멩이나 벌레 씹은 상판이 되었다.

"나도 솔직히 좀 그렇다고. 혹사리 껍데기를 공산명월로 잘못 보고 있는 것은 아닌가 하고 말이지."

그는 살이 얼마 붙어 있지 않은 손으로 허리춤에 차고 있는 칼집을 소리 나게 한 번 툭 건드렸다.

"이건 모기 한 마리를 보고 칼을 빼 드는 게 아닌가 하고 말이야."

그러나 그는 이내 자기 말을 정정했다. 그런 그자에게서는 놀라울 정도로 날렵한 구석이 있어 보였다. 그냥 주어진 계급장이 아니었다.

"하지만 그게 아냐."

일순, 그곳 사무실 공기가 흐름을 싹 바꾸는 느낌이었다. 목 벤 놈 허리 베고 허리 벤 놈 목밖에 더 베겠는가? 그런 무서운 결단이 잔뜩 서려 있는 분위기였다.

"예?"

"그게 아니라면?"

그러자 또 하나같이 구태여 하지 않아도 될 소리까지 하면서 꼭 무슨 중대 발표를 듣는 사람들처럼 귀를 쫑긋 세우는 시늉들이었다. 하기야 그자들도 자신들이 남의 나라에 와 있다는 그 사실에 긴장과 경계의 끈을 허술하게 풀어놓고 있지는 못할 터였다.

"나도 처음에는 묘쿠 자네와 비슷한 생각을 했지."

창가로 무심히 흘러가는 구름을 올려다보는 하시다까 소위의 눈빛에 날이 박혀 있었다. 대이면 베일 성싶은 날카로운 음성이면서도 또 때로는 모주 먹은 돼지 껄때청만큼이나 컬컬하게 쉰 목소리가 되곤 하는 그였다.

“아, 저와 비슷한 생각을!”

묘쿠는 하늘보다도 높은 상관이 자기와 비슷한 생각이었다는 그 사실이 너무나도 기쁘고 감격스러운지 그만 제 두 손을 맞잡기까지 했다. 하지만 이어지는 하시다까 소위의 말은 그게 아니었다.

“한데, 그게 말이야.”

그는 의아해하는 표정을 짓고 있는 부하들을 교육시키는 어조였다.

“뒷조사를 해보니 여간 지독한 악질들이 모인 학교가 아니더라고.”

노름판에서 패를 잡고 흔드는 꾼같이 하였다.

“흑사리 껍데기가 아니고 공산명월이 맞아.”

그러자 이번에도 말들이 많았다.

“악질!”

“우리 하시다까 상관께서 그렇게 말씀하실 정도라면?”

똑같이 거칠어 보이는 일본 헌병들 낯짝 위로 얼핏 불안과 초조의 빛이 떠올랐지만, 부러 심상한 척하는 모습들이었다. 하여튼 먹을 콩으로 알고 덤빌 것들이었다.

“아, 더 들어들 보라고.”

부하들 꼬락서니가 못마땅한지 힐끗 건너다보며 하시다까 소위가 음성에 힘을 실었다.

“중국 병법인가에 있던가?”

뜬금없는 그 소리에 부하들은 전차에 떠받힌 멍한 표정들로 되뇌었다.

“중국 병법.”

창으로 내다보이는 공중에 까마귀 두 마리가 한데 어울려 날고 있었다. 털빛이 유난히 시커멓고 날개가 커 보였다.

하시다까 소위 목소리는 까마귀 소리를 닮아 있었다.

“지피지기면 백전백승이라.”

"지피지기면……."

그들은 지겹지도 않은지 상관 말마다 복창했다.

"자, 그러니 지금부터 내가 들려주는 말을 귀담아듣도록. 알겠나?"

하시다까 소위 말이 떨어지기 무섭게 부하 헌병들이 무슨 기계처럼 크게 말했다.

"하이! 어서 말씀해 보십시오."

거기 책상 위에 놓여 있는 무슨 서류철이며 나무 의자가 들썩거릴 지경이었다. 어쨌거나 그 기세들이 가증스러우면서도 범상치 않은 것도 사실이었다.

"우선 그곳 위치부터 알려주겠다."

하시다까 소위는 무척이나 장황하게 늘어놓기 시작했다. 그런 성격이 아님에도 불구하고 그러는 것으로 보아서는, 그만큼 이제부터 하려는 그 일이 막중하다는 사실을 입증해 보이는 게 아닌가 싶었다.

"그 고을 성 밖에 해자垓字인 대사지라는 연못이 하나 있는데……."

"……."

해자가 무엇인지 물어볼 사람이 있을 법한데도 그들은 입을 꼭꼭 다문 채 상관의 말을 경청하는 자세로 일관했다.

"우리가 표적 삼고 있는 그 학교는 그 대사지 위쪽에 자리 잡고 있다."

그자가 가지고 있는 정보는 가증스러울 만큼 철저하고 정확했다. 대체 언제 어떤 경로를 통해 그런 사실까지 알아냈는지 섬뜩한 노릇이 아닐 수 없었다.

"그러니까 말이지."

거기서 잠시 말을 멈춘 하시다까 소위는 부하들을 위해서 무슨 엄청난 선심이라도 쓰는 품새였다.

"아, 그보다도 말이야, 내 이야기를 듣다가 궁금하거나 알고 싶은 게 있으면 그게 뭐든 언제든지 질문을 해도 좋아. 알겠나?"

부하들은 또다시 합창하는 아동들 모양으로 대답했다.

"하이!"

하시다까 소위는 또다시 짐짓 근엄한 표정을 만들어 보였다.

"과거에는 토포영討捕營으로 사용하다가 폐쇄된 관청 건물에 들어선 학교라는 거야."

세노끼가 이번에도 아부 섞인 목소리로 물었다.

"토포영이라고 하셨습니까? 그게 무언지 말씀 좀 해주시기 부탁드립니다."

하시다까 소위는 으스대는 태도로 말했다.

"에, 그게 무어냐 하면……."

그러다가 불쑥 총구를 들이대는 기세로 명했다.

"잘들 들어!"

"하이!"

하시다까 소위는 눈에 굴절 이상이 있는 어릿보기눈처럼 되면서 늘어놓았다.

"여기 조선이란 나라는, 아, 지금은 대한제국으로 국호가 달라졌지만 말이야."

부하들은 그게 상관에 대한 예의라고 여기는지 하나의 목소리를 내었다.

"대한제국."

소름끼칠 정도로 상세한 대한제국 정보가 일본군 헌병분견대 안에서 술술 흘러나오고 있었다.

"어쨌든 간에 말이지, 각 수영水營과 병영兵營 아래에 지방대地方隊의

직소職所를 두고 있어."

부하들 입에서 암기하는 소리가 나왔다.

"수영, 병영."

"지방대 직소."

"그게 바로 토포영이란 것이다."

부하들이 앞다퉈 입을 열었다.

"역시 참으로 대단하십니다. 어떻게 남의 나라 제도에 대해 그렇게 쭉 통달을 하고 계십니까?"

"대일본국 최고의 애국자이시다."

"하늘이 내리신 천재십니다, 천재!"

부하들이 하는 짓거리들을 지켜볼수록 하시다까 소위는 병적일 정도로 권위의식에 푹 빠져 있는 자가 틀림없었다. 그건 그의 일본군 부하들뿐만 아니라 조선 백성들 쪽에서 봤을 때도 결코 좋은 건 아니었다.

그런데 무척이나 흐뭇한 표정으로 듣고 있던 그자가 느닷없이 몹시 마음에 들지 않는다는 투로 불쑥 이렇게 내뱉었다.

"한데, 그 토포영이란 곳이 몸서리쳐지는 곳이라니까!"

"예?"

"모, 몸서리?"

일본 헌병들 사이에 긴장감이 감돌기 시작했다. 제아무리 막 나가는 인간말짜들이라 할지라도, 그들도 이곳이 남의 나라 땅이다 보니 신경 쓰이는 게 적지는 않을 것이다.

"내가 너희들에게 이런 얘기까지는 하지 않으려고 했는데……."

하시다까 소위는 말끝을 흐리더니만 약간 과장되게 몸을 떨어 보였다. 어릿광대나 이야기꾼 기질도 있어 보였다.

"그 토포영이란 곳에서는 무서운 고문이 행해지고 있다는 게야."

여러 부하 헌병들은 이번에도 어김없이 상관 비위를 맞추느라 필요 이상으로 놀라는 소리를 질렀다.

"고, 고문?"

"누, 누구를 말입니까?"

하시다까 소위는 한층 치를 떠는 흉내를 내고 나서 짧게 대답했다.

"도적들이지 누구겠어?"

"아, 도적들을……."

야마모토 얼굴이 썩은 고구마 색깔로 바뀌었다. 그자의 마음속은 그보다도 몇 곱절 더 부패해 있을 게 확실했다.

"그건 그렇고 말이야. 에, 또."

하시다까 소위는 다리가 아파져 오는지 그의 의자에 털썩 몸을 내려놓았다. 그 바람에 뿌연 먼지가 폴싹 일었다.

그런데 부하들은 착석한 상관과는 다르게 더한층 부동자세를 취하고 서서 상관의 다음 말을 기다렸다. 키 작은 하나는 목 짧은 강아지가 겻섬 넘어다보듯이 고개를 빼 늘이고 발돋움까지 하였다.

"내가 조센진 놈들의 대표적인 고문에 대해서 들려주지. 흐음."

한다는 이야기들이 일관적이지 못하고 약간 묘한 방향으로 돌아가고 있었다. 그들 나름대로는 연유가 있겠지만 아무튼 종잡기 힘든 족속들이었다.

"난장형과 주리형이란 게 있다."

이번에도 모두 그 말을 받았다.

"난장형과 주리형?"

일본 헌병들은 두려움과 더불어 야릇한 호기심을 드러내 보이기 시작했다. 어쩌면 일본 계획대로 나중에 자기들이 조선인들을 지배할 때 불령선인不逞鮮人이 있으면 써먹을 계산들을 미리 하고 있는 것인지도 몰랐다.

"난장은, 그러니까 그 난장이란 것은, 발가락을 뽑아버리는 형벌을 말한다."

하시다까 소위 음성은 잔혹하기 이를 데 없었다.

"바, 발가락을?"

일본 헌병들은 저마다 고개를 숙여서 제 발을 내려다보았다. 그러고는 모두 군홧발 속에서 다른 사람들이 알지 못하게 발가락을 꼼지락거렸다. 장차 조선팔도를 무른 메주 밟듯이 함부로 짓밟고 다니려는 발들이었다.

"지금 여기 귀 없는 사람은 하나도 없으니까 주리를 튼다는 소리는 모두 들어들 봤겠지?"

하시다까 소위는 괜히 부하들을 노려보며 물었다.

"하이!"

모두 나무인형처럼 고개를 빳빳이 세운 채 대답했다. 얼핏 서 있는 미라를 방불케 하는 자들이었다.

"이 주리형이란 게 또 무서워."

창밖으로 내다보이는 높은 하늘에서는 새로 생긴 구름장이 앞에 있던 구름장을 몰아내며 그 자리를 차지하고 있었다. 하늘에서조차 힘의 논리가 적용되고 있는 것 같았다.

"양쪽 정강이 사이에 나무 두 개를 얽어 끼워 비트는 거지."

하시다까 소위는 필요 이상으로 인상을 팍 찡그렸다.

"얼마나 지독한 형벌인지, 이 고문을 한번 당하게 되면, 죽을 때까지 부모 제사도 지낼 수 없을 만큼 후유증이 크다고 하더군."

그때 야마모토가 상관 비위를 상하지 않으려는지 조심스레 말했다.

"사실 어떤 나라든 그런 고문은 다 있잖습니까?"

모두의 시선이 상관에게서 그에게로 당겨졌다.

"우리 대일본국만 하더라도 그보다 몇 배나 더 모질고 독한 고문이 많이 있고 말입니다. 안 그렇습니까?"

그렇게 말하면서 야마모토는 동의를 구하려는지 자기 동료들을 둘러보았다. 그러자 모두 제 얼굴에 침 뱉기라고 받아들이는 모양새였다.

"하, 하긴……."

"그, 그건 그렇지."

똑같이 고개를 세로로 저었다. 그 모습들을 지켜보고 있던 하시다까 소위는 별안간 화가 치미는 모양이었다.

"시끄럿!"

"헉!"

부하들이 움찔하며 황황히 입을 다물었다.

"어쩌다가 내가 이런 것들과?"

하시다까 소위는 이런 멍청한 놈들을 봤나, 하는 표정으로 또다시 언성을 높였다.

"내가 조선 형벌에 관해 길게 늘어놓는 까닭을 모르겠어?"

창공을 흐르는 구름은 그새 또 형태가 달라져 있었다. 조금 전에는 쓰러진 나무로 보이더니 이제는 무슨 동물 형상이었다.

"그, 글쎄요."

"모, 모르겠……."

부하 헌병들은 서로의 얼굴을 마주 보며 그저 눈만 멀뚱거렸다. 조선 형벌에 관해 길게 늘어놓는 까닭이 무엇인지 알 수 없다는 얼굴이다.

"에이! 이 칼로 귀때기들을 모조리 콱 잘라버려?"

하시다까 소위는 단순한 으름장 정도가 아니라 정말 제 허리에 차고 있는 일본도를 빼어 모두의 귀를 자를 기세였다. 그는 오싹한 기운이 묻어나는 목소리로 위협하듯 고함쳤다.

"미미즈카!"

그러자 부하 헌병들은 어쩔 줄 몰라 했다.

"그, 그……."

미미즈카, 바로 이총耳塚, 귀무덤을 입에 올리는 하시다까 소위였다.

"제발 그런 말씀은 하지 말아 주십시오."

"더 조심하겠습니다."

때로는 개미보다 못한 게 인간 목숨이라는 사실을 그들은 알고 있었다. 과거 그들 나라는 자기네들끼리 벌인 오랜 전란 속에서 예사로 죽고 죽이는 역사로 점철돼 있다는 사실도 모르지 않았다.

"천하에 한심한 것들 같으니라고!"

하시다까 소위는 몸을 옹송그리는 부하들을 향해 세게 혀를 찼다.

"쯧쯧."

더욱 전신이 쪼그라드는 부하들이었다. 그렇지만 그들이 상관에게서 육체적으로나 정신적으로 무슨 해악을 입었을 때, 그것을 발산시킬 대상은 오직 조선인들밖에 없을 것이니 실로 씁쓸할 노릇이었다.

"내 지금 당장 너희들이 입고 있는 그 우리 대일본국 헌병 제복들을 모조리 싹 벗기고 싶구먼."

그렇게 구시렁거리면서 하시다까 소위는 이번에는 금방이라도 와락 달려들어서 부하들이 입고 있는 제복을 찢어발길 사람처럼 굴었다.

"내가 조선 형벌에 대해 들려주는 이유는 말이야. 잘 들어?"

"하이."

잔뜩 주눅 든 부하들 입에서 나오는 대답은 처져 내린 새 꼬리를 떠올리게 했다.

"동방예의지국이니 문화민족이니 어쩌니 저쩌니 하면서 잘난 체하는 조선이란 이 나라가, 그만큼 무지막지한 미개국未開國이라고 둘러씌우고 싶어서인 게야. 그거 알아? 미개국, 미개국이라고 말이지."

그러면서 한쪽으로 삐뚤어지는 그의 입과 눈은 보통 와사증이라고 하는 구안괘사 환자를 방불케 했다.

"아, 그런 말씀!"

부하들이 감탄했고, 하시다까 소위는 자기가 앉아 있는 의자 팔걸이를 손바닥으로 툭툭 쳐가면서 쉴 새 없이 입을 놀렸다.

"그리고 한 걸음 더 나아가 우리 대일본국이야말로 전 세계에서 가장 개화한 나라라고 선전하고 말이야."

"하이."

그는 애당초 부하들 다리 아픈 것은 안중에도 없어 보였다. 오히려 다른 사람들이 아주 힘들어하는 것을 은근히 즐기려는 못된 근성을 가진 자가 분명했다.

"에, 그뿐만이 아니다."

이러쿵저러쿵 한참이나 시간을 잊고 입이 아프도록 나불대던 그는, 이윽고 제풀에 지쳤는지 말머리를 돌렸다.

"이거 이야기가 공연히 엉뚱한 데로 흘러가버렸지 않나? 참, 내. 내가 그놈의 낙육고등학관가를 이야기한다는 게 말이지."

그러자 세노끼가 지당한 말씀이라고 본다면서 알랑거렸다.

"그렇습니다. 그 학교 이야기나 어서 해주십시오."

제 딴에는 학구열 높은 아동마냥 눈마저 반짝거려 보였다.

"맞아, 그래야지."

어쨌든 그 말에 하시다까 소위는 다소 마음이 풀리는 모양이었다.

"그따위 시시껄렁한 잡담이나 나누기에는 시간이 없기는 하다, 우리가."

"하이! 그렇습니다."

일제히 고했다.

"그 학교가 얼마나 지독한 불순분자들의 소굴인가 하면, 칙쇼!"

하시다까 소위는 감정이 격해져 의자에서 벌떡 몸을 일으킬 것 같아 보였다.

"졸업식 때에 제멋대로 자기들 나라 국기를 떡하니 걸어놓고 행사를 진행한다는 것이야. 일장기日章旗가 아니라 태극기를 말이야. 빠가야로!"

흰 바탕에 둥글고 붉은 태양을 그린 일본의 국기, 일장기. 거기 벽면 높직한 곳에 붙어 있는, 닛쇼키 또는 히노마루노하타, 히노마루 등으로 불리는 일장기가 그들을 무연히 내려다보고 있었다.

하시다까 소위의 그 말을 듣자마자 곧 여기저기서 분노와 증오와 질책의 말이 와르르 쏟아졌다. 남의 말이라면 쌍지팡이 짚고 나선다고, 걸핏하면 남에게 시비를 잘 걸고 나서는 자들이었다.

"저런 죽일 놈들!"

"조센진들이 어디서 감히 그런 짓을?"

"난장형과 주리형이라고 하셨지요?"

하급자들은 화를 내며 못마땅해하는 상급자보다 몇 곱절이나 더 격분하는 모습을 보일 필요가 있는 것이다.

"어서 명령만 내려주십시오."

누군가 서두르는 목소리로 말했다.

"지금 즉각 그곳으로 달려가겠습니다."

하시다까 소위 목소리에 지금까지보다 훨씬 더 권위적인 냄새가 배여났다.

"아아, 더 들어 보라고. 그것들이 갈수록 태산이라니까?"

그는 자기 주먹으로 제 복부를 쳤다.

"여기 이 간덩이가 부어도 얼마나 부었느냐 하면, 에이, 죵!"

한국인을 비하할 목적으로 쓰는 '죵'이라는 말이 '총'이라는 소리로 들렸다.

"또 있습니까?"

묘쿠가 장단을 넣었다.

"간만 부은 게 아니고, 오장육부가 모두 부었군요."

하시다까 소위 얼굴이 불타는 듯했다.

"조선 국왕이 나라 이름을 조선에서 대한제국으로 바꾸어 선포하자, 뭐? 민족자주화라나 뭐라나?"

그는 혀로 입술을 축이고 나서 말을 이었다.

"하여튼 정말 같잖지도 않게 말이지, 교명校名도 낙육재에서 낙육고등학교로 바꾸고는, 또 한다는 짓거리들이 형편없어."

끝내 그는 주먹으로 앞에 놓인 죄 없는 책상을 '쾅' 내리쳤다. 부하들이 깜짝 놀라 몸을 떨며 눈을 크게 떴다. 그는 선동자같이 주먹을 휘둘렀다.

"이제야 기회가 왔다, 이거야."

하늘가에서 구름은 깡그리 달아나고 없었다. 까마귀들도 전부 사라졌다. 그 대신 창가에 검은 그림자를 드리우는 향나무와 소나무 가지에 바람이 일고 있었다.

"감히 인류 역사상 가장 훌륭하고 위대한 우리 일본제국을 우습게 아는 그것들을 철저히 분쇄해버릴 수 있는 멋진 기회다!"

일본 헌병들은 또다시 서로의 얼굴을 마주 보았다. 그러고는 모두 굳게 다짐하듯이 자못 결연한 빛까지 띠기 시작했다.

"곧 현지로 출동할 것이다."

하시다까 소위의 말에 그곳 일본군 헌병분견대 전체가 금방이라도 끊어질 고무줄처럼 팽팽한 긴장감에 휩싸이는 것 같았다.

"잘 알겠습니다."

부하 헌병들은 일사불란하게 움직일 태세를 갖추었다.

"알았다는 것만으로는 부족해."

"하이."

"난, 무엇이든 모자라는 건 싫은 사람이야. 적당한 것도 안 좋아. 넘치고 넘쳐야지."

"더 존경합니다."

사사건건 트집을 잡는 상관의 표본다웠다.

"모두들 각오부터 단단히 하도록!"

하시다까 소위의 마지막 명령은 소리를 내지 않는 총탄이 되어 유리창을 뚫고 나가 을씨년스러운 하늘가로 퍼져나갔다.

가까운 곳으로부터 겨울이 오고 있었다.

소위 '한일신협약'이라고 일컬어지는 수치스럽고 망국적인 저 '을사보호조약'이라는 것이 체결된 그해 12월.

얼이와 준서를 비롯한 낙육고등학교 젊은 유생들은 밤늦은 시각까지 귀가하지 않고 전원 학교에 모여 있었다. 교실 유리창 너머로 보이는 하늘은 무수한 별들이 동화 속에 나오는 은하수처럼 아름답게 빛났다.

"증말 통쾌하다 아이가. 시방 우리 고을에 거주하고 있는 저 때리죽일 왜놈들이 공포에 덜덜 떨어쌌고 있을 꼬라지를 함 상상해 봐라꼬. 하하하."

문대의 호탕한 웃음소리가 어둠에 에워싸인 학교 구내를 흔들었다. 지난날 얼이와 함께 농민군으로 나섰을 그때와는 비교가 아니게 장성한 모습이었다. 아직까지 원채만큼은 아니어도 역전의 용사다운 면모를 갖추어 가고 있는 것이다. 시간은 사람을, 모든 것을 그렇게 변화시키는 마술의 묘약이라고 해도 무방할 것이다.

"우리가 맨든 '동아개진교육회'의 활약상을 인자 모리는 사람이 없을끼다."

그렇게 자신감 넘치게 이야기하는 남열도 이제는 겁 많던 서당 시절의 그가 아니었다. 일본인들 거처를 습격할 때도 뒤로 몸을 빼지 않았다. 물론 맨 앞장은 항상 얼이와 문대 몫이었다.

"담에는 왜놈들 우떤 관서를 습객할 계획이고?"

철국이 기대에 찬 목소리로 물었다.

"여서 고만둘 거는 아이다 아이가?"

권학의 회초리 그늘 밑에서 동문수학 하던 학동들 가운데서는 그중 변하지 않았다는 소릴 듣는 철국이었지만 그 또한 적지 않게 바뀌어져 있었다. 권학이 워낙 훌륭한 훈장이라고 널리 알려져 있고 또한 잘 가르쳤기에, 그의 문하생들은 모두가 선망하는 낙육고등학교에 들어올 수 있었다.

"아, 그거는 당연히 아이것제."

그 학교에 와서 새로 사귄 춘래도 특유의 목이 쉰 소리로 한마디 했다. 그는 자신의 이름에 빗대어 '나는 봄을 몰고 오는 남자'라고 입버릇처럼 얘기하곤 했다. 벗들은 그가 말하는 그 봄이 무엇인가에 대해 갑론을박하다가 그에게서 알아내고자 했지만, 그는 그것을 말하는 순간 나의 봄은 다 사라져버린다며 답변을 회피하기 일쑤였다. 그렇지만 벗들은 그 봄의 정체를 어렴풋이 깨닫고 있었으며, 그래서 그 이야기를 할 때면 모두가 한마음이 됨을 느끼고 있었다.

"재판소가 우떻것노?"

잠시 후 조심스럽게 제안하며 깊은 눈길로 천천히 좌중을 둘러보는 얼이 음성이 상촌나루터 흰 바위보다도 묵직했다.

"재, 재판소?"

"재판소라 캤나, 시방?"

저마다 경악한 눈으로 얼이를 바라보았다. 저 서슬 퍼런 재판소를 표적 삼자니? 심지어 개도 그 앞을 지나갈 때는 꼬리를 사리고, 수레를 끄는 말과 소 또한 뒷걸음질을 친다고 하는 곳을 말이다.

"와? 그라모 안 되는 기가?"

"……."

얼이 물음에 누구도 선뜻 입을 열지 못했다. 네모반듯한 창문 너머 캄캄한 하늘에서 빛나는 별똥별 하나가 순식간에 지상으로 굴러 내리는 것이 보인다 했더니 금방 시야에서 사라졌다. 대개 대기 중에서 소진되어버리나 큰 것은 지구 위에 떨어져 운석이나 운철이 된다는 유성流星이었다.

"이왕 할라모 큰 건수 하나 건지야제."

밤공기는 생각보다 차가웠지만, 청년 유생들 가슴은 화롯불이 되어 뜨겁게 타올랐다.

"설마 두려븐 거는 아이것제?"

급우들을 둘러보며 그렇게 물어오는 얼이는 언제부턴가 그들의 대표자로 자리를 굳히고 있었다. 누구도 터놓고 말은 하지 않았지만, 모두가 그렇게 받아들이고 있었다.

"재판소를 칠라모 준비를 더 단디 해야 할 낀데……."

역시 그 학교에 들어와서 처음 벗이 된 을기의 조심스러운 말에 얼이가 다시 입을 열려고 할 때였다. 지금까지 시종 침묵만 지키고 있던 준서가 나섰다.

"오늘은 고만 모도 집으로 돌아가는 기 우떨꼬예?"

느닷없이 하는 그 소리에 모두의 눈길이 이번에는 준서를 향했다. 준서의 말은 한창 타오르려는 불길에 찬물을 끼얹는 격이 되었다.

"각중애 와 그런 이약을 하는 기고?"

철국이 탐색하듯 눈을 깜박이면서 물었다. 문대도 퍽 의외인지 얼이를 한 번 보고 나서 준서에게 물었다.

"시방 우리가 요 담번에 습객할 데를 으논하고 있다 아이가? 알제?"

준서가 시간이 부족한 사람처럼 짧게 대답했다.

"알고 있심니더."

그러자 문대는 더욱 알 수 없다는 얼굴이었다.

"그란데 집으로 돌아가다이?"

"……."

준서는 침묵했다.

"니 그리 말하는 이유가 머꼬?"

문대 말투가 썩 곱지는 못했다. 그것은 아직 한 번도 없었던 일이었다. 내가 넓은 세상 많은 여자들 중에 가장 존경하는 사람이 바로 준서 어머니라고 서슴없이 털어놓는 그는, 비화 아들인 준서 또한 얼이 못지않게 좋아하고 아끼는 사람이었다.

"준서 니 설마?"

얼이는 약간 기분이 언짢아졌지만 그러는 문대가 이해는 되었다. 지금 그곳 분위기와는 너무나도 동떨어진 소리를 준서가 한 것이다. 다른 사람이 그런 말을 꺼냈다면 문대가 저토록 정색을 하면서 민감한 반응을 일으키지는 않았을 것이다. 아니다. 벌써 '범대'의 주먹이 나갔을지도 모른다.

'시방 저리하는 저기 준서 본심은 아일 끼다.'

얼이가 허둥거리며 그런 생각을 하고 있을 때 준서가 천천히 대답했다.

"그 소문, 기분이 파이라서예(나빠서요)."

"소문?"

몇 사람이 동시에 반문했다.

"예."

"무신 소문?"

이번에는 경수가 물었다. 그 또한 낙육고등학교에 들어오기 이전에는 준서 등과는 다른 서당에 다녔던 유생이었지만 이제는 십년지기처럼 의기투합하는 사이였다.

"그기 안 있십니꺼?"

유생들 가운데 가장 나이가 밑인 준서는 모두에게 말을 높이고 있었다.

"지도 이런 말은 하기 싫지만도 합니더."

준서 얼굴 가득 먹장구름이 끼고 있었다. 목소리도 더없이 어두웠다.

"왜눔 군대가 우리 핵조를 노리고 있다쿠는 소문이 자자하다 아입니꺼?"

"왜눔 군대!"

그때까지 한 번도 끼어들지 않은 채 추이를 지켜보고만 있던 몇몇 다른 유생들도 일제히 얼이를 쳐다보았다. 지금처럼 쉽게 결정하기 어려운 문제에 부닥친다거나 난감한 사태가 발생할 때면 언제나 그런 식이었다. 그들이 만든 비밀결사조직을 이끄는 실질적인 대장이 얼이였기 때문이었다. '범대'라고 불리는 문대는 그다음 순위였다.

"내가 판단해볼 적에는……."

얼이는 자기를 향하고 있는 많은 눈들이 굉장히 부담스럽지 않을 수 없었다. 비록 어린 나이였지만 지난날 농민군으로 활동할 당시 그는 충분히 보고 깨달았다. 어떤 집단을 통솔하고 있는 지도자의 역할이 얼마나 크고도 중요한가를 알았다. 그 한 사람이 자칫 섣부르게 그릇된 판단을 내렸을 때 그 무리는 모조리 괴멸되기 십상이었다.

"주, 준서 이약도 이, 일리는 있고……."

얼이는 평소의 그답잖게 자꾸 말을 더듬거렸다.

"하지만도 그렇다꼬 이, 이대로 헤, 헤어질 수도 없고……."

기실 얼이 속마음은 준서가 낸 의견 쪽으로 따라가고 있었다. 그동안 적지 않은 세월을 나루터집에서 형제지간같이 살아오면서 얼이는 준서에게서 확실히 느끼고 있었다. 자기 어머니로부터 물려받은 그의 예지叡智라든지 판단력은 어쩌면 신처럼 대단했다. 준서가 말하면 거의 대부분 그가 말하는 그대로 되었다. 당시에는 저게 아닌데? 하고 회의를 품었던 일도 지나고 보면 옳았던 것이다.

"그라모 이리하도록 합시다."

마침내 얼이는 무척 힘든 결단을 내렸다.

"우리 오늘밤은 이대로 해산하이시더. 그기 좋을 거 겉심니더. 낼 날이 밝는 대로 다시 모이기로 하고……."

한데 바로 그때, 얼이 그 말이 다 끝나기도 전이었다. 더없이 조심스러운, 그러나 분명히 지축을 흔드는 발자국 소리가 들렸다.

"도, 동지들! 모, 모도 도망칩시다!"

준서가 황급히 소리쳤다.

"왜, 왜눔들이 왔심니더! 달아납시더, 여러분!"

얼이가 목이 터져라 외쳤다.

"헉!"

"퍼, 퍼뜩!"

청년 유생들은 다람쥐같이 도주하기 시작했다. 그것은 그야말로 돌발 상황, 한순간에 일어난 일이었다.

'탕!'

'타~앙!'

일본군 조총 소리가 어둠을 찢어발겼다. 나는 새도 맞혀 땅에 떨어뜨린다는 총이었다. 하늘에서 별들이 낙엽처럼 우수수 떨어져 내릴 것 같았다.

"주, 준서야! 어, 얼릉!"

"서, 성도!"

얼이는 부랴부랴 달아나면서도 준서를 챙기고 준서 또한 마찬가지였다.

"저, 저리로!"

문대 동작도 범을 연상시킬 정도로 빨랐다. 하지만 남열과 철국은 그렇게 민첩한 쪽이 아니었다. 약간 허약한 그들은 평소 부모의 걱정을 사고 있다고 들었다.

"아."

그들 둘은 허둥지둥, 갈팡질팡하였다.

"쌔이, 쌔이!"

"우, 우짜노?"

춘래와 을기, 경수 등을 포함한 다른 유생들도 얼이나 문대 쪽보다는 남열과 철국 쪽에 더 가까운 모습들이었다. 그 같은 상황이 벌어지자 저마다 도주한다고 발버둥을 치고는 있었지만 너무나 무력하고 서툴러 보이기만 했다.

그것은 당연한 일이었다. 그들은 얼이의 지휘를 받아 현재 그 고을에 들어와 있는 일본 민간인들을 공격한 경험은 제법 쌓았다. 하지만 어디까지나 아직 전투 경력이 없는 학생 신분이었다.

"잡아랏!"

"한 놈도 살려주지 마라!"

"서랏, 이놈들!"

"저, 저기 도망친다!"

하시다까 소위가 직접 통솔하는 일본군 헌병분견대의 낙육고등학교 야습은 그렇게 시작되었다. 어둠을 갈라버릴 것같이 번득이는 총칼로 중무장한 왜병들 속에는 야마모토와 세노끼, 묘쿠의 모습도 보였다.

그런데 그들과 대적하는 얼이의 눈부신 활약상은 진실로 믿어지지 않을 정도였다. 그는 원채에게서 수련했던 택견 실력뿐만 아니라, 상평 남강변 싸움 등 일본군과 치렀던 전투 경험을 살려 그 위기를 대처해 나가는 것이었다.

"얍! 얍!"

얼이가 때려눕힌 왜병이 몇 명인지 모른다.

"이얍!"

준서 또한 얼핏 나약해 보이는 체구임에도 불구하고 적을 셋이나 제압했다. 그것은 무예 연마에다 어머니 비화의 대범함을 고스란히 빼다 박은 덕분일 것이다. 아니다. 그보다도 외할아버지 김호한 장군의 뛰어난 무공 실력이 은연 중 외손자인 그의 몸속에 전해져, 그런 위급한 상황을 맞자 저절로 그 힘을 발휘하고 있는지도 알 수 없었다.

문대도 덩칫값을 하는지 밀리지는 않았다. 과연 '범대'라는 별명이 결코 무색치 않은 활약이었다. 아버지 서봉우 도목수가 낡은 건물을 철거하듯 적을 무너뜨렸다. 목재를 옮겨 나르는 것처럼 하면서 적을 내동댕이쳤다.

그러나 시간이 갈수록 전세는 이쪽에 불리할 수밖에 없었다. 적병이

난데없이 떼를 지어 들이닥친 데다가 총칼로 무장까지 하고 있으니 어쩌겠는가? 다른 것을 모두 떠나 저들은 군인으로 뼈가 굵어진 자들인 것이다.

"준서야! 고만 피하자!"

얼이는 적과 맞서 싸우면서도 준서에게 말했다.

"그래, 성!"

준서도 아직 어린 나이답지 않게 침착한 목소리로 응했다. 바늘 가진 사람이 도끼 가진 사람 이긴다고, 작다고 깔보다가 되레 당하는 왜병이었다.

"튀자!"

"저리로!"

그들은 냅다 뛰기 시작했다. 그리고 그때부터는 다른 어떠한 것들도 눈에 들어오지 않았다. 그야말로 정신없이 두 다리를 재게 놀렸다. 오로지 질풍노도같이 달리기만 했다. 생사의 갈림길이란 그런 것이었다. 여기서 붙잡히면 죽는다, 도망쳐서 살아야 한다, 그런 일념만이 그들을 지배했다.

"헉헉, 헉헉."

그 길은 이승과 저승 간의 거리보다도 멀고 험하게 느껴졌다. 그리고 분, 초를 다투는 사이에 그들 머릿속에 들어 있는 사람은 몇 명 되지 않았다.

준서는 내내 부모님을 떠올렸다. 아니었다. 또 한 사람 더 있었다. 다미였다.

얼이는 줄곧 어머니를 떠올렸다. 아니었다. 또 한 사람 더 있었다. 효원이었다.

그로부터 얼마나 지났을까? 한참 동안 막 달아나던 준서와 얼이가 문득 정신을 차려보니 그곳은 상촌나루터 흰 바위 부근이었다. 캄캄한 남강 가에 굳게 자리 잡고 있는 그 바위는 흰옷을 입은 사람으로 보였다. 백의白衣의 조선인.

어쨌거나 그 경황없는 와중에도 그들이 나루터집으로는 들어가지 않고 그대로 지나쳐 거기까지 온 것이다.

"성! 다, 다린 사람들은 우, 우찌 됐으까?"

준서가 찬 기운이 솟아나는 모랫바닥에 엎드려 가쁜 숨을 헐떡이면서 물었다. 얼이도 그 옆에 털썩 주저앉으며 말했다.

"그, 글씨다. 무사하지 몬한 사람도 부, 분맹히 있을 낀데, 우짜노?"

그러나 낙육고등학교에서 일본군에게 당한 유생들이 얼마나 될지는 알아낼 방도가 없었다. 마음이 불안하고 초조하니 기력이 다했는데도 둘 다 말수가 많아졌다.

"마이 당했으모 안 되는데……."

"그런께 말이제."

"모도 잘 달아났을 끼거마는."

"하모, 왜눔들보담도 지리를 더 잘 안께네."

남강 물에 아랫도리를 담그고 있는 근처 마른 수초가 짙은 어둠 너머로 소리 없이 약간 흔들렸다. 사람 소리에 자다가 놀라 깬 물고기들이 부유하고 있는지도 모르겠다.

"내사 소문은 그래도 설마 그러까이 싶었다."

얼이는 치를 떨어 보였다. 왜병의 야습은 뜻밖이라고 했다.

"내는 그랄 끼라고 봤다, 성아."

한숨 끝에 준서가 말했다.

"억울타. 우리한테도 무기만 있었다모."

얼이가 어깻죽지 사이에 고개를 처박으며 말했다.

"그래도 새이 택견 솜씨가 안 있었나."

준서 말에 얼이가 어둠 속에서 더욱 희게 보이는 이빨을 드러내고 씩 웃었다. 조금 전까지 목숨을 걸고 왜병들과 싸웠던 사람의 모습이라고는 보기 힘들었다.

"짜아식! 니도 에나 괘안았다."

뿌듯함이 담긴 얼이 말에 준서는 적을 제압하던 손으로 머리를 긁적였다.

"내사 머……."

얼이는 너무나 통쾌하다는 목소리로 말했다.

"아이다. 괘안은 정도가 아이고, 쪽바리 눔들 에나 시껍 묵을 끼라."

준서가 불쑥 말했다.

"원채 아자씨 생각이 나네?"

얼이도 덩달아 말했다.

"내도!"

잘 보이지 않는 물살이 이루어내는 소리는 어쩐지 사람 가슴팍까지 차오르는 느낌을 주고 있었다. 짙은 공포와 긴장감이 아련한 그리움과 아픔으로 바뀌었다.

"요새는 오데 가 계시는고 도통 안 비이시데?"

준서 그 말을 받아서 얼이가 몹시 초조하고 불안한 얼굴로 말했다.

"우리가 다시 핵조에 갔을 때 안 비이는 사람이 있으모 우짜꼬?"

준서는 얼이에게 손아랫사람 타이르는 어조로 말했다.

"그리 안 좋은 이약은 하지 마자."

"……."

침묵이 소리 없는 강물이 되어 한참 흘렀다.

"에이, 우리 바구 우에나 올라가자."

"아, 그라자."

"여꺼정 와갖고 안 올라가보모 되것나?"

"하모, 바구가 마이 섭섭타 쿨 끼라."

모래밭에 몸을 내려놓았던 둘은 나란히 흰 바위에 올랐다. 거짓말같이 냉기보다는 온기가 더 느껴졌다. 젊음이란 건강하고 좋은 거였다. 그들은 다른 사람들이 보면 무모하다고 할 만큼 대범해지고 있었다.

"야아, 여는 우리 집 방 겉다, 그자?"

"진작에 이랄 꺼를."

흰 바위 밑동을 찰싹찰싹 때리는 강물이 일으키는 물보라가 그들을 환영하는 하얀 손으로 보였다. 물론 그 소리가 신경을 거슬리게 하는 것도 속일 수 없는 사실이긴 했다. 혹시 왜병들이 접근해오는 소리를 놓칠 수도 있는 것이다.

"어른들이 기다리고 계시것제?"

얼이 말에 준서가 얼른 말했다.

"그래도 안 된다, 새이야."

얼이는 고개를 두어 번 끄덕거렸다.

"내도 그 정도는 안다, 이 아영감아!"

밤의 강은 확실히 낮의 강과는 다르다는 생각이 들었다.

"우짜모 안 있나."

준서가 나루터집이 있는 방향을 바라다보았다.

"하매 왜눔들이 우리 집에 와 있을랑가도 모리것다."

모래밭 저쪽으로 보이는 캄캄한 나무숲이 거대한 짐승을 연상케 하였다. 그 속에 누군가가 숨어서 그들을 감시하고 있는 것도 같았다.

"그거는 아일 끼다."

얼이는 희망사항을 얘기하듯 했다.

"날이 밝으모 우짤랑고 모리것지만."

그 말은 강물소리에 실려 어디론가 떠내려가고 있었다.

"그거는 새이 니 말이 더 맞을 거 겉다."

그러고 나서 잠시 상념에 잠기던 준서가 고개를 내저었다.

"아이다."

얼이는 멈칫 놀랐다.

"머시?"

준서 두 눈에 별빛이 내려와 앉아 있었다.

"그눔들이 내중에는 몰라도 아즉꺼정은 우리 신분을 일일이 모리기 땜에 집꺼지는 안 올 끼다."

아마 큰 물고기가 수면 위로 솟구쳤다가 도로 내려가는지 어두운 강심에서 '첨벙' 하는 소리가 났다.

얼이가 그쪽을 노려보면서 자문하듯 했다.

"그라까?"

강가 나무들이 그들을 지켜주는 호위무사들처럼 비쳤다.

"또 안다 캐도, 무담시 시끄럽거로는 안 하고 싶을 낀께네."

준서가 그렇게 예측한다면 그럴 거라고 자위하며 얼이는 다시 한번 말했다.

"그라까?"

희끄무레하게 보이는 모래밭은 오래되어 빛이 바랜 무명 천 조각을 깔아 놓은 것 같아 보였다.

"그래도 시방은 들가고 싶어도 집에 들가모 안 된다."

그러던 준서는 자신의 마음이 바뀔까 봐 우려하는 빛으로 또 이내 덧붙였다.

"해나 모린께네."

얼이는 꼽추 달보 영감과 언청이 할멈도 보고 싶다는 생각이 들었다.

강바람은 역류하듯 강 저 아래서 강 저 위로 불었다.

"우리뿐만이 아이고 집안 식구들 모돌띠리 큰일 나는 기라."

얼이 얼굴을 보려고 들던 고개를 가슴 사이로 쿡 처박으면서 준서가 물었다.

"새이 니 생각은 우떻노?"

어디선가 밤새 울음소리가 아슴푸레 들려오기 시작했다. 물새일 수도 있고 산새일 수도 있었다.

"그라까?"

얼이는 계속해서 그 소리만 되풀이했다. 그건 지금 그의 심정을 어떤 말보다도 가장 잘 드러내주는 말일 것이다.

"우쨌든 요 며칠만 없는 듯기 조용하거로 잘 넘어가모 우떨꼬 시푸다."

준서가 조용히 말했다.

"그담에는 괘안으까?"

"하모. 정식 군인도 아인 핵조 학상들을 그리했다쿠는 거는, 지들도 벌로 큰소리를 내서 떠벌리고 싶지는 안 할 끼다."

"하기사 조선 백성들 신갱을 건디리갖고 좋을 거는 없다꼬 생각하것제. 운제꺼지고 그냥 있을 것들은 아이지만도."

여름밤이라면 귀 따갑게 울어댈 그 수많은 풀벌레들은 모두 어디로 가버렸을까? 문득, 그런 감상에 젖게 하는 순간이었다.

"조삼모사 한 눔들인께."

그런 후에 둘이 한입으로 말했다.

"앞으로 우리 핵조는 우찌 될랑고?"

준서가 큰 한숨 끝에 말했다.

"방금 내가 새이 니한테 말은 그랬지만도, 솔직히 핵조도 우리 학상들도 앞으로가 더 걱정인 기라."

얼이는 내키지 않아도 수긍할 도리밖에 없다는 투로 말했다.

"그렇것제?"

울분과 근심이 뒤섞인 소리였다.

"그눔들이 이 정도에서 고만두것나?"

시간이 갈수록 냉기를 더해가는 밤공기가 사람 귀를 얼얼하게 했다. 그러고 보니 요즘은 한겨울이다. 그리고 지금은 한겨울밤이고. 자연의 계절보다 사람의 마음은 더욱 추웠다.

"고만둘 것들이 아이거마는."

"낼부텀 더 눈깔이 뻘겋게 돼갖고 설치것제."

그들 말을 확 낚아채 갈 듯이 세차게 불어오는 강바람이 금속성 유사한 날을 곤두세우고 있었다.

"여 있다가 얼어죽을라."

"그래도 왜눔들 손에 죽는 거보담은 백 배 낫다 고마."

얼이 입에서 홀연 이런 소리가 나왔다.

"이럴 때 효원이가 곁에 있었으모 올매나 좋으까!"

"……."

준서 뇌리에 떠오르는 여자는 따로 있었다.

"효원이가 올매나 칼춤을 잘 추는고, 준서 니 모리제?"

그렇게 묻는 얼이 눈에 저만큼 둑 위에 서 있는 겨울나무의 앙상한 나뭇가지가 바람에 흔들리는 게 꼭 검무를 추고 있는 것 같았다. 준서는 머리를 뒤흔들어 그 여자를 마음에서 억지로 몰아내며 퉁을 주듯 했다.

"성, 씰데없는 소리 작작해라."

"씰데없는지 씰데있는지, 아즉 성년식도 안 올린 니가 우찌 아노?"

왜병들이 또 언제 갑자기 불쑥 나타날지 모른다는 두려움과 살갗을 에는 듯한 추위에서 벗어나기 위한 그들 대화는 말 그대로 천방지축이었다.

"또 그놈의 성년식! 그기 무신 큰 배실(벼슬)이라꼬 장마당 성년식! 성년식!"

준서는 한기를 조금이라도 덜기 위해 한층 목을 움츠렸다.

"내사 그 배실은 안 해봐도 그 정도는 안다."

얼이는 마지막 버팀목을 들먹이듯 하였다.

"짜아식, 여자도 모림시로."

준서가 버럭 화를 내는 목소리로 외쳤다.

"눌로 몰라?"

신경이 날카로워질 대로 날카로워져 있는 그들인지라 제아무리 마음을 다잡으려고 해도 그게 쉽지 않은 건 당연했다. 그리고 그러다 보니 이야기는 누가 훼방이라도 놓는지 자꾸 헛나가기 일쑤였다.

"여자, 여자."

그러다가 얼이는 제풀에 놀란 빛이 되면서 서둘러 입을 다물어버렸다. 처음보다는 많이 줄어든 편이었지만, 그래도 여전히 남아 있는 불안감을 떨치기 위해서 그렇게 계속 더 얘기하다간, 효원과 같이 넘은 선까지 입에 올릴까 봐 덜컥 겁이 났던 것이다.

'최종완이 그 사람, 지발 좋은 데로 갔으모 좋것다.'

얼이는 그 경황 속에서도 최종완이 혁노가 항상 입에 달고 사는 천국으로 갔기를 빌었다. 그런 생각에 빠진 얼이는, 그때 준서는 또 무엇을 생각하고 있는지 몰랐다.

'내도 다미가 여 있었으모 좋것다.'

준서는 다시 다미를 떠올리고 있었다. 비록 방금 얼이처럼 입 밖으로 그 이름을 내지는 못해도, 아니 그래서 더욱 안타깝지만, 마음으로나마 그녀 모습을 그려보고 있으려니까 추위와 불안이 한층 가셨다. 그런 상태로 얼마나 지났는지 모른다.

"준서! 니 시방 무신 궁리해쌌고 있는 기고?"

"아, 아이다!"

문득 들려온 얼이 말소리에 준서는 소스라쳤다. 얼이는 고개를 갸웃하였다.

"어?"

'쫘아.'

모래톱을 때리는 물살 소리가 별안간 커지는 것 같았다.

"니 수상타? 왜눔들 땜에 그라는 거는 아인 거 매이다?"

그러면서 얼이는 준서 얼굴을 들여다보았다.

"잘생기지도 몬한 얼골, 저리 치아라 고마."

준서는 손으로 얼이 얼굴을 밀쳐내며 말했다.

"아, 알것다, 알것다. 얼골 찹다, 이 손도 치아라 고마."

얼이는 스스로 고개를 옆으로 돌렸다.

"우리가 춥고 불안한께 베라벨 짓도 다한다, 그자?"

준서가 시무룩한 표정으로 말했다.

"그란께 서로 가마이 있자꼬."

"알것다."

하지만 또 가만히 있지 못했다.

"어머이 생각난다, 그자? 하늘에 계시는 아부지 생각도 나고."

"성!"

"내는 난주 효원이한테 칼춤 배울라쿠는데, 준서 니도 같이 배울래?"

"택견이나 잘 배우자 고마."

"그라까?"

"한 가지라도 잘해야제."

"준서 니가 말할 그때 우리 동지들이 이라까 저라까 만종기리지 말고 바로 딱 헤어져야 했는데, 너모 후회된다."

얼이가 휘파람 부는 듯한 소리로 말했다.

"내는 대장이 될 자질이 없는갑다."

시간이 흐를수록 얼이는 말수가 늘어나고 준서는 말수가 줄어들었다. 그것은 평상시 두 사람의 성향을 놓고 볼 때 조금은 정상적으로 돌아가고 있었다.

"도로 준서 니가 대장 해삐라. 내사 쫄뱅이 더 멤 핀하것다."

"……."

두 사람은 집으로 들어갈 생각은 포기한 채 먼동이 터올 때까지 그 차가운 흰 바위 위에 쪼그려 앉아 있었다. 몸은 오들오들 떨렸지만, 마음은 추운 줄도 몰랐다. 아니다. 기실 몸보다 더 고통스러운 게 마음이었다.

간간이 강 건너 산등성이 쪽에선가 밤새가 캄캄한 소리로 울었고, 그때마다 하늘에서는 별들이 응답이라도 하는지 눈을 반짝거렸다. 이따금 인색한 빛을 지상으로 내려보내는 달과 별을 가리곤 하는 엷고 짙은 구름도 떠 있었다.

의병의 불꽃

유서 깊은 남방 고을이 발칵 뒤집혔다.

저 섬나라에서 건너온 왜적들이 항일의식의 거점지이자 민족자주화 교육의 중심지인 그곳 낙육고등학교를 호시탐탐 노리고 있다는 소문이 현실로 나타난 것이다.

허울 좋은 보호조약이라는 반식민지적인 침략 소식을 접한 그 학교 청년 유생들이 만든, 저 비밀결사조직 '동아개진교육회'의 놀라운 활약상을 듣고 아주 통쾌해하던 고을 사람들은, 한없이 치밀어 오르는 통분과 크나큰 슬픔을 억제하지 못했다.

학교에 모여 혈서로 연판장을 만들며, 꽃다운 그 나이에 죽음을 무릅쓰고 악한 왜놈들과 항쟁을 벌이고 있던 의병 봉기의 주역이 그들이었다. 그런 젊은이들이 이 땅에 있었기에 마지막 희망의 줄을 놓치지 않을 수 있었다. 그런데 믿음직스럽고 자랑스러운 그들이 하룻밤 사이에 그런 엄청난 비극을 맞을 줄은 몰랐다.

얼이와 준서는 일본군들 눈을 피해 나루터집을 찾아온 문대, 철국, 경수 등과 함께 인적 드문 흰 바위로 갔다. 앞서 준서와 얼이가 그랬듯이, 그곳이 가장 안전한 도피처라고 보았다. 하지만 남열의 모습은 땅에서도 강에서도 보이지를 않았다.

"아! 남열이, 남열이가……."

문대가 일본군을 거꾸러뜨리던 큰 무쇠 주먹에 피가 번져 나올 정도로 흰 바위를 마구 내리치며 오열을 터뜨렸다. 흰 바위는 인간들의 온갖 아픔과 슬픔을 온몸으로 받아주는 거인으로 보였다.

"그, 그기 에나가? 에나가?"

권학 밑에서 서당 교육을 마치고 낙육고등학교에 나란히 진학하면서 남열과 가장 절친한 사이로 지내던 철국은, 남열의 죽음이 아직도 도저히 현실로 믿어지지 않는지 그런 말만 되풀이했다. 그의 입은 왈칵 피를 토하고 있는 것 같았다.

"아일 끼다, 아일 끼다."

경수 역시 그 소리만 끝없이 해댔다. 남열의 죽음을 더불어 애도해주는지 허공을 스치는 바람 소리가 자연이 내는 통곡 소리로 들렸다.

"우짜다가 니가, 니가!"

지금 남열은 어디서 벗들이 하는 그 말을 듣고 있을까? 상엿소리 같은 그 말을.

– 남열 망령 들어보소, 우리 친구 떠납니다.

그러면 남열은 이렇게 응할 것이다.

– 내 누운 무덤 위에 논을 친들 내가 알까 밭을 친들 내가 알까 한심하기 짝이 없네.

준서는 단아한 입술을 꾹 다문 채 무심히 흘러가는 남강 물만 내려다보고 있었다. 그의 얼굴에 나 있는 곰보 자국은 예전에 비하면 상당히 없어진 편이었다. 그래서 눈여겨보지 않으면 잘 모르고 지나칠 수도 있었다.

하늘의 도우심인지 조상의 음우인지 다행한 일이었다. 피부도 많이 좋아지고 이목구비가 또렷하여 귀공자 티가 났다. 그렇지만 무엇보다도 그를 돋보이게 하는 것은 아주 영리해 보이는 눈과 가볍지 않은 의젓한 태도였다. 잣나무의 높은 기상과 난초의 그윽함을 함께 간직하고 있다고 할만했다.

"아이기는? 맞다 아이가, 맞아."

경수 말을 반박하며 얼이가 금세 불타버릴 것같이 시뻘게진 얼굴로 절규했다.

"남열이는 죽은 기라!"

남열이 그렇게 된 모든 책임은 나에게 있다고 자책하는 얼이는, 두 손으로 자기 머리칼을 함부로 쥐어뜯으며 오열했다.

"남열이는 몬 살아남은 기라!"

그러자 모두는 고개를 푹 꺾으며 초혼招魂 하듯 불렀다.

"남열아."

그 고을 주봉主峰인 비봉산 자락에 자리 잡고 있는 비봉루에서 서예를 가르치고 있는 남열의 아버지는, 지금 바로 이 순간에도 얼마나 비통해하고 있을 것인가? 남열, 세상 효자도 그런 효자가 다시없을 것이라고 하였다.

비록 썩 사내답지는 못했지만 그래도 여느 동지들 못지않게 몸을 사리지 않고 용감하게 의병 활동에 가담했던 남열이었다. 서당에서 스승 권학 아래 동문수학 할 때는, 여러 학동들 중에서 소제掃除를 제일 잘하던 정말 부지런하고 깨끗한 성품의 젊은이였다. 그래서 그가 나중에 벼슬길에 나아가면 누구보다도 청렴결백한 관리가 될 것이라고 권학도 장담했었다.

"남열아! 남열아!"

철국은 겨울 철새조차 한 마리 보이지 않는 텅 빈 남강 위를 향하여 이제 두 번 다시는 볼 수 없는 남열의 이름을 속절없이 부르며 울부짖었다.

"남열아이!"

그러나 돌아오는 메아리마저 없었다. 가장자리에 살얼음이 엷게 얼어붙은 강물도 오직 저 혼자 무심히 흘러갈 따름이었다. 지금 하늘 한복판에서 약간 서편으로 기울어져 있는 태양도 분노의 붉은 빛을 지상으로 내려보내고 있었다. 그것은 꼭 피가 묻은 화살들이 무수히 내리꽂히고 있는 듯한 섬뜩한 느낌을 주었다.

"철국아."

문대가 철국의 어깨에 가만히 손을 얹으며 말했다. 역겹도록 희고 부드러운 관리 자제의 손이 아니라 구릿빛이 도는 투박한 목수 아들의 손이었다.

"내 이약 함 들어봐라."

"……."

철국이 눈물 어룽진 눈으로 문대를 쳐다보았다. 그 충혈된 눈에는 세상 모든 것을 잃은 자의 깊은 상심과 분노가 서려 있었다.

"그날 밤 왜눔 헌병들한테 생포돼서 고마 처행당한 사람은 남열이 한 사람뿐만 아이다 아이가?"

문대 말에 다른 사람들도 한마디씩 거들었다. 슬픔은 나눌수록 작아진다고, 모두는 철국도 그렇지만 그들 스스로를 위로하는 것처럼 입을 열었다. 사실 무슨 말이라도 하지 않으면 심장이 터져날 것만 같은 그들이었다.

"그거를 생각하모 미치삐것다. 아이다, 몬 미치삐는 기 한이다."

"하모, 맞다. 억울한 사람이 오데 한두 사람이것나?"

"먼첨 간 벗들의 맹복을 빌어줘야제."

"그래야 그들이 좋은 데로 갈 수 있는 기라."

"안 그라고 우리가 자꾸 이리싸모 저들은 아모도 몬 떠난다."

그랬다. 권학이 가르치는 서당에서 남열과 동문수학 했던 문하생 사이는 아니지만, 같은 낙육고등학교 유생인 민재와 상철, 태균 등도 목숨을 잃었다. 총에 맞아서도 죽고, 칼에 찔려서도 죽고, 고문을 당해서도 죽었다. 그리고 왜병은 죄질이 낮다고 판단되는 남은 유생들은 모조리 강제로 해산시켰다.

"그기 인간들이가?"

"그런 거를 인자사 알았나?"

"아, 동물도, 심지어 식물도 심이 없으모 심이 센 다린 것들한테 치이서 고마 말라죽는 기 자연 이치라 캐도 이거는 아인 기라."

"헌뱅대? 헌뱅이고 새뱅이고 그냥 돌뻬이로 콱 깨서……."

하시다까 소위가 인솔한 일본 헌병대는 가증스럽고 전율을 느낄 정도로 잔혹했다. 특히 조선을 일본의 속국으로 만들기 위한 선발대라고 자처하면서 갖은 악행을 애국심이라는 미명하에 자행했다. 그리하여 조선인의 배움터를 그대로 방치했다간 그들에게 커다란 장벽이 될 것으로 판단한 것이다.

여하튼 조선인이 무지해야만 자기들이 펼치려는 식민정책이 제대로 먹혀들어 갈 것으로 본 듯싶었다. 그리하여 결국 일시적으로 폐쇄된 낙육고등학교는 언제 다시 개교할 수 있을지 현재로서는 어느 누구도 예단하거나 장담할 수 없었다.

어쩌면 영원히 문을 걸어 닫아야 할지도 모를 형편이었다. 이 고을 선비 박재구 등 지역 유림들이 그렇게 노력을 기울여 가까스로 창설한 낙육재였다. 어렵게 만들었는데 쉽게 무너져버린다는 것은 너무나 애통했다. 그 배움터에 대한 고을 사람들 애착은 대단했다.

“내도 우리 자슥을 그 핵조에 보내는 기 소원인 기라.”

“내 소원은, 그 핵조 출신을 사우로 삼는 거 아인가베.”

“자네 딸이 괘안은갑네? 낙육고등핵조 나온 사람하고 짝을 지워줄라 쿠는 거 본께네.”

그러던 것이 바뀌었다.

“인자 우리 고을 꿈과 희망이 모돌띠리 사라져삤다 아이가.”

“그 핵조 학상이 된 기 축복이 아이라 재앙이 돼삘 줄 누가 알았것노?”

“낙육, 낙육, 그 이름이 아까버서 우짜노?”

충분히 그런 이야기들이 나올 법도 했다. 경남 지역 최고의 학당으로, 도내 각지에 있는 향교 등에서 배출된 우수한 인재들이 모여든 고등교육기관이었다. 그뿐이 아니었다. 일제 통감부 정치가 실시되기 전에 시작된 근대 관립학교였기에 민족적인 성향 또한 그 어느 학교보다 강했다.

“그란데 우리가 이리 한꺼분에 우 모이 있으모 안 이험하까?”

경수가 문득 주위를 둘러보면서 불안과 걱정이 뒤엉킨 얼굴로 물었다. 그건 이해가 되는 소리였다. 정의감 흘러넘치는 어엿한 청년이었지만 아직도 그날 밤의 악몽만 떠올리면 심장이 얼어붙는 것 같았다. 대범한 문대 역시 부리부리한 눈알을 굴리며 사방을 훑어보면서 자못 흔들리는 목소리로 말했다.

“와 안 그럴 끼고?”

여러 사람 입이 동시에 말했다.

“그렇것제?”

홀연 강가에 경계심과 함께 두려운 기운이 물살처럼 밀려들었다. 어쩌면 죽음 그 자체보다도 죽음에 대한 공포심이 더 견디기 힘든지도 모른다.

"오늘은 우리가 서로 무사한가를 확인해볼라꼬 이리 만냈지만도, 앞으로는 될 수 있는 한 따로따로 떨어져갖고 생활하는 기 좋을 끼다. 어른들도 장마당 말씀 안 하시더나. 일을 당하기 전에 미리미리 조심하는 기 최고라꼬."

문대 말에 얼이가 고개를 끄덕이는데 준서도 입을 열었다.

"문대 새이 말씀이 맞심니더."

그때 얼음이 얼지 않은 남강 한가운데서 어른 팔뚝만 한 크기의 가물치 한 마리가, 짙은 암청갈색 몸을 수면 위로 쑥 솟구쳤다가 '첨벙' 소리를 남기고 도로 물속으로 들어갔다.

"시방 이 순간에도 왜눔 헌뱅들이 우리를 잡을 끼라꼬, 눈깔이 빨개갖고 온 고을을 이 잡듯기 뒤지고 있을 깁니더."

얼이가 준서 그 말을 이었다.

"여게 상촌나루터도 크기 안전한 데는 아일 끼라."

누군가 비밀스러운 혼잣말처럼 이랬다.

"쥐도 새도 모리거로 우리집 골방에만 들앉아 있어야겄다."

그러자 또다시 모두의 얼굴에 암울한 빛이 짙게 떠올랐다. 또 누군가가 말했다.

"가정집 골방보담도 산속 토굴이 더 안 안전하까?"

쫓기는 자의 불안과 고통이 얼마나 큰가를 체득하고 있는 그들이었다. 싱그러운 초록 잎이 칙칙한 낙엽으로 전락하는 건 한순간의 운명인지도 모른다. 그리고 단 한 치 앞도 내다볼 수 없는 불확실한 변화의 한복판에 그들은 속수무책으로 내던져져 있었다.

"그란데 말이다."

그때 문대가 새로운 사실 하나를 끄집어냈다. 이날은 얼이보다도 그가 더 대장 노릇을 하고 있는 모양새였다. '범대'라는 별명에 걸맞은 모습이었다.

"그날 왜눔들하고 갤사항전하다가 구사일생으로 탈출한 우떤 벗들은 안 있나."

"……."

모두들 숨을 죽이고 있는데, 문대는 지금까지와는 달리 기운찬 목소리로 바뀌었다.

"우리 갱남 중서부 등지로 숨어들가갖고 마즈막꺼지 으병 투쟁을 할라쿤다는 그런 기쁜 정보를 입수했다 아이가."

그 이야기를 듣자 하나같이 만세를 부를 자세가 되었다.

"야아!"

숨통을 틔우기에 넉넉한 환호성을 올렸다. 잔뜩 의기소침해 보였던 상촌나루터 모든 것들도 덩달아 자신감을 회복하는 분위기였다.

"우리가 생각해도 에나 자랑시럽다 아이가!"

그런 말에 이어 이런 말도 나왔다.

"안 되모 다린 나라에 가서라도 끝꺼정 싸와야 하는 기다. 소리를 지릴 데가 없으모 넘의 집 안방에 들가서도 해야 하고 말이제."

얼이가 남달리 크고 강해 보이는 주먹을 불끈 쥐며 단호한 표정으로 말했다.

"하모, 그래야제. 이 천얼이도 왜눔들하고 끝꺼지 싸울 끼다. 그기 내 운맹이라 보고 죽을 때꺼정 말이닷!"

그러다가 정정했다.

"아이다, 무신 소리고? 내는 안 죽는다. 죽을 것들은 따로 있는 기라. 그것들이 지구상에서 씨가 마릴 날을 기다림서 살아 있을 끼다."

하류 쪽에서 뱃사공이 부르는 듯한 노랫소리가 마치 지구 끝에서처럼 가물가물 들려왔다.

"어어야, 이 배 저어……."

그때 남강 위로 힘차게 날아드는 커다란 새 한 마리가 있었다. 유난히 눈에 띄는 그 새는 불사조가 아닐까 싶었다.

"내도!"

"내도!"

새로운 각오를 다지고 있는 얼이를 향해 나머지 사람들도 그런 소리와 더불어 너나없이 고개를 끄덕거려 보였다. 농민군과 의병 전력이 있는 얼이가 모두의 눈에는 둘도 없는 세기의 영웅으로 비쳤다. 거기 아무도 드러내놓고 이야기는 하지 않아도 그는 실질적인 대장이었다.

겨울 문턱을 넘어선 남강변에는 외세의 탄압처럼 찬 바람이 씽씽 불고 있었지만, 젊은이들의 피 끓는 몸과 정신은 여름날 하늘에 떠 있는 태양만큼이나 뜨겁게 달아오르기만 하였다.

그렇다, 태양이다. 지금 이곳에는 우리 동지들 숫자만큼의 태양들이 있다. 준서의 가슴 벅찬 생각은 학문의 거목이신 스승 권학에게서 배워 왔던 새로운 과학적 지식을 바탕으로 하여 계속 이어진다.

태양계의 중심을 이루는 발광체로 지구에서 가장 가까운 항성. 몇천 도나 되는 엄청난 고온으로 광선을 발하고 있는 표면. 그리고 자전自轉. 그래, 그 어떤 것에도 속박되지 아니하고 스스로 돌아가고 있다. 아, 언제나 빛나고 만물을 육성하며 희망을 주는 그 이름은 태양이다.

원채가 오랜만에 나루터집을 찾아왔다.

그동안 그가 어디를 어떻게 다니다가 이제야 모습을 나타냈는지 알 도리가 없었다. 평소 큰 바위틈에 뿌리내린 나무처럼 옹골지고 굳건한 사람이었지만, 지금은 때가 때인 만큼 그도 몹시 긴장되고 초조한 빛이었다.

낙육고등학교가 부산포에 있는 일본군 헌병분견대 야습을 받아 유생들이 모조리 해산된 상태였으므로, 그날 이후 학교에 가지 못하고 항상 집 안에서만 숨어 지내던 얼이와 준서는 무척 반갑게 원채를 맞았다. 그가 자신들 옆에 있다는 게 그렇게 마음 든든할 수 없었다.

“잘 지내셨어예?”

“걱정했다 아입니꺼?”

얼이와 준서가 인사를 하자 약간 볕에 그을고 까칠한 원채 얼굴이 조금은 밝아졌다. 그는 묵직한 저음으로 말했다.

“두 사람 다 무사해서 다행이거마.”

원채를 살림채로 인도한 비화가 준서와 얼이에게 경각심을 심어주는 어조로 말했다.

“여서만 뫼시고 가게에는 안 나오는 기 좋것다.”

그러면서 비화는 가겟집 대문을 거치지 않고 곧바로 안채로 통할 수 있는 출입문을 새로 하나 만들어야 하지 않을까 하고 생각했다.

진작부터 그럴 계획은 가지고 있었으나 워낙 장사에 쫓기다 보니 그럴 만한 여유가 나질 않았었다. 그런가 하면, 바깥채 가겟집과 안채 살림집을 오가는 데 소요되는 시간을 조금이라도 줄여보려는 뜻도 있었던 것이다.

하지만 아직도 실천에 옮기지 못한 가장 큰 이유는, 우정댁 하는 말이, 사람이 자기가 살고 있는 집에 문을 함부로 내는 게 아니라고 하면서, 장사가 번성하자 이곳저곳 확장하고 고치고 하던 사람이 그만 장사가 망하는 것을 본 적도 여러 번 있다며 극구 말린 데서도 찾을 수 있었다.

“자, 이리로예.”

“알것네.”

세 사람은 얼이 방으로 들어갔다. 자기 방으로 가자는 준서 권유를 무시하는 얼이다. 얼이 혼자 사용하고 있는 그 방은 어딘가 모르게 남자 냄새가 배여 있는 듯했다. 그리고 준서 방에 비하면 다소 정돈되지 못한 상태였다. 그런 면에서도 두 사람 성격을 짚어낼 만했다.

"아즉도 핵조는 왜눔 헌병들이 점령하고 있제?"

자리에 앉자마자 원채가 붉은 음색이 느껴지는 목소리로 꺼낸 말이었다.

"예, 아자씨. 성이 나서 몬 살겄십니더."

얼이가 울분을 떨치지 못하는 목소리로 대답했다. 준서는 시선을 창가에 놓여 있는 앉은뱅이책상에 둔 채 아무 말이 없었다. 자유로이 외출하지 못하고 집 안에만 칩거하고 있는 얼이 형과 내가 저 앉은뱅이책상 같은 신세라고 생각하니 입맛이 썼다. 지난날 저 마마신의 저주를 받아 얼굴에 난 빡보(곰보) 흔적 때문에 그 스스로 바깥에 나가길 꺼린 적도 있었지만, 지금과는 성질이 다른 것이다.

"그래도 자네들한테 아모 일이 없어서 에나 다행인 기라."

원채가 조금 전에 했던 말을 한 번 더 하였다. 그 정도로 그들 두 사람을 크게 아낀다는 증거였다. 문풍지는 가만히 있다가도 가다 한 번씩 파르르 떨리곤 했다. 예로부터 집도 생명이 있다더니 그런 모양이었다.

"하지만도, 아자씨."

이윽고 준서가 침울한 표정으로 입을 열었다.

"왜눔들한테 고마 억울하기 당한 벗들을 생각하모, 목에 밥이 안 넘어가고 밤에 잠도 안 옵니더."

원채는 깊은 한숨을 내쉬었다.

"하모, 그럴 끼거마는."

동쪽 벽에 달린 창문이 한 번 '덜컹' 소리를 내었다가 잠잠해졌다. 여명이 들어와 새날이 시작되었음을 가장 먼저 알려주는 전령사였다.

"우짜것노."

원채는 사려 깊은 눈길로 두 사람을 번갈아 보았다.

"이런 이약하기 참 머하지만도 죽은 사람은 죽은 사람이고, 문제는, 살아남은 사람들이 앞으로 우떻게 그놈들하고 싸울 낀가 하는 것이제."

얼이가 울먹이는 소리로 말했다.

"심이 있어야 싸우지예."

"심……."

원채 눈이 빛을 발했다. 무예의 고수다운 정기가 전해지는 그 눈에는 얼이가 아쉬워하는 '힘'이 들어 있었다.

"그놈들은 최신식 무기를 갖고 있다 아입니꺼?"

얼이는 동지들에게도 그게 가장 큰 문제라고 벌써 몇 번이나 말했었다. 준서도 의병 활동의 어려움을 떠올리니 퍽 난감하기만 하여 가슴이 꽉 막히는데, 원채가 아주 뜻밖의 이야기를 내비쳤다.

"내가 오데를 갔다가 온 줄 아는감?"

"……."

준서와 얼이는 서로 얼굴을 마주 보았다. 여간해선 자기 행선지를 밝히지 않는 그였다. 원채 목소리가 작아졌다.

"북청에 댕기오는 길인 기라."

"북청예?"

얼이와 준서가 동시에 반문했다. 북청, 그 먼 곳까지?

"우찌예?"

그런데 원채 입에서 나오는 소리는 갈수록 사람을 더 놀라게 했다.

"거서 산포수山砲手 생활을 하는 사람을 만내고 왔제."

"산포수예?"

이번에도 두 사람은 복창하듯 했다. 쉬 이해가 되지 않는 소리였다. 북청에서 산포수 생활을 하는 사람을 만났다니. 북청도 그렇고, 산포수도 그렇고…….

그런데 생각의 너비나 깊이는 나이가 밑이긴 해도 역시 준서가 얼이보다 앞섰다. 준서는 영리해 보이는 눈을 반짝이며 이렇게 물었다.

"요새겉이 시상이 시끄러블 때 아자씨가 그 먼데꺼지 가시서 만내보실 그 정도모 예사 사람이 아일 낀데, 그 사람 이름이 머신고 여쭤봐도 되까예?"

그러자 얼이도 아, 그렇구나! 하는 얼굴로 대답을 재촉하듯 원채를 바라보았다.

"이거는 아조 비밀로 해야 할 일인데……."

원채는 굳게 닫힌 방문 쪽을 한 번 보고 나서 한층 낮아진 소리로 대답했다.

"홍범도라쿠는 으뱅장이시제."

그 말이 떨어지기 무서웠다.

"홍범도?"

"으, 으뱅장예?"

홍범도 의병장! 의병장 홍범도!

"그, 그런 사람을!"

얼이와 준서 목소리가 그만 높아지자 원채가 급히 손으로 막았다.

"쉬잇! 누 들으모 우짤라꼬?"

"아, 예."

둘 다 손바닥으로 얼른 입을 가렸다. 하지만 흥분한 빛은 가리지 못했다. 어지간해서는 동요하지 않는 원채 음성 또한 자못 흔들렸다.

"에나 대단하신 분이더마는."

강에서 들려오는 물새 울음소리에도 한 시대의 겨울이 소롯이 담겨 있었다. 일 년 네 철의 끝 철이다.

"시방 우리 시대가 증말로 필요로 하는 인물이다."

"시대의 인물."

원채 뇌리에 코밑수염과 턱수염이 매우 위엄 있어 보이던 홍범도 얼굴이 그려졌다. 짙은 눈썹 아래 큰 두 눈은 형형한 빛을 뿜어내어 상대를 위압하기에 충분했다. 원채 자신이 만난 사람 중에 그런 인물은 흔치 않았다.

'보통 사람들하고는 용모부텀 하매 차이가 안 났디가.'

그의 지휘 아래 의병 활동을 한 전한성이라는 의병이 원채에게 들려주는 홍범도의 삶의 궤적은 실로 범상치 않았다. 마치 전설 속에 나오는 이야기나 한 편의 소설 같은 느낌을 주는 것이었다.

그는 불행하게도 어려서 부모를 여의고 작은아버지 집에 기거하면서 머슴살이를 했다고 한다. 그 뒤 평양 우영右營에서 나팔수로 복무했지만 각별히 뜻하는 바가 있어 탈영을 감행했고, 그 길로 그는 황해도 수안 총령蔥嶺의 제지소製紙所에서 3년 동안에 걸쳐 일을 하였다.

"머슴살이꺼정?"

"나팔수로예?"

원채에게서 홍범도라는 의병장에 대해서 듣고 있는 준서와 얼이의 눈빛이 하나같이 초롱초롱했다. 자신들도 그 사람을 꼭 만나보고 싶다는 기색이 역력했다.

"우짜모!"

"더 이약해주이소. 그라고 또예?"

젊은이에게는 무한한 가능성이 있다. 큰 산에 가면 큰 사람이 되고, 넓은 바다를 보면 넓은 사람이 되는 법이다. 그러니 너희는 모름지기 크고 넓은 대상을 찾아 나서길 주저해서는 안 된다. 스승 권학은 제자들에게 죽비로 내리치듯 훈계했다.

그러나 준서와 얼이는 원채가 그 이야기를 들려주면서 또 무엇을 생각하고 있는지 알지 못했다. 그는 일제에 의한 조선 풍속 말살 정책으로 인해 제대로 행해지지 못하고 있는 양산 웅상 지방의 고유한 놀이를 떠올리며 울분에 차 있다는 사실을 모르는 것이다. 그의 마음은 의병장이 했다는 머슴, 그런 머슴들을 위한 민속놀이가 행해지고 있던 날 그곳으로 되돌아가고 있었다.

원채는 그해 그 고을의 장원가壯元家로 뽑힌 주인집(머슴을 부리는)에 가 있었다.

일 년 농사를 제일 잘 지은 집을 장원가라고 부르는데, 그 집은 누구나 부러워할 정도로 집채도 크고 마당도 넓었다. 풍수를 모르는 사람이 봐도 집터가 참 좋다는 생각이 절로 들 그런 위치에 자리하고 있는 대저택이었다.

그 고장은 그의 어머니인 언청이 할멈 친가가 있는 곳으로, 그리 자주는 아니지만, 그 근처를 지날 일이 있으면 가끔씩 들르는 곳이기도 했다. 내 어머니가 어린 시절을 보낸 곳이라는 그 한 가지 사실만으로도 벌써 공기부터 다르게 느껴지는 그였다.

때는 논매기를 막 마친 시기였는데, 그 논매기도 아시매기, 두불매기, 망시매기로 나누고 있다는 것도 그는 그날 처음 알았다. 그 자신은 제대로 된 농군이 아니라는 것을 새로이 깨닫게 해준 일이었다. 택견을 수련한다거나 군인으로 가거나 항일 활동을 해온 게 그의 본분이었다.

원채는 좌상座上머슴을 중심으로 놀이판을 벌이는 널찍한 공터에서, 머슴을 부리는 주인들이 마련한 음식을 먹으며 그해 농사의 풍 · 흉작을 심사하는 광경을 보았었다. 그리고 그 자리에서 뽑힌 게 지금 와 있는 그 집인 것이다.

그러나 원채 마음이 가 있는 것은 장원 댁으로 뽑힌 주인집이나 주인, 그가 내는 술이나 음식 같은 '장원턱'이 아니었다. 그 집에서 고용살이를 하는 머슴꾼들이었다.

'이 나라 백성은 모도 고단한 삶을 살고 있지만도, 그중 머슴만치 하로하로가 심드는 이들도 없을 기라.'

바로 그 머슴들의 노고를 위로하기 위해 그날 하루라도 쌓인 피로를 풀고 즐겁게 놀도록 해주는 '망시곱매기놀이'가 벌어지려 하는 것이다.

'너모 불공평한 이 시상, 쥔과 머슴이 저거매이로 신분 차벨 없이 한몸이 되어 더불어 살 수만 있다모 올매나 좋으까.'

원채는 느꺼운 심정으로 바라보았다. 주인과 머슴들이 제상 앞으로 가서 천지신명과 신농씨에게 감사하는 예를 올리고 있었다. 찬물도 위아래가 있다는 말이 그때는 무색하게 느껴질 판이었다. 그들 머리 위로 까치들도 청아한 소리를 내며 신나게 날아다녔다.

그런데 원채 마음이 더욱 좋았던 것은, 다섯 가지 색으로 휘황찬란하게 치장한 황소의 등에 주인이 아니라 머슴이 타고 마을과 논을 함께 돌아다니는 거였다. 그게 원채 눈에는 마치 가마꾼이나 인력거꾼이 가마나 인력거를 타고, 언제 어느 곳에서나 거들먹거리는 고관대작이 그 가마나 인력거를 메거나 끌고 가는 것으로 비쳤다.

원채는 다리가 아픈 것을 모르는 것은 물론, 그야말로 시간이 어떻게 흐르는 줄도 잊은 채, 신나는 광대 패 꽁무니를 쫄쫄 따라붙는 아이처럼 그 놀이 행렬의 뒤를 따라다녔다. 평생 잊지 못할 한마당 잔치였다.

'어? 저거는 또!'

영각을 불자 머슴들(이날만큼은 주인인)이 '농자천하지대본'이라는 글자가 쓰인 기旗를 맨 앞쪽에 세우고 청, 황, 적, 백의 순으로 영기令旗를 나열한다. 선창자와 상쇠와 종쇠 그리고 징, 장고, 북, 소고 등을 치는 이들이 있고 놀이꾼들이 뒤쪽에 늘어선다. 그러면 술이며 음식을 담은 독과 광주리를 이고 든 마을 아낙들이 또 그 뒤를 잇고…….

– 이청 저청 넓은 뜰에 모가 자라 푸러졌네.

선창자가 풀매기 노래를 선창했다. 그러자 상쇠를 중심으로 두 패로 갈린 놀이꾼들이 곧 노래를 부르고 넓혔다가 좁혔다가 원을 그려가며 신바람 나게 춤을 춰대었다.

– 또 한 줌의 풀을 매니 서산 해가 손짓하네.

원채는 흥겨운 머슴들 얼굴에 피어오르는 미소와 여유를 보았다. 적어도 그 순간만은 모든 한과 고통에서 벗어나 있었다. 그렇다. 살다 보면 저런 날도 있어야 한다.

"그만 멈추시오."

원채를 한층 놀라게 한 것은, 한창 벌어지고 있는 그 풍물을 멈추도록 한 사람이 저 좌상 머슴이라는 사실이었다. 여느 때 같으면 엄두도 내지 못할 일이 아닐 수 없었다. 네놈이 어디서 감히? 하면서 당장 치도곤을 안길지도 몰랐다.

"금강산도 식후갱이라 안 쿠디요."

"신발이 닳거로 한바탕 놀았더이 뱃가죽이 등짝에 찰싹 들러붙었소."

풍물을 멈춘 그들은 푸짐하게 마련한 술과 여러 가지 안주로 요기를 하였다. 하지만 그 모습들이 게걸스러운 돼지와는 달랐다.

잠시 후 그 좌상 머슴이 또 일렀다.

"모도 배부리거로 드셨으모 인자부텀 농사 팽가전을 하입시더."

그 제의에 모두 일어나 논으로 향했다. 논에서 불고 있는 바람도 그들더러 어서 오라고 손짓하는 듯했다. 그 농사 평가를 하는데 또 노래가 흘러나왔다.

– 금실금실 자란 벼는 어리둥실 빨리 굵어…….

장원을 추천하는 권한도 좌상 머슴 몫이었다. 한눈에 봐도 '역시 농사를 가장 잘 짓는 머슴'이겠다 싶어질 만큼, 건장하고 넉넉한 몸집에 눈썹이 짙고 매부리코인 좌상 머슴이, 남달리 커다란 손에 쥔 굵은 벼 포기를 높이 치켜들면서 약간 목쉰 큰소리로 외쳤다.

"장원!"

그 한마디로 장원은 정해지고, 놀이꾼들은 환호성을 올리면서 풍물을 치고 논다.

'우쨌든 장원을 핸 논 쥔은 좋것다.'

원채는 그 논 주인이 부러웠다. 한순간이지만 우리 아버지도 저 논 주인처럼 답畓이 많으면 뱃사공질을 하지 않고 지주地主로 편안하게 떵떵거리며 살아가실 수 있을 텐데 하는 생각이 들어 마음 밑바닥이 짠했다.

'내가 불효잔 기라. 아부지, 어머이, 이 몬난 자슥을 용서해주이소.'

중국의 어느 성인도 말했다. 나라에 충성하고 싶어도 나를 낳아준 부모가 없으면 할 수가 없으니 효도가 먼저라고.

'하지만도 이 땅에 태어난 백성으로서 기울어져 가는 국운國運을 봄시로…….'

원채는 고개를 마구 내저었다. 그러고는 나도 저 머슴들처럼 오늘 하루만은 이런저런 것 모두 잊고 그냥 즐겁게 보내자고 스스로를 다독거렸다. 그동안 걸어온 길이 너무나 길고 힘들었다는 자각과 함께였다.

"자아, 저리로."

장원을 차지한 논 주인은 넓은 낯판에 더없이 흡족한 웃음을 띠고는 좌상 머슴을 황소에 태우고 놀이터로 들어간다. 그가 머슴과 함께 제상 앞으로 가서 또 천지신명에게 고유告由하는 예를 드린 다음에 이번에는 축관祝官이 축을 읽었다. 원채는 그 내용을 잘 알 수는 없었지만, 나이가 믿어지지 않을 정도로 낭랑한 그의 음성이 그저 좋았다.

"우리도……."

축 낭독을 마치자 다른 놀이꾼들도 일제히 공손하게 절을 했다.

"쾌지나 칭칭나네."

흥을 돋우는 선창자. 논 마당을 돌며 노는 놀이꾼들. 황소 등에 올라탄 좌상 머슴도 같이 어울려 논다.

– 얼시구나 절시구나 쾌지나 칭칭나네……. 남대롱 밥은 서처자 먹고 쾌지나 칭칭나네…….

조선의 낮이 지나가고 밤이 다가오고 있었다. 그래도 주인과 머슴이 하나가 되어 놀이를 멈출 줄 모르는 조선 백성들이었다. 갈수록 이날의 주빈主賓은 머슴을 부리는 주인이 아니라 머슴들이었다.

그러나 원채를 비롯한 논 주인들, 머슴들, 그 어느 누구도 알지 못했다. 내다보지 못했다. 곧 모두에게 닥칠 그 엄청난 재앙을. 그 악랄하고 사납기 그지없는 만행을.

'탕!'

별안간 어디선가 들려오는 굉음이었다. 그 소리는 평화로운 조선 산하를 찢고 선량한 조선 백성을 겨냥했다.

"……."

처음에 그들은 꼭 꿈을 꾸고 있는 느낌이었다. 아니, 꿈을 꾸기 시작하고 있다고 보았다. 아니, 꿈이래도 그런 꿈은 꿀 수가 없었다.

극히 짧은 찰나였지만 세상도 사람도 입을 다문 것 같았다. 세상도 사람도 순식간에 다 사라진 듯했다.

그러나 아니었다. 그것은 조선 산하와 조선 백성이 일찍이 경험해보지 못했던 너무나도 독한 시간과 공간 속으로 돌입하기 위한 전초전에 지나지 않았다.

"빠가야로!"

"무슨 짓거리들을 하고 있는 거야, 엉?"

"요것들이 죽으려고 용을 쓰고 있어."

홀연 하늘에서 내리는 듯 땅에서 솟는 듯 그런 소리 뒤를 이어 한층 크고 거칠게 터지는 소리, 소리들.

"단 한 놈도 그냥 두지 마라!"

"하나도 놓쳐서는 안 돼!"

"그래야 앞으로 더 이런 행위를 못하게 막을 수 있다고."

원채는 논 주인들, 머슴들, 아낙들, 그 외 놀이꾼들, 그리고 꼬리를 달랑거리며 그 놀이를 구경하는 동리 개, 좌상 머슴을 태운 황소, 그리고 야산과 들녘, 강, 그리고, 다 모두……. 그들과 더불어 지켜보고 당해야 했다. 이런 소리도 들었다.

"머슴들이 사람이라고?"

"조센진들은 다 그렇지."

한마디로 지옥의 현장이었다. 아수라장도 그런 아수라장이 없었다. 총이나 칼, 곤봉 같은 무기로 무장한 일경들은 이 나라 조선의 민속놀이를 해산시키려고 혈안이 되어 야수처럼 덤벼들었다. 언제 어떻게 정보를 입수했는지는 모르지만 모든 인원을 총동원하여 동시에 출동한 모양이었다.

"에잇!"

"억!"

"조센진!"

"으아아악……."

"이리 못 오겠어?"

일경들의 사납고 무자비한 진압에 한마당 놀이판이 무너지는 데는 별로 긴 시간이 걸리지도 않았다. 무엇보다도 이쪽은 졸지에 당하는 사태인지라 저항할 틈도 없었거니와 특히 아무것도 지니지 못한 맨손이었다.

"이게, 이것들이 다 무어야?"

"모조리 없애버려!"

일경들은 그렇게 소리치며 원숭이들이 날뛰듯 음식이 차려진 제상을 확 뒤엎고 바람에 휘날리고 있는 영기令旗들을 찢어버리고 놀이꾼들이 들고 있던 온갖 풍물들을 빼앗아 손으로 부수고 발로 밟아 못쓰게 만들었다.

'콰당!'

'찌이익!'

'쨍그랑!'

오늘의 놀이를 위해 그동안 정성 들여 마련했던 모든 것들이 한꺼번에 박살 나는 광경을 망연자실 바라보는 조선인들이었다. 일경들은 그 조선인들을 연행해가기 위해 일찍이 듣지 못한 이상한 소리까지 질러가며 득달같이 달려들었다.

"어이구우."

속수무책으로 당하고 있는 조선인들 가운데서도 논 주인들이 더 겁을 집어먹고 달아나기 위해 야단이었다. 그다음으로 비명을 지르며 사색이 된 이들은 아낙들이었다. 그 와중에 그래도 싸워보려고 애를 쓰는 이들은 머슴들이었다.

그러면 원채 자신은 어떠했는가? 군인 경험이 있는 그는 처음에 일경들을 상대로 끝까지 싸울 결심을 했다. 당한 만큼 갚아줄 것이다. 하지만 이내 그러기를 포기했다. 지금 그곳에는 많은 조선인들이 있었다.

'저들을 다치거나 죽거로 맨들 수는 없다.'

조선 전통무예인 택견 고수인 그는 적지 않은 적을 거꾸러뜨릴 수는 있겠지만 동족들까지 보호해줄 수는 없다는 걸 염두에 두지 않으면 안 되었다. 자기들 패거리가 그에게 당하는 것을 보면 즉시 그는 물론 다른 조선인들을 향해 칼로 찌르고 총으로 쏠 게 뻔한 자들이었다.

'그러이 참으로 억울하고 분하지만도 우짜것노.'

원채는 피눈물 쏟는 심정으로 우선 그 자리에서 피신하기로 했다. 저들에게 연행되어 조사를 받게 되면 자신의 신분이 드러날 것이고, 그렇게 되면 지금까지 그네들을 상대로 싸워온 그를 그냥 살려줄 일경들이 아니었다.

그러나 원채는 마음먹은 대로 선뜻 실행에 옮기지 못했다. 그건 짐승같이 끌려가기 시작하는 동족들이 눈에 밟힌 때문이었다. 그사이에 그는 다른 조선인들처럼 일경들에게 구타를 당하는 등 봉변을 당하지는 않았다. 비록 적을 때려눕히지는 못해도 날렵한 몸놀림으로 용케 이리저리 피해 다녔다. 누가 그를 자세히 보았다면 신출귀몰, 비를 피해 다니는 사람이 있었다고 얘기할 것이다. 아마도 그날 그곳에서 화를 입지 않고 무사했던 사람은 그 혼자였을 것이다.

'더 이상 지체할 수 없는 기라. 이 복수는 내중에 배로 갚아줄 끼다.'

원채는 끌고 가려는 일경들과 끌려가지 않으려고 발버둥을 치는 조선인들 사이에서 몰래 빠져나와, 어둠이 깔리기 시작하는 들판 저편을 향해 바람같이 몸을 날리기 시작했다.

그 원채를 지켜본 것은 바야흐로 저무는 들녘에서 두 팔 크게 벌리고 서 있는 허수아비들뿐이었다. 그 허수아비들마저도 이내 인간들 난행으로 말미암아 쓰러져 눕고 말았다.

허유고개는 전설이 아닌 것을

상촌나루터 강바람 소리가 원채를 다시 나루터집 살림채로 돌아오게 했다.

가마를 타고 왔는가 인력거를 타고 왔는가? 가마를 메고 왔는가 인력거를 끌고 왔는가? 어쩌면 그 좌상 머슴을 태우고 있던 황소를 데리고 왔는지도 모르겠다. 그는 식민지 조선 백성 모두를 그 황소 등에 태우고 싶었으니까.

"그란데 그가 우찌해서 민족의식을 키우거로 됐는고 하모……."

다시 원채는 그가 들었던 기억을 되살리는 듯 눈을 감았다가 떴다가 하면서 이야기를 이어갔다.

"아, 그런?"

"우찌!"

그 영웅의 삶은 들을수록 젊은 그들 귀를 잡아끌기에 모자람이 없었다. 꼭 누군가 창문 밑에 서서 방에서 흘러나오는 이야기에 귀를 기울이고 있는 분위기였다.

"참말로 파란만장, 만장파란 안 했는가베?"

"예."

지금으로부터 십여 년 전, 홍범도는 금강산 신계사神溪寺라는 절집에 들어가 2년 동안 상좌 생활을 하였다. 바로 그곳에서 지담止潭 스님을 모시면서 글도 배우고 특히 승군僧軍의 활약상에 대해서도 들었다.

"스님들 군대."

얼이의 흥분 섞인 중얼거림에 이어 준서도 떨리는 혼잣말을 했다.

"염주 알 굴리던 손에 무기를 들었다."

그 얼마 후에 을미사변과 단발령으로 인한 을미의병이 전국적으로 일어났고, 당시 그는 강원도 철령에서 비록 소규모였지만 왜적을 토벌코자 의병부대를 조직하였다.

준서와 얼이에게 그건 신화나 전설 속의 주인공이 펼치는 활약상으로 전해졌다. 비록 나이 차이는 나지만 그런 인물과 동시대를 살고 있다는 사실이 차마 믿기지 않았다.

"아, 단발령 말씀이지예?"

"기억이 나능가베."

원채가 나도 떠올렸다는 표정을 지었고, 얼이 머리끝이 꼿꼿이 일어서 보이는 듯했다.

"시방 생각해도 그거는 증말!"

얼이가 또다시 격분하는 모습을 보였다. 자기 생명의 은인인 손 서방이 모친상을 당했을 때의 기억이 생생히 되살아났기 때문이었다. 그리고 그보다 더 앞서, 그가 맹쭐에 의해 강에 빠졌던 날 손 서방이 급히 달보 영감에게 알려주지 않았더라면 그는 수중고혼이 되었을 몸이었다.

'그라고 본께네, 내 목심 줄도 에나 질긴갑다.'

얼이는 하늘이 있는 천장 쪽을 올려다보았다.

'일쯕 돌아가신 아부지 몫꺼지 살아라쿠는 긴가?'

여하간 아직도 피가 거꾸로 솟구치고 살점이 부들부들 떨릴 노릇이었다. 하늘 아래 어찌 그토록 무지막지한 일을 자행할 수 있었을까? 장가들러 가는 새신랑 상투뿐만 아니라 상여를 따라가는 상주의 상투마저 잘라버렸던 그 천인공노할 만행들.

"그 당시 지는 아즉꺼정 상투를 안 쪼았지만도, 원채 아자씨는 상구 날래게 달아나시서 상투가 무사했다 아입니꺼?"

얼이는 무척 감회가 새로운지 부리부리한 눈을 들어 원채 상투를 바라보았다. 머리털을 끌어올려서 정수리 위에 틀어 감아 매어 망건을 쓰고 동곳을 꽂아 맨 그것은 원채에게 썩 잘 어울렸다.

'상투가 국수버섯 솟듯 하다는 말도 있는데…….'

스스로 자기를 어른이라 일컫고 남을 부리는 사람을 이르는 그 말이 떠올랐다. 원채와는 전혀 동떨어진 소리라는 자각이 들었다.

"내도 까딱했으모 당할 뻔했다."

원채가 어두운 음성으로 말을 계속했다.

"손 서방 그분은 짤릿다 아인가베. 넘의 눈에 눈물 내모 지 눈에는 피가 나는 벱이다."

얼이는 더없이 열에 받친 모습이었다.

"그런께 말입니더!"

준서는 아직 어릴 적 일이어서 기억에 남아 있지 못한 사건이었다. 그렇지만 듣고 있자니 자신도 그만 피가 역류하는 느낌은 어쩔 수 없었다. 우리 세대에는 그보다 더한 일을 겪을 수도 있다는 느낌이 투명한 빛으로 다가와서 미칠 것만 같았다.

'단디 각오 안 하모 안 되것다.'

예로부터 이 나라 백성들이 최고 소중하게 여기는 관혼상제 중 하나인 상례喪禮가 아닌가 말이다. 그래 원채가 시종 흥분과 감격에 젖은 목소리로 들려주는 홍범도 의병장 이야기는 푸르른 그들 가슴을 한층 세차게 뒤흔들어 놓았다.

"우떻게 그리!"

"아, 또예?"

홍범도는 그 이듬해 14명의 부대원들을 인솔하고 다시 함경남도 안변으로 갔다. 그곳 석왕사釋王寺에 주둔하고 있는 유인석 의병과 연합하기 위해서였다.

그들이 사는 고을에서 보면 한양만 해도 까마득한 저 북쪽인데, 그보다도 훨씬 더 멀고 먼 윗녘 이야기는 원채의 소상한 전달에도 불구하고 너무나 생경하고 비현실적으로 다가오는 기분이었다.

"을미으병이 해산된 후에 왜눔들이 그를 잡아볼 끼라꼬, 눈깔에 불을 키고 찾아 댕깄제."

원채가 홍범도를 만났을 때가, 바로 그가 혈안이 된 일본군의 체포에서 벗어나기 위하여 북청에서 산포수 생활을 하고 있던 시기였다. 그러나 더더욱 놀랍게도 그는 그렇게 숨어 지내면서도 소규모 항쟁을 지속하고 있었다는 것이다.

원채는 보았는지 못 보았는지 모르겠지만 준서와 얼이 눈빛이 마주쳤다. 그 둘의 눈에서 쏟아져 나오는 빛살 속에는 이런 말이 들어 있었다.

'숨어 있기만 하고 안 싸우모 안 되제.'

'하모, 우리도 안 멈추고 왜눔들을 때리부시야 하는 기다.'

그런데 이야기가 거기까지 진행되고 있을 때였다. 문득 방문 밖에서 아주 해맑은 여자애 목소리가 들렸다.

"오라버니! 준서 오라버니!"

록주였다. 그리 무뚝뚝한 안석록 화공이 다른 사람이 된 듯 말도 많이 하고 웃기도 많이 하면서 그렇게 애지중지하고 있는 무남독녀였다.

호한이 안석록과, 원아의 죽은 연인 한화주, 그들 이름 끝 자를 따서 지어준 이름, 록주였다.

그 이름 때문에 나루터집은 적잖은 회오리에 휩싸인 적도 있었지만, 지금은 모두가 그 이름을 좋아하고 있었다. 초록 구슬.

"아, 록주 아이가?"

원채가 반가운 목소리로 말하면서 두 사람 얼굴을 바라보았다.

"예, 록줍니더."

그 말과 함께 준서가 자리에서 일어나 서둘러 방문을 열었다. 모두의 시선이 거기 방문 밖을 향했다.

"아, 록주가 하매 저리?"

원채는 눈을 크게 깜빡이며 록주를 바라보았다. 그동안 몰라보게 자란 록주를 보니 정말 믿어지지 않는다는 표정이었다. 그는 절로 감탄이 우러나오는 목소리였다.

"인자 길거리서 만내모 모리겄거마는!"

그랬다. 이제 여자다운 자태가 꽤 완연한 록주였다. 원아와 안 화공의 극진한 보살핌을 받으며 성장한 록주는 얼굴 어디에도 어두운 구석이라곤 없어 보였다. 양지에서 자라는 꽃나무마냥 아주 밝아 보였다.

아버지를 닮아 날씬하게 키가 크고, 어머니를 닮아 얼굴이 예뻤다. 그 모든 것에 앞서, 성격이 더없이 쾌활하고 붙임성마저 좋아 나루터집과 밤골집 사람들 사랑을 독차지했다. 집안 어두운 분위기도 록주 앞에서는 말끔히 가셨다. 빛나는 초록 구슬이었다. 록주 한 사람만 있어도 열 사람이 있는 것보다도 더 벅적거리는 느낌을 주었다.

"우리 오라버니, 오라버니."

그런 록주는 걸음마를 시작할 적부터 준서를 그렇게 잘 따랐다. 둘이 함께 있으면 누구 눈에도 영락없는 친남매였다. 지금도 마찬가지였다.

록주는 얼이 방 밖에 서 있으면서도 얼이를 부르지 않고 준서를 부른 것이다. 하기야 얼이와는 아무래도 나이 차이가 그만큼 더 있어 얼이는 손이 아플 수가 있기는 했다.

"……."

어쨌거나 록주는 세 사람 눈길이 한꺼번에 자신에게로 쏠리자 그만 참을 수 없을 만큼 부끄러워지는 모양이었다. 어떤 말도 하지 못한 채 얼굴이 꼭 앵두 알같이 빨개져서 어쩔 줄 몰라 했다.

"준서야, 록주가 각중애 와 저라노?"

얼이가 장난기 섞인 웃음 띤 얼굴로, 준서보다 록주가 들으란 듯 고개를 바깥으로 돌린 채 큰 소리로 말했다. 그러자 록주는 더욱 당황스러워하는 모습이었다. 준서가 짐짓 화난 투로 얼이에게 말했다.

"종산! 동네 개도 안 물고 갈 소리 지발하고 작작 좀 해라. 장마당 내를 보고 머 성인식 어쩌고저쩌고 해쌌더이."

그러는 준서는 어느새 방문을 나서고 있었다. 그의 등 뒤에 대고 또 얼이가 골 먹이는 소리를 던졌다.

"와? 공주님한테 벌로 한다꼬?"

말대꾸할 가치조차 없다는 뒷모습의 준서였다. 그러거나 말거나 얼이는 원채에게 한쪽 눈을 찡긋해 보이면서 또 말했다.

"우리 록주 공주님을 누가 우짜노, 응?"

마당 가 한쪽 화단에서 크고 작은 독들이 많이 있는 장독간으로 알록달록한 조그만 새 두 마리가 날아가 앉는 게 비쳤다. 거의 록주 혼자서 만들어 가꾸는 그 작은 꽃밭에는 분꽃, 채송화, 맨드라미, 나팔꽃 같은 꽃들을 정성스레 심어 놓았다. 그리하여 봄이면 나비나 벌이, 가을에는 잠자리가 곧잘 찾아드는 곳이었다.

"아, 인자 됐거마."

원채가 이제 그만하라고 말리려는데 준서가 얼이를 향해 고함쳤다.

"시끄럽다 안 쿠나!"

그런 다음 잽싸게 등 뒤로 팔을 돌리더니 방문을 소리 나게 탁 닫아버렸다. 방에 앉아 있는 사람들 눈에서 록주 모습도 사라졌다. 원채가 혼잣말로 한 차례 더 이랬다.

"에나 록주를 몰라보겄거마는."

"그렇지예?"

"이래서 세월이 겁난다쿠는 기라."

그러던 원채가 홀연 진지한 얼굴로 물었다.

"효원 처녀한테는 운제 가봤는고?"

"……."

일순, 얼이 얼굴에 떠올라 있던 장난기가 거짓말처럼 금세 사라졌다. 그 대신 더할 나위 없이 침통한 빛이 서렸다. 의지할 곳 없어 어찌할 줄 몰라 하는 그 모습이 꼭 끈 떨어진 망석중이 같았다.

"내가 무담시 물어본 긴가? 그렇다모 이해하게."

원채는 민망스러워하는 표정이 되었다. 이 세상 누구보다도 그들 남녀의 사연에 대해 잘 알고 있는 사람이었다.

"아입니더."

얼이가 담뱃대 톡톡 터는 중늙은이처럼 한숨 섞어 말했다.

"도로 그리 물어봐주시는 아자씨가 상구 고맙지예."

"그래도 이런 일은 그라는 기 아이거마."

원채 눈에 그런 얼이가 열 살은 더 나이가 들어 보였다. 어쩌면 록주를 보고 난 후라서 더 그런 기분에 젖는 것인지도 모른다.

"시방 보이 얼이 총각도 쪼끔씩 나이 묵은 티가 나기 시작하네?"

"에이, 아자씨도. 아니, 사부님도."

좀 거북해진 공기를 밀치려는 의도로 약간 장난기 담은 원채 말에, 얼이는 약간 쑥스러운지 투박한 손으로 뒤통수를 긁었다.

"지가 몇 살 뭇다꼬……."

그러나 얼이는 더 말끝을 잇지 못했다. 솔직히 챙겨 먹을 대로 챙겨 먹은 나이였다. 또한, 효원 모습이 그의 가슴을 꽉 채워버린 탓에 숨을 쉬기도 힘들었다.

"너모 시간이 마이 갔다 아인가베."

진지함을 실은 원채 그 말에는 얼이도 수긍했다.

"예, 세월만 허비해삔 거 겉심니더. 하지만도 우짭니꺼."

앉은뱅이책상 위에 얹혀 있는 책을 보면서 얼이가 울상을 지었다. 그러고는 세상 어떤 책에서도 찾을 수가 없을 것 같다는 듯이 말했다.

"대책이 안 서예, 대책이."

"그런가?"

원채 눈에 방벽이 가파른 벼랑으로 변해 보였다. 사방이 높은 절벽으로 둘러싸인 깊은 골짜기에 갇혀 있는 얼이였다.

"지부텀 퍼뜩 안정을 찾아야 효원이를 그 집에서 데꼬 나오든지 우짜든지 할 수가 있을 낀데 말입니더."

가슴이 너무 답답한지 잠시 말을 멈추었다가 계속했다.

"죽것심니더, 아자씨. 누한테 툭 터놓고 말도 몬 하것고예."

원채는 차라리 귀를 막아버리고 싶은 심정에 몸 따로 마음 따로 노는 사람처럼 했다.

'준서하고 록주는 오데로 갔노?'

얼이는 막막했다. 아무리 원채가 흉허물 털어놓는 절친한 사이이기는 해도, 효원과 강득룡 목사 그리고 한양 선비 고인보와의 관계에 대해서는 상세한 이야기를 해줄 수 없었다. 원채도 들은 소문이 있어 그 스스로 알게 된다면 어쩔 도리 없겠지만 그건 상상조차 싫었다.

"아자씨 말씀매이로예."

또 한참 만에 입이라도 열어야 살 수 있겠다는 얼굴로 말했다.

"지하고 효원이가 오광대패가 되는 기, 젤 좋기는 한 거 겉은데 말입니더."

원채가 가만히 고개를 가로저었다. 택견 동작 가운데 느린 동작 하나를 해 보이는 것 같았다.

"아이네. 인자는 꼭 그랄 필요도 없거마는."

얼이는 눈을 휘둥그레 떴다.

"예?"

원채는 현실을 확실히 주입해주려는 어투였다.

"사정이 배꿨다 아인가베, 사정이."

얼이가 고통스러운 표정을 지었다.

"암만 시간이 가고 사정이 달라진다 쿠더라도 이 얼이는……."

그러나 차마 그다음 말은 밖으로 꺼내지 못했다. 그렇지만 원채는 얼이가 입속으로 도로 삼켜버린 말을 알았다.

'이 얼이는 사람을 쥑인 살인자가 아입니꺼?'

장독간 쪽에서 새소리가 들렸다. 조금 전 방문을 통해 보았던 여러 빛깔 깃털을 가지고 있는 그 새가 내는 소리는 특이했다.

얼이는 고백조로 말했다.

"한 개도 안 기시고 말씀드리서, 앞으로 지가 우찌될 낀고, 그거는 아모도 모리지 않심니꺼?"

"그, 그기사……."

원채도 말이 막혔다. 사실 그건 신이나 알까, 누구도 내다볼 수 없는 일이었다. 그렇다면 유기나 방종에 다름 아니었다.

"지 몸띠이 안에 안 있심니꺼."

얼이는 원채같이 심장이 강한 사람도 차마 지켜보기 힘들 정도로 비장한 낯빛을 지어 보였다.

"원통하거로 돌아가신 아부지 피가 흐르고 있는 한, 지가 할라쿠는 으뱅 활동은 그 누도 막을 수가 없을 깁니더."

그러고는 더 이상은 번복할 수 없는 마지막 결론짓듯 하였다.

"지 스스로도예."

얼이 말의 무게가 고스란히 전해져 고개를 숙였다가 들었다가 하면서 듣고 있던 원채가 다독거려주는 목소리로 말했다.

"이해하것네."

"아자씨."

어디선가 찬 기운이 솔솔 끼쳐들고 있었다. 그건 강마을의 어쩔 수 없는 숙명과도 같이 느껴졌다.

"아집이나 독선이 아이라쿠는 것도 말이제."

얼이에게 좀 더 다른 눈을 가지라는 충고인 양 이런 말도 했다.

"그라고 시방 이 나라 젊은이들이라모, 모도 다가……."

끝까지 들을 수 있는 인내심마저 소진한 모습의 얼이였다.

"그래서 드리는 말씀입니더."

얼이는 손윗사람 말을 끊고 나서도 연방 가쁜 숨을 몰아쉬었다. 그러더니 마지막 담판을 지으려는 빛을 내비쳤다.

"효원이를 과부로 맨드는 거보담은……."

"과부?"

원채 이맛살이 찌푸려졌다. 얼이 말에 거부감을 느낀다기보다 그런 상상만으로도 그만 싫어졌기 때문이었다. 나쁜 일을 마중 나갈 필요가 어디 있으랴.

"난주 나이는 좀 들어도……."

침 먹은 지네처럼 자기 가슴속에 품은 것을 얘기하지 못하고 있던 얼이는, 이참에 모조리 털어놓기로 작심한 모양이었다.

"지가 없어도, 같이 살 남자가 없으까예?"

그런데 원채 귀에는, 효원이 없어도 같이 살 여자가 있을까요? 하는 의미로 들려 손을 내저었다.

"아, 잠깐만 있어 봐라꼬."

공기가 흐름을 딱 멈추는 느낌이 왔다.

"길은 갈 탓 말은 할 탓이라꼬, 똑겉은 말이라도 하기에 따라서 상대방한테 주는 영향이 올매나 다린 줄 아나?"

원채 낯이 단풍 든 나뭇잎처럼 붉어졌다.

"자네, 벌로 말하모 안 되네. 깨진 그럭 암만 도로 이 맞출라 캐도 소용없제."

"아자씨."

북쪽 벽에 나 있는 작은 봉창에 눈이 가며 경거망동하지 말라고 했다.

"효원 처녀가, 방금 자네가 핸 그 소리 들으모 멤이 우떻것노?"

"효원 멤."

"자넨, 하매 자네 혼자가 아인 기라."

원채는 자리를 고쳐 앉았다. 그에게서는 바윗돌 같은 무게가 전해졌다. 택견을 수련하기에 앞서 마음을 가다듬기 위해 숨을 고르고 있는 사람을 방불케 했다.

"따라서 자네 멋대로 생각하고, 자네 멋대로 행동해서는 안 되제."

"아자씨, 시방 지는예."

얼이는 원채보다도 몸자세를 더욱 바르게 했다. 그러고는 상상만으로도 두렵다는 빛을 굳이 감추지 않았다.

"만에 하나……."

원채가 얼이 말을 끊었다.

"효원 처녀가 자네 겉은 그런 생각을 갖고 있으모 자네는 좋것나? 입장을 바까놓고 한분 잘 헤아리봐라꼬."

가게 쪽에서 손님들 말소리가 아스라이 들려오고 있었다. 그에 호응이라도 하는지 그곳 살림채 지붕 위에 까치가 올라앉아 소리를 내고 있었다.

"함 대답을 해보게나."

원채 목소리는 갈수록 자기 아버지 달보 영감 음성을 닮아가고 있었다. 지난날 너무나도 힘들어하는 얼이에게 나룻배를 태워주며 조손祖孫 같은 정을 느끼게 해주던 뱃사공이었다. 하지만 이제 두 번 다시는 그의 나룻배를 탈 수 없을 것이다. 모든 건 강물 되어 흘러가는 것이다.

"흑."

얼이는 기어코 눈물을 보였다. 뒤돌아보면 팔자가 나같이 기구한 놈도 다시없을 것이란 자의식에 가슴이 콱 막혀왔다. 더는 삶의 무게를 감당해내지 못하고 노쇠한 당나귀처럼 쓰러져 다시는 영영 일어서지 못할 성싶었다.

'내가 천 년은 더 살은 거 겉다.'

그 어린 나이에 망나니 칼이 아버지 목을 베는 섬뜩한 광경을 지켜보았으며, 저 민치목과 맹쫄 부자에 의해 수중고혼이 될 뻔했다. 제 손으로 죽인 최종완 시신이 누워 있던 그 자리에서 온전한 정신이 아닌 상태로 관기 효원과 함께 마음과 몸을 섞었다. 농민군이 되어 관군과도 싸웠고, 의병이 되어 일본군과도 싸웠다.

그렇게 제 값어치의 물건밖에 더 얹어주고 받는 저 '덤'으로 주어진 시간인 듯 이날 이때까지 연명해왔다. 그러고 보면 더럽게도 질긴 목숨줄이었다. 만약 죽을 운명이었다면 벌써 몇 번은 죽었을 몸이었다. 하지만 살아남아 있다는 게 더 무섭고 더 독한 형벌을 내리기 위한 신의 뜻이라면.

"내가 한 가지 제안을 해볼까 하네."

버거울 정도로 신중함이 전해지는 원채 말에 얼이는 푹 숙였던 고개를 들었다.

"예."

그 대답 하나 해내기도 힘이 들었다. 가자니 태산泰山, 돌아서자니 숭산嵩山이었다. 한데 원채 입에서는 예상치도 못한 소리가 나왔다.

"효원 처녀를 저 옆집 밤골댁 아주머이한테 좀 부탁하모 우떨꼬?"

깜짝 놀란 얼이가 되물었다.

"바, 밤골댁 아주머이한테예?"

"두 사람 관계를 싹 다 알고 있는 내 멤 겉으모 말이제."

원채는 눈물 자국이 남아 있는 얼이 얼굴을 억지로 외면하며 말했다.

"당장 여 나루터집에 와 있거로 하고 싶지만도, 종산."

그때 지붕 위에서 까치 날아가는 소리가 들렸다. 저 미물은 자기 몸에서 떨어져 나간 깃털을 그리워하는 시간이 있을까? 그런 생뚱맞은 감상에 빠져보며 원채는 또 말했다.

"앞으로 두 사람이 부부가 될 사이라쿠는 거를 감안해보모, 그거는 아인 거 겉다."

왜 원채 아저씨는 그의 아내와 그토록 오랫동안 별거別居 아닌 별거를 하는 걸까? 그 의문을 억지로 마음속에서 몰아내는 얼이였다.

"그래서……."

얼이는 그 소리만 하고 더 말을 이어가지 못했다. 그는 효원과 혼례를 치르지 않고도 동거하고 싶은 사람이었다.

"그래서 머?"

순간적이지만 원채 얼굴에 강한 거부의 기운이 떠올랐다. 지난번 읍내장터에서 일본도를 든 무라니시를 상대로 대결을 벌일 때보다는 좀 덜하지만, 그래도 어딘가 감히 범접할 수 없는 날카로운 기운이 묻어나 보였다.

"……."

얼이는 계속 침묵하고 말았지만 얘기하고 싶었다. 우리는 그런 사이니까 더욱 우리 집에 와 있어도 괜찮지 않겠느냐는 말을. 아니, 꼭 그렇게 하고 싶다고.

"내 이약을 충분히 알아들을 나이라 보거마."

그런 얼이 속마음을 화살 과녁 뚫듯 꿰뚫어 본 것일까? 원채는 이런 말도 꺼냈다.

"장차 부부가 될 남녀가 혼래를 치르기도 전에 둘이 같은 집에서 산다쿠는 거는, 넘들 보기에도 영 모냥새가 안 좋고……."

그는 의도적으로 말끝을 흐리는 게 아닌가 여겨졌다.

"물론 넘들이 내를 대신해서 살아주는 거는 아이지만도, 그래도 말이제, 이 나라 전통 풍속은……."

얼이는 그만 낯이 간지러워 고개를 옆으로 꺾고 말았다. 어디 개구멍이라도 있으면 당장 기어들고 싶었다. 혼례를 올리기도 전에 선을 넘어버린 그들이었다.

'숫총각 숫처녀로 신방을 채리야 하는 긴데.'

비록 사람을 죽였다는 감당키 어려운 자책감과 엄청난 공포심에 사로잡혀 정신없이 벌인 행위이긴 했지만, 그래도 결코 용납될 수 없는 일이란 생각을 얼이는 항상 갖고 있었다. 더군다나 최종완 사체가 거기 오광대 합숙소의 쓰지 않고 버려진 우물 안에 매장돼 있던 상황이었다. 그

뒤 원채가 아무도 모르는(심지어 얼이 자신과 효원까지도) 곳으로 옮겨 버리기는 했지만 그래도 아니었다.

그런데 효원은 말했었다. 우리가 서로 사랑하는 사이니까 아무 상관이 없다고 했다. 또한, 최종완은 죽어 마땅한 인간이니 죄의식을 가질 필요도 없다고 했다. 만약 그날 얼이 도련님이 와서 구해주지 않았다면 자기는 더럽혀진 몸을 그대로 남강에 던졌을 거라고 했다. 충분히 그럴 여자가 효원이었다.

'목사 말을 거역하고 교방에서 도망친 관기가 몇이나 되것노? 그거 하나만 봐도 안 알것나.'

그때 이런 원채 말이 얼이 정신을 돌려놓았다.

"다 싫은가베, 암 말도 없는 거 본께?"

얼이는 크게 더듬거렸다.

"그, 그, 그기예."

싫은 것도 사실이지만 왠지 머릿속이 하얗게 비어버리는 느낌이었다. 사람이 나이 들어 노망기가 생기면 이런 상태가 아닐지. 그러면 차라리 평온해지려나. 이런저런 상념의 사슬에서 벗어날 수 있으니까.

"하기사 솔직히 내 멤에도 그러키는 하거마는."

원채는 역시 숱한 일을 겪은 경험자답게 속내 깊은 사람이었다. 그런 자각이 한층 얼이 입을 열지 못하게 했다.

"시, 실은예."

얼이는 어릴 적 자기 손에 의해 목이 졸리던 그 짐승들이 돼버린 기분이었다. 집에 와서 난리를 부리던 동네 노부부 생각도 났다. 지금은 이 세상에 살아 있지 않을 그 곽 노인과 김 노파에게 참 못 할 짓도 했었다. 게다가 아무런 죄의식도 없었다.

"넘 집에 얹히 삼시롱 아모 일도 안 할 수는 없제."

다시 들려온 원채 말이 그랬다. 그러자 얼이가 이러면서 한숨을 폭 내쉬었다.

"그 집이 술집만 아이라모……."

까막까치도 집이 있고 우렁이도 집이 있다는데, 어찌하여 효원이 있을 집은 없는지 남강 백사장에 혀를 처박아 죽어버리고 싶었다.

"술집이라."

그렇게 되뇌면서 잠시 생각에 잠기던 원채도 새삼 마음에 되새기는 모습이 되었다.

"넘어야 할 산과 강이 에나 마이도 있거마는."

밤골집의 밤골 댁이나 한돌재가 설마 효원더러 사내들 술 시중까지는 들게 하지 않겠지만, 적어도 음식물을 나르는 일 정도는 해야 할 것이다. 그뿐만 아니라 행여 효원이 관기 출신이라는 사실을 알게 되면, 술꾼들은 당장 술기운을 빌려 효원을 넘보려들 것임은 자명했다. 설혹 기녀였다는 것을 모르더라도 예쁜 효원을 그냥 곱게 두지는 않을 것이다. 들판에 핀 야생화 같은 효원이었다.

"생각해보이 그렇다 아인가베."

원채는 자기보다 나이가 밑인 사람일지라도 인정할 것은 솔직히 인정하는 진짜 사내다운 사람이었다. 그것은 무예를 연마하는 과정에서 자연스럽게 생겨난 미덕인지도 모른다. 소견이 좁고 오그라진 옹춘마니와는 한참 거리가 멀었다.

"우리 방금 했던 이약은 첨부텀 없었던 거로 하자꼬. 우떻노?"

"예."

얼이가 바라던 바였다.

"그라고 안 서둘고 잘 찾아보모, 이 넓은 시상천지에서 설마하이 효원 처녀 한 몸 가 있을 데가 없으까이?"

원채는 그렇게 위로 섞인 말로 일단 마무리를 지으려는 눈치였다. 그런데 그러고 나서 막 자리에서 일어서려던 그가 갑자기 엉뚱한 것을 물었다.

"요새는 해랑이라쿠는 고 야시겉은 여자, 요 안 나타나나?"

창백하던 얼이 안색이 대번에 벌게졌다. 목소리에도 저주와 모멸하는 빛이 서렸다.

"요새는 안 옵니더."

원채는 퇴각하는 적군을 보면서 안도하는 병사처럼 말했다.

"그렇다모 다행이거마는."

하지만 해랑이란 그 이름 하나로 인해 방 안 공기가 완전히 바뀌어버리는 듯싶었다. 정말이지 곱씹어볼수록 죽여 버리고 싶은 요물이었다. 사람 여럿 잡아먹을 것이다.

"지가 무신 낯까죽 둘러쓰고 요 올 낍니꺼?"

주먹이라도 휘두를 것같이 하는 얼이를 보는 원채 얼굴이 단순하지 못했다.

"우리사 상세한 내막은 모리것지만도……."

그는 남의 일이지만 숨까지 차는 모습이었다.

"준서 어머이하고 그리키 친했다던 여자가, 우째서 배봉이 집 맏며누리가 됐는고, 자다가 일나서 생각해봐도 모릴 일이거마는."

홀연 얼이 음성에 작두 같은 날이 꽂혔다.

"돈이것지예, 돈!"

흡사 돌아버리겠다는 기색이었다.

"돈? 돈……."

그렇게 뇌까리던 원채가 고개를 가로저었다.

"아일 끼라. 돈은 아일 끼라."

얼이가 반항아처럼 물었다.

“돈이 아이모 머 땜새예?”

원채 목소리에서 자신감이 엷어졌다.

“내도 그거꺼지는 상세하거로 모리것네.”

얼이는 조금 전 원채도 말한 것과 마찬가지로 넘기 힘든 산이나 건너기 힘든 강 앞에 선 사람 같아 보였다.

“하여튼 복잡하기는 상구 복잡한 거 겉심니더.”

“한 거 겉은 기 아이고, 에나 그렇거마.”

방바닥에 날카로운 눈길을 보내며 원채는 심상치 않다는 빛을 엿보였다.

“여게는 머신가 있었던 기라, 머신가 말이제.”

얼이가 가게 쪽을 바라보고 나서 풀 수 없는 수수께끼를 놓고 막막해하는 모습을 보였다.

“비화 누야도 잘 모리것는 모냥이데예. 그 여자가 와 그리했는고는예.”

원채가 의외라고 여겨 눈을 크게 떴다.

“아, 준서 어머이도?”

“예.”

“준서 어머이도 모린다?”

재확인하는 원채에게 얼이는 그렇다고 고개를 끄덕였다.

“그래서 더 심이 드시는 모냥이고예.”

그런데 원채가 하는 말이 야릇했다.

“아인데?”

얼이는 얼떨떨한 표정이었다.

“예?”

원채는 자기 짐작이 크게 빗나가지는 않을 거라고 보는 눈치였다.

"통 모리시는 거는 아일 낀데?"

얼이는 벗겨도 또 드러나는 양파 껍질을 보는 기분이었다.

"그라모?"

또 지붕에서 새소리가 났다. 이번에는 까마귀였다. 두 마리, 아니 너더댓 마리였다. 요즘 어쩐 셈인지 갈수록 까마귀들이 자꾸 불어난다고 께름칙해하던 이웃집 밤골댁 아주머니 얼굴이 눈앞에 나타나 보였다.

"허, 그 참."

원채는 난감하고 어이없는 낯빛을 풀지 못했다.

"백야시가 둔갑해도 열두 분은 더 둔갑한 여자 겉은께, 암만 시상을 잘 내다보는 비화 누야라도 우찌 알것어예?"

얼이 그 말에 원채도 만만치 않은 상대를 만난 것 같은 얼굴로 곱씹었다.

"백야시, 열두 분 둔갑한 백야시."

"또! 또오!"

얼이는 애먼 까마귀를 향해 열불을 터뜨렸다.

"아, 저눔의 까마구새끼들은 와 넘 지붕 우에 와갖고 저리 지랄발광이고?"

어릴 적에 애꿎은 짐승 모가지를 비틀던 습성이 되살아나는 품새였다.

"총이 있으모 탁 쏴 쥑이삐고 싶거마는!"

그날 밤 총만 있었다면 일본 헌병들에게 마지막까지 저항했을 것이었다. 남열 등도 죽지 않았을 것이다. 자다가 일어나 생각해도 원통 절통하고, 피를 토할 노릇이었다.

"총, 총."

그러고 나서 말없이 잠깐 상념에 잠기던 원채가 어두운 목소리로 말했다.

"그거도 그렇고, 배봉이하고 점백이 행재가 하는 동업직물이 갈수록 번창한다쿤께 상구 기분이 안 좋거마는. 넘의 팔매에 밤 주울 고 인간들이 말이제."

나루터집뿐만 아니라 밤골집 쪽에서도 까마귀 울음소리가 낭자했다. 그 기승에 사람들 귀가 성해 나지 못할 판이었다.

"씨~이."

그런데 얼이가 또 까마귀를 욕하려고 하는 낌새를 보이자 원채가 빙그레 웃으며 한다는 말이 좀 기이했다.

"까마구를 너모 못마땅하이 보지 마라꼬. 알고 보모 괘안은 새일 수도 안 있나."

"괘안은 새예? 까마구 좋아하는 사람이 있으까예? 우선에 전신이 시커먼 거부텀 해갖고 기분 나뿌거로 우는 소리꺼정……."

그 말이 끝나기도 전에 원채가 또 묘한 물음을 던졌다.

"자네, 상원上元, 그런께네 우리 정월 보름날의 대표적인 음식이 머라 보는가?"

"예?"

그 음식보다도 그런 질문을 하는 원채 속내를 더 알 수 없어 얼이가 좀 머뭇거리고 있는데, 원채는 그때까지도 계속해서 들리는 까마귀 소리에 귀를 기울이는 시늉을 하였다.

"찹쌀을 찌고, 또오, 대추하고 밤하고 지름하고 꿀, 간장 겉은 거를 섞어서 함께 찐 담에, 잣을 박은 밥, 그런 밥을 머라쿠는고 안 모리것제?"

"그기사 알지예. 약밥, 약밥 아입니꺼?"

얼이는 여전히 의아해하는 얼굴로 답했는데 원채가 이번에는 좀 더 어려운 문제를 냈다.

"그라모 맨 첨에 그 약밥이 우찌 생깃는고는 아시는감?"

"그, 그거는……."

얼이는 그만 말문이 막혔다. 그런 것에 대해서는 생각조차 해본 적이 없었다.

"내가 우째서 새삼시리 이런 이약을 하는고 하모, 잘 모리고 있을 때 하고 알고 나서 하고는 받아들이는 자세가 짜다라 다리다쿠는 거를 말하고 싶어서인 기라."

그의 입에서 얼이가 전혀 몰랐던 이야기 하나가 뜬금없이 흘러나오기 시작했다. 얼이는 순간적이지만 원채가 아니라 스승 권학과 함께 있는 착각이 들었다.

"약밥은 신라의 어느 임금 때부텀 맹글어졌다 쿠더마. 까마구가 말이제, 그 왕한테 머를 깨우쳐줬는데, 아, 솔직히 이약하모 내도 머를 우찌 깨우쳐준 긴지는 알고 있지 몬한 기 사실인데, 우쨌거나 까마구한테서 깨우침을 받은 왕이, 까마구를 위해 제사하는 데서 유래된 음식이다, 그런 이약을 들은 적이 있거마."

얼이 얼굴 표정과 말투가 달라졌다.

"아, 까마구가 그랬다꼬예? 그렇다모 까마구는 방금 아자씨가 하싯던 말씀매이로 괘안은, 아니 괘안은 정도가 아이라 에나 영물 아이라예?"

사람들이 자기에 대해서 무슨 이야기를 나누고 있는지 알고 싶기라도 한 걸까, 까마귀가 문득 소리를 그치고 귀를 기울이는지 조용해졌다.

"그래, 시방은 우떻는가? 까마구가 다시 울모 그때는?"

"인자는 욕을 안 할랍니더. 아이지예, 도로 듣기 좋다꼬 칭찬을 해주고 싶십니더."

얼이 귀에 당산풀이 한 구절이 들려왔다. 정월이라 드는 액은 보름날로 막아주소. 원채가 씩 웃으며 말했다.

"욕만 안 들어도 까마구는 한거석 좋아할 끼거마는."

하지만 그 말끝에 그는 얼굴에 웃음 대신 딱딱한 빛이 서리며 저주하듯 내뱉었다.

"영물이 아이고 요괴가 설치쌌는 시상이 왔는가베, 요괴가."

얼이가 주먹을 꽉 쥐었다. 원채보다도 크고 투박한 주먹이었다.

"그런께 말입니더. 하느님이 없지예. 하느님이 있다쿠모 시상이 안 이렇지예."

"해랑이, 고 여자가 며누리로 들가고 나서 더 그렇다 쿠데?"

"하모예. 꼬랑대이를 있는 대로 살살 흔들어갖고 거래처 사람들 혼을 쏙 빼놓는다쿠는 소문도 자자합니더."

그러던 얼이는 누군가에게 따지는 투로 말했다.

"지가 혁노한테 한분 물어봤지예."

원채가 무슨 영감이 들었는지 지금까지와는 달라지는 눈을 들어 얼이를 보았다.

"혁노?"

"예, 아조 이전에 천주학 하다가 순교한 전창무라쿠는 분 아들 말입니더."

"아, 저 뱅인박해 때 처행당해 시방 무두묘에 묻히 있다쿠는?"

머리가 없이 몸통만 묻혀 있다는 그 무두묘 이야기는 누가 들어도 몸서리가 쳐질 노릇일 것이다. 병인박해 그리고 목 없는 귀신. 그 한恨이 오죽하랴.

"그란데 신갱질이 안 납니꺼?"

얼이 말에 원채는 무슨 소리인지 모르겠는 얼굴로 얼이를 바라보았다. 시끄럽던 까마귀는 한참이나 얌전해졌다. 다른 곳으로 날아가 버렸는지는 모르겠다.

"시방도 요서 벨로 안 먼 그의 고향 사봉면 상촌마을 뒷산 허유고개에 가모, 그 무덤이 그대로 남아 있는데도 불구하고 말입니더."

얼이는 억울하다는 빛을 지우지 못했다.

"시상 사람들 사이에서는 우짜는고 압니꺼?"

원채도 알아야 되겠다는 빛이 완연해졌다.

"우짜는데?"

한데 얼이 말이 예사롭지 않았다. 평소에는 무척이나 단순하고 직선적인 성격을 지닌 것으로 보이면서도 한번 물고 늘어지면 깐깐하기 이를 데 없는 그였다.

"하매 그때 그 일을 똑 무신 전설매이로 여기가고 있다 아입니꺼?"

너무나 안타깝고 분통이 터진다는 목소리였다.

"그기 와 전설이라예? 우째서예? 진짜로 있었던 사건 아입니꺼, 진짜로 있었던 사건예!"

"허, 듣고 본께 그런 거 겉기도 하거마."

흥선 대원군 세도가 그야말로 하늘을 찔러대던 시절이었다. 당시 천주학 탄압령에 의해 전국적으로 9명의 불란스인 신부와 숱한 조선인 성직자, 그리고 수천 명의 천주학 신자들이 목숨을 잃었다. 혈화血花, 피의 꽃으로 숨져갔다.

전창무 또한 그곳 포교에 의해 체포된 후 뇌옥에 감금되어 온갖 모진 고문을 당했지만, 최후까지 배교하지 않고 영장營將의 집행으로 남강 백사장에서 참수형을 당했다. 특히 사교邪敎로 규정된 천주학의 말로가 어떠한가를 백성들에게 보여주기 위해, 목 잘린 그의 머리를 긴 장대에 매달아 사람이 많이 다니는 성문 앞에 높이 내걸기도 했다. 그것은 차마 동족에게 할 소행이 아니었다.

"그래 혁노한테 머를 물어봤는가?"

원채는 그 참혹했던 기억을 떨쳐내려 애쓰며 물었다. 그러자 얼이가 더한층 반항기 있는 젊은이로 바뀌었다.

"니가 그리 꼭 믿는 하느님이 증말로 있다쿠모, 동업직물맹캐 그리 나쁜 집구석이 와 저리 잘살거로 놔뒀는고 모리것다고예."

원채는 궁금하기도 하고 약간 호기심도 동하는 낯빛으로 또 물었다.

"그랬더이 머시라 쿠던고?"

그런데 얼이 입을 통해 다시 듣는 혁노 답변이 무신론자인 그들로서는 썩 명쾌하지 못했다. 아니, 흡족하지 못했고 더 나아가 신경질이 날 정도였다.

"머 난주 가갖고 더 큰 고통을 주실라꼬 그란다나 머라나? 그리쌌더마예."

"난주 가갖고 더 큰 고통을?"

고개를 크게 갸우뚱하는 원채 말이 채 떨어지기도 전이었다. 얼이 입에서 기습같이 노래가 흘러나왔다.

"이 걸이 저 걸이 갓 걸이 진주 망건 또 망건……."

일순, 원채 얼굴에서 핏기가 싹 가셨다. 그는 택견에서 기합 내지르는 것처럼 했다.

"얼이 총각!"

또다시 선혈이 낭자하듯 마구 울어대는 까마귀였다. 다른 데로 날아가지 않았거나 갔다가 다시 돌아왔는지 모르겠다. 어쨌거나 한 마리가 그렇게 하자 나머지 것들도 서로 다투기라도 하는지 소리를 질러댄다. 어쩐지 머리칼이 쭈뼛이 곤두서게 했다. 저러니까 사람들이 재수 없는 새라고 하는 건지 모르겠다.

"고, 고만!"

원채가 손과 머리를 한꺼번에 내저으며 만류했다. 그래도 얼이는 노래를 멈추지 않았다.

"짝발이 휘양건 도르매 줍치 장독칸……."

저 임술년에 그 고장에서 일어난 농민항쟁을 주도했던 유춘계가 지은 '언가'였다. 얼이 아버지 천필구와 원아의 연인 한화주가 성문 밖 공터에서 공개처형을 당했던 그 비극이 영원히 지울 수 없는 지문인 양 되살아나는 순간이었다.

"준서가 와 이리 안 돌아오노?"

원채가 아무 용무도 없을 소리를 했다.

"머구밭에 덕서리 칠팔월에 무서리……."

얼이가 서릿발 서린 소리를 내었다.

"록주하고 오데로 간 기가?"

원채가 큰소리로 혼자 중얼거렸다. 얼이는 얼이대로 그저 언가만 불렀다.

"동지섣달 대서리……."

새들은 모두 날아가 버린 걸까? 이제 지붕 위에서는 아무런 소리도 없었다. 하늘이 시종 침묵하고 있었다. 무정한 방관자 같았다.

빡보 도령의 연정

"머라꼬? 왜눔 판사들이?"

"하모."

"함 더 이약해 봐라. 그것들이 머를 우짠다꼬?"

"잘 몬 들었으모 고만 됐다. 도로 모리는 기 건강에 좋을 낀께네."

"아이다. 그래도 알아야 될 꺼는 알아야 안 하나."

"모리는 기 약이라 안 쿠더나?"

"아는 기 심이라 캤다."

"하여튼 말 몬 해갖고 죽은 구신은 없다쿠디이."

"시상에, 그것들이 말이다."

"머? 머? 에나?"

"그렇다 쿤께네? 왜눔들 통감부가 맹글어짐서로……."

"통감부? 통시는 아이고?"

"왜눔 머 내미 나는 소리 고만해라."

"해라 캐도 더 안 한다. 개들도 코를 막는 기 왜눔 머람서?"

"방금 지 입으로 안 한다 캐놓고!"

온 고을이 뜨거운 가마솥 안에 든 듯 왕왕 들끓었다. 비봉산 서편 자락에 있는 가마못은 그 열기로 봉황새를 쫓아버렸다는데, 이번 기운은 또 무엇을 내몰기 위해 이토록 큰 세력을 뻗치려고 하는지 도무지 알 수 없었다. 봉황새에게 가지 말라고 봉곡리에 만들어 놓은 '봉 알자리' 같은 곳이 또 필요할까.

을사늑약으로 설치된 일제 통감부였다. 훗날 한일합병이 될 때까지 일제가 대한제국 침략을 목적으로 서울에 두었던 그것은, 서울에서 천리나 떨어져 있는 거기 유서 깊은 남방 고을에까지 검은 마수를 뻗쳤다.

그곳 경남재판소가 일본인 판사들이 대거 참여하는 일본식 3심제 신재판소로 개편된 것이다. 그리하여 대구공소원大邱控訴院 소속 지방재판소로 바뀐다는 거였다. 도대체 말도 안 되는 얘기였지만, 이제부터는 조선 사람들이 일본인 판사의 판결을 받아야 할 처지가 되고 말았다.

남의 집 머슴과 관장官長살이는 끓던 밥도 두고 간다고 했다. 항상 하라는 대로 해야 한다는 뜻이니, 조선이란 나라는 연기나 이슬처럼 사라질 것이 뻔했다. 나라가 없는데 백성이 있을 수 없으니 무엇을 더 생각하고 말할 게 있을까.

하기야 입술에 묻히기조차 싫은 소리지만, 어떻게 보면 미리 정해져 있던 수순이었다. 그런 수치와 굴욕의 시간은 예정된 것이기도 했다. 처음 생길 때부터 일제 강압에 의한 지방 사법기관이었다. 바로 저 허울 좋은 갑오개혁의 산물이 그 고을 그 재판소였다.

그러나 전후 사정이야 어떻게 굴러갔든지 간에, 그래도 그것은 경남지역 최초의 근대식 재판소였으며, 그때까지 경남 사법기관의 요람으로 행세하고 있었다. 그리하여 그 지위는 누구도 선불리 넘겨보지 못할 정도였으며, 그 앞을 지나는 사람들은 하나같이 움츠러들며 조심스러워했다.

그럴밖에 없었다. 어쨌든 간에 옳고 그름을 살피어 판단하는 것이 재판이고, 쟁송爭訟의 구체적 해결을 위해 재판소 또는 그 재판관이 내리는 판단이 재판이다. 참 뻰드르르한 말이지만 재판정에서 '땅땅' 내리치는 그 방망이 앞에서 어느 누가 거역하랴. 그 방망이가 내는 소리는 하늘의 소리였다.

갑오일침(갑오경장) 이듬해 5월 무렵이었던가? 고종 황제 칙령에 의해 설치된 그 재판소는, 부산재판소와 더불어 조선 때 수백 년 동안 그 고을 목牧 등 지방 관아에서 하던 지방 수령의 재판 사무를 모두 이관받았다. 그래도 당시는 조선인 관찰사라든지 조선인 군수가 단독 판사가 되어 일체의 소송 업무를 처리, 판결했다. 먼저 와 있었던 몇몇 일본인들이 거기에도 더러운 혓바닥을 대려고 하여 고을 민심이 더없이 흉흉해지기도 하였다.

한양에 있다가 잠시 고향에 다니러 온 다미의 큰오빠 기량도 아버지 백범구와 오랜만에 함께한 자리에서 바로 그 이야기를 나누고 있었다. 그리고 은은한 품위가 배어 나는 그곳 사랑채에는 그들 부자 외에 고명딸 다미 모습도 보였다.

"우리 고을에 저 통감부 재판소가 맨들어졌다쿠는 거는 암만캐도 보통 일이 아입니더, 아부지. 큰일입니더."

"하모, 느낌이 너모 안 좋은 기라."

기량의 말에 범구도 고개를 끄덕였다. 전형적인 부자유친의 모습이었다.

"이리 안 좋을 때도 벨로 없었는데……."

범구의 사려 깊고 근엄한 얼굴에 해저물녘 산그늘 같은 어두운 빛이 서렸다.

"우쨌든 인자 우리 재판소는 모돌띠리 자주성을 잃어삐거로 된 기라.

넘한테 으지함이 없이 지 심으로 처리해 나갈라쿠는 성질이 없어지모 싹 다 끝이제."

기량이 젊은이다운 패기가 담긴 목소리로 말했다.

"개인이고 나라고 간에, 넘한테 기댈라캐갖고는 아모것도 몬 해내지예. 역량이 모지래모 모지랜 대로 우쨌든 전력을 쏟아서 해야지예."

각종 서류며 소도구 등을 넣는 그곳 미닫이장은, 별다른 장식이 없고 소직素直한 책장과 더불어 격조 높아 보였다. 그리하여 그 방 전체 색조는 엷은 황톳빛이 은은히 감도는 분위기를 자아내었다.

"이거는 으지할라캔 거는 아이다."

범구는 벌게진 얼굴에 혀까지 찼다.

"우리가 시방꺼지 혼자서도 잘 해온 거를 놓고, 도로 저들이 처리해 주것다꼬 벌로 나섰으이 더 가가인 기라, 가가이. 후우."

지금 그곳 사랑채 마당에 서 있는 사랑지기의 귀에도 들릴 만큼 크고 깊은 사랑방 쥔의 한숨 소리였다. 거기 사랑채에 딸린 하인 팽두는 입이 천근이었다. 그래서 팽두에 대한 범구의 신뢰의 뿌리는 마당 가 오래된 고목의 뿌리보다도 더 강하고 깊었다.

언젠가 한 번은 속량贖良 이야기를 꺼낸 적이 있는데, 약간 육각형 얼굴의 팽두는 펄쩍 뛰면서 그 말씀 어서 거두시라고, 소인은 자자손손 주인마님 댁에서 종살이를 하고 싶으니 꼭 허락해 주십사고, 물푸레나무 뿌리를 방불케 할 정도로 거친 두 손까지 싹싹 비벼대며 머리를 조아렸다.

"맞심니더. 넘의 일을 봐줄라모 삼년 내 봐조라 글캤는데, 그리 해줄 것도 아임시로 막 덮치무울라꼬 안 합니꺼."

그런 후에 기량은 아까부터 말이 없는 동생 다미를 한 번 보고 나서 말했다.

"그라고 넘의 집 금송아지가 우리 집 송아지만 몬하다 안 캅니꺼?"

범구는 적절한 표현이라고 여겼다.

"하모, 그렇제. 내 돈 서푼이 넘의 돈 사백냥보담도 낫제."

아버지와 오빠의 대화를 귀담아듣고 있는 다미 가슴도 크게 떨렸다. 아버지가 말씀하신 대로 참 가관이라는 생각이 들고 일본인들이 너무 가증스럽다는 기분도 들었다. 날이 갈수록 그들과 관련해서는 좋은 소리가 단 하나도 들려오지 않고 있는 게 사실이었다. 이러다간 종국에는 무슨 소리까지 들을지 조마조마한 마음이었다.

"일제 식민 통치의 시녀로 전락해삐는 거는 시간문제 아이것십니꺼?"

시녀라는 말에 힘을 주는 기량이었다. 가까이에서 시중을 드는 계집 신세가 돼버릴 수도 있다는 거다. 다미는 그냥 무조건 아니라고 고함이라도 치고 싶은 심정이었다.

"음, 시간문제라."

범구는 화제를 아들이 생활하고 있는 지역으로 돌렸다.

"한양 쪽은 우떻노?"

"한양예?"

기량의 안색이 큰 추위를 타는 사람처럼 파래졌다. 여름날 남강에서 멱을 감다가 해가 구름 뒤로 들어가 오랫동안 나오지 않자 몸을 덜덜 떨고 있는 아이를 떠올리게 했다.

"물론 요보담도 몇 배 더 심하것제?"

"……."

아들의 침묵이 부담스러운 모양이었다.

"내가 하나마나 한 소리를 했다."

마당에서 팽두가 조심스럽게 도끼로 장작 패는 소리가 났다.

'탁, 타~닥.'

범구의 몸 뒤쪽 벽면에 붙여 세워져 있는 병풍 글씨들이 왠지 모르게 어지러워 보였다. 검은 벌레들이 꿈틀거리는 느낌마저 주었다. 그것은 쉬 알 수 없는 노릇이었다. 언제나 고상하고 기품 넘쳐 보이는 글씨였다.

"예, 그 심한 정도가예, 에나 말도 몬 합니더."

"그 정도가?"

범구 음성이 사뭇 흔들려 나왔다. 남의 자식 흉보지 말고 내 자식 가르치라는 것을 생활신조로 삼고 살아온 그였다.

"오데로 가나 말입니더."

기량이 너도 조심하라는 듯 다미를 보면서 말했다.

"이거는 온 천지가 왜나막신들 판 아입니꺼."

"우리 나막신이 아이고 왜놈들 나막신 말이제?"

아버지 그 말을 듣는 다미 머릿속에 우리 나막신이 그려졌다. 앞뒤에 높은 굽이 있어 진 땅에서 신게 된, 나무를 파서 만든 신, 목리木履다. 무척 실용적이면서도 언제나 정겹게 느껴지는 신이다. 그것을 신고 가면 가는 곳마다 꼭 좋은 일만 생길 것 같은 신이다.

범구는 헛구역질이라도 할 사람 모습이었다.

"그 조잡하고 더러븐 왜나막신."

그러자 이번에는 어디선가 왜나막신 소리가 들려오는 듯했다. 소위 '게타(下駄)'라고 하는 일본 나무신이다. 일본 것이나 조선 것이나 나무라는 점에서는 다르지 않았다.

기량의 눈앞에 선명히 나타나 보였다. 하단에는 '하(齒)'라고 하는 나무 굽 두 개를 대고, 세 개의 구멍을 뚫어 놓은 그 위판에는 '하나오(鼻緖)'로 불리는 끈을 묶은 왜나막신이다. 일본 버선을 착용하거나, 때로는 짐승처럼 그냥 맨발인 채로 엄지와 검지 발가락 사이에다 하나오를 끼우고 신는 그것은, 아무리 좋게 봐주려고 해도 아니었다. 며느리가 미우면 발뒤축이 달걀 같다고 나무란다는 것과는 다른 성질이었지만 어쨌든 그랬다.

"내가 또 걱정되는 거는 말이다."

범구 얼굴에 이제까지보다 훨씬 침울한 빛이 감돌았다.

"우리 고을 으뱅들이 에나 큰일인 기라."

"으뱅들예?"

다미와 기량의 눈이 마주쳤다. 기량보다 다미 눈빛이 더 흔들리고 있었다. 기량은 곧 아버지에게 고개를 돌리며 물었다.

"그거는 무신 말씀입니꺼, 아부지?"

"이 일을……."

범구는 이맛살을 모으며 지그시 눈을 감았다. 그의 얼굴 가득 근심과 고뇌의 빛이 서리어 있었다. 여러 대에 걸쳐서 대갓집으로 살아오면서도 고을 인심을 잃지 않고 있는 가문의 대들보였다. 그런 그가 어쩐지 곧 무너질 사람처럼 위태위태해 보였다.

'아부지가!'

그런 아버지를 보는 다미 가슴이 자갈밭 위로 굴러가는 수레바퀴만큼이나 마구 덜컹거렸다. 지금 아버지가 해 보이는 바로 저 모습, 그것은 할머니 염 부인이 살아 계실 적에 한 번씩 그녀 앞에서 지어 보이던 것과 너무나도 흡사했다. 아무리 모자 사이라고 할지라도 그렇게 서로 닮을 수가 없었다.

헤아려보면, 그 당시 그렇게 할 때의 할머니는 임배봉에게 큰 시달림을 당하는 굉장히 고통스러운 모습이 분명했는데, 그녀는 그 순간에는 아무것도 알지 못한 채 단지 항상 기품 넘치는 할머니께서 왜 저리 힘들어하는 빛을 보이시는가 하고 조금 의아해했을 뿐이었다. 물론 자신이 한참 어린 나이였기에 그럴 수밖에 없었다고 스스로 변명과 자위를 해도 치솟는 통한은 떨칠 수 없었다.

'그렇다모?'

다미는 또다시 걷잡을 수 없는 갈등과 초조감에 부대끼기 시작했다. 내가 건방지게 그리도 엄청난 일을 어른들에게 고하지 않고 있는 것이 잘하는 짓인지 아직도 제대로 판단이 서지를 않았다. 어쩌면 돌이킬 수 없는 큰 과오를 범하고 있는지도 모르겠다. 나중에 도저히 주워 담을 수 없는 최악의 상황에까지 이르게 된다면 어떡하나.

'내 방식대로 하는 기 잘하는 짓이까.'

비화 마님 말을 듣고 지금까지 계속 비밀로 묻어왔다. 그녀는 그만큼 믿어도 될 만한 사람이라고 보았던 것이다. 그렇지만 그 때문에 배봉 그놈의 털끝 하나는커녕 옷자락 한 번 건드리지 못한 채 아깝고 안타까운 시간만 흘려보냈다. 다미는 심한 격동과 회의에 시달렸다. 사람이 이래서 미치는가 보다 싶었다.

'비화 마님하고 내하고 둘이서 복수한다쿠는 거는 암만캐도 무리가 아이까?'

마을 당산나무에 동제를 지내고, 금줄에 붉은 고추와 청솔가지를 꽂는 그 행위가 단순한 미신만은 아닐 터, 언젠가는 반드시 악은 망하고 선이 이긴다는 믿음은 과학적 신앙인가?

'그랬으모 더 바랠 기 없것지만 그기 아이라모?'

세상은 그렇게 호락호락할 것 같지 않았다. 그것은 부닥쳐 보면 볼수록 대적하기 힘든 괴물이었다. 더욱이 지금 아버지와 큰오빠가 나누는 대화를 통해 작금의 현실이 얼마나 살벌하고 냉정한가를 다시금 깨치는 느낌이었다.

'남자도 아인 여자 둘이서 할라쿠는 일이다.'

다미는 너무 혼란스러웠다. 자기는 비록 여자지만 여느 남자 못지않게 살아갈 수 있다고 자신했었다. 특히 호주 선교사 달렌과 시콜리 부부가 곧 건립할 저 정숙학교에 입학하여 공부를 하게 될 것을 생각하면 한층 더 기운이 치솟았었다. 그렇지만 지금은 이상하게 여자라는 사실이 발목을 휘어잡는 기분이었다. 스스로 여자의 존재 가치를 깎아내리는 못난 짓이라고 나무라도 어쩔 수 없었다.

여기까지가 나의 한계인가? 사람이 제 한계를 깨닫는 것보다 더 참담하고 비극적인 게 있을까?

'아모리 비화 마님이 온 고을이 다 알아주는 똑똑하고 당찬 여걸이라쿠더라도, 복수가 에려블 거 겉다 아이가.'

초조하기 이를 데 없었다. 몸과 마음이 대가뭄의 논바닥보다도 더 바짝바짝 타들어 가는 듯했다.

'그라모 다린 방도를 찾아봐야제, 이리 미련시럽거로 있어갖고 되것나.'

그러나 백 번을 되짚어 봐도 차마 입을 열어 집안 어른들에게 그 사실을 털어놓을 자신이 없었다. 아버지나 오라버니들이 받을 충격이 어떠할지 상상조차도 싫었다. 울분과 고통을 이기지 못한 나머지 신상에 아주 좋지 못한 일이 생길지도 모른다. 게다가 저들에게 복수를 하려다가 도리어 크게 당할 위험도 높았다. 배봉가는 결코 얕잡아볼 집안이 아니라는 것은 누구나 알 것이다. 그리고 그 모든 것에 앞서 비화의 이런 당부가 다미 입을 막았다.

"만약시 다미 아버님이나 오라버님들이 그 일을 아시거로 되모, 돌아가신 할무이 멤이 우떠시것노?"

지하에 누워서도 또 다른 성질의 수치심에 이중적인 고통을 겪을 거라는 얘기였다.

'내라도 그거는 똑겉을 기다.'

다미는 울고만 싶었다. 아니다. 땅을 치고 통곡을 해도 엉키고 맺힌 마음은 풀리지 않을 것이다. 참으로 억울하고 원통했다. 자신의 무능함에 혀를 콱 깨물고 죽어버렸으면 했다. 비겁하다는 자격지심에서 빠져나올 수가 없었다. 살 가치가 없는 내 인생, 대사지나 남강에 휙 몸을 던져버리고 싶었다. 뒤벼리나 새벼리에서 아래로 뛰어내리면 즉시 모든 게 끝이지 했다. 할머니의 죽음 그 자체까지도 그럴 것이다. 그런데 그 뒤에는? 두 눈이 시퍼렇게 살아 있을 그것들은?

"내가 젤 우려되는 점은 말이다."

그때 못난 생각을 하고 있는 다미를 꾸짖기라도 하려는지 아버지 음성이 들렸다.

"인자부텀 우리 으뱅을 올매나 심하거로 탄압하것노, 하는 것이제."

성내에 위치하고 있어 사람들이 '안골'이라고 부르는 그곳 공기는 성 바깥 공기와는 어딘가 좀 다른 느낌을 주었다.

'으뱅 탄압.'

다미는 집안 어른들이 의복 다리는 것을 옆에서 도와주다가 그만 뜨거운 인두 끝에 찔린 듯 번쩍 정신이 났다.

"잡기만 하모 바로 재판해갖고 처행시키삐거나 가막소에 갇아삐릴끼다."

범구 입에서 나오는 이야기는 갈수록 무서운 소리가 아닐 수 없었다. 사랑지기 팽두가 마당을 지나는 다른 하인들에게 지금 주인댁 식구들이 대화를 나누고 있으니 조용히 하라는 소리가 어렴풋이 들렸다. 다시금 충직한 종이라는 게 실감이 났다.

"증말 그렇네예?"

희다 못해 창백해 보이는 기량의 얼굴에도 먹구름이 잔뜩 끼었다. 그 바람에 중증에 시달리는 병자를 연상케 했다. 그는 심히 탈기하는 목소리로 물었다.

“우짜모 좋것십니꺼?”

그렇지만 범구는 그 대안을 제시해 보이기는 고사하고 다미가 한층 더 가슴 졸일 소리를 꺼냈다.

“젊은 유생들도 큰일이제.”

“…….”

다미는 눈앞이 아찔하고 머리가 찌르르 했다. 거기 사랑방이 팽그르르 돌아가는 착각이 일었다. 팽이나 굴렁쇠에 올라탄 느낌이 들었다. 그녀는 속으로 절규했다.

‘아, 그리 되모?’

기량이 석고로 빚은 것처럼 굳은 얼굴로 반문했다.

“젊은 유생들예?”

범구가 한숨 섞어 대답했다.

“하모, 낙육고등핵조 학상들 말이다.”

다미는 자신도 모르게 윗사람들 이야기에 끼어들고 있었다. 그건 예의범절에 벗어나는 짓이라고 배워왔으면서도 그랬다.

“맞아예, 아부지. 에나 큰일이라예.”

아무리 부정적인 생각을 하지 않으려고 해도 다미 뇌리에서 줄곧 떠나지 않는 얼굴들이 있었다. 상촌나루터에 있는 나루터집의 준서와 얼이였다. 그들 모습이 언젠가 보았던 안석록 화공의 그림처럼 선명하게 눈앞에 그려졌다.

그 고을과 인근에 사는 웬만한 사람들은 모두가 들어 잘 알고 있다. 낙육고등학교 청년 유생들이 ‘동아개진교육회’라는 비밀결사조직을 만들고 의병을 일으켜, 일본인 집들만 아니라 일제의 여러 관서까지도 습격하여 그자들의 간담을 서늘케 하는 등, 놀라운 항일 투쟁을 벌여왔다는 사실이었다. 극비로 행한 일이기에 당사자들이 하나같이 함묵하고 있으니 그 현장을 떠올리기가 쉽지 않았다. 하지만 혈서로 연판장까지 만들었다니 그들의 각오와 포부가 어떠했을지는 더 길게 말할 필요가 없었다.

그러다가 부산에서 대거 출동한 일본군 헌병분견대의 야습을 받아, 현장에서 그자들의 총칼을 맞고 절명하기도 하고, 생포된 유생 몇 명은 처형을 당하고, 그 나머지 유생들은 모조리 해산되고 말았다고 한다. 그 고을 희망과 빛인 낙육고등학교는 사라질 지경에 이르고 만 것이다.

그러나 마지막까지 굴하지 않고 항전하다가 무사히 탈출한 유생들은, 낙육고등학교 폐쇄와는 아무 상관없이 중서부 경남 등지로 숨어들어 계속 목숨을 건 의병 활동을 펼치고 있다고 들었다. 참으로 대단한 이 땅의 젊은이들이 아닐 수 없었다.

준서와 얼이라고 항일 투쟁에서 손을 뗐을 리는 만무했다. 특히 다미 눈에 비친 준서는 자기 어머니 비화의 강직한 성품을 고스란히 물려받은 것 같아 보였다. 얼굴은 비록 살짝 얽은 빡보였지만 총기 철철 흘러넘치는 그 눈빛이 예사 도령이 아니었다. 한마디로 살아 있는 안광이었다. 벌판에 선 미루나무처럼 키가 커서 그런지 약간 야위어 보이는 몸매도 여간 강단이 있어 보이지 않았다.

한편 얼이라는 덩치 큰 사람도 그에 뒤지지 않아 보였다. 더군다나 그의 아버지가 저 유명한 임술년 농민군 주동자로 대활약을 했던 천필구라고 하니, 그의 기상이나 용력 또한 여느 사람들과는 남다를 것이다. 지금 나루터집 비화 마님이나 우정댁 그분들은 여간 불안하고 초조하지 않을 것이다.

그런데 아직도 머릿속에서 지워버릴 수 없는 게, 어쩌다가 다미 그녀와 만날 때 준서가 해 보이는 야릇한 반응이었다. 별안간 얼굴이 붉어지면서 어쩐지 허둥대는 모습이었다. 그건 아무래도 그와는 어울리지 않는 태도였다. 도대체 무엇을 근거로 하여 그런 소리를 하냐면 딱히 내세울 말이 없었다. 어쨌든 그는 그래서는 안 될 사람이었다. 다미 마음에 비추어 보자면 그러했다.

처음에는 자기 얼굴에 나 있는 빡보딱지 탓이겠거니 여겼었다. 다른 사람에게 그런 얼굴을 보이는 게 창피하고 부끄러울 수 있다. 그렇지만 단순히 그런 것만은 아닌 것 같았다. 그게 무엇이라고 딱 끄집어내 이야기해 보일 수는 없었지만, 그 묘한 행위에는 분명히 무언가가 감춰져 있었다.

그랬다. 여자의 섬세하고 예민한 감각에 의하면, 그것은 그 이상의 성질, 단순하지 않은 바탕을 지니고 있었다. 심지어 사금파리처럼 위험하기까지 한 그 무엇이었다. 그리고 그 자각 끝에 다미는 그만 자신도 모르게 낯을 붉히곤 했다.

'해나 그가 자기 멤속에 내를 들이앉히놓고 있다쿠는 근거가 아이까?'

그건 아닐 거라는 소리가 그녀의 마음 한쪽에서 들려왔다.

'낼로 몇 분 안 봐서 그랄 가능성은 적것지만도, 그래도 그기 사실이라모? 일은 엉뚱한 데서 터진다쿠는 말도 있제.'

그러자 무어라고 표현할 수 없을 정도로 기분이 복잡다단해졌다. 그게 무엇이랄까, 그녀 스스로도 제 감정의 모양과 빛깔을 짚어낼 수 없었다. 그리하여 마치 헤엄칠 줄 모르는 아이가 물에 빠져 허우적거리듯 한없이 허둥거려야 했다.

그가 비화 마님 아들이 아니라 다른 집 도령이었다면, 그렇게까지 황황망조하고 혼란스러운 심경은 되지 않을 것이었다. 사실 그녀는 아직 남자에 대해서 거의 관심이 없었다. 그보다는 자기만의 꿈과 이상을 설계하며 살아가고자 하는 데 훨씬 많은 정성과 시간을 쏟았다.

여자는 집안에서 살림 잘하고 남편 잘 보필하고 아이 잘 키우는 일이 제일이라고 여기는 풍조의 포로가 되고 싶지는 않았다. 나이가 차서 결혼을 하게 되더라도 자기가 할 일을 가지고 활기찬 사회생활 속으로 뛰어들고 싶었다. 그것도 능숙하지 못하여 사람 죽이는 어설픈 약국처럼 되지는 않을 거라고 마음먹었다. 자의식 과잉이라고 해도 상관없었다. 그렇지만 비화 마님의 아들 그리고 빽보, 그 두 가지 사실이 기성을 내지르는 동물처럼 그녀를 양쪽에서 크게 옥죄어오는 것이다. 그녀는 자신을 힐난하고 질책했다.

'다미야, 니가 그래갖고 무신 일을 하것노? 아모것도 몬 함시로 무담시 헛꿈만 딱 품고 있다쿠는 거 모리나? 지발 증신 채리라, 증신.'

그러나 그 모든 것을 접어두고라도, 그녀와 준서 두 사람을 한데 묶는 끈, 운명 같은 게 느껴지는 것이다. 그 끈은 세상 어떤 강한 칼로도 결코 결딴내버릴 수 없는 성질의 것이었다. 그리고 그 질기고도 친친 매인 끈 끝에 있는 사람들, 그건 바로 저 동업직물 임배봉과 그의 식솔들이었다.

그렇다. 준서와 다미 그녀는 같은 배를 탔다. 동업직물에게 반드시 복수해야 하는 공동체적 운명이었다. 비화 마님과 자신이 그 일을 어서 해낸다면 준서에게까지 넘어가지 않아도 되겠지만, 배봉가는 절대 그렇게 쉽사리 무너뜨릴 수 있는 만만한 가문이 아니었다. 이른바 난공불락의 성채였다. 어쩌면 다미 자신의 자식들, 아니 손자들, 그 손자들의 손자들 세대까지 계속해서 이어져야 할지도 모른다. 자자손손 억만 대까지…….

그러자 그다음으로 다미 머릿속에 자리 잡는 게 동업직물의 동업과 재업이었다. 배봉의 손자들이자 억호와 해랑의 두 아들이다. 특히 맏이인 동업은 아주 똑똑한 젊은이라는 평판이 자자했다. 동업만 떠올리면 가슴에 무엇이 얹힌 듯 답답하고 자신감마저 없어졌다. 정녕 못나고 비겁하다고 수없이 자조도 했지만, 그녀 힘으로는 도저히 치워버릴 재간이 없는 거대한 바윗덩이로 다가오는 건 어쩔 도리가 없었다.

'마님.'

그런데 동업에 대한 그 생각 뒤를 꼬리 물고 비화 얼굴이 곧바로 살아났다. 그것은 실로 수수께끼 같은 기이한 현상이 아닐 수 없었다. 동업에 관한 이야기를 할 때면 돌변하는 그녀였다. 그럴 때 보면 그녀는 완전히 다른 여자로 바뀌어 있었다. 철천지원수 집안의 장손이니 당연히 그럴 수 있겠거니 여겼지만, 그럼에도 그녀의 반응은 참으로 이해하기 어려운 구석이 많았다. 그것은 그 어떤 말로도 설명이 불가능할 것으로 보였다. 동업이 비화 남편 박재영과 그가 불륜을 맺은 허나연이라는 여자와의 사이에서 태어난 자식이란 그 사실을 알 리 없는 다미로서는 지극히 당연한 일이었다.

무너지는 것들

이튿날이었다.

다미는 기량과 함께 바깥나들이를 나갔다. 오랜만에 집에 돌아온 큰 오빠가 고을을 한번 둘러보고 싶다고 해서였다. 까마귀도 고향 까마귀가 반가운 법이라고, 객지에 나가 있다 보니 고향 흙냄새가 맡고 싶은 모양이었다.

바로 전날 그들 부자가 그곳 재판소에 대한 이야기를 나눈 때문인지, 아니면 걷다 보니 우연히 거기로 갔는지는 모르겠으나, 그들 남매는 군청 옆에 있는 재판소 근처를 지나고 있었다. 두 사람은 버드나무 가로수에서 울고 있는 갈색 작은 새가 앉아 있는 가지를 보며 걸었다. 비바람이 몰아치는 밤에는 광녀가 머리칼을 있는 대로 풀어헤치고 있는 게 아닌가 싶으리만치 섬뜩한 느낌을 주는 버들가지였다.

그런데 잠시 후 뭔가 심상찮은 광경에 그들은 그 자리에 멈춰 섰다. 둘 다 목소리에 놀란 기운이 묻어났다.

"어? 다미야, 무신 일이 생긴 것가?"

"증말 와 저라지예, 오라버니?"

그곳은 농청農廳과도 가까웠고, 지난날 농군 부부가 익사체로 발견된 추새미도 근처에 있었다.

"암만캐도 우떤 일이 있는갑다. 심상찮다."

한양 물을 많이 먹은 기량은 감각이 남달라 보였다. 다미는 그러잖아도 긴 목을 더 길게 빼어 그쪽을 바라보았다.

"아, 공기가 좀 그렇네예."

거기서 보아 북쪽으로 우뚝 솟아 있는 그 고을 주봉 비봉산에서 바람이 불어왔다. 그 바람 끝에는 풀 냄새 나무 냄새뿐만 아니라 새 냄새까지 묻어 있는 성싶었다.

"좀이 아이라 마이다."

"예에."

오누이는 서로 의아해하는 얼굴을 마주 보다가 또다시 그곳으로 고개를 돌렸다. 지금 그 장소에는 한 무리의 사람들이 모여 서서 크게 웅성거리고 있었던 것이다. 그 고을에 터를 잡고 살아가는 지역민들로 보였다. 막 걸음을 멈춘 그들 귀에 이런 소리들이 줄기차게 들려왔다.

"에나 저래도 되는 기가?"

"맹색이 군수라쿠는 기 조따우 짓이나 하고 앉았으이, 왜놈들이 우찌 이 나라를 그리 안 하것노."

"똥 싼 놈은 달아나삐고 방구 뀐 놈이 잽힌다더이, 진짜로 나쁜 짓 핸 것들은 아무치도 안 하고."

"조선 땅에 태어난 기 쉽다, 서러버!"

"쇠똥도 저리는 안 굴리댕기것다. 누가 확 불을 안 질러삐리나."

"불? 불 갖고는 성이 안 차거마."

"그라모 끌고 가갖고 물에 처넣으삐까?"

"물? 그거도……. 물 씻어 묵는 나라는 없다 캔 말을 생각하모……."

"그랄 거 없이 여서 콱 뿌사삐리자 고마!"

남매는 사람들이 손가락이나 고개로 가리키며 갖은 욕설과 험담을 퍼부어대고 있는 쪽을 바라보다가 그만 눈을 휘둥그레 뜨고 말았다.

지금 거기 서슬 퍼런 재판소 앞 한쪽에 있는 것이 무엇인가? 정말 직접 보지 않고 이야기만 전해 들으면, 발만 보고도 무엇까지 보았다고, 그렇게 과장해서 말한다고 할 것이다.

"오, 오라버니! 저게 와 저 있어예?"

"그, 글씨다."

다미가 놀라 묻자 기량도 말 그대로 전차에 받힌 사람마냥 멍한 표정을 지었다.

"저런 기 우째서 저 있는고 모리것다."

"얄궂어라, 에나."

그것은 천만뜻밖에도 인력거였다. 큰 두 바퀴 위에 사람이 타는 자리를 만들어 그 위에 포장을 들씌우고 사람이 끌도록 만든 수레였다.

그것도 보통 인력거꾼들이 끄는 평범한 인력거가 아니라 대단히 귀하고 고급스러워 보이는 인력거였다. 다미는 물론이고 기량 또한 한양에서도 쉽게 구경할 수 없을 만큼 굉장한 인력거였다. 어쩌면 어가御駕에 버금 갈 성싶은 그런 인력거가 한눈에 얼핏 봐도 거기 아무렇게나 방치돼 있는 것이다. 농군들이 지고 다니는 오줌장군도 저렇게는 하지 않을 것이다.

"저기 우찌된 일입니꺼?"

기량이 근처에 서 있는 농사꾼 차림새의 중년 사내에게 물었다.

"와 저 좋은 인력거를 저리해 놨지예?"

그러자 강골로 생긴 그 사내가 한층 벌겋게 달아오르는 얼굴로 말했다.

"허, 내 콧구녕이 두 갠께네 이리 살아 있지, 한 개밖에 없었으모 하매 심구녕이 콱콱 맥히서 죽었을 끼요."

저쪽 멀리 동편 옥봉리 교회가 있는 방향에서 날아오고 있는 것은 비둘기들이었다. 잿빛 날개와 빨간 다리가 인상적인 그 새들은 비봉산에서도 흔하게 볼 수 있는 새들인데, 가만히 앉아서 졸고 있을 때가 아니면 항상 무엇을 먹는지 땅바닥을 쪼아대는 게 너무 게걸스럽다고 싫어하는 사람도 있었다.

"대체 저 인력거가 누 낀데?"

기량의 말이 끝나기도 전에, 그 사내와 엇비슷한 연배로 보이는 하얀 저고리 검정치마 아낙 하나가 약간 뻐드렁니를 내보이며 입을 열었다.

"군수 인력건 기라요, 군수 인력거."

그 소리는 그 인력거에 가 부딪쳐 투명한 햇살 아래 산산이 부서져 내리는 게 보이는 것 같은 느낌을 주었다.

"예에?"

"구, 군수!"

남매 눈이 허공에서 다시 한번 맞부딪쳤다. 뜨거운 국에 맛 모르듯, 사리事理를 알지 못하고 당황하거나 영문도 모르고 날뛸 그들은 아니지만 정말 기가 찼다. 도대체 갈수록 더욱 알 수 없는 노릇의 연속이었다. 막강한 권력을 쥔 군수의 인력거가 왜 저런 몰골로?

그들 남매가 도저히 사정을 몰라 하자, 깨끗하게 세탁된 하얀 두루마기를 단정하게 받쳐 입은 점잖은 어떤 노인이 설명해주기 시작했다.

"민성뱅 군수의 전용 인력건데, 사용도 몬 하고 저리 놔 놔삔 거 아인가베."

그냥 군수라고 해도 모두 알 텐데 굳이 민성병 군수의 이름을 들먹이는 그의 의도를 모를 사람은 거기 없을 것이다.

"우째서 사용을 몬 하는데예?"

다미가 묻자 얼핏 남강에 많이 날아드는 고니를 닮은 그 노인은 한숨 섞어 대답했다.

"여는 길이 상구 좁아갖고 제대로 써도 몬 하고 있는 기제."

"그, 그래예?"

기량이 정말 뜻밖이라는 눈으로 다시 거창한 인력거를 바라보았다. 다미 시선 역시 노인 얼굴에서 그쪽으로 옮아갔다.

'말이 되는 소리가?'

저렇게 비싼 인력거를 길이 좁은 탓에 제대로 사용도 하지 못하고 저렇게 방치해 두고 있다니? 하여튼 그 어떤 사유를 가져다가 들이대든 간에, 임금 수레 못지않아 보이는 그것이 길바닥 한쪽에 제멋대로 나뒹굴어 있다는 건 진정 어불성설이 아닐 수 없었다.

"오데 그뿌이모 괘안커로요?"

그때 기량이 맨 처음에 말을 걸었던 그 강골 사내가 마치 심한 욕지거리를 내뱉듯 이런 볼멘소리까지 하였다.

"내가 들은께, 왜눔 인력거꾼꺼정 고용했다 안 쿠요."

비둘기들은 사람을 조금도 두려워하지 않는지 인파에서 멀지 않은 곳에 모여 빨간 다리를 바지런히 놀려 돌아다니거나 땅바닥을 쪼아대기 바빴다. 간혹 낮게 날다가 금방 다시 내려앉는 놈도 있었다. 목숨을 유지하기 위해서 생명체들은 다 힘겹게 살아갈 수밖에 없는 모양이었다.

"왜눔 인력거꾼꺼지예?"

그 또한 전혀 내다보지 못한 일이어서 기량이 확인하듯 반문했다. 그러자 그 인력거가 민성병 군수 것이라는 사실을 그들에게 알려준 빼드렁니 아낙도 그것까지는 미처 모르고 있었는지, 애먼 사내에게 따지려는 모습까지 보였다.

"그기 사실이랍니꺼? 에나 그렇다 캐예?"

다미와 기량은 또다시 얼굴을 마주 보았다. 벌써 몇 차례나 그렇게 한 것인지 모르겠다. 일본인 인력거꾼까지 고용해 놓고 정작 사용도 하지 못하고 있는 인력거라는 것이다.

"혼자서 북 치고 장구 치고 꽹과리 치고 다 했거마는."

콧방귀 뀌는 누군가의 빈정거림이었다.

"고마 왜놈들 나라에 가서 살라쿠지? 누가 머 싸놓고 비는 거도 아일낀데 와 여게 그냥 죽치고 앉아 있는 기가?"

"시상에, 조선인 인력거꾼을 고용해도 머할 낀데, 복장 터진다, 터져!"

시간이 흐를수록 사람들 얼굴에는 그 고을을 다스리는 민성병 군수를 원망하고 질타하고 욕하는 빛이 걷잡을 수 없을 만치 번져가고 있었다. 그러잖아도 울분과 낙담을 발산할 수 있는 분화구를 찾지 못해 힘들고 갑갑한 백성들이었다.

"다미야, 고마 가자."

갑자기 기량이 자기 몸을 붙든 무언가를 뿌리치듯 홱 등을 돌려세우며 말했다. 서러움을 타는 목소리 같기도 하고 체념에 빠진 목소리 같기도 했다.

"예, 오라버니."

다미도 대답과 함께 얼른 한 걸음 떼놓았다. 솔직히 더 이상 그 자리에 그냥 서 있기가 싫었다. 무슨 섬뜩한 흉물인 양 제멋대로 내팽개쳐져 있는 그 인력거를 계속해서 그렇게 바라보고 있다가는 그만 속에 든 것을 모조리 왈칵 게워버리고 말 것 같았다. 대체 이 세상이 어떤 구덩이까지 굴러가려는지 정말 모르겠다.

"우리 성 쪽으로나 함 가보자."

기량이 탈출구나 돌파구를 찾으려는 사람처럼 하는 말이었다. 그는 대한제국 최고 고장인 한양에 가서 생활하면서 그런 이들을 자주 보았을 것이다. 썩을 대로 썩어빠진 이 세상의 민낯이었다.

그때 대갓집 마님으로 보이는 웬 여인이, 몸종인 듯한 어린 처녀를 거느리고 걸어가다가 기량을 한참이나 쳐다보았다. 우리 사위 삼았으면 좋겠다는 눈치 같기도 했다.

"성예?"

그렇게 되묻는 다미도 그 순간에는 오빠 모습이 무척 의젓해 보이고 한양 말씨가 약간 묻어나는 목소리 또한 좀 더 색다르게 들렸다.

"하모, 강바람도 좀 씌우고 하거로."

"예, 오라버니. 그라모 속이 쪼매 시원해질 거 겉어예."

"내 말이, 그 말이다."

남매는 거기서 남쪽 방향을 향해 쭉 기다랗게 뻗어 있는 큰 도로를 따라서 나란히 걷기 시작했다. 뻥 뚫린 길을 걷고 있노라니 꽉 막혔던 가슴팍이 조금이나마 틔는 듯싶었다. 그러나 또 그곳에서 그들을 기다리고 있는 것은 더더욱 그들 마음을 어둡고 힘든 곳으로 몰아넣는 현장이었다.

그들이 막 성 근처에까지 이르렀을 때였다. 맞은편에서 달려오던 작은 아이들 셋이 남매를 보고 저마다 큰 소리로 외쳤다.

"동장대東將臺로 가보이소!"

"동장대가 무너졌어예!"

"야단 난리라예, 야단 난리!"

고개를 푹 숙인 채 땅바닥을 내려다보며 뭔가 골똘한 상념에 잠긴 빛으로 걸어가고 있던 기량이 깜짝 놀라 다미에게 물었다.

"시방 쟈들이 무신 소리를 하고 있는 기고?"

"그, 그런께 말입니더."

다미도 방금 자신이 들은 소리를 의심하듯 더듬거렸다. 잘못 들은 것이 아니라고 보기 때문에 더 그랬다.

"동장대가 무너졌다이?"

기량이 멍한 표정으로 그렇게 중얼거리고 나서 다미에게 한 번 더 확인했다.

"확실히 글 캤제? 니도 그리 들었제?"

다미는 숨이 턱까지 차오르는 느낌을 받았다.

"예."

두 사람은 어느새 그들 옆을 지나쳐 저만큼 달려가고 있는 아이들 쪽으로 고개를 돌렸다. 낡은 짚신에 때 낀 흰옷을 입은 사내아이 둘과 여자아이 하나는, 마침 이편으로 걸어오고 있는 다른 어른들에게도 똑같은 소리를 하고 있었다.

"동장대로 가보이소!"

"동장대가 무너졌어예!"

"야단 난리라예, 야단 난리!"

그러자 그 말을 들은 다른 행인들도 조금 전 그들 남매와 마찬가지로 무슨 소린가 하는 낯빛으로 저마다 아이들에게 묻고 있었다.

"야들아! 그기 무신 소리고?"

"함 더 말해 봐라. 동장대가 무너졌다이?"

"와 그리 됐다는고?"

그러나 아이들은 다급한 일이 있는 것처럼 상세한 이야기는 들려주지도 않고 그저 셋이 합창하듯 새 주둥이 같은 입으로 말했다.

"가보모 알아예!"

"거 사람들이 쌔뺏어예!"

"퍼뜩 가보이소!"

그 말만 공허한 메아리같이 남기고는 또다시 길 저편으로 씽 내닫기 시작했다. 너무나 새롭고 놀라운 사실을 사람들에게 알려주는 일이 더 없이 자랑스러우면서 신난다는 모습이었다. 심지어 우리에게 주어진 임무를 수행해야 한다는 것처럼 보일 지경이었다.

"우리 동장대로 가보자."

기량이 급하게 걸음을 옮겨놓으며 재촉했다. 다미 마음도 그냥 바빠졌다. 그녀는 대나무 꽃이 피는 것을 보고 있던 간밤 꿈이 문득 되살아났다. 그건 대흉사의 전조라고 들었다.

남매는 남강을 낀 성곽 동편 장대將臺인 동장대가 있는 곳으로 내달렸다. 장수가 군사들을 모아놓고 지휘하는 곳이 장대인데, 대체 아이들이 무슨 소리들인가 말이다. 그러나 동장대까지 완전히 도착하기도 전에 두 사람은 그만 소스라치게 놀라며 흠칫 그 자리에 못 박힌 듯 서고 말았다.

이번에도 사람 무리였다. 더군다나 아까 재판소 앞에서보다도 훨씬 많은 인파였다. 남강 물이 공성군攻城軍처럼 성가퀴를 넘어와 출렁거리는 것 같았다. 군중들은 익사 직전의 모습들로 웅성거렸다.

"옴마야!"

"에, 에나 동장대가?"

남매 입에서 거의 동시에 외마디가 튀어나왔다. 그런 좋지 못한 광경의 냄새는 어쩌면 그렇게도 기가 찰 만큼 잘 맡고 날아오는 걸까? 어디선가 불길함이 붉은 핏물처럼 뚝뚝 떨어져 내리는 느낌을 주는 까마귀 소리가 무슨 예고인 양 들렸다.

'까~악, 까~악!'

맞았다. 동장대가 붕괴했다. 그냥 폭삭 무너져 있었다. 아이들 말 그대로였다. 사람들은 그 허물어진 잔해를 지켜보면서 너나없이 망연자실

넋을 잃고 서 있었다. 어떻게 하여 저다지도 와르르 무너져 내릴 수가 있었을까.

"아, 우째 저런 일이?"

"그런께 말입니더, 오라버니."

그들 남매도 이미 그곳에 와 있던 여느 사람들 속에 섞여 혼이 빠져나간 채 서 있었다. 있을 수 없는 일이 벌어진 것이다. 동장대가 무너지다니!

그 동장대가 어떤 곳인가? 그곳은 거기 성에다 설치해 놓은 중요한 네 개의 장대 가운데 제일 바깥쪽 성벽에 위치하고 있는 동쪽 누각이었다.

역사 깊은 그 성곽의 길게 이어진 성벽을 따라 죽 걸어가다 보면, 남장대(촉석루)와 서장대(회룡루)와 북장대(진남루) 그리고 거기 동장대(대변루)를 만나게 된다. 동서남북 네 방향으로 서 있는 장대들이었다.

다미가 돌아가신 할아버지에게서 들은 기억에 따르자면, 그 동장대는 수백 년 전인 임진년에 왜구들이 그 고을에 쳐들어왔을 때 가장 처절하고 치열한 접전지였다고 했다. 그 이유를 궁금해하는 손녀에게, 그것은 성의 취약지구를 방어하던 외성벽의 신북문과 동문 사이에 자리하고 있는 까닭이라고, 어린 다미가 완전히 이해할 수는 없는 이야기를 들려주기도 했다. 고을 사람들이 '백 부자'라고 부르던 할아버지는 턱수염이 떨리고 있었으며 갈수록 격앙된 목소리였다.

"여게 2차 전투 때 말이다, 왜눔들은 동장대 양쪽에 있던 신북문하고 동문을 집중 공객해갖고 개우시 성을 함락시킷제."

그러면서 곧장 하시는 말씀이, 그때 왜군들은 조선군 주요 항전 지휘소였던 그 동장대가 얼마나 싫고 미웠던지, 그곳을 미친 듯이 파괴해버렸다는 것이다.

"그란데 우찌 동장대가 저리 있어예, 할아부지?"

남달리 호기심 많은 다미가 또 그렇게 묻자, 할아버지는 손으로 길고 흰 수염을 쓸어내리며 자기도 예전에 서당에서 배웠다면서 이렇게 들려주었다.

"그 후 광해군 때 안 있나, 우리 고을 뱅사 남이홍이라쿠는 분이 부서진 동장대를 도로 곤치서 세왔다 쿠데."

"아, 도로 곤치서예?"

어린 다미 마음이 좋았다. 그래서 공연히 자꾸 눈물까지 찔끔 나오려고 했다. 광해군도 모르고 남이홍도 알지 못했지만 그랬다. 하지만 그 기억은 나중에 다미로 하여금 당시 여자로서는 드물게 역사와 전통에 관심을 갖게 하는 바탕이 되기도 하였다.

"하모, 시방 와서 생각해봐도 에나 다행한 일 아이가."

할아버지도 재떨이에 담뱃재를 툭툭 떨면서 퍽 흡족한 표정을 지었다. 재떨이와 부자는 모일수록 더럽다고, 재산이 많으면 많을수록 마음씨는 더 인색해진다고 해도, 백 부잣집 사람들은 그렇지 않다는 말을 동네에서 듣게 하는 그였다.

"그래갖고 '대변루'라꼬 불림서 시방꺼정 숱한 세월에 걸치서 아모 탈없이 있어온 기라. 흐음."

다미는 어리광 부리는 모습을 보였다.

"할아부지, 지는 동장대가 에나 좋아예."

그러자 할아버지는 서운하다는 눈빛이 되더니 물었다.

"그라모 이 할배는 에나 안 좋고?"

다미는 그만 울상이 되면서 얼른 이랬다.

"아이라예! 아이라예!"

그래도 할아버지는 화난 얼굴로 말이 없었다.

"할아부지도 좋아예! 할아부지가 더 좋아예! 에나, 에나예!"

떼를 쓰는 것을 넘어 아예 필사적인 다미였다. 사내아이들도 저리 가라 할 만큼 강한 그 집착력을 흐뭇한 얼굴로 보면서, 할아버지는 '허허' 하고 웃었다.

"됐다, 됐다, 이눔아. 그러이 우리 고을 사람들이 잘 보존해야 하는 기라. 알것제?"

다미는 선머슴 모양으로 목소리도 우렁차게 대답했다.

"예, 할아부지!"

그날 할아버지 방에서 나와 조손이 동네 나들이를 갈 양으로 나란히 문간을 나섰을 때, 대문 밖에 달아 놓은 장명등에 막 불이 켜지고 있던 기억이 지금도 너무나 선연하기만 한 다미였다.

바로 그런 동장대였다. 다미는 무너진 동장대를 보고 있자니, 돌아가신 할아버지가 자꾸 생각나서 눈물이 저절로 솟아났다. 그뿐만이 아니었다. 할머니 얼굴도 떠올랐다. 무너진 동장대처럼 임배봉 그놈에 의해 비참한 삶을 살다 가신 할머니였다.

"어? 다, 다미야!"

언제 발견한 것일까? 기량이 깜짝 놀라 물었다.

"니 시방 우는 기가, 응?"

"아, 아이라예."

다미는 서둘러 손등으로 눈가 눈물을 훔쳐냈지만 이미 들켜버린 후였다.

"잘몬했다."

기량이 후회하는 빛으로 말했다.

"봐서 안 될 꺼를 너모 오래 마이 봤다."

아까부터 모습을 드러낸 비둘기 무리는 다른 곳으로 가지 않고 계속 그 부근에서만 날아다녔다. 물새들은 저 아래 남강에서 동장대의 명복을 빌어주는 조문弔文처럼 우는 소리만 보내오고 있었다.

"해나 니가 저거 땜에 자다가 악몽 꿀까 겁난다 아이가."

"……."

다미는 가슴이 먹먹한 나머지 아무 소리도 하지 못했다.

"하기사 조선 백성이모 다 안 그러까이."

다미가 그러는 이유를 전혀 모르고 있는 기량은 우는 동생에게서 무언가 다른 것을 느낀 눈치였다.

"퍼뜩 가자."

이번에도 기량은 아까 재판소 앞에서처럼 얼른 그곳을 벗어나려 했다. 좋은 기氣는 받아들이고 나쁜 기는 멀리하려는 빛이 보였다.

"쌔이 집에 들가자."

다미는 기운이 하나도 없는 목소리로 말했다.

"예."

오늘은 정말이지 지독한 흉일凶日이 아닐 수 없었다. 그 좋지 못한 광경을 두 번이나 보았다. 그런데 더 기분이 께름칙한 것은 왠지 앞으로도 계속해서 그런 경험을 하게 될 것 같다는 불길한 예감이었다.

동장대가 서 있던 하늘 위로 새까맣게 떼를 지어 날고 있는 것은 멀리서 봐도 몸집이 여간 크지 않은 까마귀들이었다. 저놈들은 사람들이 다 가고 나면 걸신들린 귀신처럼 동장대 잔해를 시신같이 뜯어먹고 싶은 것일까?

"무담시 나왔는 기라."

다미는 창백한 얼굴로 말이 없고, 기량은 고개를 숙였다가 들며 또 말했다.

"그냥 집에 있을 거로."

기량은 허공 어딘가로 그 허공보다도 더 공허한 눈길을 보냈다.

"고향이라고 해서 장 좋은 거만도 아인갑다."

"오라버니."

까마귀 무리는 그 날카로운 부리로 작은 흠집 하나 없는 하늘을 함부로 쪼아댈 것같이 사납고 불안해 보였다. 어쩌면 사람이 죽어서 저승으로 가는 황천길을 내내 날아다니다가 잠시 이승으로 내려온 놈들인지도 모르겠다. 그런 허허로운 생각과 함께 기량은 그것들을 향해 침이라도 뱉을 태세였다.

"재수없거로 무신 눔의 까마구들이?"

남매는 그 장소를 떠나기 시작했다. 하지만 그들은 앞으로의 일을 조금도 예상치 못했다. 아니, 비단 그들뿐만 아니라 어느 누가 내다볼 수 있었을까?

동장대가 그렇게 무너진 것을 본 일제는 철거 비용을 줄이게 됐다고 미친 듯이 좋아하며, 보수는커녕 동장대 양쪽 성벽마저도 모조리 철거해버린 다음에, 그곳에다 자기들 목적을 위한 신시가지新市街地를 만들기 시작한 것이다.

그런데 무작정 그 자리를 벗어나기 위해 허겁지겁 큰오빠 뒤를 따라 걷던 다미는, 어느 순간 주위를 둘러보고는 발이 땅바닥에 딱 들러붙는 기분이었다. 눈앞에 불이 번쩍이면서 그만 엎어질 뻔했다.

'아, 요가 오데고?'

그 장소는 바로 임배봉이 오래전부터 경영하는 동업직물 건물이 떡하니 자리 잡고 있는 번화가였다. 사람들은 배봉과 점박이 형제를 두고서 이렇게 빗대어 말했다. 한량이 죽어도 기생집 울타리 밑에서 죽고, 백정이 버들잎 물고 죽는다. 그 못된 것들은 죽는 날까지 그 나쁜 짓을 버리지 못할 거라는 얘기였다.

'우짜다가 여게꺼정?'

일본인들이 개업한 '삼정중 오복점'이란 백화점도 거기서 그다지 멀지 않은 곳에 있었다. 어디선가 게다짝 소리가 들려오는 환청에 다미는 자신도 모르게 숨을 몰아쉬었다.

그러나 다미 가슴에 예리한 비수가 되어 날아와 꽂히는 것은 저쪽에 바라보이는 '동업직물'이란 상호가 붙은 거대한 간판이었다. 거인의 얼굴을 방불케 하였다.

그동안 동업직물은 실로 엄청난 발전에 발전을 거듭해왔다. 특히 동업직물 주변에 있는 비싼 땅이며 건물들을 깡그리 사들여 귀신조차 경악할 정도로 확장해놓고 있었다. 이런 추세로 나가다간 여기 이 고을이 모두 배봉가 소유로 귀속돼버릴지도 모른다고 사람들은 쑥덕거렸다. 개중에는 그래도 왜놈들 손에 들어가는 것보다는 낫지 않느냐고 하는 이도 있다고 하지만, 여하튼 여우 꼬리나 늑대 꼬리나…….

"다미야!"

그때 기량이 다미에게서 또다시 무언가를 감지했는지 물었다.

"각중애 와 그라노?"

"예?"

기량의 말에 다미는 절대 보지 말았어야 할 것을 보고 있은 사람같이 동업직물 간판에서 황급히 시선을 돌렸다. 그러자 그 순간을 기다리고 있었는지 또다시 지독한 어지럼증이 오랫동안 굶주린 산짐승처럼 덤벼들었다.

"아!"

다미는 크게 비틀거렸다. 기량이 놀라 물었다.

"오, 오데 아푸나?"

큰오빠 말이 먼 언덕 너머에서 나는 듯 아스라이 들렸다.

"와? 와? 안색이 영 안 좋다? 토할 거 겉나? 쓰러질 거 겉나?"

기량이 기겁을 하고 동생 얼굴을 들여다보며 걱정스레 물었다.

"아, 아이라예."

가까스로 손사래 치는 다미였다.

"아인 기 아인데?"

그러는 큰오빠 얼굴이, 다가왔다 멀어졌다 하는 성싶었다. 마치 탈을 쓴 짓궂은 광대가 아이들을 놀라게 하려고 장난질을 치는 것 같았다.

"괘, 괘안아예."

다미는 웃어 보였다. 하지만 그건 누구 눈으로 보더라도 억지웃음이었다. 평소에도 거짓된 언동에 익숙하지 못한 다미였다.

"아이다. 몸이 상구 안 좋은갑다."

하나밖에 없는 여동생을 끔찍이도 위하는 오빠였다.

"후딱 이약해 봐라. 운제부텀 그래온 기고?"

혹시 한양에 가 있던 나만 모르고 있는 게 아니냐고 생각하는 어투였다.

"집안 다린 사람들은 모도 알고 있는 기가?"

지나가던 행인들이 잠시 멈추고 서서 그런 두 사람을 의아한 눈으로 보고 있다가 걸음을 옮겨놓기도 했다.

"오라버니도. 아이라쿠는데 자꾸 그리쌌네예."

다미는 양 볼에 예쁜 보조개까지 만들어가며 더욱 미소를 지어 보였다. 그렇지만 오빠를 안심시키기 위해 웃고 싶어도 계속해서 더 웃지를 못했다. 몸의 균형을 잡지 못한 탓에 환시가 아니라 실제로 하늘과 땅이 빙빙 도는 듯했다.

"시방 니 이마에 나 있는 거, 그거 땀이 맞제, 땀?"

기량은 당장 무슨 사고가 일어날 것 같은 표정을 지으며 동생 이마에 손을 갖다 댔다. 할아버지와 할머니가 돌아가신 후 의지가지없는 고아 같아 보이는 아이였다. 한양에 처음 혼자 올라갔을 때 이 세상에서 혼자라는 것만큼 슬프고 아픈 존재는 없다는 걸 체득했던 그였다.

"오데 들가서 앉을 데가 없으까?"

기량은 허둥지둥 주변을 둘러보며 어쩔 줄 몰라 했다.

"으원이 여 오데 있었더라?"

"지는 괘안……."

바로 그때였다. 다미는 그 어지러운 와중에도 눈을 의심하지 않을 수 없었다.

그들이 조금 전에 지나쳐 왔던 반대 방향으로부터 정신없이 달려오고 있는 두 사람, 그들은 어김없는 준서와 얼이였다.

'저, 저들이 우찌?'

다미가 그 황망 중에 느끼기로는, 두 사람은 갑자기 하늘에서 내려왔거나 땅에서 솟아난 거였다.

'어?'

'아!'

다미를 발견한 그들도 여간 놀라고 당황해하는 빛이 아니었다. 훤한 백주에 낮도깨비를 발견한 사람 표정이 그럴지도 모른다.

"……."

그렇지만 그들은 아무 말도 하지 않고 그대로 다미 곁을 황황히 지나쳐 갔다. 얼핏 땅 위에서 저 상촌나루터의 나룻배를 타고 미끄러지듯 가고 있는 형상이었다. 그리하여 어떻게 받아들이면 너무나 몰인정할 뿐만 아니라 철저히 다른 사람들, 아니 환영이었다. 그게 아니라면 아주 닮은 사람들을 만난 게 아닌가 싶을 지경이었다.

그들이 다미를 알아보았다는 증거는 단 한 가지였다. 두 사람 입언저리에 똑같이 얼핏 떠오른 미소였다. 소리를 내지 않고 빙긋이 웃는 웃음이었다.

그러나 그마저도 극히 짧은 한순간에 지나지 않았다. 그래서 그들이 정말로 실제 미소를 지었던가 하고 의심될 정도였다. 그들 얼굴에서 그 희미한 웃음기는 이내 스러지고, 그 대신 다미가 멀리서 처음에 보았던 것처럼, 너무나도 딱딱하고 창백한 기운만 감돌았을 뿐이었다. 형장으로 끌려가는 사형수들을 연상시켰다.

"아는 사람들이가?"

다리에 바퀴가 달린 듯 질주하는 준서와 얼이를 돌아보며 기량이 물었다.

"예."

다미는 짧게 대답하면서도 두 눈은 줄기차게 그들 뒤를 좇았다.

'시방 누한테 쫓기고 있는 기 확실타.'

다미 뇌리를 번개같이 스치는 직감이었다. 틀림없었다. 그때 두 사람은 쫓기고 있었다. 그렇게 위태위태하고 초조해 보일 수 없었다.

다미의 그 예감은 그대로 맞아떨어졌다. 두 사람 모습이 시야에서 사라지고 얼마 지나지 않아서였다. 그들이 도주해오고 있던 방향에서 말을 타고 이쪽으로 매우 빠르게 달려오는 자들이 있었다. 사납고 위험하기 그지없는 공기를 태풍처럼 몰아오는 그자들은 귀신보다도 무서워 보였다.

'헉! 저, 저들은?'

다미는 숨이 뚝 멎는 느낌이었다. 눈앞이 놀놀해졌다.

"아!"

기량도 외마디 소리를 내었다. 단지 그들 남매뿐만 아니었다. 그때 그곳을 지나고 있던 사람들이 하나같이 기겁을 하고 바라보았다.

일본 헌병들이었다. 일순, 다미 머릿속을 부싯돌 켜듯 확 밝히는 게 있었다.

'그, 그라모?'

바로 낙육고등학교를 야습하여 조선 청년 유생들을 죽이거나 잡아갔다는 부산포 일본군 헌병분견대였다. 아주 잔인하고 악랄하게 조선인들을 괴롭히는 것으로 알려져 있는 헌병분견대를 하시다까 소위가 이끌고 있다고 했다.

'크, 큰일 난 기라!'

바로 그 일본 헌병대가 지금 준서와 얼이를 추적하고 있는 것이다. 독하고 끈질기기가 독사나 진드기보다도 더하다고 들은 자들이었다.

'아, 우짜노? 우짜노?'

다미는 두 발을 동동 구를 것처럼 해가며, 허연 콧김을 훅훅 뿜어내고 있는 말의 잔등에 높이 올라타고 있는 일본 헌병들을 쳐다보았다.

그 순간에는 하늘을 배경으로 우뚝 서 있는 그 말들과 일본 헌병들이 거인국에서 온 사람과 동물로 보였다. 그리고 그와 대비하여 조선 땅과 조선 사람은 너무나 왜소하게 느껴졌다. 작아지고 또 작아져서 나중에는 없어져 버릴 것만 같았다.

"이것 봐!"

허리춤에 소위 저 '닛뽄도'라고 하는 무시무시한 긴 칼을 찬 그들은 남매에게 무언가를 물으려고 하였다. 보리로 담근 술 보리 냄새가 안 빠진다고, 그들이 지닌 섬나라 오랑캐 근성이 그대로 드러나 보이는 성싶었다.

"에……."

그러더니 그보다는 아직 멀리는 달아나지 못했을 도망자들을 빨리 추적하는 것이 더 화급하고 중요하다고 판단했는지, 아니면 같은 조선인들에게 캐물어봤자 사실대로 말해주지 않을 것이라고 지레짐작이라도 했는지, 일본 헌병대들은 곧장 두 사람 옆을 그대로 지나쳐 급하게 말을 달려갔다.

'따각! 따각! 따각!'

거친 말발굽들이 함부로 일으키는 흙먼지가 뽀얗게 시야를 가렸다. 저 만주 벌판에서 설친다는 마적패가 출몰한 것 같았다. 어쩌면 그들보다 더 경계해야 할 대상이었다.

"저놈들이 아까 그 젊은이들을 잡으로 가는갑다."

기량은 멀어져 가는 그자들 쪽에서 눈을 떼지 못하고 애타는 소리로 말했다.

"큰일 났다."

그도 사태를 간파한 모양이었다.

"그 젊은이들이 누고?"

고개를 다미에게로 돌리며 걱정과 근심에 싸인 얼굴로 물었다.

"나, 나루터집이라꼬, 상촌나루터에 있는……."

다미는 떨리는 목소리로 간신히 대답했다.

"아, 그 이름난 콩나물국밥집?"

기량도 나루터집에 대해서는 어느 정도 알고 있었다. 고을 사람들이 그 가겟집을 보고, 부지런 부자는 하늘도 못 막는다는 말을 하는 걸 들은 적이 있었다.

"그런께 비화라쿠는 그 여자 아들?"

다미는 여전히 불안과 염려를 떨치지 못하는 빛으로 고개를 끄덕였다.

"예. 그라고 그 집에서 같이 장사하는 우정댁 아들예."

그러자 기량은 문득 기억이 나는 모양이었다.

"울 할무이가 돌아가싯을 적에 비화 그분이 오시갖고, 자기가 상을 당한 듯기 그리키나 서럽거로 울어쌌더마는."

다미 귀에도 당시 비화의 울음소리가 다시 들리고 있었다. 마당 가에 쳐놓은 장막에 앉아 그녀와 함께 무슨 이야기인가를 한참 동안이나 심각하게 나누고 있던 비어사 주지 진무 스님도 생각났다. 어쩌면 그들은 갑작스러운 할머니 자살 사건에 관한 내막을 서로 얘기했는지도 모른다.

"그분 아들이라이?"

기량은 더없이 걱정스럽고 침통한 표정을 지었다. 그러고는 간곡하게 소원을 비는 소리로 말했다.

"지발 안 잽히야 할 낀데."

"우째예?"

"잽히모 끄, 끝이다."

한편, 행인들은 그때 일본 헌병들이 누구를 추격하고 있는지는 정확하게 모르고 있었다. 하지만 기세등등한 그들이 제멋대로 밟고 지나간 자리에는 아직도 불안과 긴장의 기운이 크게 감돌았다. 그자들이 또 금방 나타나서 횡포를 부리지 않을까 하는 우려에 사로잡혀 계속해서 기마병들이 사라진 쪽을 바라보고 있는 사람들도 있었다.

언제부터인가 그 고을을 일제 세력들이 점령하고 있다는 실감이 나는 사건이었다. 사람들은 각자의 갈 길도 잊은 채 모여 서서 무어라 웅성거리고 있을 뿐이었다. 불난 집 며느리 싸대듯 어쩔 줄 모르고 사람들 사이를 분주히 왔다 갔다 하는 이도 눈에 띄었다.

'이 일을 우찌할꼬, 우찌?'

다미는 두 사람과 일본 헌병들이 사라진 쪽을 바라보며 바싹바싹 애간장을 태웠다. 삶과 죽음이 교차하는 숨 막히는 현장을 그녀의 두 눈으로 똑똑히 지켜본 것이다. 그냥 말로만 듣던 것과 실제로 보는 것과는 엄청난 차이가 난다는 사실도 깊은 절망처럼 깨달아야 했다.

'왜눔들이 우리를 그러키 괴롭힌다쿠는 소리는 들었지만도 이런 일

이?'

기량은 참담하고 암울했다. 일제에 대한 강렬한 두려움과 경각심이 파도 더미처럼 와락 밀려들었다. 지금 처한 대한제국의 현실이 어떤 상태로 어디까지 와 있는가를 절실하게 경험한 날이었다.

'지발 무사하기를.'

기도하는 속에서도 온갖 방정맞은 마음이 자꾸 들었다. 아까 도주할 때 보니 빈틈으로 빠져나갈 만큼 민첩하고 믿음직한 그들이었지만, 사람 걸음이 말 걸음을 당해낼 수는 없는 것이다. 불길한 환상만 끊임없이 눈앞에 어른거렸다.

'잽히모, 잽히모?'

다미 눈에는 이제 동업직물 간판도 들어오지 않았다.

'낼로 보고 웃었는데…….'

사방으로부터 바람이 불어오고 있었다. 자연의 웃음소리, 아니 울음소리 같았다. 그 고을이, 아니 전 국토가 통곡하는 소리를 실은 바람이었다.

'해나 그기 그들 마즈막 웃음이라모?'

붙잡히면 모든 것이 끝인 그 다급한 순간에도 보일락 말락 지어 보이던 두 사람의 미소, 특히 준서의 그 파리한 웃음이 다미 가슴팍에서 문신처럼 내내 지워질 줄을 몰랐다.

농공은행

"뭐야? 누가 나를 만나러 왔다고?"

민성병 군수는 그곳 군수실이 왕왕 울릴 만큼 크고 짜증 섞인 목소리로 물었다. 책상과 의자, 창문이 동시에 덜컹거리고 공기도 주춤, 뒤로 물러나는 듯했다.

"크게 별 볼 일 없는 자라면 그냥 돌려보내!"

요즈음 들어와서 그의 심기는 한마디로 말해 엉망에다 진창이었다. 옆에서 지켜보기에도 아슬아슬하리만치 저기압이었다. 모두가 가까이 가는 것도 꺼려했다.

"에잉."

왕이 타는 수레가 부럽지 않을 정도로 멋들어진 전용 인력거를 구입해 일본인 인력거꾼까지 떡 고용했는데, 원수 놈의 도로가 좁은 탓에 제대로 사용도 하지 못하고 군청 옆 재판소 앞에 그대로 방치해 놓고 있었으니 말이다. 그뿐만 아니라 그도 멀쩡한 두 귀가 달린 이상 그것을 본 고을 백성들 민심이 어떠한가에 대해 듣지 못할 리가 없었다.

"구, 군수 영감."

그런 형편이었으니 이제 막 군수실 안으로 들어온 비서도 몸을 있는 대로 움츠리며 그저 땅끝까지 기어들어 가는 소리로 보고했다.

"저, 경남도청 재무고문관 구치다니라고……."

궁둥이에서 비파소리가 나도록 갈팡질팡, 어쩔 줄 모른 채 쩔쩔매고 있는 그 모양새가 보기 딱하다 못 해 안쓰러울 지경이었다.

"경남도청 재무고문관?"

매일 여러 사람이 드나드는 집무실을 제 안방으로 여기고 있는지, 드러눕듯이 의자에 비스듬히 등을 기대고 있던 민 군수가 억지로 몸을 바로 했다. 그러고는 비 오는 날 쇠꼬리처럼 반갑지도 않은 것이 치근치근 귀찮게 군다는 투로 뇌까렸다.

"구치다니?"

기름통에 빠졌다가 금방 나온 사람처럼 어딘가 매끌매끌한 기운이 느껴지고 봉산 수숫대같이 호리호리한 비서는, 그의 눈치를 할끔할끔 보며 대답했다.

"예."

민 군수는 도끼눈을 꼬부랑하게 뜨고 시비조로 나왔다.

"일본인 관리가 왜?"

그러면서도 일본인이라는 것에 함부로 하지 못하는 성싶은 낌새를 완전히 감추지 못하는 그였다.

"그자가 군수님을 꼭 만나야겠다고……."

비서는 어느 순간 또 갑자기 벼락같이 터져 나올지도 모를 불호령이 두려운 탓에 말꼬리를 흐지부지 흐렸다.

"나를 꼭 만나야겠다, 나를."

오줌 마려운 동물 모양을 하고 있는 비서를 힐끗 보았다. 비서가 움찔했다.

"음."

민 군수는 잠시 생각에 잠기는 빛이더니 짧게 명했다.

"들여보내라."

그 소리가 떨어지기 바빴다.

"예, 알겠습니다."

비서가 날렵하게 밖으로 나가더니 곧 일본인 한 사람을 데리고 다시 들어왔다. 훌쩍 키 큰 비서와 대조된 탓에 그 일본인은 얼핏 아이 같아 보였다.

"이 봐. 자넨, 자네는 말이야."

눈짓으로 출입문 쪽을 가리켰다.

"나가서 내가 다시 부를 때까지 다른 일이나 보고 있으라고. 업무가 넘치잖아."

민 군수는 필요 이상의 권위가 담긴 어조로, 방문객이 듣기에 그들이 아주 많은 업무에 시달리고 있는 양 비서에게 그렇게 명했다.

"예, 군수 영감."

비서가 깊숙이 긴 허리를 굽혀 보이고 나가자, 민 군수는 내키지 않아 하는 얼굴로 자기 자리에서 빠져나와 사무실 한쪽에 놓인 손님 접대용 탁자 쪽으로 천천히 걸어갔다.

"경남도청 재무고문관으로 있는 구치다니라고 하무니다."

구치다니가 자기소개를 했다. 봉사 청맹과니 만난 것같이 굴었다.

"반갑소."

하지만 의례적으로 그렇게 말하는 민 군수 얼굴에는 반가워하는 빛은 커녕 도리어 성가셔 하는 기운이 떠올라 있었다. 솔직히 털어놓자면 현재 그는 왕을 알현하래도 달갑지 않을 심사였다.

"저는 더 반갑스무니다."

민 군수 표정을 읽지 못했을 리도 없건만 그렇게 능치는 그자가 어떤 인물인지를 아는 것은 그다지 어려운 일이 아닐 성싶었다.

"이렇게 서 있을 것만 아니라 우선 앉읍시다."

민 군수가 뜨물을 연상시킬 정도로 허멀겋게 살찐 손을 들어 자리를 권했다. 봇짐 내어 주며 앉으라 하는 격이었다.

"하이!"

보통 체구의 구치다니 재무고문관은 필요 이상으로 목소리가 컸다. 아마 허풍 또한 여간 아닐 거라는 인상을 심어주기에 충분했다. 어쩌면 조금 전에 민 군수가 비서에게 지나칠 만큼 권위의식을 내보인 데 대한 빈정거림의 발로인지도 모를 일이었다.

'저놈이 여기 귀먹은 사람이 있는 줄 아나?'

그자들의 오랜 민족성을 놓고 볼 때 혹시나 의도적으로 그렇게 하는 것인지도 모른다는 판단이 서는 민 군수였다. 하여튼 간에 그런 추측을 해보는 민 군수는 또다시 배알이 확 뒤틀리는 인상이었다.

"참 좋은 고을인 것 같스무니다. 허허허."

그의 첫마디가 그러했다. 나이에 걸맞잖게 늙은이 웃음을 터뜨리는 것은 분명히 노숙함을 가장해 보이려는 얄팍한 짓일 것이다.

'오늘 늙은 원숭이 한 마리가 기어들어 왔군.'

그런 생각을 하면서 민 군수는 시종 탐색의 눈초리를 늦추지 않고서 억지웃음을 지었다. 그러고는 이번에도 형식적인 인사치레 표시로 말했다.

"아, 무슨 일로?"

상대는 무당 대 흔들듯 조선 황실까지 제멋대로 흔들어대고 있는 일본 족속이었다. 그러하니 그 지위고하에 상관없이 일단은 막 대할 수가 없는 게 작금의 더럽고도 슬픈 이 나라 현실이자 시대상이었다.

"이런 고을을 다스리시는 민 군수님께 우선 경하부터 드리무니다."

구치다니는 다분히 아부성 섞인 소리로 정말 부럽다는 듯이 말했다. 민 군수는 속으로는 '이놈 봐라?' 하면서도 겉으로는 예사로운 말투로 툭 내뱉었다.

"역사가 오래된 고장이긴 한데, 뭐 그렇다고 별로……."

그러면서 그곳 군수 집무실 전체 분위기가 어딘가 잿빛의 딱딱한 느낌을 준다는 기분에 젖는 그였다.

"아니무니다. 정말 대단한 곳이무니다."

구치다니는 약간 검은 빛이 도는 얇은 입술 사이로 침이라도 흘릴 사람으로 비쳤다. 그러더니 대뜸 한다는 소리가 이랬다.

"봉사님 마누라는 하느님이 점지한다고 했잖스무니까?"

"뭐라고요?"

민 군수는 멀뚱한 표정을 지으면서도 그가 한 말의 의미를 서둘러 짚어보았다. 사람이 결연結緣하는 것은 우연히 되는 것이 아니라는 뜻이었다.

민 군수는 한층 바짝 신경이 곤두섰다. 상대가 혹하도록 말을 끌어다 쓰는 솜씨가 예사로운 놈이 아니었다. 그는 또 입을 열었다.

"사실 조선국이나 일본국이나 옛날로 쭉 거슬러 올라가 보면 하나의 조상일 수도 있스무니다."

민 군수는 기선을 제압하려는 속셈에서 그자 말에 이의를 달 듯했다.

"하나의 조상요?"

"아, 예."

"조상은 무슨?"

"하하."

구치다니는 기분이 상할 법도 하건만 그런 내색은 전혀 하지 않았다.

오히려 나중에 뒤로 밀릴 때 써먹을 약점 하나 건졌다고 받아들였는지 좀 뿌듯해하는 빛이었다.

"그건 그렇고……."

민 군수는 일부러 긴 간극間隙을 두었다가 말했다.

"날 보자고 하신 이유는?"

좌석 배치를 디귿 자 모양으로 만든 의자의 막힌 부분에 엉덩이를 걸친 자세로, 옆얼굴이 보이게 앉은 구치다니 재무고문관을 힐끗 보며 물었다.

"워낙 공무에 바쁘신 군수님이시니……."

구치다니는 방금 민 군수가 속으로 빈정거렸던 그대로 얼핏 원숭이를 상기시키는 얼굴을 돌려 민 군수를 훔쳐보며 말을 이었다.

"제가 찾아온 용건부터 바로 말씀드려도 되겠스무니까?"

구치다니는 조선말을 구사하는 실력이 꽤 있어 보였다. 그것은 그만큼 더 크게 경계하지 않으면 안 될 대상이라는 얘기도 될 것이다.

"어디 말을 해보시오."

민 군수는 네까짓 놈은 대수롭지 않게 여긴다는 품새로 가벼운 대화 나누는 형식을 취했는데, 구치다니 입에서 흘러나오는 소리는 그게 아니었다.

"지난 3월에 공포된 농공은행 설치조례를 기억하시무니까?"

그러자 민 군수는 뜨거운 물이나 불에 덴 사람처럼 불쑥 반문했다.

"뭐요?"

"……."

구치다니는 한 번 더 말하지 않고 그냥 가만히 있기만 했다. 벼룩 간 빼어 먹을 만하고 능글맞기가 한정 없었다. 어떻게 보면 원숭이보다도 삵이나 고양이와 더 가까운 인상을 풍기는 자였다.

"농공은행 설치조례?"

민 군수는 자신도 모르게 잔뜩 볼멘소리가 되고 말았다. 열불이 확 치밀어 오르는 통에 얼굴이 시뻘게지기도 했다. 두 번 다시는 기억 이편으로 일으켜 세우고 싶지 않은 정말 불쾌한 일이었던 것이다.

'이 왜놈이 누구 죽어 넘어지는 꼴 보려고?'

그 조례에 따라 7월에는 한성, 평양, 대구 등등 전국에 8개 은행이 설립되었는데, 민 군수가 다스리는 그 고을에 생긴 은행도 그중 하나였다. 그건 얼른 생각하면 무척이나 고무적이고 자랑스러운 일이었다. 조선팔도를 통틀어 단 여덟 개밖에 없는 은행 가운데 하나를 유치했으니 말이다.

그런데 아니었다. 사실은 그 농공은행이란 게 사람 복장 터지고 혀를 내두르게 하는 골칫덩어리였다. 맨 처음에 기대했던 것과는 달리 애물단지가 돼버린 것이다. 자본금을 십만 원이나 들여서 창설을 했는데, 정부 출자만으로는 턱없이 부족하여 일반인들을 대상으로 1주에 5십 원 하는 주식을 공모하였다. 그렇지만 뭐가 어찌 된 형국인지 좋다고 덤벼드는 희망자가 거의 없는 바람에 지역민들에게서 그다지 호응을 얻어내지 못했던 것이다. 꼭 봉사 기름값 물어주기, 중놈 돝고기 값 치른다, 그렇게 받아들이는 분위기였다.

그리하여 위로부터의 눈도 있고 하여 민 군수는 속을 있는 대로 팍팍 썩혀야만 했다. 그렇긴 하지만 어쩔 수 없었다. 참여하지 않으려는 백성들 모가지를 오줌장군 마개같이 잡아 뺄 수도 없는 노릇이었다. 그래서 그 일만 생각하면 열불이 돋치고 살점이 덜덜 떨리는 판국인데, 난데없이 재수 없는 쪽발이 하나가 휭 날아와서 부스럼을 있는 대로 팍팍 긁어놓고 있는 것이다.

"으."

부상당한 짐승이 으르렁거리는 것과 비슷한 소리를 내고 있던 민 군수 입에서 이런 거친 소리가 떨어졌다.

"농공은행 이야기라면 그만 돌아가시오."

벽면에 게시되어 있는 글자들이 일제히 민 군수를 바라보는 것 같았다. 그 크고 작은 글씨체들은 나무꼬챙이로 조립된 것처럼 경직돼 보였다.

"예?"

그런 놀란 소리를 내면서 엉덩이를 한 번 들었다가 내려놓는 그자에게 민 군수는 무척 짜증 섞인 목소리로 재차 말했다.

"돌아가라지 않소?"

잠시 냉랭한 공기가 감도는 집무실이었다. 유리창 밖으로 올려다보이는 하늘빛도 어쩐지 얼어붙어 있는 느낌을 자아내었다.

"여기까지 온 나를?"

구치다니 눈썹이 위로 치켜져 올라갔다. 못마땅하다는 빛이 역력히 드러나 보였다. 얼핏 독수리가 발톱으로 할퀴듯, 여차하면 덤벼들 것 같은 기색도 없지는 않았다. 하지만 뭐 그러려면 그래 봐라, 하고 무시해버리는 민 군수 어조였다.

"그것에 대해서 본관은 더 이상 할 말이 없소."

그렇게 심드렁하게 말하며 상체를 뒤로 눕혀 나자빠지듯이 했다.

"흠."

구치다니는 그런 소리만 낼 뿐 그 말에 대해서는 아무런 반응이 없었다. 그러고 보면 그도 어느 정도 이쪽 사정을 알고 왔음이 확실했다. 그는 잠시 고개를 숙인 채 건조해 보이는 손가락만 만지작거리고 있다가 이윽고 얼굴을 들며 말했다.

"거절하시더라도 제 말씀을 끝까지 듣고 거절하셨으면 하무니다."

군수 집무실 옆에 붙은 어느 사무실에선가 아주 낮은 말소리와 함께 희미한 웃음소리가 들렸다. 그럴 리야 없겠지만, 그 소리는 거기 두 사람 대화를 몰래 들으며 놀리고 있는 게 아닌가 싶기도 했다.

"허어, 나는 생각도 하기 싫소이다, 생각도!"

등을 곧추세우는 민 군수 언성이 거기 천장에 닿을 듯 더 높아졌다. 어쩌면 비서가 놀라 달려올지도 몰랐다.

그러나 구치다니는 전혀 포기할 기색이 엿보이지 않았다. 넌더리가 날 정도로 무척 끈질긴 자였다.

"그러지 마시고 지금부터 제가 드리는 말씀을……."

그는 홀연 음성을 한껏 낮추었다. 그 모습이 아주 못된 음모를 꾸미려는 모반자와 다르지 않았다. 급기야 민 군수는 성가시게 왱왱거리는 파리나 모기 쫓듯 손까지 휘휘 내저으며 일언지하에 막았다.

"듣는 것도 싫소이다, 듣는 것도!"

하지만 구치다니는 고래 심줄이었다.

"한 가지만 여쭙겠스무니다."

민 군수는 눈알에 힘을 잔뜩 넣고 노골적으로 째려보았다.

"어허!"

그러거나 말거나 구치다니는 이제 건방지게 이렇게 물어오기까지 하였다.

"현재 여기 이 고을에서 돈을 가장 많이 가진 집안과, 땅을 제일 많이 가진 집안이 어떤 집안이무니까?"

민 군수는 주먹까지 꽉 쥐면서 소리쳤다.

"뭐요?"

사람 헷갈리게 하는 자였다. 그렇지만 그보다 더 중요한 건 그자는 일본인이라는 거였다. 민 군수는 잔뜩 이마를 찌푸린 채 마지못한 소리로 되물었다.

“그것은 왜 물으시오?”

“왜 묻느냐, 묻느냐.”

간악한 책사 같아 보이는 구치다니 얼굴에 서서히 거미를 연상시키는 음흉한 웃음기가 떠오르기 시작했다. 그는 거미가 먹잇감을 포획하기 위한 줄을 치듯 했다.

“왜냐 하면 말이무니다.”

그는 상대방이 감질날 정도로 한참이나 뜸을 들였다.

“저한테 이 고을 농공은행을 본격적으로 창립시킬 만한 아주 기똥찬 묘안이 하나 있기 때문이무니다.”

순간, 민 군수는 귀가 번쩍 틔는 모양이었다. 그는 귀머거리가 처음 세상 소리를 들은 모양새였다.

“뭐, 뭐라고요? 묘안이 있어요?”

그것을 본 구치다니 입가에 이번엔 회심의 미소가 번져났다. 강력한 에너지가 그자 몸을 감싸고 있는 느낌마저 주었다.

“그렇스무니다.”

“저런!”

민 군수가 느닷없이 세상에 둘도 없이 얌전한 아이가 되어 자리를 고쳐 앉았다. 구치다니는 촘촘하게 펼쳐놓은 그물망을 천천히 거둬들이는 노련한 어부를 방불케 하였다.

“그러니 제가 묻는 말씀에 대답부터 해주셨으면 하무니다.”

민 군수는 깊이 헤아려보지도 않고 곧장 말했다.

“돈이라면 동업직물일 것이오.”

“동업직물?”

그렇게 확인하는 구치다니 목소리 속에는 왠지 모르게 비단 찢어발기는 소리가 섞여 있는 것 같다는 생각이 드는 민 군수였다.

"그렇소이다."

지금까지 간헐적으로 들려오던 옆방 소리가 뚝 멎었다.

"동업, 동업직물이라."

구치다니는 먹잇감을 단단히 입에 문 뱀이나 삵처럼 보였다. 어떻게 보면 여러 날 동안 굶주린 하이에나를 닮았다. 하여튼 여러 개의 인자因子를 가진 예측 불능의 사내였다. 그곳 군수실에는 오싹한 기운마저 전해졌다.

"비단 장사꾼이오."

민 군수는 구치다니 눈치를 보아가면서 말했다. 한풀 정도가 아니라 여러 풀이나 꺾인 모습이었다.

"지금 이 고을 가장 번화한 거리에서 커다란 포목점을 하고 있는 거부巨富요."

자기 눈앞에 그 점포가 또렷이 나타나 보여 즉각 그것을 덮치려고 몸을 움직이려는 게 아닌가 하고 착각될 정도였다.

"포목, 포목점."

그렇게 되뇌는 구치다니 눈빛이 노랗게 번득였다. 어둠 속에서 무언가를 노려보는 쥐 눈과 다름 아니었다. 그러고 보니 그자는 원숭이와 쥐의 중간쯤 되는 유전자를 지니고 태어난 사람이 아닐까 싶었다.

"아, 그뿐만이 아니오."

어느새 민 군수는 죄인이 그가 지은 죄를 낱낱이 고하는 형용이었다.

"읍내장터 최고 노른자위 땅에도 큰 점포가 있소."

손님 접대용 의자가 삐거덕거리는 소리를 내었다. 아직도 생생하지만, 곧 새로운 것으로 교체할지도 모른다.

"또 다른 여러 곳에도 직물공장 등 다방면으로 발을 뻗치고 있는 걸로 알고 있지요."

민 군수 말에 구치다니는 매우 흡족한 미소를 흘렸다.

"돈 쪽은 그만하면 되겠스무니다."

구치다니는 그 말만 하고 듣기만 하는 가운데, 한참 동안이나 자기 혼자서 뭐라 주절주절 늘어놓다가 민 군수가 물었다.

"무엇이 그만하면 된다는 거요?"

그러는 표정이 바보와 유사했다. 하지만 구치다니는 예의 따윈 개에게 던져줬는지 그에 대한 답변은 아예 하지도 않고 또 물었다. 어찌 보면 죄인을 취조하고 있는 양상이었다.

"그러면 땅 부자는 누구이무니까?"

민 군수는 땅이 울리게 복창하였다.

"땅 부자!"

구치다니는 한 손에 무언가를 들고서도, 또 다른 한 손에도 무언가를 들고자 하는, 말 그대로 온갖 욕심이 목구멍까지 꽉 차 있는 사람으로 보였다. 그는 부름이 크면 대답도 크다는 듯 목청을 높였다.

"그렇스무니다."

민 군수는 앞이 부신 사람마냥 눈을 감았다가 떴다.

"땅 부자라."

그러나 민 군수는 그것에 대해서는 선뜻 답을 해 보이지 못했다. 끙끙거리는 품이 옆에서 지켜보기 우스꽝스러울 정도였다. 그런가 하면, 비 온 날 수탉처럼 꼴이 추레해 보이며 풀이 죽은 빛이었다.

"땅에 대해서는 돈보다 관심이 없으신가 보무니다."

구치다니가 지나가는 말처럼 하는 그 소리가 민 군수 듣기에는, 당신은 돈에만 눈이 먼 사람이군, 하는 빈정거림으로 받아들여졌다.

"뭐요? 아, 듣자듣자 하니 이 사람이?"

군수 자리가 노름판에서 딴 관직이 아니라는 사실을 일깨워주려는 민 군수였다.

"아니, 아니무니다. 그냥 농담이무니다. 농담 한번 해본 걸 가지고 그러시무니까. 하하."

상대방 화를 무마시키기 위한 억지웃음을 터뜨린 후, 구치다니는 재촉하듯, 그러나 결코, 서두르지는 않는 어투로 말했다.

"잘 생각해보시면 분명히 떠오를 것이무니다."

"생각."

옆방에서 또 한 번 무슨 소리가 나는가 싶더니만 이내 조용해졌다. 어쩌면 군청 직원들도 경남도청 재무고문관으로 있는 일본인 구치다니의 그 방문에 호기심과 의문을 품고 있을 것이다.

"우리 민 군수님처럼 군정郡政에 밝고 열의가 많으신 분이라면 말이무니다."

"음."

한 고을 목민관을 완전히 가지고 노는 구치다니였다. 그래도 계속 입을 열지 못하는 민 군수에게 그자는 이제 훈수도 주었다.

"돈도 그렇지만 땅도 굉장히 중요하무니다."

땅따먹기하는 아이들 모양새로 구는 그들이었다.

"땅, 땅, 땅이라."

그렇게 한동안 중얼거리던 민 군수는 이윽고 혼잣말 비슷하게 이러면서 좀 더 깊이 짚어보는 눈치였다.

"어쩌면 상촌나루터에 있는……."

"방금 상촌나루터라고 하셨스무니까?"

구치다니는 찌에 신호가 오는 낚싯대를 확 낚아채 올리듯 했다.

"그렇소."

민 군수가 썩은 물고기 눈알만큼이나 흐리멍덩한 눈빛을 하고 있자, 구치다니는 또 사람이 바뀌어 한 시가 급하다는 듯 빠른 목소리로 물었다.

"나루터 쪽에 살면서 땅을 많이 가졌다면, 큰 배를 여러 척 거느린 선주船主거나 굴지의 대상大商이무니까?"

민 군수가 고개를 가로저었다.

"그게 아니고, 국밥집을 하는 여잔데……."

그 말을 끝까지 듣기도 전이었다.

"예?"

구치다니가 깜짝 놀라는 표정을 지었다. 이번만큼은 허위가 아니라 진실로 보였다. 그는 흡사 뜨거운 국물을 들이켜다가 입속에 화상을 입은 사람처럼 하였다.

"구, 국밥집을 하는 여자?"

그런 구치다니의 반응을 묵묵히 지켜본 민 군수는 약간 자신감을 잃은 목소리가 되었다.

"아, 어쩌면 본관이 잘못 짚은 것 같소이다."

뒷간이라도 가고 싶은지 거기 집무실 은빛 출입문 쪽을 연방 보았다.

"국밥집 여자는 좀 그렇구먼."

그런데 구치다니는 무척 호기심이 동하는 기색이었다.

"국밥집이고 여자라고 해서……."

별로 탄탄해 보이지도 않는 얇은 상체를 민 군수 쪽으로 쑥 내밀었다.

"그냥 무시해서는 아니 될 것이무니다."

"뭐 꼭 무시해서라기보다는, 말이 그렇다는 거요."

입으로는 대충 그렇게 얼버무려도 민 군수 얼굴에는 무시한다고 딱 씌어 있었다. 구치다니는 자라 모가지처럼 길지도 않은 목을 빳빳하게 세운 채로 무슨 대단한 정보라도 알려주는 것같이 했다.

"우리 일본국에도 돈 많고 땅 많은 여자가 적지 않스무니다."

"그래요?"

어느 사무실에선가 이번에는 큰 웃음소리가 거침없이 들려왔다. 민 군수는 이상할 만큼 그 소리가 귀에 거슬렸다. 저것들이 보라는 업무는 보지 않고 잡담이나 막 늘어놓으면서 놀고 있는 거야, 뭐야. 당장 호출해서 오금이 저리고 두 눈에서 눈물이 찔끔 나도록 야단을 쳐?

"그렇스무니다. 그런 여자, 우리 민 군수 영감께서 다스리시는 이 고을 말로 하면, 에나 마이 쌔삣고 천지삐까리이무니다. 하하."

같잖게 그런 농담까지 섞인 구치다니 말에 비위가 상한 민 군수는 공연한 생트집을 잡듯 하였다.

"하지만 아무래도 남자 쪽이 더 우세할 거요."

"그, 그야 그렇스무니다."

구치다니 목에서 기운이 빠져나갔다. 그러자 이번에는 비 맞은 용대기龍大旗처럼 처져 늘어져 보였다.

"그것 보시오. 내가 직접 보지는 못했어도 그래요."

자화자찬에 가까운 소리를 늘어놓던 민 군수는 목젖이 울리도록 꿀꺽 마른침을 삼키고 나서 아무렇게나 툭 내뱉었다.

"어쨌든 당장 생각나는 게 거기 나루터집이란 콩나물국밥집이오."

"코, 콩나물!"

그 말을 들은 구치다니는 한층 진한 흥미를 느끼는 표정이 되었다. 그는 새로운 조선말을 배우려는 사람처럼 비쳤다.

"콩나물국밥집? 콩나물국밥집이라고 하셨스무니까?"

마치 콩나물에 목을 매다는 것같이 하는 그였다.

"그렇소, 콩나물국밥집."

이제 어느 정도 확신이 서는 어감의 민 군수였다.

"허, 어떤 여잔지는 모르겠지만……."

민 군수는 그렇게 고추를 부는 구치다니에게 고추 먹은 소리로 일러 주었다.

"여자는 여자요."

"예에."

도대체 무슨 부서에서 어떤 자식이 자꾸 내는 거야, 저 망할 놈의 웃음소리, 하고 속을 끓이며 민 군수는 여자에게 차인 사내처럼 말했다.

"여자라니까?"

"아무튼 예사로운 여자는 아닌 것 같스무니다."

구치다니는 좀처럼 믿어지지 않는다는 낯빛을 풀지 못했다.

"콩나물국밥을 팔아서 그렇게 많은 땅을 소유하고 있다니?"

하지만 민 군수는 그것보다도 이게 더 중요하고 궁금하다고 여기는지 그 특유의 탐욕스러운 눈을 빛내며 주문했다.

"그건 그렇고, 그 묘안이란 것이 뭔지 그것부터 말씀해 보시오. 부엌에 가면 더 먹을까 방에 가면 더 먹을까, 그런 식으로 망설이지만 말고요."

"에, 그러니까 에, 그게……."

참 웃기지도 않을 노릇이었다. 바로 조금 전까지만 하더라도 민 군수에게 그저 달라붙던 구치다니는, 뜬금없이 '에'라는 소리만을 반복하면서 바짝 군기 든 군인을 떠올리게 할 만큼 딱딱하게 자세를 바로잡았다.

"에, 에."

그런 다음에 민 군수 쪽은 바라보지도 않고 흡사 맞은편에 앉아 있는 누군가에게 이야기하듯 탁자 건너 의자 쪽을 보며 입을 열었다.

"에, 이 지역 양반과 지주, 그리고 에, 상공인들을 대상으로……."

꼭 제 방귀 소리를 듣고 놀라 귀를 쫑긋 세우는 토끼같이 하는 민 군수를 보지 않는 척 슬쩍 훔쳐보기까지 하였다.

"에, 부동산 등을 담보하고 에, 대출을 실시하면……."

민 군수가 진득하게 끝까지 듣지도 못하고 언성을 높였다.

"부동산을 담보로 대출을 말이오?"

"하이!"

이번에는 민 군수가 상반신을 구치다니 쪽으로 쑥 내미는 바람에 그가 앉아 있는 의자가 고통스러운지 삐걱거리는 소리를 내었다.

"담보 대출, 담보 대출."

민 군수는 몹시 안달 나 하는 기색을 어쩌지 못했다.

"그러니까, 집이나 논밭을 맡기게 하고……."

그러자 구치다니는 방정맞을 정도로 가볍게 놀리고 있던 목소리를 잔뜩 밑바닥으로 내리깔았다.

"하지만, 에, 농공은행이 돈을 벌어들일 수 있는 사람들은 에, 딴 데 있스무니다."

그러고는 아까 민 군수가 그랬던 것처럼 뒤로 몸을 젖히면서 느긋한 태도를 취해 보였다. 명색 한 고을을 다스리는 군수 앞에서 그런 안하무인도 없었다.

"그, 그게 무슨 소리요?"

민 군수는 갈수록 한층 멍해 보였다. 무엇에 마취된 모습의 그에게 구치다니는 지렁이 기어가듯 더욱더 느릿느릿한 어조로 말했다.

"에, 뭐 복잡하게 생각하실 필요는, 에, 조금도 없스무니다. 에, 세상사 모두가 에, 아시지 않스무니까."

거창하게 세상사 어쩌니 하는 그를 향해 민 군수는 머리를 흔들면서 말했다.

"이건 단순하게 생각할 일이 아닌데도요?"

구치다니는 또 조선말을 공부하는 흉내를 내었다.

"단순, 단순."

민 군수는 꽥 소리 질렀다.

"그렇다는 거 몰라요?"

그럼에도 구치다니는 완전 동문서답이었다.

"에, 제가 말씀드린 그대로이무니다."

민 군수는 골이 지끈거리는 모양이었다.

"그대로라니요?"

제발 그놈의 '에' 소리는 집어치웠으면 하는데 이번에도 나왔다.

"에, 돈줄은 딴 사람들……."

강한 의혹 속에서도 기대에 찬 목소리로 민 군수가 물었다.

"그렇다면, 그렇다면 말이오. 농공은행의 돈줄은 양반이나 지주나 상공인이 아니고 다른 사람들이다, 그런 소리요?"

민 군수는 이야기가 길어지면 길어질수록 걷잡을 수 없도록 조급해하는 모습을 보이기 시작했다. 솔직히 그 대상이야 누구든 간에 돈줄이란 그 소리에 깡그리 혼을 빼앗기고 만 것이다. 평소 그가 생명줄보다 훨씬 소중하게 여기는 돈줄이었다.

"두말하면 잔소리고, 에, 세 말 하면 뺨 맞스무니다. 그리고 네 말, 에, 네 말 하면? 에이, 그것까지는 모르겠스무니다. 킬킬."

이제는 정도를 넘어 지루하리만큼 구질구질한 농담까지 늘어놓는 구치다니였다.

"이거야 원, 도대체 무슨 소린지 알아먹을 수가 있어야지."

"에, 무슨 소리가 아니무니다."

구치다니는 참으로 시건방지게 손바닥으로 의자 팔걸이를 탁탁 치기까지 하였다.

"에, 그냥 제가 드리는 말씀 그대로이무니다."

"글쎄, 그냥 드린다는 말씀, 그게?"

오줌 마려워하는 사람마냥 구는 민 군수더러 구치다니는 자제력을 이야기하는 듯한 품새였다.

"액면 그대로, 에, 그렇게 받아들이시라, 에, 그런 뜻이무니다."

민 군수는 울상에 가까운 얼굴로 따라 했다.

"액면 그대로 받아들이라."

뜻밖에도 상황은 크게 반전되기 시작하고 있었다.

밥 빌어먹기는 장타령이 제일

그때쯤 구치다니는 이루 말할 수 없이 여유로운 모습이었다.

그는 손가락 끝으로 코털이 삐져나와 있는 콧구멍을 쑤시기도 하고, 귓구멍을 후벼 판 손가락 끝을 바로 눈앞에 갖다 대고는 거기에 묻어 있는 귓밥을 '후' 불어 날리기도 했다. 한마디로 너무나 오만방자하고 무례하기 그지없는 행동거지가 아닐 수 없었다.

그러나 지금 그 자리에서 환장해버린 민 군수 눈에 그따위 것은 전혀 들어오지 않았다. 그럴밖에 없었다. 잘만하면 자기가 다스리는 고을에 명실상부한 농공은행을 창립할 수도 있는 것이다. 결론적으로 돈을 수확할 밭떼기를 일구는 일이었다. 돈 밭이었다.

"어서, 어서 말씀 좀 해, 해보시구려."

얼마나 애간장이 달아올랐는지 입에서 단내까지 폴폴 풍기며 민 군수가 말했다.

"본관도 적극 협조할 생각이니까."

구치다니는 입을 쩍 벌리는 시늉을 했다.

"하! 협조를?"

비서가 출입문을 반쯤 열고 안을 들여다보다가 얼른 도로 닫아버렸다. 아마도 이야기가 너무 길어진다는 생각이 들어 그랬을 것이다.

"이를 말이오니까? 하하하."

민 군수는 한바탕 너털웃음을 터뜨렸다.

"본관은 어디까지나 나라의 녹을 먹는 목민관으로서, 자나 깨나 내가 책임지고 있는 이 고을 백성들을 잘살게 하기 위한 일념에 잠까지 설치고 있다오."

실제로 잠이 모자라는 사람으로 보이도록 입이 찢어지게 하품까지 하였다.

"아니지. 밥은 열 곳에 가 먹어도 잠은 한 곳에서 자라고 했거늘, 너무너무 업무가 바쁜 탓에 집으로 들어가지 못하는 날도 있어요."

제 감정에 겨운 나머지 이번에는 신파조로 나왔다.

"아아, 이런 나를 어느 누가 알아줄꼬?"

그 소리를 듣자 구치다니는 앉은 자리에서 민 군수 쪽으로 비스듬히 몸을 돌려 고개를 꾸벅 숙여 보이며 칭송해 마지않았다.

"참으로, 참으로 훌륭하시무니다."

"아니요, 무슨 말씀을?"

민 군수는 손바람이 일도록 손을 체통 없이 막 내저었다.

"나보다도 우리 구치다니 재무고문관께서 몇 배 더 그렇지요."

창틈으로 들어온 바람이 가죽 결재판 서류를 또 펄럭거리게 하였다. 시간이 갈수록 그것은 폐휴지로 보였다.

"어이구, 그리 말씀해주시니 감사, 감사, 또 감사하무니다."

그렇게 건성으로 인사치레를 닦은 구치다니 입에서는, 그 고을 통치권자인 민 군수 자신도 파악하지 못한 실태들이 쏟아져 나오기 시작했다.

"에, 에, 그러니까……."

구치다니 말에는 또다시 '에'라는 그 소리가 그야말로 한정 없이 섞여 나왔다. 그는 숱한 군중들을 앞에 모아놓고 일장 연설을 하는 유명 인사다웠다.

"에, 제가, 에, 그동안 조사해본 바에 의할 것 같으면, 에, 이 지역에는 에, 일찍이 은행다운 은행이 없었던 관계로, 에, 고리대금업이, 에, 너무 성행하고 있스무니다."

"뭐, 뭐요?"

펄쩍 뛰는 민 군수였다. 그 서슬에 비서가 달려올지도 몰랐다.

구치다니는 그쯤에서 입을 다물었다. 달변가로서의 이득뿐만 아니라 침묵의 효과까지도 십분 발휘할 줄 아는 그였다.

"고, 고, 고리?"

집무실 천장이며 사방 벽면이 울리도록 고함치는 민 군수를 한참 동안 지켜보기만 하고 있던 구치다니가, 짜부라진 눈을 하면서 쫀득쫀득한 어조로 물었다.

"고리대금업, 모르시무니까?"

"아, 알지요, 알아."

꼭 떼쓰듯 하는 민 군수를 보는 구치다니 입가에 야릇한 웃음기가 피어올랐다.

"내가 왜 알지 못하겠소."

"아신다면……."

"음."

민 군수는 그만 가슴이 뜨끔한 모양이었다. 그게 어느 정도까지 신빙성 있는 소리인지는 모르겠지만, 이 지역에 고리대금업이 판을 치고 있다는 이야기는, 곧 목민관으로서의 그 자신의 통치 능력이나 애민사상이 부족하다는 말과 직결될 수도 있는 것이다.

"그, 그건, 어, 어디까지나 우리 재무고문관께서 자, 잘못 알고 계신 정보요."

귀뚜라미나 새우가 촉수를 내밀듯 크게 더듬거리는 민 군수였다.

"잘못? 잘못이거나 말거나!"

상대방 신분 따위는 고려하지도 않고 계속해서 그렇게 구치다니는 제 할 소리만을 거침없이 내뱉고 있었다.

"에, 그래서 돈이 필요한 사람들은……."

"돈, 돈."

민 군수는 또 가만히 있지 못하고 구치다니와 입을 섞어 말했다.

"아, 복福 불복不福이라, 사람이 잘살고 못사는 것은 다 타고난 것이니 억지로는 안 되는 것이지만, 이 인간 세상에 살면서 돈이 필요하지 않은 사람이 어디 있겠소?"

우리 동업자답게 서로 좀 더 솔직해지자는 양 다짐받았다.

"안 그렇소이까?"

하지만 당신은 당신 갈 길로 가라, 내 갈 길은 따로 있다는 식의 구치다니였다. 그는 오른손의 손가락만으로는 부족하여 왼손의 손가락까지 꼽아 보였다.

"에, 보통 5, 6푼의 높은 이자를 주지 않고는……."

"5, 6푼?"

목에 무엇이 걸린 것같이 하는 민 군수를 흘낏 보고 나서 말했다.

"에, 어쩌면 더."

상대 골 먹이는 데는 이골이 난 구치다니였다.

"그런 도적놈들이 있나? 보자보자 하니까 얻어 온 장 한 번 더 뜬다더니, 내 하늘 두 쪽이 나도 그것들을 그냥 둘 수가 없구먼."

민 군수는 누구 눈에도 과장되게 핏대를 올렸다.

"에, 대금업자에게 돈을 에, 빌릴 수가 없는 형편인 데다가, 에, 또……."

미리부터 단단히 연습이라도 해왔는지 '에' 소리 말고는 막힘없이 터져 나오는 구치다니였다.

"저, 저런! 그, 그 정도란 말이오?"

민 군수는 도저히 믿을 수 없다는 표정 관리하기에 바빴다. 그런 그를 비웃는지 또다시 웃음소리가 들려오고 있었다.

"허어, 이거야 원. 내 참."

탈기하듯 하는 민 군수와 차곡차곡 탑을 쌓아 올리는 것 같은 구치다니였다.

"에, 그뿐만이, 에, 아니고……."

이건 완벽하게 주객전도 된 꼴이었다. 자기가 다스리는 고을에 사는 만백성의 어버이시어야 할 목민관이 잘 모르고 있는 그 사실을, 한갓 일본인 재무고문관 따위가 세세히 들여다보고 있었다. 섬나라에서 건너온 자가 말이다.

"에, 그리고 또 말이무니다."

그런데 그 정도 선에서만 그친 것이 아니었다. 사전에 무섭도록 철저히도 연구해온 게 확실했다. 구치다니 입에서는 시간이 흐를수록 민 군수를 경악케 몰아붙이는 소리가 줄줄이 새 나왔다.

"에, 만약에 그 농공은행이 창립되면, 아, 아니무니다. 이건 어디까지나 에, 제 목을 걸고 드리는 말씀인데, 에, 반드시 그렇게 되겠지만 말이무니다."

민 군수는 만세 삼창이라도 할 사람으로 바뀌었다.

"차, 창립!"

구치다니는 눈깜짝이처럼 눈을 떴다가 감았다가 하였다.

"에, 여기 고을 사람들에게 뭐라고 선전하느냐 하면, 들어보시지요."

민 군수는 머리끝에서 발끝까지 홀딱한 모습이었다.

"서, 선전? 선전까지?"

조선의 선전관宣傳官이 필요 없을 지경이었다.

"에, 대한제국 정부가 만든, 에, 이 고을 최초의 근대식 금융기관이다, 에, 그렇게 하면서, 에, 또……."

민 군수는 꼭두각시가 되어 구치다니가 한 말을 그대로 따라 했다.

"최초의 근대식 금융기관."

"무엇이든 최초는 다 높이 평가받을 만하무니다."

"높이 평가."

구치다니는 스스로 헤아려 봐도 자신이 너무너무 대단한 발상을 했다고 흡족해하는 빛을 숨기지 않았다. 나중에는 이른바 인간과 동물의 의식과 행동을 연구하는 학문이라는 심리학까지 들고 나왔다.

"에, 자고로 사람들 심리, 그 심리라는 게 말이무니다."

"……."

민 군수는 한순간 벙어리가 되었고, 구치다니는 세상을 뒤엎을 열변을 토하려는지 주먹까지 휘둘렀다.

"에, 우리 일본 국민들이고 대한제국 국민들이고 가릴 것 없이, 에, 근대, 근대라는 말만 들어가면, 에, 그냥 꼬빡 죽어 넘어가는 습성이 있는지라……."

민 군수는 마구 달리는 인력거를 탄 사람 모양으로 몸을 앞뒤로 흔들었다.

"근대, 근대."

구치다니는 그것이야말로 만병통치약이기라도 하듯 했다.

"그렇스무니다, 근대."

민 군수는 지나치게 커다란 자기 책상에 눈을 박고서 복창하였다.

"꼬빡 죽어 넘어가는 습성."

민 군수 자신이 그럴 사람 같아 보였다. 아무래도 치밀하게 계획된 상대방 전술에 한 방 맞아도 엄청나게 맞은 것이다. 기절 직전에까지 갈 정도였다.

"에, 그뿐만이 아니무니다."

"또, 또 있소?"

"에, 금융기관이란 말만 해도, 에, 그렇스무니다."

구치다니는 자기 말에 스스로 도취되는 모습까지 내비쳤다. 뱀 본 새 짖어대듯 시끄럽게 떠들어대었다.

"하! 하! 금융기관, 금융기관!"

"금융."

"얼마나 부자 같은 근사한 느낌을 주는 말이무니까?"

"부자."

구치다니는 제 말을 그대로 찍어내는 민 군수를 연신 곁눈질로 훔쳐 보았다.

"에, 누구든지, 에, 금융기관과 거래를 맺는 사람은, 에, 대단한 재력과, 에, 높은 식견을 가진 것처럼, 에, 여길 것이고……."

"재력, 식견."

어느 방에선가 배꼽을 잡고 웃어 젖히는 소리가 났다.

"에, 그러니 근대, 금융기관, 그렇스무니다, 바로 이 근대라는 말과 금융기관이란 말을 합쳐서, 에, 근대식 금융기관이라고 하면……."

구치다니는 백태가 낀 혀로 입술을 축여가며 말했다.

"에, 사람들은 더욱 빠져들지 않겠스무니까? 하하하."

민 군수는 이번에도 어김없이 구치다니 말을 그대로 되뇌었다. 과연 돈줄과 관련된 것은 무소불위의 힘을 지니고 있었다.

"근대식 금융기관, 근대식 금융기관."

그러다가 그는 느닷없이 손바닥으로 탁자를 치면서 감탄의 소리를 내질렀다.

"과연! 과연! 그런 느낌이 드는구려."

민 군수는 그를 바라보는 구치다니와 정다운 연인들처럼 눈을 마주치기까지 했다.

"어쩐지 부자들이 거래하는 곳 같은 곳이라. 하하."

인간만이 웃을 수 있다는 사실은 서글프고 짜증 날 일이었다.

"그렇지 않스무니까?"

상대방이 완전히 말려들었다고 확신한 구치다니는 천하를 손아귀에 거머쥐기라도 한 듯 흥분한 목소리가 되었다.

"에, 에, 따라서 에, 에, 근대식 금융기관인 그 농공은행은, 에, 에, 다양한 금융 시책과, 에, 에, 신용성을 가진 은행이라고 알리면서, 에, 에……."

이제는 '에'가 아니라 '에, 에'였다. 그렇지만 민 군수 귀에는 '에'를 두 번이 아니라 스무 번 이백 번을 반복해도 조금도 거슬릴 것 같지가 않았다. 오히려 그 소리가 무슨 엄청난 보물 상자를 여는 주문으로 여겨질 정도였다.

"그, 그래요. 허허. 그래요, 그래요."

얼간이처럼 헤벌어진 민 군수 입에서는 연방 헤픈 웃음이 삐져나왔다.

"그렇게 선전하면, 허허, 여기 지역민들은 너나 할 것 없이, 그렇게 할 것이다?"

창가로 구름 몇 조각이 무심하게 흘러가고 있었다. 그마저 곧 스러지거나 변형될 운명의 허무한 물체였다.

"그렇스무니다, 그렇스무니다."

구치다니 입에서는 침방울까지 튀어나왔다.

"에, 에, 지역민들의 불같은 그 대출 욕구는, 에, 에, 하늘을 찌를 것처럼, 에, 에, 높아질 것이무니다. 흐음."

그런데 그렇게 한참 동안 떠벌리던 구치다니가 문득 인상을 팍 찡그리면서 이렇게 말하는 것이었다.

"하지만 그 정도로는 부족하무니다."

이번에는 '에, 에'는 고사하고 '에'마저 사라졌다.

"그래도 부족?"

민 군수가 고개를 갸웃거리는데 구치다니 입에서 이런 말이 나왔다.

"더 큰 미끼를 던져야 하무니다."

크게 들려오던 웃음소리가 딱 그쳤다. 그러더니 불이 날 것같이 자꾸 문을 여닫는 소리가 났다.

"지금 무슨 소리를 하는 것이오?"

민 군수는 내심 귀가 솔깃하면서도 약간은 떨떠름한 어투가 되었다.

"더 큰 미끼라고 했소?"

그가 늘 출근하여 근무하고 있는 거기 집무실이 홀연 세상을 덮어씌우는 그물망으로 비치는 민 군수였다.

"예, 그렇스무니다."

그러면서 구치다니는 앉은 자세 그대로 오른팔을 제 어깨 너머로 넘겼다가 앞쪽으로 획 뿌리는 동작을 해 보였다. 낚싯대를 물 위로 던지는 시늉이었다.

"……."

민 군수 가슴이 덜컥했다. 그러고 있는 구치다니 몸에서는 어쩐지 찬바람이 와락 끼치는 느낌이 풍겨 나왔다. 그건 분명 소름 돋는 무서운 살의를 담고 있었다. 물고기가 아니라 사람을 노리는 것이었다.

"더 큰 미끼, 더 큰 미끼."

그렇게 되뇌는 민 군수는 낚싯바늘에 걸린 물고기가 파닥거리듯 몸을 이리저리 뒤척였다. 그래선지 창을 통해 보이는 하늘이 네모진 웅덩이를 연상케 했다.

"에, 이건 제가 일본에 있을 때, 에, 에, 배운 방법이무니다."

이번에는 '에'와 '에, 에'를 섞었다. 막 신호가 오기 시작하는 낚시찌를 노려보듯 자기를 보는 구치다니 눈길이 하도 섬뜩하여 민 군수는 자신도 모르게 외면하고 말았다.

'밥맛 뚝뚝 떨어질 것 같구먼.'

간혹 그가 만나는 일본 낭인들 그것처럼 날카롭고 더러운 눈길이었다. 목소리도 너덜너덜한 헌 누더기같이 추잡하게 느껴졌다.

"에, 에, 우리 일본국 은행에서는, 에, 그렇게 하고 있스무니다."

좋든 궂든 이제 저놈과는 동업자가 되었다고 스스로에게 주입시키면서 민 군수는 최대한 목청을 가다듬어 물었다.

"어, 어떻게 말이오?"

다른 방에서 들리던 문소리도 웃음소리도 거짓말같이 멈춰 있었다. 온 세상이 그 비밀 이야기에 신경을 곤두세우고 있는 듯싶었다.

"있는 그대로를 말씀드리자면 이렇스무니다."

구치다니는 자신이 지금까지 했던 이야기들을 마지막으로 정리하려는 심산인지 퍽 또렷한 어조로 말을 이어나갔다. 그럴 때의 그의 말속에는 맨 처음에 했던 것과 마찬가지로 저 '에'나 '에, 에'가 씻은 듯이 없었다.

"대출과 예금 등을 유인하기 위해서는……."

"……."

구치다니가 말을 마무리할 때까지 민 군수는 입을 꾹 다물고 있었다.

"조선 서민들 사이에 유통되고 있는 엽전……."

일본인이 조선인을 얕잡아 부를 때 가져다 쓰는 바로 그 '엽전'이었다.

"이를테면 상평통보 같은 것을 말이무니다."

구치다니 입을 통해 나오는 상평통보는 어쩐지 좀 색다른 돈으로 받아들여지는 민 군수였다.

"시중가치보다 더 인상해주겠다, 그렇게 선전하는 것이무니다."

급기야 더 참지 못하는 민 군수였다.

"시중가치보다 더 인상해준다."

그의 입에서는 감탄의 소리가 절로 흘러나왔다. 그때쯤에는 동포니 이민족이니 하는 구별 따윈 '에라이, 엿 먹어라' 하는 단계에까지 도달해 버렸다.

"허, 참으로 대단, 대단하구려! 어찌 그런 기똥찬 발상을 했소이까?"

너무너무 감격해 마지않는 민 군수를 향해 구치다니는 그렇게 튼실해 보이지도 않는 두 어깨를 한 번 으쓱해 보인 후 말했다.

"또 있스무니다."

"오, 또 있다니? 또 있어요? 그게 사실이오?"

고장 난 인력거를 타고 있는 것처럼 의자를 들썩거려가며 민 군수가 물었다.

"그렇스무니다."

구치다니가 앉은 의자는 돌을 깎아 만들었지 않았나 싶을 정도로 움직임이 없었다. 갈수록 동요하는 쪽은 민 군수였다.

"그게 무어냐 하면, 하면……."

"어서 말씀, 말씀해보시오, 어서요."

민 군수가 독촉했다. 그런 그의 눈에 조금 전 구치다니 입에서 튀어나온 침이 탁자 위에 그대로 묻어 있는 게 보였다. 하지만 그게 대수겠는가.

"신용 있는 상인들에게는 무이자로 대부해주겠다고 하면……."

또 진득하게 마지막까지 듣지 못하는 민 군수였다.

"아니, 무이자라니?"

아무것도 없는 세상을 보고 있는 사람 같았다.

"무이자, 무이자가 뭐요?"

건물 뒤쪽 응달진 곳에서 참새들이 짹짹거리는 소리가 났다. 민 군수는 갑자기 참새구이가 먹고 싶다는 생각이 들었다.

"설명 좀 해보시오, 설명 좀!"

"……."

그렇지만 침묵해야 하는 때를 아는 구치다니였다. 맛없는 국이 뜨겁기만 한 것같이 교만하고 까다롭게 굴고 있었다. 결국, 민 군수 혼자서 자문자답하는 꼬락서니가 되었다.

"그러면 이자 한 푼 안 받고 그냥 돈을 빌려준다, 그런 말이오?"

구치다니 답변이 지극히 짧았다. 길이가 한 자도 되지 않은 단도 같았다.

"하이."

조선말 '예'가 아니었다.

"어디 은행을 망하게 할 일이 있소?"

민 군수는 참으로 어이가 없다는 얼굴로 그렇게 말하고는 목이 타는지 품에 손을 집어넣어 담배를 꺼내 물었다.

"망하게 하다니요?"

뒷집 마당 벌어진 데 솔뿌리 걱정한다는 투의 구치다니 반문에 민 군수는 담배를 입에 꼬나문 채로 반문했다.

"안 망하면?"

구치다니는 팔뚝을 뽐내는 장사 본새로 자신 있게 나왔다.

"절대로 망하지 않스무니다."

참새 무리가 건물 지붕 위로 자리를 옮기고 있는 기척이 들렸다. 스무 마리는 족히 되지 싶을 숫자였다.

"무슨 근거로요?"

조금은 목민관으로서의 권위랄까 이성을 되찾은 모습의 민 군수였다. 구치다니는 손으로 무엇을 쪼개는 동작을 취했다.

"아까 군수 영감 말씀처럼 하늘이 두 쪽이 나면 났지, 이건……."

"어떻게요?"

민 군수는 성냥으로 담뱃불을 붙이려다 말고 취조하는 투로 물었다.

"무이자로 한다면서 무슨 수로 망하지 않는다는 거요?"

그건 용빼는 재주로도 불가능하다 여겨졌다. 동정 칠백 리洞庭七百里를 내 당나귀 타고 간다고, 내 세력이 미치는 이곳에서야 내 마음대로 행동해왔지만 그래도 그것은 아니다 싶었던 것이다.

그러자 구치다니는 굉장히 졸리는 눈을 하면서 한껏 느려터진 목소리로 생뚱맞게 되물었다.

"은행이 어떤 곳이무니까?"

민 군수는 몇 번의 시도 끝에 붙인 담배 연기를 가오리연 꼬리처럼 길게 내뿜으며 되물었다.

"그건 또 무슨 소리요?"

구치다니는 담배 연기 냄새가 싫은지 약간 상을 찡그리면서 민 군수 가슴팍에 꼭꼭 심어주듯 말했다.

"돈놀이 하는 곳이 아니무니까?"

"돈놀이요?"

아편쟁이같이 눈동자가 벌써부터 크게 흔들려 보이는 민 군수에게 구치다니는 단언하는 어조로 나왔다.

"예, 돈놀이."

"하긴 그 말이 맞소."

민 군수는 고개를 주억거렸다. 담배 연기가 흩어졌다.

"은행, 하면 본관 머리에도 제일 먼저 떠오르는 게 돈이거든."

심지어 구치다니 몸도 돈으로 만들어져 있는 것 같아 보이는 민 군수였다.

"앞으로 그냥 두고 보시면 되무니다."

구치다니는 두 손으로 하늘에서 무엇이 내리는 동작을 만들어 보였다.

"돈벼락을 맞게 될 테니까요."

그러고 나서는 다른 방에까지 들릴 만큼 큰 소리로 웃었다.

"하하, 하하하."

그 웃음소리 속에서 메아리인 양 울려 퍼지는 말이 있었다.

"도, 돈벼락?"

금세 민 군수 눈빛이 달라졌다. 그러자 얼굴 전체, 더 나아가 사람 자체가 철저히 바뀐 양상이었다. 돈으로의 변신이었다.

"예, 돈벼락."

구치다니는 유혹의 덫을 놓았다.

"그러니 군수 영감께서도 돈더미에 깔리시는 꿈이나 꾸십시오."

민 군수는 과장 되게 고개와 손을 한꺼번에 내저었다.

"에이, 무슨 말을 그렇게?"

참새들도 서로 언쟁을 벌이고 있는지 갈수록 지저귀는 소리가 요란스러웠다.

"아, 무슨 말을 그렇게라니요?"

구치다니는 거기 굳게 닫혀 있는 출입문 쪽을 바라보면서, 혹시라도 거기 어디에 있을지도 모를 군수 비서더러 들으라는 의도인지 목소리를 높였다.

"세상에 돈 싫다는 인간 있으면 어디 나와 보라고 하십시오."

손바닥으로 권력자 집무실에 있는 탁자를 내리치려는 기세였다.

"돈이라면 귀신도 부릴 수 있다지 않스무니까?"

이번에는 정원의 소나무와 단풍나무 등이 서 있는 창밖으로 눈길을 보냈다.

"여기 조선에도 그런 말은 있을 법한데 아니무니까?"

숫제 언어학자인 양 굴었다.

"그만합시다, 우리. 지나친 돈 이야기는 좀 그래요."

민 군수는 차마 듣지 말았어야 할 소리를 들었다는 표정을 짓더니 담배를 쥐지 않은 손으로 연방 귀를 매만졌다. 그뿐만 아니라 음성도 자못 진지하고 근엄하게 바뀌었다.

"본관이야 어디까지나 목민관으로서 내가 다스리는 고을 백성들이 잘살기만 하면 됐지, 그밖에 또 뭘 더 바라겠소."

구치다니는 아주 큰 감명 먹었다는 얼굴을 했다.

"하! 하!"

참새들 소리가 지붕이 내려앉게 할 만큼 크고 시끄러웠다.

"헛된 사리사욕 따위는 절대 있어서는 아니 될 것이오."

짐짓 나무라는 척, 오로지 백성들을 위하는 체하면서도, 민 군수 속마음은 풍선이 되어 붕 떠오르고 있었다.

'여기서 내가 누군데?'

솔직히 이 고을 돈이라면 자신의 돈이라고 해도 크게 문제 될 것이 하등 없을 것이었다. 어렵사리 쟁취한 권력이란 게 어디 장식용인가? 쥐고 막 휘두르면 휘두를수록 번쩍번쩍 빛이 나는 보검과도 같은 게 아니겠는가?

'그건 그렇고, 음.'

민 군수는 궁금하기 그지없었다. 자기 두뇌로는 도무지 계산이 나오지 않았다. 대한제국 엽전을 시중 가치보다 더 인상해주고, 제아무리 신용도가 높은 상인이라 하더라도 그냥 무이자로 대부해 주고, 그따위 방식으로 장사를 해서는 쫄딱 망하지 않을 재주가 없을 터인데, 돈벼락을 맞고 돈더미에 깔리는 꿈을 꾸라니?

'이 고을 말마따나 나하고 수리지끼 하자는 것도 아니고 말이지.'

그때 구치다니가 마지막 끈을 조여왔다.

"이제 군수 영감께서도 농공은행을 창립하자는 것에 더 이상 이의가 없으시겠지요? 어떻스무니까? 그래도 있으시다면 저로서는 어쩔 수가 없는 일이무니다."

민 군수는 잇속을 챙기려는 사람이 '내가 먹지요, 내가 먹지요' 한다는 것처럼 했다.

"이의라니요? 이의라니요?"

채신머리없게 두 팔을 머리 위로 후딱 올리면서 말했다.

"내 이렇게 쌍수를 치켜들고 대환영하는 바이오. 이럴 땐 인간의 팔이 두 개밖에 없다는 게 너무나 아쉽고 안타까워요. 하하."

"감사하무니다. 감사하무니다."

구치다니는 고양이만큼 좁은 이마빼기가 탁자에 부딪힐 정도로 크게 고개를 숙여가며 감사하다는 소리를 연발했다. 민 군수도 덩달아 맞절하는 자세로 말했다.

"아, 아니요. 본관이 오히려 감사해야지. 그게 순리지. 인간 도리지."

구치다니는 그 조선말도 좀 더 명확하게 익혀놓으려는지 되뇌었다.

"순리, 인간 도리."

"안 그렇소이까? 내가 하는 말에 이의가 있다면……."

그러는 민 군수더러 구치다니는 성인군자와 마주하고 있는 듯한 모습을 지었다.

"그 높은 자리에 앉아 계시면서도 그렇게 인간다우신!"

민 군수는 흐음! 하고 마른기침을 한 번 하고 나서 점잖게 타이르듯 하였다.

"천부당만부당하신 말씀이외다. 단언컨대 백성들보다 높은 자리는 없는 법이라오."

구치다니 시선이 크고 높기만 한 군수 책상과 의자를 향했다.

"백성의 입 막기는 내(川) 막기보다 어렵다고 했거늘."

민 군수는 천하 제일가는 명관明官인 양 행세하고 있었다. 구관舊官이 명관이란 말도 있거니와, 그는 평소 자신이 고을 백성들에게서 항상 선정을 베푸는 관리, 현명한 관리라는 칭송받기를 거의 병적일 만치 소원하고 있는 사람이었다.

그렇지만 실제로 백성들 피부에 와 닿는 느낌은 그것과는 철저히도 정반대였으니, 지금 재판소 앞쪽에다 방치해 놓은 그의 전용 고급 인력거 하나만 예로 들더라도 더 거론할 필요가 따로 없었다.

"아, 무슨 그런 말씀을 하시무니까?"

어쨌거나 손바닥을 비비며 구치다니는 황감해했다.

"헛말이 아니라니까?"

"영감."

민 군수는 사람 진심을 몰라주어 억울하다는 투였다.

"생각 좀 해보시오."

"하이."

탁자 위에 묻어 있던 구치다니의 침은 이제 모두 말랐는지 지금은 잘 보이지가 않았다. 하지만 증발해도 그 안에서 떠돌아다니고 있을 것이다.

"본관이 다스리고 있는 이 고을 백성들을 잘살게 만들어 준다는데, 우리 재무고문관께 표창장이라도 하나 드려야지요."

그러면서 민 군수는 또 한번 물어보고 싶은 감정을 억누르느라 애를 썼다. 도대체 무슨 수로 돈을 벌 수 있다는 것인지 모르겠다. 천하 제일가는 상술로도 쫄딱 망하기 십상일 것인데 말이다.

'이거 궁금해서 사람 미치겠구먼. 물어봐?'

그러나 늙은 여우처럼 교활하고 역겨울 정도로 조심스러운 구치다니는 선뜻 답을 해줄 것 같지가 않았다. 이쪽 마음을 빤히 읽고 있음 직한데도 모른 척 시치미를 떼고 있는 그 면상에 주먹이라도 날리고 싶었다.

'할 수 없지 뭐.'

민 군수는 자위했다. 밥 빌어먹기는 장타령이 제일이라 했다. 인사고 체면이고 죄다 버리고 되는대로 한다면 그런 일도 못 할 것이 없지 싶었다.

'까짓것 제 말마따나 기다려 보면 알게 될 테지. 나야 굿이나 보고 떡이나 먹으면 되지. 자칫 체하지 않도록 조심만 해가면서 말이지.'

그렇게 속으로 중얼거려가며 힐끔 바라다본 구치다니는 이제 입을 꾹 다문 채 아무 말이 없었다. 눈도 어디를 보고 있는지 모르겠다. 민 군수는 전혀 내색은 하지 않았지만 같잖고 혐오스러웠다.

'속에서 여우가 백 마리는 득실거리는 놈이다.'

일단 거기까지 온 목적은 달성된 셈이니 더 입을 열 필요가 없다고 생각하는지 모른다. 정보를 아끼려는 속셈일 수도 있었다. 어쨌거나 그의 회유와 설득으로 인해 그 고을에도 농공은행이 세워지게 돼 있는 것이다.

'모로 가나 기어 가나 서울 남대문만 가면 그만이니까.'

민 군수도 담배만 뻑뻑 빨아댈 뿐 침묵으로 들어갔다.

'담배는 백성들 세금으로 만들어진 것 아닌가? 아니지. 세금을 더 거둬들일…….'

그따위 생각을 굴리면서 구치다니는 보고 있었다. 푸르스름한 담배 연기에 가려져 있는 민 군수 얼굴 위로 언뜻언뜻 나타나 보이는 게 그 고을 서민들 얼굴이었다. 나아가 그는 민 군수뿐만 아니라 누구에게도 아직 발설하지 않은 정말 기똥찬 '돈놀이'를 혼자 머릿속으로 그려보고 있었다.

'흐흐. 이건 귀신도 기절초풍할 노릇이지.'

구치다니가 구상하고 있는 술책, 그것은 참으로 기발하면서도 진실로 가증스럽기 짝이 없는 것이었다.

'상상만 해도 살살 군침이 도는 내 먹잇감들!'

그는 그 고을 중소 지주들과 농민들을 염두에 두고 있었다. 아까 민 군수에게는 지금 이 고을에서 가장 돈 많고 땅 많은 집안이 어떤 집안이냐고 물어보았지만, 사실 그들은 좀 버거운 존재라는 통발을 재고 있었다.

그러면? 그런 자들과는 경쟁보다도 담합하는 것이 훨씬 더 유리할 것이란 그 나름의 판단이 서 있었다. 어떤 나라든지 반드시 국익보다는 자신의 사사로운 이익을 더 취하려는 악덕 지주나 약삭빠른 상공인들이 있기 마련인 것이다.

'이편에서 보자면 그런 인간들은 아주 든든한 아군이 아니냐 말이야. 아군을 내 손으로 해치는 바보가 어디 있나?'

그리고 이것 역시 민 군수에게는 비밀로 덮어두었지만, 기실 구치다니는 그 고을 최고 갑부가 동업직물을 경영하는 임배봉이란 사실을 이미 알고 있었다. 그뿐만 아니라 몰래 뒷조사를 해봤더니, 임배봉은 그

지역에서 완전히 인심을 잃어버린 졸부였다. 또한, 그의 자식들인 점박이 형제도 천하 개망나니들로서 모두가 혀를 내두른다고 들었다. 그리하여 그 집안 것이라면 열흘 굶은 개도 물고 가지 않을 그 정도라고 하였다. 그런가 하면, 근본도 아주 형편없는 상놈이라고 했다. 돈을 주고 산 양반이란 걸 온 세상이 다 알았다.

'우선 그자부터 포섭한 후에…….'

구치다니는 하늘이 나를 도운다고 맹신했다. 천민 출신인 임배봉은 필시 조정이나 기존 양반 계층에게 불만과 반감을 품고 있을 터였다. 천민들과도 거리를 두려고 할 것이다. 예전에 천민이었던 기억이 되살아날 것이고, 또 혹시라도 자기 밑천이 드러나지나 않을까 하는 자격지심이 매우 강렬하게 작용할 것이다. 따라서 그는 오로지 돈 하나만을 가까이한 채 살아오고 있을 것이다. 만약 돈이 되는 이쪽에서 손을 내밀면 덥석 맞잡아올 위인이라고 믿어도 좋을 것이다.

'돈에 눈이 먼 자, 그에게는 당연히 돈이 최고의 약발로 먹혀드는 것은 정한 이치가 아니냐고.'

그런데 땅 부자가 누구인지는 아직 알아내지 못했다. 그렇기 때문에 민 군수 입에서 콩나물국밥집 여자라는 말을 듣고 무척 놀라지 않을 수 없었다. 치마 두른 일개 아낙네가 고을 최고 땅 부자라니 도무지 수긍하기가 어려웠다. 그렇지만 그 대신에 크게 신경을 쓰지 않아도 되리라는 안도감을 맛보았다. 그의 혼자 판단에, 여자야 제아무리 잘나고 똑똑하다고 해도 너끈히 상대할 자신이 있었다.

'자, 그렇다면?'

그리하여 궁리에 또 궁리를 거듭한 끝에 구치다니가 내린 결론은 이러했다. 우선 눈앞의 이런저런 정황으로 미뤄볼 때, 그가 처음에 세운 계획대로 접근하기 쉬운 동업직물부터 이편으로 끌어들인 후 나루터집은 그다음에 쉬엄쉬엄 잠식하리라고. 아니, 콩나물국밥 정도야 식은 국물 마시듯 단숨에 후루룩 마셔버리면 될 것이다. 숙취를 해소하기 위한 속 풀이 정도로 치부해버리면 될 것이다.

구치다니 생각은 동업직물과 나루터집을 떠나서 다시 그곳 중소 지주들과 농민들에게로 돌아갔다. 그 표적물들은 하나같이 헙수룩해 보였다. 그들은 마음먹은 대로 금방 반죽할 수 있는 물러터진 것들이었다. 그러자 그의 속에서는 절로 쾌재가 터져 나왔다.

'중소 지주들과 농민들은 거의 못 배우고 어리석은 작자들이지. 그러니 어떻겠어? 이자 계산이 형편없이 미숙할 수밖에 없지 않겠냐고?'

그의 눈에 돈이 통째로 굴러들어오는 게 보였다. 이제 이 고을 돈이란 돈은 모조리 내 수중에 들어오게 되리란 기대감에 심장이 터질 것만 같았다. 여기 조선 땅에 들어오기 참 잘했다. 하늘에서도 돈이 떨어지고, 땅에서도 돈이 솟아나고, 온 천지가 노다지였다.

'아아, 그뿐만이 아니지. 그자들은 무식해서 소위 근대적 금융기관 이용 방법에도 아주 서툴 거란 말이야. 그게 무슨 뜻이겠어?'

가을하늘에 떠다니는 고추잠자리처럼 마음이 붕 떠서 혼자 말을 주고받았다.

'결과적으로 말하자면, 그것들의 담보물이나 토지 등은 벌써 이쪽으로 넘어온다는 그런 소리가 아니겠냐고? 흐흐.'

구치다니의 분홍빛 꿈을 깨운 건 그때 막 들려온 민 군수 목소리였다.

"술 한잔 생각 있으시오?"

"예?"

혼자 계산속에만 빠져 있던 구치다니는 제대로 알아듣지 못했다. 민 군수는 '쩝' 하고 입맛을 다시기까지 하였다.

"술 말이오, 수울."

고개를 뒤로 젖혀 천장을 통해 지금 그 위 지붕에 앉아 있을 참새들을 머릿속에 그려보면서 침을 삼켰다. 술안주로는 참새구이도 일품인데 말이야.

"술!"

그러면서 마시기도 전에 만취한 사람 모양으로 몽롱한 눈빛을 지어 보이는 구치다니의 연기술은 가히 장관이었다.

"내가 한턱내리다."

민 군수는, 바늘 가는 데 실 가야지, 어쩌고 하면서 술꾼처럼 굴었다.

"오늘 같은 날 술이 없어서야……."

구치다니는 머리통을 있는 대로 조아렸다.

"아, 예. 어이쿠."

민 군수는 동지애가 뚝뚝 묻어나는 소리로 말했다.

"설마 싫다는 소리는 하지 않으시겠지?"

"싫다니요?"

그의 말에서 '에'나 '에, 에'는 언제 썼었냐는 듯 말끔히 사라졌다.

"저로서는 마다할 이유가 어디 있겠스무니까?"

구치다니는 '한쪽 바지 두 다리 낀다'는 조선 속담처럼 가장해 보였다.

"역시 우리 구치다니 재무고문관님은 남자다워서 좋소이다."

남자답다는 게 구체적으로 어떤 것을 이야기하는지 잘 모르겠는 구치다니지만 입으로는 비단장수가 되어 잘도 나불거렸다.

"그건 저보다도 군수 영감께서 더 그렇스무니다."

두 능구렁이는 내심 회심의 미소를 줄줄 흘렸다. 그들 각자의 눈에 비친 상대방은 잘만 이용하면 세상에 다시없을 보물덩이였다. 도깨비방망이였다. '돈 나와라, 뚝딱!' 하면 돈이 나오고, '땅 나와라, 뚝딱!' 하면 땅이 나올 것이다.

"그건 그렇고, 장소는 어디가 좋을 것 같소?"

민 군수가 불쑥 묻자 구치다니는 비듬이 있어 가려운 사람처럼 머리를 긁적거렸다.

"아, 저야 아무 데라도……."

그 말을 다 듣지도 않고 민 군수가 말꼬리를 잡는 어투로 나왔다.

"아무 데라도?"

무슨 소리냔 듯 두 눈을 멀뚱거리며 질책하는 목소리로 말했다.

"그렇게 중요한 곳을, 아무 데라도, 라니요?"

그러자 구치다니는 아차! 싶었는지 얼굴이 벌게지도록 큰소리로 웃어젖히더니 제 주먹으로 제 머리통을 쥐어박았다.

"아, 저는 술집을 말씀하시는 줄 알았스무니다."

민 군수가 조심스레 물었다.

"혹시 미리 점찍어둔 데라도 있는 것이오?"

구치다니는 잠시 망설이는 눈치였지만 어차피 빨리 실행에 옮겨야 할 일이라는 데 생각이 미쳤는지 소상하게 털어놓았다.

"에, 영업장소는 성안 세무서 거리가 있는, 에, 그러니까 저 남강의 벼랑 위로, 에, 잡아두고 있스무니다."

또다시 '에'가 쌀 속에 든 겨처럼 섞여 나왔다. 민 군수는 확인하는 어조로 상대 답변을 가만 되씹었다.

"세무서 거리가 있는 남강 벼랑 위?"

구치다니 입가에 야릇하고 기묘한 웃음기가 배어났다. 그는 으스대는 빛이 역력해 보였다.

"그렇스무니다. 어떻스무니까?"

민 군수는 우습게 여겨질 만큼 진지하게 대답했다.

"괜찮을 것 같소이다. 전망이 좋은 곳이기도 하고요."

구치다니는 무조건 말했다.

“감사, 감사하무니다.”

민 군수가 친근감을 드러내려는지 또 농을 던졌다.

“아, 감만 사요? 사과도 사고 배도 사야지.”

그러자 제 딴에는 조선말을 제법 잘 구사한다고 자부하는 구치다니는 그만 멍한 얼굴로 물었다.

“그걸 모두 사서 어쩌시려고요?”

민 군수는 너무너무 재미있어 하는 모습으로 웃었다.

“하하하, 으하하하.”

구치다니 또한 영문도 모르면서 웃었다.

“히히히, 이히히히.”

아무튼 김 모某가 초대 은행장으로 취임하게 될 그 고을 농공은행은 그렇게 비밀리에 태동하고 있었다.

참으로 통탄할 일이었다. 모든 경영권은 일제 통감부가 장악하게 된다. 그리하여 거기 농공은행은 일본인 감리관 ‘야마요네’라는 자가 실무를 담당하게 되는 것이다.

국채보상운동

살갗에 와 닿는 3월 초순의 햇살은 그런 대로 따스했다.

하지만 아직도 바람 끝에는 다소 차가운 기운이 그대로 매달려 있긴 하였다.

'鳳儀樓'라는 현액이 걸려 있는 객사 앞이다. 그 '봉의루'라는 글씨체는 어딘가 무게감이 느껴지면서 비봉산 자락에 자리하고 있는 누각 '비봉루'와는 다른 정취를 자아내고 있었다.

지금 그곳에는 타작마당이나 놀이마당처럼 수많은 사람이 무리를 이루고 서서 한창 열기가 붙어가고 있는 연설을 듣고 있었다. 고개가 아픈 것도 다리가 저리는 것도 잊고 서 있는 그 군중 속에 섞여 열심히 귀를 기울이고 있는 동업과 재업 형제의 얼굴도 보였다.

"여러분! 알고 계십니꺼?"

그것은 애국상채회의 국채보상에 대한 연설회였다.

"우리나라가 일본에 진 빚은 눈덩이매이로 막 불어나고 말았십니더."

그 현장으로 모여드는 사람들이 굴릴수록 커지는 눈덩이를 방불케 했다. 대부분 흰옷을 입고 있어 더 그런 느낌을 던져주는 것이다.

"시방 우리가 일본에 갚아야만 할 돈은, 우리 대한제국의 일 년 예산하고도 거의 맞묵는 천 삼백만 원에 이르고 있다고 합니더."

하얀 두루마기 차림새를 하고 있는 그 연사는 갈수록 큰 울분과 격한 감정을 추스르지 못했다. 키가 훌쩍 크고 깡마른 그의 눈빛은 철판이라도 뚫을 수 있으리만치 형형했다. 무척 장신이어서 그런지 그는 세상을 굽어보면서 살아가는 사람 같다는 인상을 주었다.

그의 옆에는 그보다 앞서 사자후를 토했던 또 다른 연사가 서서 연방 고개를 끄덕이고 있었다. 여자같이 아담한 체구를 가진 그 연사는, 조금 전에 거기 모인 조선 민중들에게 일제의 잔악무도한 행위를 아주 강경하게 성토했었다.

우리 이 땅에 일제 통감부가 설치된 후로 저들은 적극적으로 차관을 제공하였는데, 그 돈들은 경찰 기구 강화나 일본인들을 위한 시설을 만드는 데 몽땅 쏟아부었다는 사실을 상기시켰다. 대한제국을 위해서는 단 한 푼도 쓰지 않았다는 것을 질타하였다.

"모도 들어들 보시이소."

두루마기 연사 입에서는 약 보름 전에 한성에서 발간한 〈대한매일신보〉에 게재되었던 글도 흘러나오고 있었다.

"그 신문에서 머라캤는고 하모, 바로 이렇십니더."

그때 하늘에 있는 구름장은 활짝 펼쳐진 신문지 형상을 하고 있었다. 그런 모양새의 구름은 흔치 않았다.

"우리의 국채 천 삼백만 원은 대한의 존망이 달리 있는 일이라 쿨 수 있다."

시간이 흐를수록 청중은 점점 더 불어나고 있었다. 지금 이런 추세라면 그 고장에 사는 사람들 모두가 운집할 것 같았다. 우뚝 선 객사 건물도 놀라 바라보는 듯했다.

"그거를 갚으모 나라가 유지될 것이지만도……."

"후~우."

그런 고무적인 이야기에 군중들이 막힌 숨을 크게 내쉬면서 가슴을 쓸어내리기도 전에 또 이어지는 소리는 간담을 서늘케 만들었다. 비명과도 같은 소리도 터져 나왔다.

"어이쿠!"

그것은 얼핏 남사당놀이의 한 종목을 떠올리게도 하였다. '잘하면 살판이요, 못하면 죽을판'이라는 뜻에서 붙여졌다는 저 '살판(땅재주)'이었다. 그렇지만 살판쇠(땅재주꾼)와 매호씨(어릿광대)가 잽이의 장단에 맞추어 재담을 주고받으며 재주를 부리는 것과는 너무나 달랐다.

"만약시 몬 갚기 되모, 이거는 오데꺼지나 빚을 몬 갚았을 적의 이약인데, 나라가 망할 것임은 필연적인 추세다, 그리 말했십니더."

그 연사 머리 위로 아마도 비봉산에서 날아 내려왔을 산비둘기들이 어지럽게 선회하고 있었다. 길가 버드나무 가로수들은 새 한 마리 앉아 있지 않은 빈 가지였다. 미물들도 한 곳에 편하게 앉아 있을 수가 없는 모양이었다.

"올매나 무서븐 소립니꺼?"

그는 입이 바싹바싹 타는지 혀로 까칠한 입술을 두어 번 핥았다. 그러고는 단전에 잔뜩 힘을 주면서 그 내용을 계속 소개해나갔다.

"그라고 시방 국고國庫를 갖고는 갚아내기 에려븐 행핀인데, 앞으로 삼천리 강토는 우리나라의 소유도, 우리 국민의 소유도 몬 될 끼다, 그리함시로……."

바람이 파수꾼 모양으로 기다랗게 늘어선 버드나무를 뒤흔들며 지나가고 있었다. 사람들 머리카락과 옷자락도 덩달아 흩날리고 있었다. 마음은 그보다 몇 배 더 흔들리고 날릴 것이었다.

"국토라는 거는 한 분 잃어삐모 다시 찾을 수 없는 그런 것인께네……."

한성에서 천 리나 떨어진 남방 고을에 있는 그곳 지역민들로서는 난생 가본 적도 없고 그 이름조차 생소한 나라 이야기도 나왔다.

"우리가 우찌 저 베트남 등 멸망한 민족의 꼴을 면할 수가 있것느냐꼬 했심니더."

그러자 군중들 사이에 이런 작은 소요가 일었다가 가라앉았다.

"시방 베, 베트, 머라쿠노?"

"내는 남, 남 그 한마디만 들었다."

그리하여 그 국채보상운동은 국민들의 크나큰 호응을 얻어 바로 지금, 이 시각에도 걷잡을 수 없는 기세로 전국 곳곳으로 퍼져나가고 있다는 것이다.

"허, 그렇다 그 말이제? 인자 땡 잡거로 생깃다."

또다시 누군가의 말에 또 누군가가 말했다.

"우리는 빙신들매이로 아모것도 모리고 있었다 아인가베."

그러자 좀 사려 깊어 보이는 또 다른 누군가가 말했다.

"쉬! 하늘을 봐야 벨을 딴다 캤다. 더 들어보자꼬."

"하모, 그라고 나서 우리도 우째봐야제."

단단히 벼르는 가운데 저주와 비난의 소리도 빠지지 않았다.

"우리나라를 등으로 묵고 배로 묵는 쥑일 늠들!"

민중들은 너나없이 점점 크게 술렁거리기 시작했다. 시간이 갈수록 그곳 공기가 여간 예사롭지 않았다. 햇살이 바람에 흔들리는 성싶었다. 모든 사람과 사물이 깨끗한 거울에 고스란히 비친 것처럼 무척이나 투명해 보이는 날씨였다. 신문지를 연상시키던 구름장은 온데간데없었다. 가을도 그렇게 해맑을 수는 없었다.

"와아! 잘한다아!"

"눈 뜨고 도독 맞을 수는 없는 기라!"

흡사 물을 뿌린 듯이 조용하다가도 어느 순간에는 이곳저곳에서 함성들이 세차게 튀어나왔다. 벌겋게 달아오른 얼굴로 소매를 걷어붙이는 사람도 보였다. 아주 거친 야생마처럼 마구 씩씩거리는 이들도 적지 않았다. 금방이라도 무슨 일이 터지려는 공기였다.

목에 검은 띠무늬가 둘린 회갈색 몸빛의 산비둘기들은 더한층 하늘로 상승했다가 갑자기 급강하를 하는 게 아마도 사람들이 내뿜는 강렬한 기운에 중독된 게 아닐까 싶었다. 그런데 말 그대로 불에 기름을 들이붓듯 그곳 분위기를 한층 확 살아나게 하는 사람이 하나 있었다. 놀랍게도 그는 여자였다. 웬 젊은 여자 하나가 군중들 앞에 나와 서더니 우리도 국채보상운동에 참여하자는 말을 한 것이다.

"……."

모두 놀라 그 여자에게 눈길을 돌렸다. 하나같이 믿으려 들지 않는 표정들이었다. 남자가 그렇게 했어도 예사롭지 않았을 것이다. 그런데 군중들이 더더욱 경악에 빠지기 시작한 것은 누군가의 이런 외침을 듣고서였다.

"기생 부용이다아!"

사람들은 몹시 소스라쳐 그 여자를 뚫어지게 바라보았다. 지금 그곳에는 오직 그 여자만 있는 것 같았다.

"맞다아! 부용이 맞다아!"

또 누군가가 더없이 흥분하여 큰 소리로 말했다. 그리하여 환호작약하는 사람들로 넘쳐났다.

"기생!"

"부용!"

그 외침은 새끼를 쳤다.

"기생!"

"부용!"

기생 부용. 일개 기생 신분인 부용이 국채보상에 대한 연설을 듣고 감명을 받아 군중들 앞에 나선 것이다. 관아를 방문하는 관리나 사신들이 머무는 객사의 검은 기와와 나무 기둥도 그녀를 응시하는 듯했다.

"여러분!"

그녀는 새하얀 꽃봉오리를 닮은 앙증맞은 주먹을 흔들어가며, 코스모스나 난초를 연상케 하는 길고 가느다란 목이 끊어질 정도로 목청을 드높였다.

"우리도 국채보상운동에 꼭 함께해야 합니더."

"흐~읍."

동업이 바람결에 무슨 냄새를 맡은 것은 그때였다. 지금까지는 느끼지 못하고 있던 냄새였다. 그는 코를 벌름거리며 생각했다.

'해나 내 코가 잘몬된 기까? 요런 데서 저런 내미가 날 수는 없다 아이가.'

그러나 신경을 써서 더 자세히 맡아보니 틀림없는 그 냄새였다. 바로 머리카락을 태울 때 풍기는 냄새였다. 그의 후각에 이상이 있는 건 아니었다.

'그라모?'

그는 자신도 모르게 구름산 구름바다를 방불케 하는 인파를 돌아보았다. 그러다가 그만 픽 실소가 나왔다. 그렇게 무수한 군중들이 모여 있는 장소에서 머리카락을 태우고 있을 사람이 어디에 있겠는가 말이다.

'그란데? 그라모 시방 나는 이 내미는?'

불현듯 동업의 머릿속에 상자 하나가 떠올랐다.

빗상자.

그러자 홀연 시각은 설날 황혼 무렵이 되고, 공간은 가옥의 대문 밖이 되었다. 동업은 그 상자 속을 들여다보았다. 그러고는 발견했다, 머리카락들을.

그것은 남자와 여자가 한 해 동안 빗질을 할 때 빠진 머리카락이었다. 서산머리에 놀이 지고 있는데, 대문 밖에 선 사람들이 상자에 든 머리카락을 꺼내 불태우기 시작했다. 그 사람들 입에서 이런 말들이 나오고 있었다.

– 인자 아모 걱정 안 해도 된다 아인가베.

– 하모, 하모. 나쁜 뱅을 막을 수 있은께네.

– 그라모 머리카락 빠지삐는 엠뱅에는 절대로 안 걸리것제?

– 오데 머리카락만 온전하까이. 또 다린 것들도 싹 다 그럴 끼거마.

– 그렇제. 머리카락 타는 요 내미만큼 구신들이 싫어하는 내미도 없다 안 쿠나.

동업은 고개를 끄덕거리고 있는 자신을 발견했다. 그리고 기생 부용의 머리칼을 보면서 생각했다. 지금 이곳에서 내가 맡는 이 냄새는 바로 저 여자의 머리카락이 타면서 내는 냄새라고. 그리하여 머리카락이 빠져버리는 염병 정도가 아니라 일본이라는 외세가 줄 모든 병을 전부 막아줄 수 있을 거라고.

그런 생각 끝에 다시 바라본 그녀의 머리칼은 햇빛을 받아 실제로 불타오르고 있는 듯한 환영을 주었다. 어쩌면 아까부터 그녀의 그런 모습을 통해 동업은 머리카락을 불태우는 이른바 저 '소발燒髮'을 떠올렸는지도 알 수 없었다. 그렇다면 후각보다도 시각이 먼저 작동을 했던 것으로 봐야 한다. 그리고 그 머리카락은 바로 황금으로 빚은 머리카락이었다. 기생 부용은 황금의 여인이었다.

"그러한즉……."

동업이 벅차오르는 가슴을 억누르며 지켜보고 있는 가운데, 기생 부용의 음성은 조금 낮아졌지만, 그것이 던져주는 파동은 더욱더 세차기만 하였다.

"이거는 한두 사람만 해서는 안 됩니더."

고풍스러운 객사 지붕 위에도 햇볕이 내리비치고 있었다. 혹시라도 그곳에 머물고 있는 한양에서 온 고위 관리가 너무나도 경악한 나머지 숨을 죽이고 있는지도 모른다.

"조선 백성이모 누라도 그래야 한다꼬 봐예."

"아!"

기생이 나섰다는 사실에 사람들은 엄청난 충격과 감동을 받았다. 곳곳에서 온갖 소리가 터져 나왔으며 국채보상에 대한 열기는 시간이 흐를수록 더 무르익어갔다. 그 고을이 생긴 이후로 이런 일이 흔하지는 않았을 것이다.

세상 온 사물들도 그 예사롭지 않은 사태를 깊이 깨달은 모양이었다. 다른 새들도 더 날아들어 이제는 비둘기뿐만 아니라 까치와 까마귀 등도 눈에 띄었다. 흰빛과 잿빛과 검은빛이 어울려 조화를 이루어내는 성싶었다.

그리하여 지금 거기 현장에는 모든 것을 드러내놓고 마구 사는 '빨간 상놈'이니, 서슬이 퍼렇게 점잔을 빼고 앉아 있는 '푸른 양반'이니 하는, 그따위 반상班常을 가리지 않고 모두가 하나였다. 대저 이 땅에 일찍이 그런 일이 몇 번이나 있었을까. 앞으로도 그런 일이 몇 번이나 더 있을 수 있을 것인가.

"우! 우!"

"와! 와!"

앞의 두 연사가 한 연설은 대단히 조리가 있고 정연한 쪽이었다면, 기생 부용의 그것은 마치 바느질할 때 아무렇게나 거칠게 씀당씀당 꿰매는 것 같은 쪽이었다고 할 수 있었다. 하지만 사람들이 보이는 감응은 조금도 더 못해 보이지 않았다.

"에나 놀랠 일 아이가!"

동업은 기생 부용에게서 여전히 눈을 떼지 못한 채 옆에 선 재업에게 물었다.

"그렇제, 재업아?"

어느새 제법 사내다운 목청이 되어 있는 그였다. 음성뿐만 아니라 신체 모두에서 저 세월의 더께를 느낄 만했다. 그러니 어른들은 늙어도 늙었다고 할 수가 없을 것이다.

"하모, 맞다, 새이야."

동업에 비하면 아직은 여자같이 여린 목소리의 재업도 눈앞의 광경을 좀처럼 믿을 수 없다는 표정이었다. 외모는 아버지 억호를 닮았지만, 심성은 어머니 설단 쪽으로 더 많이 기울어져 있는 그였다.

"기생이 우찌 저랄 수 있노?"

"우리가 여태꺼정 기생을 잘몬 알고 있었는갑다."

일반 사람들 사이에서 '해어화', 곧 '말하는 꽃'이라고 불리는 여자가 바로 기생이었다. 아직 기생방 출입을 한 번도 해보지는 않았지만, 그것이 무엇을 의미하는지는 그들도 모르지 않았다. 그런 기생이 뭇 사람들 앞에서 저런 모습을 보이고 있는 것이다.

"오늘의 이 일은…… 그라모 앞으로 여러분의……."

이윽고 부용이 동참을 호소하고 그 자리를 뜰 때까지 사람들은 아무도 움직이지 않았다. 그 무언가를 향한 갈증을 이기지 못하겠는지 입안에 고인 침만 꿀꺽꿀꺽 삼켰다. 부용이 그들 눈앞에서 완전히 사라졌을 때에야 비로소 잠에서 깨어난 모습들이 되어 술렁거리기 시작했다. 국채보상 연설회를 주최하고 주관한 이들도 한동안 멍해 보였다.

"성아, 인자 고마 안 갈 끼가?"

"어? 아, 가, 가야제."

재업의 그 소리를 듣고서야 동업은 비틀걸음을 옮겨놓기 시작했다. 배가 다르고 씨가 다른 형제의 발길은 똑같이 허공을 걸어가듯이 허둥대고 있었다. 한마디로 새로운 세상을 경험했다고 할만했다.

"재업아, 우리가 본 기 진짜가 맞제?"

새들도 공중에서 흩어지고 있었다.

"으응. 꿈이 아인께."

그들 망막에는 우리 대한제국 백성 모두가 국채보상운동에 꼭 참여해야 한다고 갈파하던 아리따운 기생 부용의 모습이 사라질 줄 몰랐다. 심지어 그녀는 현실 속의 여자가 아니라 신화나 전설에 나오는 여자가 아닐까 하는 착각마저 들었다. 언젠가 기생 부용에 관한 글을 쓰고 싶다는 충동을 받은 이가 그들 형제뿐만 아닐 것이다.

"새이야, 우리 집에 다 왔다."

"운제 다 온 줄도 모리고 다 왔네?"

형제가 그런 말을 주고받으며, 언제나 수문장을 연상시키는, 양옆 행랑채 지붕보다 높은 솟을대문을 들어서니 행랑채와 담장에 둘러싸인 바깥마당이 그들을 맞았다. 주택 외부 담장 밖에 인접해 있는 일반 서민 주택의 바깥마당과는 달리 대문 안에 있는 그 마당은, 그 집을 방문하는 외부인들로 하여금 지레 주눅이 들게 하는 힘이 있었다.

"내는……."

"그랄래?"

동업은 곧바로 아버지 억호 처소로 향했다. 아버지와는 언제나 다가 갈 수 없는 큰 거리감을 품고 있는 재업은 어머니 해랑에게 가보고 싶다고 했다.

'해필 안 계시네?'

그런데 동업이 대문 안에 거듭 세운 중문을 지나서 아버지가 거처하고 있는 사랑채로 들어가 보니 아버지는 출타 중이었다. 다시 그곳을 돌아 나와 잠시 화초와 정원석이 멋진 마당에 서서 무엇인가를 골똘하게 궁리하고 있던 동업이 또다시 걸음을 옮겨놓은 곳은 할아버지 배봉의 사랑방이었다.

"온나(오너라)."

마침 배봉은 꽃밭을 연상시키는 화려한 비단 이부자리를 깔고 누워 있었다. 농사꾼이 죽어도 종자種子는 베고 죽는다고, 배봉은 죽어도 비단을 베고 죽을 사람으로 보였다.

어쨌거나 이제는 그도 나이를 먹은 탓인지 훤한 낮에도 지금처럼 자리보전을 하는 날이 잦아졌다. 많이 누워 있으니 허리가 결리느니 다리가 떨리니 하면서도 그랬다.

"할아부지, 오데 안 좋으시예?"

동업이 걱정스러운 얼굴로 물었다. 그래도 배봉은 대답할 기력조차 없는지 아무런 말이 없었다. 배봉의 머리맡에 좀 앉아 있다가 동업은 몸을 일으킬 자세를 취하며 물었다.

"으원을 불러오까예?"

아버지보다 훨씬 더 자기를 위해주는 할아버지였다. 지금보다도 한참이나 더 어렸던 그에게 경영수업을 시켜준다고, 부산포의 일본인 상인들과 만나는 자리에도 데리고 갔던 할아버지였다. 그리고 그 후에는 사토의 미망인인 미찌꼬가 살고 있는 저 바다 건너편 일본까지 그를 대동하였다. 그때는 아버지 형제도 함께 갔었다. 동업이 그런 옛 생각을 떠올리며 한 번 더 입을 열려고 할 때였다.

"아이다, 괘안타. 쪼매 피곤해서 이란다."

배봉이 그림자가 움직이듯 부스스 일어나 앉으며 말했다. 동업은 마음 한구석이 좀 허한 느낌이 들면서 속으로 생각했다.

'할아부지가 우째서 저리 상구 늙어가시는고?'

갈수록 눈가에 거무스름한 기운이 늘어나는 그였다. 또한 '저승꽃'으로 불리는 검버섯도 얼굴에 듬성듬성 돋아났다. 그것은 손등까지 덮고 있었다. 제아무리 돈이 흘러넘쳐도 그 늙음의 추함은 감출 수가 없는 모양이었다.

"할아부지."

손자가 할아버지를 부르는 소리는 응석받이를 완전히 벗어날 수 없었다.

"와?"

할아버지가 손자를 대하는 모습에서는 모든 걸 다 주어도 아까울 게 없다는 빛이 서리어 있었다.

"쪼꼼 아까 전에 재업이하고 같이 집으로 오는 길에 말입니더."

동업은 아직도 상기된 빛이었다. 말끝도 떨렸다.

"에나 신기하고 놀랠 장면을 봤어예."

"무신 장면?"

어차피 문갑 위에 장식용으로 놓여 있는 저 문방사우를 동업이한테 줘버리는 게 어떨까 하는 생각을 하며 배봉이 물었다.

"밖에서 무신 일이 있은 기가?"

그러면서 잔뜩 주름진 손을 뻗어 재떨이를 끌어당기려고 하였다.

"지가 드리께예."

그걸 본 동업은 얼른 비까번쩍한 대리석 재떨이를 집어 들어 배봉 앞에 가져다주며 입을 열었다.

"객사 앞에서예, 국채보상 연설회가 열리고 있던데예, 거서예……."

배봉이 흥분한 손자 말을 중간에 끊었다.

"국채보상 연설회?"

"예, 할아부지."

단정히 무릎 꿇고서 앉은 동업의 등 뒤로 커다란 방문에 발라놓은 최고급 창호지가 무척 밝았다. 햇살도 좋고 통풍도 잘 되는 방향으로 앉힌 사랑채였다. 전국적으로 알아주는 풍수가 잡아준 집터였다.

"국채 머?"

배봉은 방금 자신이 말해놓고도 그새 잊어버렸는지 그렇게 물었다. 처음에 들을 때는 기억을 잘하다가도 이내 망각하는 게 요즈음 그의 근황이기도 하였다.

"국채보상 연설회예."

근동에서 영특한 젊은이로 정평 나 있는 동업이 또렷한 어조로 말해주었다.

"그기 머신데?"

배봉은 그만 것에는 별로 흥미 없는지 졸음이 서려 있는 두 눈을 가느스름하게 뜬 채 건성인 듯 물었다.

"우리나라가 일본에 진 빚을 갚자쿠는……."

동업이 설명을 해주려는데 배봉이 대뜸 반문했다.

"빚?"

"예, 할아부지."

동업은 하얀 두루마기가 짙푸른 노송에 올라앉은 고고한 학처럼 눈부셨던 그 연사에게서 들었던 내용의 요점을 추려 들려주었다. 그러면서 할아버지도 굉장히 흥분하고 진노하실 것으로 믿었는데 그게 아니었다.

할아버지 반응이 이상했다. 동업이 예상했던 것과는 너무나 딴판이었다. 동업 눈에 비친 할아버지 표정이 영 심드렁해 보였다. 아니, 그 정도가 아니라 오만상이 팍 찡그려지고 있었다. 둥글넓적한 중앙집중식 얼굴이 감사나워 보이기까지 했다.

'할아부지가 각중애 와 저라실꼬?'

동업은 몹시 마음이 편치 못했다. 어쩐지 크게 꾸지람을 하거나 버럭 호통을 치려는 빛이 엿보였다. 동업은 서둘러 기생 부용 이야기를 꺼냈다.

"부용이라쿠는 기생이 사람들 앞에 쓱 나서갖고, 우리 모도 그 운동에 동참하자꼬 하는 기라예."

그러고 나서 이번에는 할아버지도 아주 감격스러워하실 거라고 보고 말했다.

"에나 대단한 기생 아입니꺼, 할아부지."

하늘에 구름이 지나는지 창호지가 약간 어두워졌다. 마치 누가 방문 앞을 막고 서 있는 느낌이었다.

"기생이라."

뱀눈같이 가늘게 떴던 배봉 눈이 약간 커졌다. 하지만 메마르고 그다지 흥미 없어 하는 목소리는 그대로였다.

"부용이라쿠는 기생이 그런 짓을 하더라, 그 말이가?"

동업은 그만 맥이 풀림을 느끼면서도 한 번 더 말했다.

"예, 할아부지. 에나 대단하고 신기하지예?"

배봉은 또 입도 벙긋하지 않았다.

"우리하고는 하나도 모리는 사람이기는 하지만도 자랑시럽기도 하고예."

동업이 들뜬 목소리로 말했다.

"기생이 그란께 거 모인 사람들이 모도 야단 난리데예?"

그러자 배봉은 어디 오랑캐라도 쳐들어오느냔 투로 내뱉었다.

"무신 야단 난리?"

아무래도 마지못해 건성으로 묻는 모양새였다. 하지만 동업은 감정이 북받쳐 올라 말을 하는데도 숨이 가쁠 지경이었다.

"니도 내도 왜눔들한테 진 빚을 갚고 나라를 구하자꼬……."

그 순간, 배봉 입에서 이런 일갈이 터졌다.

"지랄하고 자빠졌다!"

동업은 귀를 의심하고 말았다.

"예?"

다그치는 어조로 나오는 배봉이었다.

"왜눔들 빚?"

온몸에 경련까지 일었다.

"나라를 우짠다꼬? 나라? 나아라아?"

"……."

동업은 놀란 토끼 벼락 바위 쳐다보듯 말은 못 하고 눈만 끔벅거리며 배봉을 바라보았다. 그의 얼굴은 숯불을 담아놓은 화로만큼이나 굉장히 시뻘겋게 달아올라 있었다. 정월 첫 쥐날, 논밭 두렁에서 쥐불놀이할 때 가지고 놀던 깡통을 방불케 했다.

"할아부지."

동업은 전신이 떨려왔다. 정말이지 할아버지가 노한 모습은 언제 어느 곳에서 봐도 너무 무서웠다. 어렸을 적에는 말할 것도 없고 나이를 제법 먹은 지금까지도 마찬가지였다.

"난장칠 년!"

배봉이 뿌득뿌득 이빨 갈리는 소리로 욕설을 퍼부었다.

"천해빠진 기생 년이 머를 알아서 그리쌌는데?"

동업은 입이 열 개 있어도 말이 나오지 못할 처지였다. 세상 이 끝에서 저 끝까지 막 오가는 기분이 이러할까?

나무껍질을 새끼 대신으로 쓰는 정원의 큰 회나무에서 약간 희귀한 새소리가 들려오고 있었다. 어찌 들으면 아이들이 가지고 노는 굴렁쇠 돌아가는 소리와 흡사했다.

"고런 년이 누 집 숟가락하고 젓가락이 몇 갠고, 또 누 집에 죽이 끓는지 밥이 끓는지 알까이?"

피를 마르게 하고 뼈와 살을 깎게 만드는 독설이 잇따라 쏟아져 나왔다.

"쎗바닥을 싹 뽑아뻴라. 시상 물정에 어두버모 죽은 머매이로 가마이 안 있고 무신 발광이고?"

"아."

동업은 눈알이 뻐근하고 뒤통수가 찌르르했다. 정녕코 할아버지가 이해가 되지 않았다.

"동업이 니만 해도 그렇다."

상황은 더욱 엉뚱한 방향으로 튀기 시작했다. 이번에는 장죽으로 내리칠 듯 사뭇 꾸짖는 어투였다.

"맹색이 사내대장부가 천해빠진 기생 년이 우짜다가 핸 짓거리 한분 보고 와갖고, 그러키 온 조선팔도 호도깝을 다 떨어쌌고."

동업은 '쿵쿵' 울리는 제 심장 박동 소리를 들었다.

"하, 할아부지."

동업 눈에 배봉의 등 뒤에 세워져 있는 열두 폭 비단 병풍이 넘어지면서 방을 와락 덮칠 것처럼 느껴졌다. 그리고 그 밑에 깔려 허우적거리는 자신의 모습도 보였다. 당장이라도 얼른 일어나 그곳에서 도망치고 싶었다.

"동업이 니, 이 할배 이약 잘 들어라이."

단단한 타이름 정도를 넘어 아예 위협조로 들리는 소리였다.

"예? 예."

연방 자세를 고쳐 앉는데, 배봉에게서 갈수록 생뚱맞은 이야기가 나왔다.

"시방 이 나라 백성들매이로 몬나고 어리석은 백성들도 시상에 없는 기다."

창호지가 다시 밝아지고 있었지만 동업의 머릿속은 한층 캄캄해지기만 했다.

"더 큰 문제는 말이다, 백성들이 그거를 도통 모리고 있다쿠는 사실이제. 하기사 언청이 아이모 째보라 쿠까이?"

동업은 심한 두려움을 떠나 점차 강한 의문에 싸이기 시작했다. 지금 할아버지는 분명히 국채보상운동에 대해 굉장히 좋지 못한 감정을 품고 있음이 확실해 보였다. 그건 도저히 있을 수 없는 일이었다. 다른 것도 아니고 왜놈들에게 넘어가기 전에 나라를 구하자는데 왜 저러시는지 정말 모를 일이었다.

"할배 뜻은 이렇거마."

멍해 있는 동업 귀에 배봉 음성이 회초리로 날아왔다.

"만약 그런 일을 할라모 왕이나 지체 높은 배실아치들이 해야제, 돈도 없고 권세도 없는 백성들이 와 나설 끼고?"

차라리 담벼락하고 애기하는 것이 낫겠다 싶으면서도 동업은 더듬더듬 입을 열었다.

"그, 그래도 할아부지. 이, 이 나라 백성들이라모……."

배봉이 끝내 벌컥 화를 냈다.

"허어? 할배가 그렇다쿠모 무조건 그런 줄 알 일이지, 무신 돼도 안 한 잔소리를 그리 짜다라 늘어놓는 기고, 으잉?"

"……."

동업은 공연히 울음이 터지려고 하여 입을 앙다물었다. 별것 아닌 것에도 지금처럼 짙은 서러움을 탈 때가 있었다. 스스로 돌아볼 적에 제 천성이 그런 것 같지는 않은데 도무지 그 이유를 알 수가 없었다.

"술이나 따리고 춤이나 추고 노래나 부리모 되제, 기생 년들아."

배봉은 어둔 길을 가다 오물을 밟은 사람 모양으로 혼자 씨부렁거렸다.

"참, 기도 안 차서. 천해빠진 기생 년이 돼갖고, 지 분수도 모리고 머라 캤다꼬?"

그의 머릿속에는 자신이 일본인들을 쫓아버려야 할 조선인이라는 개념조차 없어 보였다. 대가리가 터지도록 너희끼리 싸워라, 내 알 바 없다, 하는 쪼였다.

"사람 콧구녕이 두 갠 기 참말로 다행인 기라."

개구멍이 있으면 그 자신이 숨어들어 가고 싶은 동업이었다.

"조물주가 용키는 용하제. 안 그러모 심이 맥히서 몬 산다."

"……."

"시방 내 이약 들리나, 안 들리나?"

동업 가슴 저 밑바닥으로부터 알 수 없는 기운이 스멀스멀 치밀어 오르고 있었다. 조선 군중들 앞에 나와 서서 연설회를 개최한 연사들 못지않게 열변을 토하여 거기 모두의 마음을 사로잡던 기생 부용의 모습이 눈앞에 삼삼했다. 앞으로 객사 근처를 지날 때마다 새록새록 기억이 날 것이다.

'그리 훌륭한 기생을?'

꽃같이 고운 자태였다. 음성도 보리밭 하늘 위에서 지저귀는 종달새

만큼이나 해맑았다. 하지만 그녀가 하는 언동은 더욱 아름다웠다. 일찍이 그렇게 위대해 보이는 여성은 만난 적이 없었다. 아니, 여자가 그럴 수 있다는 것은 상상조차 하지 못했다.

'우찌 그랄 수가 있노?'

머리 위 우물천장이 와르르 내려앉을 것 같은 느낌마저 들었다.

'그리하기는 남자들도 에려블 끼다.'

그녀가 국채보상운동 참여를 호소하던 그 모습은 동업 머릿속에 영원토록 지워지지 않을 만큼 강하게 각인되어 장차 그의 처세에도 영향을 끼칠 만했다.

'그란데, 할아부지는?'

그런 생각 끝에 다시 바라본 할아버지가 별안간 그렇게 낯선 사람으로 비칠 수가 없었다. 아니, 솔직히 털어놓자면, 싫었다. 너무 싫었다. 당장 그곳에서 돌아 나오고 싶었다.

'앞으로 할아부지하고 내하고의 사이가 우찌 될라꼬 이라는고?'

그 방 주인은 대감 죽은 데는 안 가도 대감 말 죽은 데는 갈 만큼 실리를 저울질할 위인이었다.

그 시각, 재업도 해랑에게 객사 앞에서 본 국채보상운동 연설회에 관한 이야기를 신나게 들려주고 있었다. 평소에는 마치 빌려온 고양이같이, 식구들이 모여서 마구 떠들어도 혼자 덤덤히 있기만 하는 그였다.

"아, 그랬다꼬?"

"에나 훌륭하지예? 멋지다 아입니꺼?"

"시상에!"

국민의 성금으로 일본에게 진 국채를 갚고 국권을 지키자는 그 운동에 대해 해랑 역시 적잖게 감격하고 흥분하는 빛을 보였다. 심지어 울먹거리기까지 하였다.

배봉과는 철저히 다른 모습이었다. 비 오는 것은 밥 짓는 부엌에서 먼저 안다고, 배봉 같은 남정네보다 여자인 해랑이 더 미리 앞을 내다보고 있는 것일까?

"빚을 갚으모 나라가 유지될 것이지만도, 몬 갚으모 나라가 망할 끼다, 그런 소리꺼정도 해쌌더라 말이제?"

해랑은 자신이 그 자리에 없었던 게 그렇게 아쉽고 억울한 모양이었다. 남자로서는 다만 남편과 직계비속만의 출입이 허용되는 안방은 적잖게 폐쇄적인 분위기를 자아내고 있었다. 그 방의 주인 또한 감히 범접하기 어려운 기품을 갖춰가고 있었다.

"예, 어머이."

재업은 신바람이 붙어 보통 때 보다 목소리도 훨씬 더 카랑카랑해졌다. 전혀 쾌활하거나 적극적이지 못한 성격인데 그 순간에는 완전히 달라 보였다. 그런 그에게 해랑도 장단을 잘 맞춰주었다.

"짜다라 기억에 남을 기경을 했거마, 우리 재업이가."

"하모, 하모예!"

그런데 잠시 후였다.

"무서븐 일이거마는, 무서븐 일."

신음 비슷한 그런 소리가 흘러나오는, 작고 붉은 꽃잎 같은 해랑의 입술이 약간 가늘게 떨렸다.

"나라를 빼앗길 수도 있다이, 나라를."

재업이 억호와 많이 닮은 눈을 반짝이며 말했다.

"그래서 모도 나설라쿠는 거 겉데예."

해랑은 감동받은 얼굴로 천천히 눈을 감으며 마음에 새기는 빛을 내비쳤다.

"남자들은 담배를 끊어갖고 성금을 내고, 또 부녀자들은 비녀하고 가락지를 모아갖고 보상금으로 낸다."

검고 긴 속눈썹도 파르르 흔들리고 있었다. 그러다가 해랑은 이내 번쩍 눈을 크게 떴다. 재업의 이런 말을 듣고서였다.

"더 놀랠 일은예, 기생꺼지 나서갖고 동참하자꼬 한 기라예."

해랑은 방금 내가 무슨 말을 들었나 하는 표정이었다.

"머? 기생?"

그러면서 재업의 얼굴을 빤히 바라보았다. 여러 해 묵어 단단하고 고운 먹감나무의 검은 속처럼 새카만 그녀 눈망울에 무척이나 복잡한 빛이 출렁거렸다.

"그거는 또 뭔 소리고?"

해랑이 적적함을 이기고자 취미 삼아 모아놓은 그 방 온갖 장식품들도 일제히 그들의 대화에 귀를 기울이는 것 같았다.

"기생이 오데로 나섰다 말이가?"

해랑이 심각하거나 놀라거나 할 때 늘 그러듯 눈동자를 고정시키면서 한 번 더 물었고, 재업은 자신의 무용담을 들려주는 모습으로 부용이란 기생 이야기를 들려주었다.

"그런께 거게 모인 사람들이……."

재업은 해랑이 감영 교방에 소속된 관기 출신이라는 사실을 알 리가 없었다. 그것은 그 많은 집안의 남녀 종들 사이에서도 절대 발설하면 안 되는 금기사항으로 자리를 잡은 지 오래였다.

"그, 그랬다꼬?"

"예, 그라고 또 있어예."

풀어도 풀어도 자꾸만 풀려나오는 실타래였다.

"머? 또 그런 말도 했다꼬? 시상에!"

"하모예."

"그, 그래서?"

그렇게 놀란 소리를 연발해가면서 끝까지 이야기를 다 듣고 난 해랑은, 기억을 되살리려는 얼굴로 여러 번이나 되뇌었다.

"부용, 부용."

무슨 연관이라도 찾으려는지 한참 동안 그랬다.

"내는 잘 모리는 기생인갑다. 첨 들어보는 이름 아이가."

문득 꿈꾸는 눈빛이 되었다.

'아, 세월이 이리 한거석 흘러갔는데…….'

그런데도 교방에 몸담고 있던 관기 시절이 바로 어제인 양 또렷이 되살아나기 시작했다. 돌이켜 보면 긴 동굴 속을 지나온 듯 참으로 우여곡절도 많았던 날들이었다. 비록 한과 설움으로 가득 찬 기녀 신분이었지만 서로 따스한 정을 나누던 그들이었다. 그녀들이 있었기에 해랑 자신도 있었다.

'그라고, 목사들.'

홍우병 목사. 그녀가 태어나서 처음으로 연정을 주고받았던 사람이었다. 그러나 운이 지지리도 없고 팔자가 참 기구했던 그였다. 하필이면 그가 이 고을 목사로 재임할 때 일어났던 임술년 농민군 사건이었다. 온 나라를 발칵 뒤집히게 했던 초군들이었다. 한데 그게 어디 그의 죄인가? 그가 그렇게 하라고 시켰단 말인가?

비화 아저씨뻘 되는 몰락 양반 출신인 유춘계가 이끌었던 농민군들이, 검은 이마에 질끈 흰 수건 동여매고 거친 손에 죽창과 농기구와 작대기를 쥐고 부르던 언가였다. '이 걸이 저 걸이 갓 걸이 진주 망건 또 망건 짝발이 휘양건…….'

우리말로 된 그 노래가 금방이라도 어디선가 다시 들려올 것만 같았다. 실제로 지금도 적지 않은 사람들이 나라에서 모르게 그 노래를 부르고 있다고 했다.

정석현 목사 시절, 촉석루에서 올리던 의암별제도 결코 잊을 수 없다. 수많은 기녀들이 새처럼 부르던 노래하며, 나비의 날갯짓같이 우아한 춤사위. 그땐 자신이 관기 신분이란 데 대해 전혀 힘들거나 슬프지 않았고 도리어 자랑스럽기까지 했었다. 여자로 태어나서 그만한 일도 하기는 쉽지 않으리라 싶었다.

그러나 하판도 목사 얼굴이 떠오르자 해랑은 그만 온몸에 벌레가 기어 다니는 것 같은 전율을 느꼈다. 어떻게 해서 그런 자가 목민관이 될 수 있었는지 도무지 이해가 안 됐다. 하지만 만일 그가 아니었다면 지금의 그녀도 없었을지 모른다. 그 목사가 베푼 술자리에 억호가 동석하지 않았다면.

해랑이 파고들수록 더 깊어지는 동굴 같은 과거에로의 대책 없는 상념에서 깨어난 것은, 그때 들려온 재업의 소리 때문이었다.

"머를 그리 생각하시예, 어머이?"

해랑은 속내를 들키기라도 한 듯 소스라쳤다.

"아, 아이다. 아모것도 생각 안 했디다."

거울에 비친 그녀 얼굴에는 '거짓말'이라는 글자가 씌어 있었다. 그 글자는 반사되고 또 반사되어 온 세상천지로 퍼져나갈 성싶었다.

"어머이?"

아직은 어린 재업이지만 그만한 눈치도 없는 것은 아니었다. 어머니 설단을 닮아서 제법 웅숭깊은 면도 있었다.

"도로 니가 생각 마이 하는가베?"

해랑이 그렇게 눙치는데도 계속해서 뭔가 짚어내려는지 그녀 표정을 유심히 살피는 재업이었다.

"니 볼 적에는 내가 그리하는 거 겉나?"

"예."

장성한 사람처럼 고개를 끄덕이는 재업을 보며 해랑은 한숨 섞인 소리로 말했다.

"사람을 홀리는 토째비 장난 겉은 기 시간 아이가. 재업이 니도 더 살아보모 알기 된다. 시나브로 세월이 흐르기는 흘렀는갑다."

재업이 듣지 못하게 낮은 소리로 말했다.

"내가 잘 모리것는 기생도 있고……."

그러는 해랑의 눈앞에 동고동락하던 교방 관기들 얼굴이 다시 죽 나타나 보였다. 모두가 다 그리운 얼굴들이다. 한결, 지홍, 정선, 청라, 지선…… 그리고 효원.

'하기사 부용이라쿠는 그 기생 말고도, 그 뒤에 올매나 많은 기생들이 더 짜다라 새로 안 생깃으까이.'

그런데 부용이란 그 기생은 꼭 한번 만나보고 싶었다. 그리고 그 국채보상운동이란 것에 함께 나서고 싶었다. 누구보다 잘할 자신도 있었다. 꼭 그런 일이 아니라 하더라도 저 '사회활동'이란 것에 발을 담고 싶어지는 이즈음이었다.

'똑 나루터집 누구만 그래라쿠는 벱도 안 없나.'

그렇지만 얼굴도 본 적이 없는 기생 부용은 점차 해랑의 머릿속에서 사라지고, 그 대신 꽃봉오리같이 작고 귀엽던 효원 얼굴이 선연히 다가오기 시작했다. 그 아이 운명도 나 못지않게 굴곡이 심하다는 자각이 들면서 콧등이 찡했다.

'시방은 오데서 우찌 살아가고 있는고?'

그 생각 끝에 해랑은 고개를 뒤흔들었다. 상촌나루터의 물살이 눈앞에 일렁이면서 거기 나루터집 우정댁 아들 얼이 모습도 되살아나기 시작했던 것이다.

'암만 우리 사람한테는 태어날 적부텀 미리 정해진 머가 있다 쿠지만도.'

촉석문 앞에 돗자리를 깔고 앉아 있던 사주 관상쟁이 노인이 예언했던 천 씨 성을 가진 사내. 농민군에 앞장섰다가 죽은 천필구의 아들. 농민군과 의병의 길을 간 젊은 인물. 아, 그러나 그 모든 것에 앞서 효원의 정인情人인 것을.

오광대 본거지에 숨어 있는 효원은 마침내 결심했다.

줄곧 이러고만 있을 게 아니라 조만간 이곳에서 나가야겠다. 너무나 오랫동안 막연히 기다리기만 해온 이 기약 없는 시간 속에서 벗어나야겠다. 그저 얼이 도령만 쳐다보고 있다간 여기서 생을 마칠지도 모른다는 강박감과 조바심마저 일었다. 물론 애가 타기는 얼이 도령도 마찬가지일 것이다.

'후, 땀이 다 난다. 이래서 칼춤이 더 좋은 기라. 시상에 벨벨 춤이 다 있어도 내한테는 이 춤이 젤이제.'

조금 전 안마당에서 한바탕 검무를 추고 들어온 덕분에 아직도 온몸에는 열기가 남아 있었다. 방이 상자나 뒤주 속만큼이나 갑갑했다. 숨이 턱턱 막혀왔다. 기생학교에 다니던 삼 년보다도 더 길고 지루한 시간들이었다. 실제 마음으로 느끼기에는 삼십 년, 삼백 년도 더 되는 성싶었다.

3년간에 걸쳐서 학과목과 실기를 교육받고 합격한 다음에야 비로소 주어졌던 기생 자격이었다. 엄격한 수업과 인품 수양에 전념하던 그날들이 지금은 오히려 마냥 아쉽기만 하고 또한 그리워질 때도 있었다. 효원은 스스로 조소를 금치 못했다.

'내사 에나 얄궂도 안 하다 아이가? 치, 그때가 머시 좋았다꼬? 한팽

생 기생으로 살아갈 생각에 눈물이 골짝 골짝 안 났디가.'

오전과 오후 시간으로 나누어 가르치던 기생학교였다. 배워야 할 것도 참 많았다. 가무, 음곡, 국어, 산수, 예법, 고전시조, 유행가, 가야금, 서화……. 거기에다가 목사와 우병사, 그 두 고위직의 통제를 받아야 했기에 더욱 힘들었다.

"우리 고을에 와 기생이 쌔삣는고 아나?"

언젠가 해랑이 물었다. 그 순간에는 천생天生 기생 같은 해랑이었다.

"와 기생이……."

효원은 우물쭈물 답을 하지 못했다. 내 오지랖도 모르고 살았구나 싶었다.

"함 들어볼래?"

해랑이 들려준 이유는 이랬다.

이 고을에는 일반 행정 관청인 목牧과 군사 통수 관청인 우병영, 그 막강한 두 개의 국가기관이 자리하고 있기 때문이라는 거였다. 다시 말하자면 기생들이 불려나가 노래하고 춤을 춰야 할 자리가 많다는 얘기였다.

"그라고 또 안 있나, 우리한테 유벨나거로 기예技藝하고 정조貞操를 강조해쌌는 것도, 갤국 딴 지역 기생들하고는 차벨화돼야만 한다쿠는 생각에서인 기라."

–정조의 강조.

그 생각 끝을 물고 효원은 그만 픽 실소하고 말았다. 해랑도 그렇지만 효원 자신도 그 계율을 파괴해버린 기녀들이었다. 차별화되지 못했으니 죄의식을 가져라? 차별? 무슨 차별? 에라이, 하늘에 떠 있는 저 별이나 차버려라, 차별.

'그거는 그렇고, 인자 관기제도가 없어져삣으이 그기 문제다.'

그것은 참 모순이 아닐 수 없었다. 사실 족쇄에서 벗어난 게 아닌가 말이다. 눈먼 중 갈밭에 든 것 같지만 결국, 입에 풀칠할 일이 문제였다.

'앞으로 우리 기녀들이 살아갈 길이 막막하다 아이가.'

벌써부터 쌓여오던 걱정과 우려가 또다시 굶주린 짐승처럼 덤벼들었다. 어렴풋이 듣기로, 기생들 스스로 조합을 만들어 기생 전통을 이어가고자 하는 바람이 불고 있다고는 해도 그게 어디 쉬운 일이겠는가 말이다. 자칫하면 타락과 비난의 골짜기로 굴러 내릴 위험이 아가리를 벌린 뱀처럼 도사리고 있는 것이다.

그랬다. 오광대 사람들이 탈놀음 연습을 하다가 잠시 휴식을 취하는 중에 서로 주고받는 이야기를 통해 알게 된 사실이지만, 갈수록 인간 세상은 입술에 올리기조차 뭐한 악습에 그냥 물들어 가고 있다는 것이다. 더욱이 자기 집안 계집아이 머리를 쪽을 쪄서 내세우고 기생이라고 하면서 매음을 하는 풍속도 근자에 극심하다고 하였다.

"허, 기생들에 대한 사람들 선입관이 상구 달라지거로 돼삐릿소."

"하모요. 언청이 아이모 째보라 쿠요?"

"시상이 기생이라모 모돌띠리 몸을 파는 여자라꼬 보거로 돼가이, 참."

"그런께 말이오. 높이 놀던 기생들은 에나 기분이 안 좋것소."

"그라모 삼패들은 도로 좋을랑가?"

"아모리 나뿐 폭풍에도 덕 보는 사람은 있다, 그 말?"

효원이 그 고을 감영에 딸린 교방 관기 출신이라는 사실을 까마득히 모르고 있는 오광대 사람들은 기녀에 대해 갖가지 소리들을 늘어놓았다. 하지만 이제 효원이 처녀라는 것을 모두가 알고 있으므로 여자가 들으면 좀 뭣할 이야기는 자기들끼리만 살짝 귀엣말로 속닥거리기도 했다. 그런 가운데 꼭두쇠 이희문이 효원에게 넌지시 물었다.

"그 총각 얼골 한 분 더 보기가 안 수월커마는. 오데 멀리로 간 기요?"

효원이 벙어리 총각 효길이 아니라 여염집 규수 신분인 것으로 알고 나서부터, 오광대패 사람들은 전부 효원을 대하는 태도뿐만 아니라 말투도 달라졌다.

"예? 아, 아이라예!"

효원은 제풀에 깜짝 놀라기 일쑤였다. 아무리 부정하고 싶어도 얼이 도령은 살인자였다. 그리고 효원 자신도 살인 공범이었다. 그런 또렷한 자각은 시간이 갈수록 그녀를 속 좁고 오그라진 옹망추니로 몰아가고 있었다.

비록 그녀를 한양 고인보 선비에게 넘겨주려고 그리 용을 쓰던 강득룡 목사가 이 고을을 떠나고 교방이란 게 없어졌다 하더라도, 한 번 사람을 죽인 죄는 영원히 지워질 수 없는 것이다. 그것은 천민의 이마에 찍힌 화인과도 같았다.

어쨌든 제발하고 얼이 도령이 원채 아저씨 제안을 받아들여 하루라도 빨리 오광대에 들어왔으면 좋겠다. 둘이서 함께 놀음판을 벌이면 이런 저런 것 잊고 행복해질 수도 있을 것 같았다. 최종완의 혼령도 불러 그의 생시와 마찬가지로 중앙황제장군을 하라고 해서 같이 놀면 진혼鎭魂도 될 수 있을 거라고 보았다.

'오광대가 문화재로 인정을 받으모 상구 더 좋것지만도, 그리 안 돼도 고만이고. 하기사 우짜모 텍도 아인 소리 아인가베?'

그때 상인으로서 반신불수 어딩이 역을 하는 박상수가 느닷없이 이런 소리를 끄집어내는 바람에 효원은 또 크게 긴장되고 말았다.

"여 모도들 들으셨지예? 군대 해산령 땜에 시방 우리 고을 진영대 병사들이 모도 우짜고 있는지 말입니더."

군대 해산령과 진영대 병사들 이야기가 나오자 저마다 안색들이 바뀌면서 한마디씩 해대기 시작했다. 바깥출입을 하지 않고 있는 효원만 모르고 모두 알고 있는 모양이었다.

"에나 보통 일이 아이지예. 무장해제를 거부했다이."

마마신 환자 무시르미 역의 소지주 강용건이 말했다.

"그냥 거부한 정도가 아이라 캅니더."

최종완의 시신이 암매장돼 있던 폐정 쪽에서 고양이 울음소리가 들렸다. 효원의 처지에 비추어 그게 집고양이인지 도둑고양이인지는 중요하지 않았다. 그 요물이 뭔가를 알고서 그 근처를 맴돌고 있지 않을까 하는 게 내내 마음에 걸릴 뿐이었다.

"내도 들었십니더."

소무와 옹생원, 문둥이 역을 골고루 맡는 동길선도 질세라 입을 열었다. 그는 야학 글방 선생이었다.

"완전무장 상태로 하거로 해갖고, 진영대에 모돌띠리 집합시키 놨다 쿠는 기라요. 시상에, 완전무장 상태로 말이지요."

이번에는 정미업을 하는 상좌 함또순이 끼어들었다.

"그래갖고 날마당 술을 마시고 있담서예?"

때로는 좀 가볍게 처신한다고 알려진 그는 약간 혀가 굽은 목소리였다. 신장과 양반 역의 문광시가 말했다.

"하모, 하모요."

장구와 꽹과리에도 능한 악사답게 그의 목소리는 언제 어디서 들어도 항상 가락이 들어 있는 어감이었다.

"요런 행핀에 이르고 만 나라 핸실에 울분을 터트림서, 땅바닥을 치고 통곡하는 소리가 밖에꺼지 새 나온다 안 캅니꺼?"

탈을 잘 만드는 김융이 눈섭을 모으며 상기시켰다.

"한성에서 일어난 일 땜새 더 안 그라까예."

"한성에서 일어난 일?"

강용건이 묻자 함또순이 김융보다 먼저 입을 열었다.

"아, 군대 해산을 거부해 왜놈 군대하고 치열한 전투를 벌인 시위대 말이것지예."

효원 심장이 '쿵' 내려앉았다. 일본군과 전투를 벌인 시위대.

'아, 되련님!'

당장 얼이 도령 얼굴부터 떠올랐다. 그가 상평 남강에서 일본군을 맞아 싸울 때 원채 아저씨가 옆에 계시지 않았다면 죽었을 것이라고 하였다. 자기는 따라지목숨이라고 했다.

'우짜노? 우짜노?'

그런데 한성 시위대가 일본군과 싸웠다면, 이 고을 사람들도 곧 저들과 전투를 벌이게 될지도 모를 일이었다. 눈먼 개 젖 탐한다고 할지 몰라도, 외세를 내모는 일은 능력과 생각을 감안할 성질의 것이 아니었다.

"한성 전투가 에나 대단했다 쿠데요. 시방 우리 고을 바닥에 그 소문이 쫘악 퍼지 있다 아이요. 그거 모리모 첩자라쿠는 이약도 안 있는가베."

재담에 뛰어난 서물상의 말을 박상수가 받았다.

"박승환 대대장이 자갤하자 그리 크거로 봉기한 기람서요?"

문광시가 자결하려는 사람처럼 단호한 빛으로 말했다.

"제1대대 대대장이 자갤했으이, 우리 한국군도 가마이 있것소?"

그러자 누군가 툭 내뱉었다.

"가마이 안 있제. 낡고 헌 가마때기가 아인께네."

그때 이제까지 묵묵히 듣기만 하던 김또석하가 몹시 걱정스럽게 말했다.

"더 큰 문제는, 우리 고을에 들와 있는 왜놈들이오."

소리와 장단을 가르치는 그는, 그중 신중하고 철저한 성품이었다. 그런 그가 곧잘 입에 올리는 말이, 눈먼 말 워낭 소리 따라간다, 하는 속담이었다. 그러니까 무식한 사람이 남이 일러준 대로 무비판적으로 따라하는 것을 가장 혐오한다는 얘기였다.

모두들 야학 글방 선생인 동길선 다음으로 아는 것이 많다고 인정하는 김또석하의 입만 말없이 바라보았다.

"그자들은 여게 진영대 기세가 등등한 거를 보고, 안 있소."

그는 잔뜩 긴장한 얼굴로 말을 이었다.

"한성매이로 폭동이 일어날 상황이라꼬 보는 거 겉다 안 쿠요."

"아, 그라모?"

강용건과 동길선이 동시에 물었다. 김또석하는 한층 어두운 얼굴로 말했다.

"그래 저들은 자갱대라쿠는 거를 조직했다꼬 들었소."

"자갱대?"

"자, 자갱대라모?"

모두가 반문했다. 함또순이 가증스럽다는 투로 그 자경대自警隊라는 것에 대해서 설명했다.

"지들 안전과 재산을 스스로 보호한다꼬 맨든 단체 아이것소."

그러자 여기저기서 저주와 비난의 소리들이 튀어나왔다.

"허, 쪽바리들이야?"

"그눔의 게다짝 소리, 신물 나요, 신물이 나."

"여하튼 간에 엠뱅 떨고 안 있나."

"엠뱅에 땀을 몬 낸 눔들인 기라."

그러나 이희문의 입에서 이런 소리가 나왔을 때는 하나같이 전염성 강한 염병을 금기시하듯 굳게 입을 다물어버렸다.

“여 갱무서하고 갱무부도 모든 뱅력을 총동원해갖고 비상갱개 태세에 들갔다쿠는 기요.”

저마다 그 말을 되새겨보는 빛이었다. 경무서와 경무부의 모든 병력을 총동원한 비상경계 태세.

‘아!’

효원은 눈앞이 캄캄해 오고 머리가 아찔해지면서 불안하기 이를 데 없었다. 얼이 도령과 원채 아저씨도 진영대 병사들과 행동을 함께하리라는 예감이 부쩍 들었기 때문이었다. 비록 그렇게까지는 아니더라도 민병대로서 한판 전투를 치를 각오를 다지고 있을 수도 있었다. 더욱이 동길선의 이런 말을 듣는 순간에는 숨쉬기도 힘들었다.

“군대 해산령이 내리졌는데도 저리 무장해제를 거부하고 있으이, 요런 핑개 조런 핑개 다 찾고 있을 저 독한 왜눔들이 절대 손 맺고 두고만 안 볼 끼요.”

누구 입에선가 목이 졸리는 듯한 소리가 나왔다.

“아, 안 보모?”

이웃 어느 집에서 개 짖는 소리가 들려왔다. 그런데 지금 그곳 분위기 탓일까, 왠지 쫓는 소리보다 쫓기는 소리에 더 가깝게 다가왔다.

“무신 수를 써서라도 반다시 진영대를 해산시킬라 쿨 끼니, 내 코에는 하매 피비린내가 확 풍기는 거 겉소. 어이쿠!”

그 말에 서물상이 피 냄새 이야기하면 부정 탄다느니 하면서 말했다.

“에이, 우리 이런 이약 인자 고마하고, 안마당에 가서 연습이나 하입시더.”

그렇지만 누구 하나 궁둥이를 들어 올릴 낌새가 없었다. 더 이상 입을 열지도 않았다. 그것은 무언극 한마당을 벌이고 있는 현장을 떠올리게 하였다.

나막신쟁이날과 일식日蝕

뒤벼리와 말티고개 사이에 있는 주막집이다.

그 고을 공동묘지가 있는 선학산을 떠받치고 있는 뒤벼리와, 그 끝간 데를 짚을 수 없을 정도로 구불구불 뻗어 올라간 말티고개는 예나 이제나 변함이 없었다.

"옴마야! 이기 누?"

풍성하게 부풀린 머리에 빨간 천 조각을 매단 술어미가 호들갑스러운 목소리로 김호한과 조언직을 반갑게 맞아들였다. 게다가 이제는 단골이 된 터라 이런 농담까지도 은근슬쩍 던졌다.

"퍼뜩 오시이소. 우짜모 두 분은 갈수록 상구 더 젊어들지시는고 모리것네예. 오데 좋은 여자라도 생기신 거 아이라예? 호홋."

손님들 접대하다가 몇 잔 걸쳤는지 술기운이 묻어나는 웃음소리였다. 그렇지만 그 소리 끝에는 어쩐지 고단한 삶의 무게가 차가운 고드름처럼 매달려 있는 느낌을 주었다.

"허어, 여자는 무신?"

"그짝에 기둥서방이 생긴 거 겉거마."

술어미 인사를 그저 건성으로 받으며 두 사람은 술청에 마주 앉았다. 표정들이 여간 경직되어 있는 게 아니었다. 지금 그따위 허튼소리나 늘어놓을 때가 아니란 기색이 엿보였다.

'하이고! 내가 고마 실수해뻿다 아이가? 요, 요 방충맞은 주디이! 눈치나 있으모 떡이나 얻어묵제.'

그제야 정황을 알아챈 술어미가 손으로 제 입을 틀어막으면서 눈치를 살폈다. 사실 왜 요즘 들어서는 강용삼 그 사람은 같이 오지 않느냐고 묻고 싶기도 했었다. 그전에는 삼총사처럼 세 사람이 어울려 다닌 사실을 알고 있었다. 하지만 그러지는 못하고 잠자코 술과 안주를 내놓고 그대로 돌아서는 그녀의 어깨가 낮고 좁았다.

호한과 용삼 사이가 아주 크게 벌어져 있다는 사실을 알 리 없는 술어미였다. 그녀는 주방으로 들어가서 두 사람이 앉아 있는 좌석을 자꾸 훔쳐보았다. 평소 과묵한 호한이야 그렇다 치고, 약간 다혈질인 언직마저 입을 한 일 자로 꾹 다물고 있는 품이, 어느 누가 옆에서 건들기만 해도 당장 무슨 일이 일어날 위태위태한 분위기였다.

'말티고개서 가난한 나막신재이가 얼어 죽은 나막신재이날맹캐 찬바람이 막 씽씽 도네? 아이고, 무서버라.'

술어미는 누가 뭐라는 사람도 없는데 공연히 혼자서 푸르르 몸을 떨어댔다. 그 고을에만 있는 '나막신쟁이날'은 한 나막신쟁이의 한이 서려 일 년 중에 최고로 추운 날이었다. 관가에서 죄인이 맞을 곤장을 돈 받고 대신 맞은 후 집으로 돌아오다가 너무나 지치고 배가 고픈 나머지 쓰러진 채 죽어간 그 불쌍한 나막신쟁이 이야기는, 무더운 여름날에 들어도 오소소 한기가 돌곤 하는 것이었다.

"……."

호한과 언직은 깊고 긴 침묵을 안주 삼아 술 마시기 내기라도 벌이려는지 계속해서 술만 들이켰다. 주전자는 칠 년 큰 가뭄 논바닥처럼 금방 바닥이 드러났다.

"주모."

언직이 주방 쪽을 향해 손짓으로 여기 술 더 가져오라는 주문을 했다. 마시면 취하는 게 술이라지만, 그 두 사람은 술보다도 더한 것에 취해 있는 모습이었다.

"예, 여게……."

술어미는 이번에도 술만 얼른 가져다주고 그대로 몸을 돌려세웠다. 평소 크게 붐비는 술청에는 다른 손님이 없었다. 하긴 장사라는 게 참 알 수 없는 것이, 정신을 못 차릴 정도로 한꺼번에 우 몰려드는가 하면, 또 어떨 땐 훠훠 파리를 날릴 만큼 발길이 뚝 끊어지는 경우도 있는 것이다.

"후우."

이윽고 언직 입에서 한숨 소리가 새 나왔다.

"흠."

호한은 목에 무엇이 걸린 것처럼 답답한 기침을 했다. 국이나 찌개 등 국물 있는 음식도 없는 밥을 먹은 것 같았다. 듣는 사람 가슴도 바윗덩이가 짓누르듯 무거울 판이었다.

'대체 와들 저랄꼬?'

술어미는 갈수록 궁금하기도 하고 겁도 났다. 이 바닥에 나앉은 년이 무엇이 더 두려울 게 있다고 이러느냐고 자신을 힐난해도 어쩔 수 없었다.

'무신 일이 생기기는 생긴 거 겉은데, 그기 머꼬?'

보통 때 두 사람의 술버릇을 보면 주막에 와서 행패를 부린다거나, 성가실 정도로 술집 여자에게 치근덕거리는 쪽과는 거리가 멀었다. 그래서 무슨 좋지 못한 짓을 벌이지는 않겠지만 어쩐지 불안한 마음을 지울 수가 없었다.

'어? 인사사 말이 나오거마.'

벙어리 행세를 하던 그들이 이윽고 말문을 열기 시작한 것은, 그 자리에 세 번째 주전자가 들어갔을 때부터였다. 그런 면에서 보아 술이 역시 묘약이 아닌가 싶었다. 항상 그러듯 이번에도 먼저 입을 연 사람도 언직이었다.

"가마이 뒤돌아보모, 아즉도 상구 에리신 그 춘추에 왕위에 오리셨다 쿠는 거부터가 미리 정해진 불운이었다, 그리 싶은 기라."

호한은 열두 고개를 허위단심 넘어온 사람이 숨을 헐떡이듯 힘겹게 말했다.

"파락호로 알리졌던 흥선 대원군이 에리신 상감을 대신해서 권력을 잡았던 일도, 시방 와서 잘 생각해볼 거 겉으모, 음."

그곳 술청 위에 켜켜이 쌓여 있던 침묵이 한 겹씩 벗겨지고 있었다.

"아, 그런께네 자네 판단은 이런 거 아이가."

언직이 술을 입에도 대지 않은 사람처럼 맨숭맨숭한 얼굴로 조심스럽게 물었다.

"안동 김씨 일족이 대원군한테 안 쫓기나고 그대로 세도 정치를 팰칫다모, 이 나라는 쪼끔 더 낫았을 끼다, 그런 쪽?"

호한이 가만 고개를 내저었다.

"똑 그런 이약은 아이네."

술상 위에 놓여 있는 나무젓가락이 가지런하지 못했다. 제대로 정돈되지 못하고 어지럽기만 한 그들 심경을 잘 드러내 보이고 있었다.

"그라모?"

언직은 그렇게 물으며 이물질이라도 들어간 양 눈을 깜빡거렸다.

"내사 다린 거는 잘 몰라도 안 있나, 친구야."

주막 공기 속에는 술 냄새와 음식 냄새가 섞여 흐르고 있었다. 그래선지 바깥세상과는 좀 다른 기분이 들게 하였다. 사람이 몸에 나쁘다는 술을 마시는 데는 다 그만한 연유가 있는 것이다.

"대원군이 이 나라 통치 구조를 재정비할라꼬 기울인 그 노력은 인정해줘야 한다꼬 굳게 믿거마는."

"아, 그거?"

호한의 말에 언직도 동일한 생각이라는 표시를 했다.

"당파와 지역과 신분 등을 안 가리고, 능력 있는 인재를 등용해서 왕권을 안정시킬라쿤 거는 잘했다꼬 보네."

호한의 잔이 빈 것을 보고 주전자를 들어 술을 부어주었다.

"비밴사를 패지한 사건만 해도 안 그런가베."

호한은 술잔을 들 생각은 하지 않고 제 견해를 털어놓았다.

"비밴사?"

막 집어 들려고 하던 술잔을 도로 내려놓으면서 언직이 반문했다. 그 '비변사 폐지 사건'이라는 말이 어쩐지 거기 술청을 크게 흔드는 느낌이었다. 실제로 흔들리는 것은 그들 두 사람 마음일 것이다.

"하나도 안 기시고 솔직하거로 이약하자모 이렇네."

말술에도 금방 붉어지지 않는 호한의 낯이 붉었다.

"문무 고관의 합의체라는 심을 등에 업고 왕권을 제약했던 면도 많았지 않나, 그 말인 기라."

공개석상에서처럼 최대한 한양 말씨로 똑똑히 전달시켜주려는 호한의 이야기에 언직도 기억이 나는지 얼른 말했다.

"하모, 그래갖고 부활시킨 기 의정부하고 삼군부 아이었던가베."

같이 붉어지는 언직의 얼굴이었다.

"비밴사가 장악하던 정치와 군사 업무를 따로 노놔갖고 맡거로 했제."

"따로 맡는다."

여느 술꾼들 사이에서는 쉬 나올 성싶지 않은 그들 대화를 귀담아들으면서, 술어미 또한 사사로운 것을 떠나 보다 크고 넓은 세상과 조우하는 기분이었다. 그리하여 그녀의 마음 또한 '어뚜구야 소리'를 자아내었다. 술이라고 생기거던 배고플 때 생기거나, 임이라고 생기거던 이별 없이 생기주소.

"새 법전인 대전회통 겉은 거도 맹글고, 또 우쨌노."

한 사람이 고개를 주억거렸다.

"사실 그거도, 그거도."

나머지 한 사람도 공감한다는 어조였다.

"그런께 말이제."

대화가 점점 늘어나면서 술자리 분위기가 다소 풀리는 조짐을 드러내자, 술어미가 슬그머니 술상 가까이 다가와서 오리를 떠올리게 하는 평퍼짐한 궁둥이를 내려놓았다. 그러고 보니 그녀는 얼굴 생김새도 오리를 좀 닮아 있었다. 어떻게 보면 남강에 많이 떠다니는 물닭과 더 가깝기도 하였다.

그녀는 입을 다문 채 귀를 쫑긋 세우고는 열심히 그들 이야기를 듣는 시늉을 했다. 실제로 가까이에서 좀 더 잘 들어보고 싶은 마음이기도 했다. 그러자 언직이 문득 그녀에게로 얼굴을 돌리더니만 뜬금없이 던지는 소리였다.

"주모! 홍선 대원군이 전국에 있는 서원을 없앰서 했던 소리가 머신고 아요?"

술어미가 그만 울상을 지으며 더듬거렸다.

"그, 그거는……."

본디 사람 천성은 고칠 수가 없는 법이라더니, 꽤 오랫동안 주막집을 운영해 왔음에도 그녀는 여전히 되바라지지 못했다. 호한이 언직을 가볍게 나무랐다.

"이 사람아! 그런 거는 와 무담시 물어갖고 넘을 난처하거로 맨드는 기고? 그리 안 좋은 습성은 개한테나 던지줘라꼬."

한데 호한의 말이 떨어진 직후였다. 언직이 흡사 광인처럼 갑자기 자리에서 벌떡 일어섰다. 그러고는 다른 사람이 어쩌기도 전에 온 술청 안이 쩌렁쩌렁 울릴 만큼 큰 소리로 말하기 시작했다. 그의 말씨는 그 고을 방언이 아니라 한양 말씨로 바뀌어 있었다.

"진실로 백성에게 해가 되는 것이 있으면, 비록 공자가 다시 살아난다 하더라도 나는 용서하지 않겠다."

"……."

여름에 술독에서 생긴 가늘고 작은 술파리 한 마리가 거기 주막 안 허공을 날아다니고 있었다.

"하물며 서원은 우리나라에서 존경받는 유학자를 제사하는 곳이거늘, 지금은 도둑의 소굴이 돼버렸으니 말할 것도 없다."

"……."

자리에 앉은 채 묵묵히 듣고 있는 호한의 안색이 더할 나위 없이 창백해졌다. 술기운이 조금도 느껴지지 않는 얼굴이었다. 그런 그에게서는 범접하기 어려운 구석이 전해졌다. 바로 '김 장군'이었다.

그에 비하면 언직의 낯빛은 활활 불타오르고 있었다. 그때까지 나온 술을 혼자 다 마신 사람이 거기 있었다. 그렇다고 해서 그는 마구 대해도 될 사람이라는 얘기는 아니었다.

서원을 도둑의 소굴이라고 몰아붙인 대원군이다. 그게 그만큼 농민을 가혹하게 수탈했다는 이야기인가, 그게 아니면…….

술어미는 굉장히 놀라는 눈빛으로 언직을 올려다보고 있었다. 지금 그녀 눈에는 언직이, 한때 나는 새도 손가락으로 겨냥하여 땅바닥에 툭 떨어뜨렸다는 흥선 대원군만큼이나 무서워 보이는지도 몰랐다. 술집 주인과 손님 관계가 아니라면 벌써 저 멀리 도망을 쳤을 수도 있었다.

호한은 언직에게 그만 앉으라는 말을 하지 않았다. 언직 또한 허수아비처럼 그대로 서서 하늘이 드리워져 있는 천장 쪽을 향해 고개를 한껏 뒤로 젖히고 있었다. 술청 가득 그 고을 뇌옥을 방불케 하는 살벌함과 섬뜩함이 서리었다. 그 순간에는 술과 음식 냄새가 아니라 피 냄새와 살이 타는 냄새가 잠식하고 있는 분위기였다.

그때였다. 언직의 목이 눈에 들어오는 찰나, 호한은 그만 부르르 온몸을 떨었다. 더없이 대범한 그였지만 자칫 입에서 비명이 터져 나올 뻔했다. 술상과 주전자와 술잔과 안주와 젓가락도 경련을 일으키는 듯했다.

지난 임술년 농민항쟁과 병인년 천주학 박해. 성 밖 넓은 공터에서 공개 처형된 농민군. 끝없이 펼쳐진 남강 백사장에서 역시 모두가 보는 앞에서 목이 베인 천주학 신자. 지금 앞에 있는 언직과 함께 마동 야산에 파묻은 유춘계의 시신. 머리 없이 몸통만 남아 있는 무두묘의 주인 전창무. 시퍼런 망나니 칼이 허공을 가를 때 그들 목에서 뿜어져 나오던 시뻘건 핏물…….

이제는 이 세상 그 어디에도 없는 사람들이다. 그들로 인해 세상은 얼마나 바뀌었을까? 그들의 희생이 가져온 것은 과연 무엇인가? 아무것도 없지 않은가, 아무것도!

그런 짙은 회의 끝을 물고 기습처럼 훽 달려드는 게 임배봉과 그의 식솔들이었다. 날이 갈수록 돈과 세도가 무섭게 불어나고 있는 그들이었다. 이 나라는 그런 자들이 더욱 득세할 수 있는 방향으로 굴러가고 있다는 자각에 미쳐버리지 싶었다.

옥진, 아니 해랑 얼굴도 떠오른다. 딸 비화와 친자매와도 같이 지내던 그 아이가, 도대체 어쩌다가 억호 재취가 되었는지 하늘을 향해 물어보고 싶었다. 춘향전에서 읽었거니, 닭의 새끼 봉이 되지 못하고, 각관 기생 열녀가 되지 못한다는데, 그 아이 타고난 성품은 누가 그렇게 되도록 고쳤다는 말인가?

"자, 지 술 한잔 받으시이소."

술어미 말에 호한은 문득 정신이 들었다. 언직은 그새 자리에 앉아 있고, 주전자를 손에 든 술어미가 그에게 술을 권하고 있었다.

"친구야, 우리 마시자꼬, 마시."

다시 그 지역 말로 돌아온 언직이었다.

"술이나 안 마시고 머할 끼고? 대로大路 한길 노래로 여라, 안 쿠더나?"

"……."

"우리 뜻대로 안 된다꼬 속만 썩히지 말고, 훌훌 싹 다 떨치삐고 말인기라."

호한은 여전히 아무 말이 없는 가운데 언직이 술청 마루 밑과 주막 문밖을 손가락으로 가리키며 서러움이 묻어나는 목소리로 말했다.

"친구야, 인자 우리가 살아봐야 올매나 더 살것노? 문턱 밑이 저승이고, 저승길이 대문 밖이라."

오늘 이 주막을 우리가 통째로 빌린 것도 아닌데 왜 이렇게 다른 손님이 들지 않는 거지? 실로 알 수 없게도 그때 호한의 머릿속에 자리 잡는 것은 그따위 허접한 의문이었다.

"에이, 더럽고 애니꼽은 시상, 술에 모돌띠리 떠내리가삐라, 떠내리가삐!"

언직은 홀연 만취한 사람같이 굴었다. 술어미가 부창부수하듯 하였다.

"지한테도 한잔 부우주시이소."

원래 누울 자리 보고 다리 뻗친다고, 오랜 술장사 경험을 통해 손님들 성향 등을 보고 그에 맞춰 상대해주는 그녀였지만 이날은 달랐다.

"주모도?"

그러면서 주전자를 집어 드는 언직에게 술어미의 붉은 목소리가 달라붙었다.

"하모예, 이년도 술에 둥둥 떠내리가삐고 싶다 아입니꺼?"

술어미가 도리어 손님들 앞에서 술주정 부리는 모양이 되었다. 저만큼 아궁이에서 벌겋게 타들어 가던 땔감이 거의 다 되었는지 불꽃이 까물거리고 있었지만, 전혀 아랑곳하지 않는 그녀였다. 어쩌면 그녀 마음속에는 세상 물을 모조리 끌어와서 들이부어도 끌 수 없는 커다란 불덩이가 돌아다니고 있는지도 모르겠다.

"아, 부우주고 말고."

언직이 주전자 꼭지를 제 술잔에 갖다 대는데도, 술어미는 사람이 달라져서 안달 나 하는 목소리로 재촉했다.

"쌔이예. 지 목구녕이 시커멓거로 타서 몬 살것다 아입니꺼?"

언직은 소리꾼이 되어 노래하듯 하였다.

"받으시오, 받으시오, 이 술 한잔 받으시고……."

아까운 술이 잔을 철철 흘러넘쳤다. 언직은 몸을 허우적거려 물살에 떠내려가는 시늉을 해가면서 말했다.

"우리 이집에 있는 술 모돌띠리 마시고 떠내리가삐자꼬."

앞에 앉은 언직의 그 동작에 호한은 약간 어지럼증을 느끼고 있는데 술어미가 또 한다는 소리가 서글펐다.

"그라이시더. 지도 미련 하나 없어예."

"미이려언?"

언직은 그깟 미련일랑 술에 타서 마셔버리자는 것처럼 낚싯대를 낚아채듯이 냉큼 잔을 들어 벌컥벌컥 들이켰다.

"술값 삼분지 일은 지가 부담하지예. 모도 세 사람인께네예."

그러면서 덩달아 잔을 순식간에 비우는 술어미였다.

"하기사 술 마시로 댕기시는 손님들이나 요 짓을 하고 있는 지나 죽어삐모 돈이 다 무신 소용 있것심니꺼."

말도 소용이 없을 성싶은 순간이었다.

"안 그렇심니꺼? 마, 지는 그리 생각합니더. 그리 생각 안 하모 우짤긴데예?"

"……."

기어코 아궁이 속의 불길은 완전히 꺼져버리고 그을음이 덕지덕지 붙은 아궁이는 시커먼 아가리만 볼썽사납게 벌리고 있었다.

"죽어삐립시더. 지랄 겉은 이 시상에 무신 미련이 있다꼬 몬 죽을 깁니꺼?"

꼭 지다워 하듯 하는 술어미를 지켜본 언직도 소리 나게 들이켠 빈 잔을 상 위에 거칠게 내려놓으며 호기를 부렸다.

"이승에서 마즈막으로 마시는 술이라서 그런 것가?"

호한도 보고만 있지 말고 어서 마시라고 권유했다.

"와 이리 술맛이 좋노? 와 이리 좋노, 와 이리 좋노, 와아 이이리이 조오온노오오! 동지섣달 꽃 본, 아니 술 본 듯기……."

"내는 꽃도 술도 아이고, 임 본 듯기……."

술어미가 젓가락을 사용하지 않고도 장단을 척척 잘도 맞추었다. 슬프게도 그녀 몸에는 남정네들에게 웃음을 팔면서 살아가라는 유전자가 들어 있는지도 모른다.

"오늘 보이 술장사 하기 에나 잘했다 싶거마예. 호호호."

여자 웃음소리는 간드러진 듯하면서도 어딘가 텅 비어 있는 느낌을 주었다.

"더 웃으라꼬, 더."

언직은 몹시 졸리는 사람이 눈을 절반쯤 게슴츠레 뜨고 중얼거리는 품새였다.

"우쨌든 내사 우는 거는 딱 질색인 기라. 웃은께네 안 좋나."

술어미는 예상했던 것보다 술이 약했다. 그러면 강한 것이 있을 텐데 그게 무언지 모르겠다. 그녀에게 술은 어떤 의미일까? 생계 수단? 단순히 그런 것만은 아닐 거라는, 아니어야만 한다는 억지를 부리고픈 호한이었다.

"좋으모 좋지예. 싫으모 싫고예. 호호, 호호."

"음."

호한은 자꾸 목에 무엇이 걸리는 기분이었다. 하지만 그것은 말술을 들이켜도 내려가지 않을 이물질이었다.

"좋은데 싫고, 싫은데 좋은 거? 시상 사내들 가온데는 그런 이도 있는 거 겉데예? 오호호호."

웃음 돌림병이라도 번지려는 모양이었다. 언직도 요상한 목소리로 지어냈다.

"내도 함 웃어보까? 히히, 히히히."

호한은 그러고 있는 남녀를 망연히 바라보다가 홀연히 이런 생각이 들었다. 저들이, 이 나라 백성들이, 과연 새로운 삶을 일으킬 수 있을까? 아니, 헌 누더기 같은 너덜너덜한 삶조차도 오래 뒤집어쓰지 못할 게 아닌가?

대원군이 중건한 경복궁이 악몽 속의 그림인 양 떠올랐다. 임진년에 왜구들 손에 의해 불타버린 경복궁을 다시 세운 것은, 경복궁이 위엄 있는 모습을 찾은 것처럼 우리 조선 왕실도 다시 권위를 찾았음을 백성들에게 보여주기 위함이었다고 하더라도, 어려운 나라 살림에 너무나 엄청난 공사비가 투입되었다는 반감을 버릴 수가 없었다. 좋은 의도에서 시행한 것일지라도 모든 것은 앞뒤가 있는 법, 그런 일은 조금 더 여유가 있을 때 해도 늦지 않을 거라는 생각은 왜 안 해봤는지 모르겠다.

'상구 심했제. 당백전當百錢도 너모 벌로 발행하고, 기부금도 억지로 걷었고, 공사장에 강제로 동원된 백성들이 올매나 쌔뺏었노. 자고로 대궐 역사役事는 한이 없다더이.'

호한의 손도 술잔을 더듬어 찾았다. 얼핏 술중독자같이 떨리는 손이었다. 저 '김 장군'의 손이 아니었다. 장생도라지를 경작하고 있는 부하를 찾아갔을 때도 그랬지만, 벌써부터 무슨 새로운 일을 해보려 해도 마음뿐이었다.

'도모지 한다쿠는 짓이 토째비 장난 겉애서 통 갈피를 몬 잡것는 기라. 그뿌이가. 양반들 묘지림꺼정 베냈다 아이가.'

한 푼이 엽전 백 푼과 맞서는 당백전을 생각하니 술기운이 한꺼번에 확 치밀어 올랐다. 머리카락이 불에 활활 타오르는 기분이었다. 그가 아는 상식으로는, 화폐 가치는 주조할 때 들어가는 금속의 양에 비례하는데, 당백전은 무게가 상평통보의 5~6배밖에 되지 않으면서도 액면 가치는 100배나 되지 않은가 말이다.

'그 땜새 1, 2년 사이에 쌀값이 여섯 배로 폭등 안 했디가.'

호한의 사념이 거기까지 이어졌을 때였다. 지금까지는 휴업을 하고 있는 술집같이 고즈넉하게만 느껴지던 주막 문밖이 별안간 왁자지껄해지는가 싶더니 한 떼의 술꾼들이 우 몰려들어왔다. 그 거친 기세들이 도적 패를 떠올리게 했다.

"……."

그런데 이상했다. 술어미는 얼른 자리에서 일어나 손님들을 맞을 작정은 하지 않고 그냥 그대로 앉은 채 술만 들이켜고 있었다. 그러자 당장 호한 머릿속을 적잖게 불길한 기운이 섬광처럼 스쳐 갔다. 그건 동물적인 감각에 가까운 것이었다.

'우째 예감이 안 좋다 아이가.'

새로 들어온 사내들은 처음에는 거기 술청에 앉아 있는 술어미를 미처 발견하지 못한 모양이었다. 그들은 주방 쪽을 향해 주막이 떠나가라 소리를 질러댔다.

"주모! 주모, 오데 있어?"

"얼릉 보선발로 안 달리나오고 말인 기라!"

"니기미! 통시 갔나?"

그래도 나타나지 않자 한층 열불 돋친 소리들이 되었다.

"그기 아이고 기둥서방 따라간 거 겉거마는."

"머? 그라모 요눔의 집구석 기둥뿌리를 싹 뽑아삘 끼다."

"에나 장사 안 하기로 하고 문 닫은 기가?"

"문 닫았는데 우리가 우찌 들와?"

"씨발! 오늘 아모도 내를 말리지 마라, 다 콱 때리뿌사삘 끼다!"

그래도 술어미는 여전히 들은 척도 하지 않고 홀짝홀짝 술을 마시는 품이 자기도 손님인 것으로 행세하는 거였다.

'저 여자가 저라모 안 되는데?'

호한은 술어미가 하는 그런 알 수 없는 행동이 좀처럼 이해가 되지 않으면서도 술꾼들이 어떻게 나올지 갈수록 더욱 불안해졌다. 아니나 다를까, 마침내 그들 중의 사내 하나가 술어미를 발견하고는 냅다 외쳤다.

"주모! 손님이 왔는데 일어나지도 안 하고 머하는 기고, 으잉?"

다른 사내 하나가 노골적으로 빈정거리는 소리가 그 뒤를 이었다.

"그짝 술자리에 꿀이 발린 기가, 머꼬?"

도둑괭이 코 세다고, 한눈에도 대단히 불량해 보이는 자들의 기승스러움이 이를 데 없었다. 또 다른 목소리가 연이어 터져 나왔다.

"거 앉아 있는 사람들, 참 잘나가는 사람들인갑네? 주모가 철버덕 붙어앉아갖고 일어날 줄도 모리는 거 본께."

도둑놈 문 열어준 셈이었다. 물장사를 그렇게 오래 하고서도 그런 자들에게 빌미를 주어 해를 자초하려는 술어미가 호한의 눈에는 무모하고 딱해 보이기까지 했다. 처세술에는 이력이 붙을 만큼 붙었을 텐데도 말이다.

"조것들이?"

급기야 다분히 시비조로 들리는 그 소리에 거나해진 언직이 무어라고 대거리하려는 것을 호한이 급히 손짓으로 말렸다. 그러고는 술어미에게 낮은 소리로 일렀다.

"쌔이 일어나서 손님들 맞으소."

"……."

반응이 없자 한 번 더 채근했다.

"퍼뜩요."

그제야 비로소 술어미는 마지못해 느릿느릿 몸을 일으키는 눈치가 역력하였다. 호한은 그런 술어미 태도로 미뤄보아 그 술꾼들은 질이 썩 좋지 못한 자들이라는 확신이 한층 굳어졌다. 전에 여러 차례나 거기 온 적이 있는 손님들에게 그렇게 불친절하고 홀대하는 것으로 봐서 그랬다.

"저리……."

술어미는 시큰둥한 얼굴로 사내들을 호한과 언직이 앉아 있는 자리에서 좀 떨어진 자리로 안내했다. 벌써 그쪽 자리에 가서 자기 안방으로 여기는지 길게 대자로 뻗어 있는 사내도 보였다. 사내들은 똑같이 무척이나 시끄러웠다.

호한은 그들이 나누는 몇 마디 말을 통해 공사장에서 막일을 하는 인부들이라는 걸 알아차렸다. 햇볕에 노출된 채 힘든 작업을 하다 보니 피부도 숯 검댕 닮았고 거칠어 보였다. 게다가 근육질 몸들이 위압을 줄 만했다.

그러나 그 껄렁패들 속에 섞여서 더없이 매섭게 자기를 노려보고 있는 어떤 눈길을 미처 알아차리지는 못했다. 금방이라도 집어삼킬 것같이 하는 아주 사납고 험악한 얼굴, 그는 뜻밖에도 민치목 아들 맹쫄이었다. 하필이면 그가 그곳에 나타난 것이다. 바로 호한의 불길한 예감이 맞아떨어지려는 조짐이었다.

맹쫄은 무관 출신 호한의 싸움 실력에 관하여 귀가 따갑도록 들어왔다. 이제는 오래전 일이지만, 한량무가 한창 벌어지고 있는 성안에서 옥진에게 치근덕거리는 점박이 형제를 단숨에 제압했다는 그의 무용담은, 아직도 팔뚝깨나 겨루는 사람들 사이에 하나의 살아 있는 전설로 전해지고 있었다.

천하의 개망나니 쌈꾼 억호와 만호가 한꺼번에 당할 그 정도라면, 맹쫄 자신으로선 백번 죽었다가 다시 깨어나도 도저히 대적할 수가 없는 버거운 상대였다. 그뿐만 아니라 이제 비록 나이는 좀 먹었지만 호한은 여전히 장골 못지않게 기골이 대단히 장대하고 기운이 있어 보였다.

그런가 하면, 그가 직접 경험한 적도 있다. 결코, 잊지 못한다. 한양 음식점에서 호한에게 자기 아버지 치목이, 그리고 비화 아들 준서에게 자기 아들 노식이, 그야말로 가볍게 당하고 말았던 일생일대의 치욕스러운 사건이었다. 그렇다고 홍시 먹다가 이빨 빠지듯 마음을 놓고 덤볐다가 실수가 생긴 것도 아니었다. 엄연한 실력의 결과였다.

그런데 맹쭐이 호한에게 곧장 시비를 걸지 않고 가만히 있는 까닭은 또 있었다. 그와 그의 일행들은 지금 대한제국 국왕에게 일어난 심상찮은 어떤 사건에 대해 조금 전에 들었던 참이었다.

이제 호한과 언직은 처음 거기 들어왔을 때와 마찬가지로 아무 말 없이 술잔만 기울였고, 맹쭐 일행은 저들 나름대로 그 엄청난 사태를 얘기하느라 갈수록 열을 올리기 바빴다. 저마다 입이 열 개라도 모자랄 형국이었다.

"누가 머라 캐싸도 임금이 잘몬한 기라, 임금이."

"하모, 맞거마는. 죽은 머매이로 그냥 가마이 있을 일이제, 머할라꼬 넘의 나라에 알릴 끼라꼬 그런 허술한 짓을 했는고?"

"아, 우찌 가마이 있노? 내라도 가마이 몬 있는다."

"우째서 가마이 몬 있는데?"

"머리가 달리 있으모 함 생각을 해봐라꼬. 왜놈들이 강제로 해갖고 맺은 조약 아인가베."

"조약? 눈깔 빠지것다."

그들은 그 이야기들을 안주 삼아 술을 마구 퍼 대고 있었다. 하긴 술귀신들은 평소에도 안주에 손이 잘 가지 않는 법이긴 했다. 여하튼 술청이 쩌렁쩌렁 울릴 정도로 점점 더 목청들이 높아져서 귀가 따가울 지경이었다.

"그거는 그렇고, 머라쿠더라. 특사? 내사 그기 머신가는 잘 모리것지만도, 특사라는 거를 보낸 그 나라가 우떤 나라라 캤노?"

"내들란드(네덜란드)라 쿠데, 내들란드."

"내들란드? 앗따, 소리내기도 에렵다. 그 나라 인종들, 나라 이름을 와 그리키 안 좋거로 지잇노?"

땅이 바다보다 낮은 나라……. 호한은 잠시 그 나라를 상상해보았다.

하지만 그림이 잘 그려지지 않았다.

"맞거마. 소리 내볼라쿤께네 아구통이 팍 돌아갈라 안 쿠나."

"내사 괘안은 이름 겉거마는. 그 사람들한테 가서 우리나라 이름 함 말해보라모 똑겉이 이약 안 하까이? 그라고 주디가 돌아가모 안 되제. 술도 몬 마시거로."

"우쨌거나 그 나라서 만국 팽화(평화) 해이(회의)라쿠는 기 열릿는데, 바로 그 자리에서 알릴라 캤다 쿠더마."

"만국 팽 머? 그란데 와 실패했다 쿠는데?"

"그기사 내도 잘 모리제. 누가 방해를 안 했으까이?"

"하모, 하모. 왜눔들이 그랬을 끼다. 안 봐도 내 알것다."

"왜눔들이? 에나까?"

"인자 고만들 해라꼬. 하기사 요 나라가 당달봉사 나라가 안 돼삣나."

호한은 이제 이 나라 백성들도 참으로 많이 개화했구나 하는 자각이 일었다. 하긴 반상班常 의식이 사라진 지도 한참이나 되었다. 두 눈 빤히 뜬 채 그저 당하고 있으니 청맹과니라고 할밖에. 뒤에 볼 나무는 그루를 돋우고 뿌리를 높이 잘라라 했다. 하지만 이 나라는 뒷날을 위하여 모든 것을 미리 깊이 있게 생각하고 처리하는 노력에 소홀했던 결과가 아니었나 싶었다. 그리하여 그 대가를 톡톡히 치르고 있는 것이니 어디 가서 누구를 원망할 수도 없는 것이다.

그러나 그런 안이한 피해의식은 일종의 사치일지도 모른다. 현재 직면한 사안이 너무 무거웠다. 그것은 모든 백성들의 살이 떨어져 나가고 피를 토할 노릇이었다. 고종 황제의 퇴위라니? 대명천지에 어떻게 이런 소리가 나돌 수 있단 말인가?

그랬다. 조선 제26대 왕 고종. 일본에 의해 날조된 이른바 '양위조칙' 발표와 함께 강제 퇴위 된 비운의 황제, 고종. 그것은 설혹 지어낸 이야기라고 할지라도 너무나 엉터리라고 지탄받아도 마땅할 터였다.

물론 당시 일반 백성들은 상세한 내막까지는 제대로 알지 못했고, 그건 호한이나 언직 그리고 맹쭐 일행들도 마찬가지였다. 일제 통감 이토 히로부미와 이완용, 송병준 등 친일파들의 합작품이란 사실이 알려진 것은 그 후였다.

'바람이나 씩우모 가슴이 좀 안 답답할랑가?'

호한은 그만 자리에서 일어나야겠다고 마음먹었다. 술을 너무 많이 마셨다. 더 넘어갈 것 같지도 않았다. 그렇지만 언직은 더 마시고 싶은 모양이었다. 그리고 그게 탈이었다. 그때쯤 술어미는 그쪽 술꾼들 강요에 의해 그들에게 술을 따르고 있었는데, 언직이 여기 술 더 가져와 달라고 주문했던 것이다.

그래 술어미가 거기 술상 앞에서 막 일어서려는데, 바로 그 옆에 앉아 있던 사내가 그녀 손목을 우악스럽게 틀어쥐고는 일어나지 못하게 했다. 아주 걸 때 큰 사내였다. 그자와 술어미 사이에 엉뚱한 실랑이가 벌어지기 시작했다. 그것을 잠깐 지켜보고 있던 호한이 자리에서 몸을 일으키며 언직에게 말했다.

"자, 고만 가자꼬. 너모 마이 마싯다 아인가베."

그 말대로 했으면 아무 탈 없이 좋았으련만 아니었다.

"가기는 오데 가?"

술기운이 잔뜩 오르고 특히 고종 황제 퇴위 소문으로 말미암아 울분을 참지 못하고 있던 터라, 언직은 친구 충고를 순순히 따르려 하지 않았다. 말 그대로 섶을 지고 불 속으로 뛰어드는 짓을 하고 말았다. 그는 술어미 손목을 잡고 있는 걸 때 큰 사내에게 툭 말을 던졌던 것이다.

"우리가 우리 돈 내고 우리 술 무울라 쿠는데, 우째서 술을 몬 가지가거로 하는고 에나 모리것네? 마방馬房 집이 망할라모 당나구만 들어온

다더이."

일순, 호한은 속으로 아차! 싶었다. 그렇지만 이미 때는 늦어버렸다. 입에 담기도 뭐한 상스러운 소리가 돌팔매처럼 곧바로 날아왔다.

"머라? 당나구? 씨팔! 주디이를 그냥 콱 뭉개뻴라! 오데서 똥 주우묵은 곰 쌍판때기를 해갖고 치다보노?"

"머한 고옴?"

언직이 숫자적인 열세에도 불구하고 전혀 기죽지 않고 자리에서 벌떡 일어서며 술청이 왕왕 울리도록 소리쳤다.

"요것들이 연장자도 모리나? 아즉 나(이)가 새카맣커로 저 밑에 있는 것들이야?"

말인즉슨, 사실이었다. 그들은 맹쭐과 비슷하거나 많아 봐야 기껏 몇 살가량밖에 더 먹어 보이지 않았다. 그래서 언직 자기들에 비하면 자식이나 동생, 조카뻘 정도로 봐야 마땅할 터였다. 그렇지만 그건 이야기가 통할 사람들에게나 먹혀들 소리였다. 걸 때 큰 사내도 어느새 일어서 있었다. 언직도 보통 사람 체구는 되는데 저쪽과 비교하니 무척 왜소해 보였다. 그자는 넘치는 기운을 주체할 수 없던 차에 이거 참 잘됐다는 빛이 역력했다.

"요가 오데 갱노잔치(경로잔치) 하는 데가, 나 따지쌌거로."

말이 아니면 가루지 말라고 했지만, 다혈질인 언직은 즉시 되받아쳤다.

"찬물도 아래우가 있다 캤는데 술도 안 그렇것나. 술 첨 묵어보나? 술자리 법도가 영 개판이거마는."

이쯤 되면 어떻게 되리란 건 주막집 강아지도 알 쪼였다.

"머라꼬? 개, 개판?"

걸 때는 그곳 마루가 폭삭 내려앉을 만치 두 발을 함부로 굴러댔다. 마구 뚫은 창구멍이 따로 없었다.

"하모, 개판 아이모 머꼬? 소판이가, 말판이가?"

조금도 뒤로 물러서지 않고 눈알을 부라리는 언직이었다. 걸 때 입에서 침방울과 함께 이런 무지막지한 소리가 튀어나왔다.

"불에 태와갖고 칼로 까죽을 확 벗기뻘 캐쌔끼!"

그런데 언직에게서 나오는 말은 단순한 육두문자의 단계를 뛰어넘고 있었다. 그건 아마 그 패거리들과 시비가 붙기 전에 호한과 나누던 대화에 기인한 바가 크지 않을까 싶었다.

"칼? 허, 인자 보이 왜놈 칼잽이들 앞잽이 할 매국노를 만냈거마는."

급기야 걸 때는 무슨 짓을 해도 될 빌미가 생긴 기세로 나왔다.

"매, 매, 매국노? 아모도 내 말리지 마라, 오늘 살인친다아!"

순식간에 주막 안 공기가 더없이 험악해지고 있었다. 사실 그 당시 돌아가는 사회 분위기는 조선 사람이라면 신분이나 지위고하를 막론하고 신경이 송곳같이 바짝 곤두세워져 있는 실정이긴 했다. 특히 일본과 관련된 이야기가 나오면 너나없이 얼굴을 붉히고 주먹을 쥐는 게 통례였다. 그리하여 심지어 파랗게 질린 채 어쩔 줄 몰라 하는 술어미조차도 속으로 이런 원망을 하고 있었다.

'성이 나모 도로 다린 욕이나 퍼붓지, 와 해필이모 저런 소리를?'

그런데 바로 그때였다. 그쪽 좌석에서 이런 소리가 나왔다.

"민 사장님! 아, 오늘 민 사장님이 와 이렇노? 저런 개소리 듣고 가마이 있을 그럴 분이 아인데……."

민 사장님이라고 불린 사내, 맹쫄이었다. 여느 때 같으면 그의 일행 누구보다 먼저 남에게 시비를 거는 맹쫄이었고, 따라서 상대방 쪽에서 이 정도로 나오면 삼수갑산 가는 한이 있더라도 그대로 있을 위인이 아니었다.

"하매 술 취한 거는 아일 낀데."

한 사람의 말에 다른 한 사람이 어림없는 얘기라는 투로 말했다.

"술독아지가 취했으모 취했지, 누가 취해."

그들로서는 도무지 알 수 없는 노릇이었을 것이다. 맹쭐이 시종 침묵을 지키고 있었던 것이다. 하여튼 일행들 시선이 일제히 술상 앞에 잔뜩 웅크리고 앉아 있는 맹쭐에게 가 꽂혔다. 호한과 언직의 눈도 자연히 그 쪽을 향했다.

'어? 저놈이 누고? 치목이 자슥 놈 아이가?'

호한은 그제야 알고 내심 크게 놀라지 않을 수 없었다. 아무리 봐도 그는 민치목 아들 맹쭐이 틀림없었다. 지난날 딸 비화에게 전해 들었던 이야기가 선연히 떠오르며 섬뜩한 기분에 사로잡혔다. 치목과 맹쭐 부자가 나루터집 우정댁 아들 얼이를 해치려 한 적이 있다고 했다.

그 얼이는 치목이 상촌나루터 남강가에서 만취한 소공복을 살해하는 장면을 보았다고 했다. 직접 자기 눈으로 목격하지 않은 호한은 아직도 그 이야기를 믿을 수가 없었다. 얼이가 헛것을 보고 말한 것은 아닐 것으로 생각하면서도 그랬다.

물론 치목이 운산녀와 모종의 관계로 얽혀 있다는 것이 거의 확실하다는 현실로 볼 때, 상촌나루터에서 일어난 공복 살인 사건은 그 내막을 어느 정도 짚어볼 수 있는 것도 사실이었다. 믿고 싶든 믿고 싶지 않든 간에 이미 패는 던져졌던 것이다.

하지만 무남독녀 비화도 치목에게 큰 봉변을 당할 뻔했다는 것까지는 아직 모르고 있는 호한이었다. 비화는 부모가 걱정할까 봐 지금까지도 그 일을 비밀로 했던 것이다. 만약 호한이 알았다면 벌써 무슨 일이 나도 크게 났을 것이다. 이 세상 그 어떤 아버지보다도 딸을 애지중지하는 호한이었다.

'조심해야것다. 까딱 잘몬하모 큰 사고가 생기것다.'

어쨌거나 호한은 바짝 긴장하기 시작했다. 그동안 맹쫄이라는 놈이 얼마나 험하게 놀고 있는가는 바람결에 들어 익히 알고 있는 사실이었다. 갈수록 한다는 행사가 아비 치목을 빼 박고 있었다. 기실 치목은 호한에게도 버거운 존재였다. 한 번은 물리쳤지만, 무엇보다 그자는 살인마였고, 언젠가는 또 다른 누군가를 해칠 것 같았다. 그리고 호한 자신이나 그의 식솔을 표적 삼지 말라는 법도 없었다. 도리어 복수를 한다고 그렇게 할 공산이 더 컸다.

그런데 호한의 상념은 거기서 끊겨야 했다. 상황이 그쯤 되자 더 이상 그대로 앉아만 있을 입장이 못 된 맹쫄이 마침내 자리에서 엉덩이를 들어 올린 것이다. 그렇지만 그는 앉아 있는 호한 쪽은 보지 않고 서 있는 언직을 겨냥해 입을 열었다.

"거는 시방 두 사람밖에 안 되고, 우리는 숫자가 이리 짜다라 있으이, 안 다칠라모 고마 여서 곱기 나가소. 한 분 좋은 말로 할 때 말이제."

호한은 한층 눈을 크게 뜨고 맹쫄을 보았다.

'저눔 봐라?'

맹쫄로서는 최대한 예의를 지키고 있는 셈이었다. 물론 그건 자기들보다도 나이 더 든 어른을 대접해서 하는 언행과는 거리가 멀었다. 그는 호한이 두려웠던 것이다. 당연히 그의 일행들이 가만히 있지 않았다. 불을 지피기 시작했다.

"민 사장! 오늘 와 그라요, 으잉?"

"각중애 사람이 배꿔도 한참 배꿨네? 망건 쓰고 세수한다꼬, 말하고 행동하고가 배뀐 거 아인가베?"

"해나 저 나 무운 것들이 무서버서 그라는 긴가?"

"가마이 있자, 그렇다모……."

"아, 벡지(공연히) 함 그래보시는 기것제? 쪼꼼 더 신나거로 해볼라꼬."

여러 가지 소리들이 조금도 걸러지지 않고 나왔다. 맹쭐 얼굴이 대장간 쇳덩이같이 시뻘게졌다. 호한이 자리에서 일어서며 언직에게 말했다.

"고마 나가자꼬. 우리가 젊은 사람들을 상대해갖고 이리하는 기 남살시럽거마는."

그러나 언직은 호한의 실력을 믿고 있는 탓인지 쉬 그 자리를 피할 눈치가 전혀 보이지 않았다. 지금 기분이 엉망인 것도 그 한 요인이 되겠지만, 그는 섶을 지고 불로 뛰어드는 짓을 멈추지 않았다. 그는 맹쭐에게 명령조로 나갔다.

"내도 한 분 좋기 말하제 두 분 좋기 말하는 사람이 아이라."

건방 떨기로 작심했는지 누구 눈에도 별로 강해 보이지 않는 턱을 들어 저만큼 주막 입구 쪽을 가리키며 말했다.

"그짝에서 먼첨 나가야제."

"머라? 내 보고 우째라꼬?"

맹쭐은 졸지에 한 방 얻어맞은 표정이었다. 방심까지는 아니어도 그런 뱃심이 나올 줄 몰랐다. 언직이 좀 더 능글맞은 어조로 말했다.

"아, 이거 겉잖애서 술이 목구녕으로 안 넘어간다 아인가베."

맹쭐 입에서 튀어나오지 못해 안달 나 하고 있었을 욕지거리가 터졌다.

"지기미!"

그 정도 선에서 그쳤으면 좋으련만 언직은 주막 안을 둘러보며 빈정거렸다.

"여 니 옴마 없다."

그러자 존속살인을 당한 듯, 드디어 맹쭐 말투가 한없이 거칠어졌다.

"뭣 겉은 늠이?"

그러잖아도 곱지 못하게 생겨 먹은 인상도 더욱 험악해지고 있었다.

그의 천성도 천성이거니와 아무래도 일행들 눈치를 보지 않을 수 없는 상황이기도 했던 것이다.

"……."

술청 분위기가 더할 수 없이 살벌해지기 시작했다. 누룩 뜨는 냄새도 주막 밖으로 달아나는 것 같았다. 사내들 몸에서 강렬한 힘이 뿜어져 나오고 있었다. 후끈 달아오르는 뜨거운 열기에 꺼졌던 아궁이 속의 불길이 되살아날 정도였다.

술어미는 한쪽 옆으로 비켜서서 몸을 덜덜 떨고만 있었다. 그녀는 맹쭐과 그의 일행들이 얼마나 술버릇이 나쁘고 포악한 자들인가를 익히 알고 있었다. 그들이 그곳에 와서 다른 손님들에게 되지도 않은 시비를 걸어 쫓아 보낸 적이 여러 차례나 되었다. 저 인간 같잖은 것들이 하루 두 번만 오면 장사 문 닫아야 할 거라고 생각했다. 그런데 오늘은 한 번 밖에 오지 않았는데도 폐업하게 생겼다. 장사꾼 뭣은 개도 안 먹는다는 말은 그냥 지어낸 말이 아니었다.

"나이를 떠나서 내하고 둘이 맞짱 붙자꼬. 됐나?"

맹쭐이 고개를 뒤로 발딱 젖히고 말했다. 약삭빠른 그는 얼핏 만만해 보이는 언직만을 상대하기로 작정했던 것이다. 호한과의 대결만 피할 수 있다면 패하지 않을 자신이 있었다. 누울 자리 보고 발 뻗치는 인간이었다.

"온냐, 좋다!"

그 순간을 즐기는 듯 입가에 여유로운 웃음기가 감도는 맹쭐과는 달리, 언직은 큰 비장감마저 느껴지는 표정으로 대단히 호기롭게 나갔다.

"누가 겁낼 줄 아는가베?"

등진 가재라고, 뒤에 의지할 만한 호한이 있기도 했거니와 그 스스로의 배짱도 있을 만큼은 있었다. 그 지역 출신치고 그만큼 한양 물 많이 먹은 사람도 그렇게 많지는 않을 것이다.

"허, 이 사람아! 고마 나가자쿤께네?"

호한은 언직이 몹시 걱정되었다. 언직은 맹쫄에 대해 잘 모르고 있음이 확실했다. 결국, 호한 자신이 나설 수밖에 없다는 데 생각이 이르렀다. 자식뻘 정도밖에 되지 않은 젊은 놈과 주먹을 주고받는다는 건 참으로 창피한 노릇이지만 피할 수 없다면 어쩔 도리가 없었다.

"그라모 자네는 가마이 있으라꼬. 내가 이약해볼 낀께네."

그렇게 언직을 타이르면서 호한이 앞으로 나서자 맹쫄 표정이 단번에 싹 바뀌었다. 몸을 움찔하며 안색이 창백해졌다. 그렇지만 꼬리를 사릴 수 있는 형편이 아니었다. 지금까지 쌓아온 왈패 명성이 하루아침에 무너질 판국이었다.

'에라, 모리것다. 이판사판 아이가.'

마침내 맹쫄은 한판 붙어볼 결심을 했다. 제까짓 게 강하면 얼마나 강하랴 싶었다. 특히 나이가 있다. 그리고 그 또한 점박이 형제를 쫓아다니며 싸움판에서 화려하게 놀 만큼 놀아본 이력이 있다. 또 모른다. 혹시 운이 좋아 그를 무너뜨린다면 천하 싸움꾼 자리는 떼놓은 당상이었다. 그렇게 되면 억호와 만호도 내 앞에 와서 머리를 조아릴지 모른다.

'그리만 되모 이 시상은 이 민맹쫄이 끼다. 상상만 해도 가슴이 막 뛰거마.'

드디어 호한과 맹쫄이 맞붙을 순간이 온 것이다. 모두 잔뜩 숨을 죽였다. 맹쫄 일행은 맹쫄의 싸움 솜씨를 믿지 못하는 바는 아니었지만, 상대방인 호한의 체격에 조금 질리는 눈치들이었다. 이리 좁은 술청에서 이러지 말고 밖으로 나가서 싸우라는 말이 나올 법도 하건만, 그 분위기에 압도당한 탓인지 누구 입에서도 그런 소리가 나오지 않았다. 두고 보나 마나 주막은 엉망이 될 것이다. 사람은 더 절단 날지도 모른다.

그런데 그런 긴박한 와중에서였다. 그 순간을 기다리고 있었다는 듯이 어떤 손님 두 사람이 안으로 들어왔다. 그리고 그들 중 한 사내가 적잖게 놀란 목소리로 이런 말을 했다.

"아, 김 장군님 아이십니꺼?"

호한도 한눈에 그를 알아보았다.

"아, 서 도목수님!"

뜻밖에도 그는 문대 아버지 서봉우 도목수였다. 두 사람은 잘 알고 있었다. 비록 나이 차이는 좀 나지만 준서와 문대가 같은 낙육고등학교에 다닌다는 소리를 들었다. 똑같이 일경의 눈을 피해 다닌다는 사실도 모르지 않았다. 게다가 그들은 평소 서로에 대해 큰 호감을 지니고 있었다.

불시에 서 도목수가 나타나자 술청 안 분위기는 갑자기 크게 변하기 시작했다. 가장 큰 충격을 받은 사람은 맹쫄이었다. 그 역시 모르지 않았다. 그의 아버지 민치목이 서봉우 도목수와 목재 거래를 하고 있다는 사실이었다. 또한, 서 목수가 그쪽 계통에서는 대단한 영향력을 가진 실력자라는 것도 알았다. 언제부턴가 세상은 지위고하를 떠나 자기 분야에서 뛰어난 자가 힘을 가진 존재로 부각되는 분위기로 바뀌고 있었다.

그런데 그런 속에서였다. 서로 무어라 안부 비슷한 말을 주고받던 호한이 서 도목수에게 이렇게 말했다. 그것은 한순간에 모든 것을 끝나게 하는 효력을 나타내었다. 졸지에 벌어진 일인지라 싱겁게까지 느껴질 지경이었다.

"그라모 천천히 드시고 나오이소. 우리는 시방 막 일날라쿠는 참입니더."

그러고 나서 호한은 거기 있는 누구도 어떻게 할 틈도 주지 않고 술어미 있는 쪽으로 몸을 돌려세웠다. 술값 계산을 하려는 모양이었다.

그러자 서 목수가 무척 서운하다는 표정을 지으며 정중하게 말했다.

역시 다른 사람이 입을 열기도 전이었다.

"같이 한잔 했으모 좋을 낀데, 이거 마이 서분합니더. 그라모 요 담번에 지가 꼭 한잔 대접하것심니더."

호한이 엷은 웃음 띤 얼굴로 말했다.

"아입니더. 그때는 지가 한잔 사지예."

뜻하지 않게 결과는 그렇게 돌아갔다. 맹쫄 얼굴에 잘됐다는 빛이 역력해 보였다. 그의 일행들도 더는 맹쫄을 함부로 부추기지 못했다. 공사판을 전전하는 그들 모두가 서 목수의 배경을 무시할 수 없다는 걸 알고 있었다. 그건 맹수가 들끓는 정글의 세계에서 작용하는 힘의 논리와도 맞닿아 있는 것이었다.

"그라모 지는 가볼랍니더."

"예, 살피 가이시더."

두 사람은 주막에서 나왔다. 공기부터가 안과는 달랐다. 얼른 그들 등 뒤까지 따라 나와 배웅하면서 술어미가 낮은 소리로 말했다.

"낼 한 분 더 오시이소. 지가 돈 안 받고 좋은 안주도 드리께예."

언직은 고개를 끄덕였고, 호한은 웃기만 했다. 술어미는 아직 더 할 말이 남았는지 그만 돌아서지 않고 그대로 서 있었다.

"아즉꺼정 대갈빼이 쇠똥도 안 벗기진 기 까불고 안 있나."

"……."

주막으로부터 조금씩 멀어지고 있었지만 언직의 머릿속에는 여전히 조금 전에 겪었던 그 일만 남아 있는 모양이었다.

"내 듣기로 예로부텀 때린 눔은 다리 몬 뻗고 자도, 맞은 눔은 다리 뻗고 잔다쿠는 말이 있지만도……."

호한이 대꾸가 없자 언직은 이제 조그맣게 보이는 주막 쪽으로 고개를 돌렸다.

"등줄기에서 누린내 나도록 때리서 장유유서라쿠는 거를 갈카줘야 했는데."

언직은 그대로 나온 게 억울한지 걸어가면서도 계속 혼자 투덜거렸다. 호한은 무표정한 얼굴로 묵묵히 걸음만 옮겨놓았다. 저만큼 경사진 말티고개의 꾸불꾸불한 길이 그들을 따라오고 싶은지 발을 내닫고 있는 것처럼 비쳤다.

이윽고 두 사람은 성곽 근처까지 당도했고 시간이 흐르면서 술청에서의 일은 조금씩 잊어갔다. 그사이에 고종 황제 퇴위 소식을 전해 들은 고을 백성들이 주먹을 불끈 쥐고 더없이 진노하고 흥분하는 모습들이 거리 곳곳에서 눈에 띄었던 것이다.

"해가……."

언직은 마음을 둘 데 없는 사람 모양으로 정처 없이 눈을 이리저리 돌리고 있었다.

"새도……."

하늘에 불안하게 걸린 해가 유난히 흐릿해 보였다. 창공을 나는 새들 날갯짓도 몹시 서툴면서 너무나 기운이 없어 보였다.

일식처럼 세상이 점점 어두워지고 있었다.

검도와 가라테

남덕유산 용달샘을 발원지로 하는 남강.

그 남강을 가로지르는 나룻배 선착장인 상촌나루터.

산기슭과 모래톱을 핥으며 유유히 흘러가는 강물 위에는 언제나 기운차게 노를 젓는 뱃사공들이 보인다. 겉으로 보기에는, 그래도 그들만큼은 날이 갈수록 더욱 어긋나는 세상의 흐름에서 벗어난 듯 힘을 잃어버리지 않고 있는 것 같다. 간혹 황색이나 잿빛도 보이지만 대부분 흰옷차림새다.

그들 머리 위로 자유를 만끽하려는지 훨훨 날아다니는 여러 종류의 물새들이 보인다. 날갯짓하는 자세도 그렇거니와 생김새도 다양하고 몸빛깔도 가지가지다. 아무리 세월이 흘러가도 철새들 서식지로 남아 있을, 여느 강들과는 달리 특이하게 서에서 동으로 흐르는 그 강은, 모든 생명체의 최초의 탄생지이자 마지막 안식처로서 전혀 모자람이 없을 것이다.

한양 마포나루터 못지않은 교통의 요지이자 상인들의 거점지인 곳이다. 하루 2천 명 넘게 북적거리는 오랜 역사를 지닌 나루터답게 가게들도 지천으로 널려 있다. 그렇지만 그 가운데서도 단연코 첫손가락 꼽히는 밥집은 나루터집이요, 주막은 밤골집이다. 하루 종일 손님들 발길이 끊이질 않는다. 듣기 좋은 육자배기도 한번 두 번, 맛있는 음식도 늘 먹으면 싫다, 그런 소리가 통하지 않는 가게들이다.

그런데 바로 그 나루터집에서, 그것도 아주 훤한 대낮에 무수한 눈들이 지켜보는 앞에서, 엄청난 사건이 벌어지고 있었다.

나루터집 문간으로 느닷없이 세 명의 사나이들이 들이닥쳤다. 그러자 순식간에 그곳 공기가 더없이 달라지기 시작했다. 그 진원은 사내들이 저마다 허리춤에 차고 있는 긴 칼이었다. 여자들이 부엌에서 쓰는 칼이나, 백정들이 소를 도살할 때 사용하는 칼과는 전혀 다른 칼이었다. 그 사내들 생김새도 어쩐지 하나같이 예사롭지 않았다. 바로 그네들이 늘 자랑삼는 저 일본도로 무장한 일본인들이었다.

"……."

마당에 놓인 여러 평상에 앉아 있던 사람들 눈길이 일제히 그쪽으로 당기어졌다. 그중 하나가 퍽 매섭고 못마땅하다는 눈빛으로 조선인들을 노려보면서 공연히 허리에 매달린 칼집을 주먹으로 '툭툭' 소리 나게 쳤다. 그 차가운 금속성은 듣는 사람 가슴을 섬뜩하게 하고 온몸에 소름이 쫙 돋도록 했다.

'헉!'

손님들은 너나없이 움찔하면서 보지 못한 척 부리나케 고개를 돌렸다. 그러고는 상 위에 얹힌 밥그릇에 얼굴을 처박고 다급하게 콩나물국밥을 먹기 시작했다. 한눈에 봐도 어서 그 자리를 피해야겠다는 기색들이 뚜렷했다. 밥그릇을 아직 다 비우지 않았는데도 얼른 일어서는 이가 눈에 띄기도 하고, 평상 아래 놓여 있는 신발을 서둘러 발에 꿰려다가 그만 크게 비틀거리는 이도 있었다.

계산대 앞쪽에 서서 가슴을 있는 대로 졸여가며 그 모든 광경을 불안하게 지켜보고 있는 사람은 원아였다. 마침 재영은 조금 전에 강바람을 쐬러 밖으로 나간 뒤였다. 안 화공 또한 여느 날과 마찬가지로 새벽같이 그 고을 풍광들을 화폭에 담기 위해 나갔고, 얼이와 준서도 함께 집을 나가고 없었다.

말하자면 공교롭게도 그날 그 시각에 나루터집 식구들 가운데 남자라고는 단 한 사람도 없었던 것이다. 그런 경우는 흔치 않은 일이었다. 남달리 심약해 빠진 원아는 신발로 치맛자락을 밟아 하마터면 엎어질 뻔했다가 허둥지둥 주방 안으로 달려 들어갔다.

"조, 조카! 서, 성님!"

그녀는 비명처럼 소리를 질렀다. 목청을 낮춘다고 낮췄지만 그게 쉽지가 않아 아무래도 클 수밖에 없었다.

"작은이모?"

"와? 와?"

국자로 국물을 떠서 간을 맞춰보고 있던 비화와, 살강 위에 차곡차곡 그릇을 올려놓고 있던 우정 댁이 놀라 동시에 원아를 바라보았다.

"저, 저게!"

덜덜 떨리는 손가락으로 마당 쪽을 가리키며 원아는 제대로 말을 꺼내지 못했다. 평상시 그렇게 덤벙대는 그녀가 아니었다.

"저게 머?"

뭔가 심상치 않은 느낌을 받은 우정 댁이 뛰는 가슴을 억지로 진정시키기 위해선지 아들 얼이에게 곧잘 하는 농담을 원아에게 던졌다.

"동상! 호떡집에 불났나?"

그러나 비화는 무척 긴장된 얼굴로 말없이 원아를 바라보고 있었다. 연방 나가는 손님들 밥값 계산을 할 생각도 하지 않고 그곳까지 뛰어들었다는 사실부터가 벌써 예사롭지 않았다. 분명히 너무나 좋지 않은 사태가 벌어진 듯했다. 아니나 다를까, 원아 입에서는 심장이 덜컥 내려앉을 소리가 나왔다.

"왜, 왜눔 카, 칼잽이들이!"

그 소리는 닫혀 있는 주방 나무문에 막혀 다행히 밖으로 새나가지는 않았지만, 그 안을 큰 회오리로 몰아가기에 부족함이 없었다.

"머? 왜, 왜눔?"

혼겁하면서 우정 댁이 기어이 손에 쥐고 있던 그릇 한 개를 놓쳐버렸다. 백토를 구워 만든 사기그릇이 한순간에 주방 바닥에 속절없이 떨어지면서 '퍽' 하고 깨지는 소리가 너무나도 불길한 여운을 이끌고 있었다.

"우, 우짜노?"

우정 댁은 전신에 경련을 일으키고 있었다. 지금 그릇 하나가 문제가 아니었다. 그네들은 모두 잘 알고 있었다. 그즈음 일본 낭인들 횡포가 갈수록 더욱 심해지고 있었다. 저들이 허리춤에 차고 다니는 '닛뽄도'는 순박하고 힘없는 조선인들에게는 이루 말로 표현할 수 없는 공포의 대상이었다. 걸핏하면 그것을 함부로 휘두르는 그들은 대한제국 황제보다도 무소불위로 보였다. 칼 집고 뜀뛰기라고, 위태한 일을 모험적으로 행하는 걸 최고의 목표처럼 삼고 있는 자들이었다.

"저, 저것들이 와, 와 왔으까?"

원아가 주방 바깥을 돌아보면서 마구 흔들리는 목소리로 누군가의 도움을 간절하게 요청하듯 말했다.

"구, 국밥 묵으로 오, 온 거는 아인 거 겉다."

그러자 우정 댁은 지난날 무기와 포승줄을 쥔 관졸들이 남편 천필구를 잡으러 죽골 집에 들이닥쳤을 때처럼 금방 숨넘어가는 소리를 냈다.

"그, 그라모?"

강가 쪽에서 무엇에 쫓기기라도 하는지 다급하고 불길한 물새 울음소리가 들렸다. 그 새들은 넛뻐도뻐만 아니라 일본인들의 조총 또한 크게 두려워하고 있을지도 모른다. 그 총의 화약 냄새는 바로 죽음의 냄새 그 자체인 것이다.

"밥 무우로 온 기 아이모 우찌 왔는데?"

우정 댁은 주방 바닥에 아무렇게나 흩어져 있는 그릇 조각을 비로 쓸어 모아 쓰레기통에 주워 담을 생각은 아예 하지 않고, 아무 말 없이 굳은 자세로 서 있는 비화 옆으로 바싹 다가와서 더없이 겁먹은 목소리로 간신히 물었다.

"주, 준서 옴마는 아, 알것나?"

엄청난 공포에 사로잡혀 있는 우정댁 얼굴은 이미 살아 있는 사람의 그것이 아니었다.

"두고 보이시더."

비화는 자신이 할 수 있는 최대한의 심상한 어투로 말했다.

"대낮에 밥집에 와갖고 무담시 행패를 부리기야 하까예?"

우정 댁과 원아가 얼굴을 마주 보며 가까스로 입을 열었다.

"저, 저눔들이 오데 자, 장소고 시간이고 따, 따지는 거, 것들이더나?"

"머, 머신가 크기 자, 작심을 해, 해갖고 오, 온 거 겉다."

비록 내색은 하지 않아도 솔직히 비화 또한 너무나 불안하고 초조하기는 마찬가지였다. 한양에서 무려 천 리나 떨어져 있는 거기 남방 고을에까지 전해지는 온갖 풍문이 여간 예사롭지 않았다. 그것은 작은 나뭇가지나 나뭇잎 몇 개 간들거릴 정도가 아니라 둥치와 뿌리까지 흔들릴 형세였다.

각계각층에 있는 여러 신분의 손님들이 그곳에 와서 직접 흘려놓고 가는 이야기들 역시 심각하기 이를 데 없었다. 이 나라 조정에까지 검은 손을 뻗쳐 오만 가지 간섭과 횡포를 일삼는 그들이라 했다. 그러니 나루터에 있는 하찮은 국밥집 따위야 굳이 더 무어라 이를 필요가 없었다.

조선에서 조선인이 보호를 받을 수 있게 할 힘과 법은 그 어디에도 없었다. 그런 현실을 놓고 이런 말이 나돌기도 하였다.

'높은 뎃 송아지 간 발자국만 있고 온 발자국은 없다.'

그 말이야말로 언제 없어졌는지도 모르게 우리의 모든 것들이 없어졌다는 것을 일컫는 소리였다.

"내사 몬 하것다. 누가 쥑인다 캐도 몬 하것다."

"내도 그렇다 아이요. 무시라."

주방 다른 아주머니들도 겁을 집어먹고 평상 손님들에게 국밥을 가져다줄 엄두가 나질 않는 모양이었다. 게다가 서로 눈치들을 살피고 있는 품이, 여차하면 가게를 빠져나가 자기들 집으로 도망치고 싶은 빛이었다.

"모도 하고 싶으신 대로 하이소. 지가 다 알아서 하것십니더."

비화는 어쩔 도리 없이, 아니 누가 그 일을 하겠다고 해도 말리고 자신이 음식을 나를 작정을 했다. 그녀는 주인이기에 앞서 문무를 겸비한 이 나라 장군의 떳떳한 여식이었다. 어렵고 힘든 일이 있어도 물러서지 않고 과감하게 나설 뼈대 있는 집안 핏줄이었다.

그런데 그때였다. 그러잖아도 높고 가파른 벼랑을 아슬아슬하게 타고 있듯 잔뜩 졸이고 있는 간담이 덜컥 내려앉게 누군가 밖에서 버럭 이런 고함을 내질렀다.

"빠가야로! 이집에 있는 그 애송이 놈 어디 갔어? 빨리 이리로 나오라고 그래!"

그건 비록 서투르긴 해도 분명 일본인이 하는 조선말이었다. 그리고 그 말을 듣는 순간, 나루터집 식구들은 모두 소스라치게 깨달아야만 했다. 저 독한 왜놈들이 무슨 목적으로 이곳에 찾아들었는가를.

"얼이다, 얼이!"

우정 댁이 그곳 조리대 위에 놓여 있는 무청만큼이나 새파랗게 질린 얼굴을 했다.

"저, 저눔들이 우, 우리 얼이를 차, 찾고 있다 아이가?"

짚동 무너지는 형상으로 부뚜막 위에 털썩 주저앉았다.

"우짜모 주, 준서인지도 모, 모린다!"

원아 역시 금방 쓰러질 사람같이 하면서 자지러지는 소리를 내었다.

"준서, 얼이……."

비화는 검은 아궁이 속에 든 것처럼 눈앞이 온통 캄캄했다. 준서든 얼이든 저 서슬 퍼런 일본 낭인들이 그 아이들을 찾는다면.

"아, 요것들 봐라?"

또다시 심장에 칼을 들이대는 듯한 섬찟한 소리가 계속해서 크게 들려왔다.

"어서 안 나와? 다 부숴버려야 나올 모양인데, 엉?"

비화가 주방문 쪽으로 한 걸음 떼놓았다. 그것을 본 우정 댁과 원아가 그만 기겁을 하고 손까지 내저으며 한꺼번에 말렸다.

"나, 나가모 안 된다!"

"그냥 이, 있거라이!"

비화는 잠시 머뭇거렸다. 그러자 밖에서 그 모든 광경을 다 들여다보고 있기라도 하는지 일본 낭인이 또 외쳤다.

"좋다! 안 나오면 우리가 들어가서 찾겠다. 요 쥐새끼 같은 놈을 당장……."

그런 소름 쫙쫙 끼치는 위협과 함께 평상 위에 놓여 있는 밥상을 발로 거칠게 걷어차는 소리가 나고, 뒤미처 밥그릇과 반찬 그릇, 수저 등이 마당으로 굴러 내리는 몹시 쟁그라운 소리가 날아들었다.

"아."

저대로 그냥 놔두었다가는 정말 성해 날 게 하나도 없을 것이다. 그뿐만 아니라 그자들 하는 짓거리로 미뤄보아, 이쪽에서 조금만 더 지체하면 즉각 주방 문짝을 크게 박살 내고 안으로 뛰어들 그들이었다. 영락없이 우물에 든 고기 처지가 돼버렸다.

"안 되것어예."

"조, 조카."

"괘안을 깁니더."

"아, 아이라. 저, 저것들은 사, 사람도 아이다."

"너모 걱정들 하시지 마이소."

잠시 실랑이를 치른 후에 비화는 천천히 주방 밖으로 나갔다. 그렇지만 우정 댁과 원아를 비롯한 주방 여자들은 누구도 감히 따라나서지 못했다. 그녀들은 올가미에 씐 모습들을 한 채 비화가 굳게 닫아 놓고 나간 주방 문에 들러붙어 문틈으로 바깥을 내다볼 뿐이었다.

"와들 이래예에?"

비화가 일본 낭인들 앞에 나서서 큰소리로 따지기 시작했다.

"넘 장삿집에 와갖고 와 시끄럽거로 하지예?"

일본 낭인들이 모두 비화를 바라보았다. 하지만 미안하다는 빛은 찾으래야 찾을 수 없고, 도리어 가소롭고 짜증스럽다는 표정들이었다. 일행 가운데서 가장 눈매가 사납고 하관이 쪽 빠진 자가 냅다 소리쳤다.

"빨리 나오라고 했잖아?"

"……."

그런데 비화 눈에 그중 제일 설쳐대는 그자가 어쩐지 낯설지가 않았다. 결코, 이날 처음 보는 얼굴이 아니었다.

'아, 저눔은?'

남달리 눈썰미 있는 비화는 이내 기억해냈다. 언젠가 나루터집을 찾아들었던 자였다. 그날 그녀는 비장한 얼굴로 우정 댁과 원아에게 예언자처럼 말했었다.

– 드디어 조선하고 일본하고의 싸움이 본객적으로 시작될라쿠는 거겉심니더. 저 왜눔들 나막신이 오고 있어예.

무라니시. 맞았다. 그는 저 무라마치 동생 무라니시였던 것이다. 그고을에서 삼정중 오복점을 경영하고 있는 일본인들이었다.

그런 자가 왜 여기 왔을까? 하지만 비화가 뭘 더 길게 생각할 여유가 주어지지 않았다. 우정댁 예측이 옳았다. 그는 어떻게 알았는지 '얼이'라는 이름을 입에 올렸던 것이다.

"이 집에 얼이라는 놈이 살고 있다는 것을 다 알고 왔다. 그러니 어서 그놈을 우리 앞에 데리고 오라!"

여장부로 알려져 있는 비화였지만 그야말로 등골이 송연해졌다. 머릿속은 하얗게 비었고 눈앞에 보이는 것들이 빙빙 돌았다. 역시 얼이를 찾아왔구나.

'준서가 상구 걱정해쌌더이.'

한편 주방 안에서 그 소리를 들은 우정 댁은 완전히 제정신이 아니었다. 지난 임술년의 악몽이 재현되려는 순간이었다.

"아, 저, 저눔들이 우, 우리 어, 얼이를……."

그녀는 금방이라도 숨이 넘어갈 사람으로 보였다. 기실 살아는 있어도 죽은 것 같았던 세월이었다.

사람 목숨을 파리나 모기 그것보다 못한 것으로 여기는 저 포악한 왜놈 칼잡이들이 세상에 단 하나뿐인 금지옥엽 내 아들을 노리다니. 입에 담기도 꺼려지는 소리지만, 조선인이라면 마치 삶은 개고기 뜯어먹듯 아무에게나 잡아먹을 것처럼 함부로 덤벼드는 사납고 독한 족속들이었다.

"성님!"

"얼이 어머이!"

원아와 주방 여자들이 그런 우정 댁을 붙들거나 끌어안고 진정시키느라 무진 애를 썼다. 하지만 우정 댁은 누구 말도 귀에 들리지 않는 모양이었다. 당연한 일이었다.

사색이 된 그녀는 살아 있는 사람과는 거리가 멀어 보였다. 혹시 붉은 비명에 간 그녀 남편 천필구 혼령이 아내를 데리고 가려고 그녀 옆에 와 있는 게 아닌가 하는, 실로 섬뜩하고 처절한 느낌마저 들 지경이었다. 그녀는 심한 열병을 앓는 사람이 헛소리하는 참담한 몰골로 연방 남편을 불렀다.

"얼이 아부지요! 얼이 아부지요……."

그때 가게 마당에서는 비화가 일본 낭인들을 상대로 이렇게 묻고 있었다.

"머 땜새 우리 얼이를 찾는데예?"

그러나 전혀 아무것도 모르는 양 짐짓 시치미를 떼고 있는 비화 뇌리에는, 언젠가 준서와 얼이에게 전해 들었던 이야기가 너무나 선연히 찍혀 있었다. 읍내장터에서 그들이 꼽추 달보 영감 큰아들 원채와 더불어 겪었던 사건이었다.

조선 상인을 괴롭히려 드는 못된 일본 낭인을 원채가 택견으로 때려눕혔다고 했다. 그때 원채뿐만 아니라 얼이도 그 일본 낭인에게 얼굴이 노출되고 말았다. 그리고 그 낭인이 바로 무라니시였고, 그자는 복수하기 위해서 계속 원채와 얼이를 수소문해 왔을 것이다. 그리하여 앞뒤 사정을 헤아려볼 때, 그 일본 낭인은 어떻게 얼이가 나루터집에 있는지를 알았는가는 몰라도 지금 이렇게 온 것만은 확실했다.

하지만 비화의 그 짐작이 완벽한 것은 아니었다. 신이 아닌 이상 그녀는 상세한 내막을 속속들이 꿰뚫어 보지는 못했다. 무라니시는 읍내 장터에서 원채와 같이 있는 얼이를 보고, 그전에 그의 형 무라마치와 함께 나루터집에 갔을 때 계산대에 있던 그 조선 젊은이라는 것을 벌써 알았다는 사실이었다.

어쨌거나 그런 목적으로 온 무라니시였으니 순순히 물러갈 그가 아니었다. 더욱이 그가 대동하고 온 다른 낭인들도 여간 험상궂어 보이지 않았다. 그렇지만 그 둘은 일단은 무라니시를 안전하게 호위하는 것이 임무인 성싶었다. 무라니시에게 어떤 위험이 닥쳤을 때 옆에서 도와주려는 것일 게다. 매우 악랄하면서도 빈틈이 없는 자들이었다.

"내가 그놈에게 진 빚이 있다. 그것도 평생을 두고 잊지 못할 아주 큰 빚이지. 빚잔치, 그 잔치도 할 겸 오늘 온 것이다."

무라니시는 도끼눈을 하고 비화를 무섭게 노려보며 윽박질렀다.

"알겠나?"

들려오던 강물 소리도 놀라 달아나는 것 같았다. 남강 텃새인 물새들도 크게 질려 울음을 뚝 그치는 듯했다.

"나는 빚이 있으면 못 사는 사람이지. 흐흐."

밤골집에서 술꾼들의 붉은 목소리가 쉴 새 없이 들려오고 있었다. 무라니시는 술을 마신 음성이 아니었다.

"그러니 잔말 말고 어서 그 애송이 놈을 내놓아라."

애당초 무라니시는 그날 자기에게 씻지 못할 모멸을 준 원채부터 찾아내어 복수를 할 계획이었다. 그렇지만 강 건너 산등성이에 있는 원채 집을 알아내지는 못했다. 그래서 우선 얼이부터 만나 분을 푼 후에, 얼이를 족쳐서 원채 행방도 알아내려고 했던 것이다. 그자는 새끼 낳은 암

캐처럼 앙앙거렸다.

"그놈이 이 집 자식 놈이란 걸 다 알고 왔다. 그러니 말로 할 때 순순히 내놓아라."

마당에 선 대추나무에서 나는 미약한 풀벌레 울음소리도 들릴 만큼 사위는 숨 막힐 정도로 조용해지고 있었다.

"만약 그렇지 않으면……."

메마른 손으로 허리춤에 찬 긴 칼을 소리 나게 두드리며 무라니시가 한 번 더 협박했다. 그렇지만 비화는 조금도 두려워하는 빛 없이 당당한 태도로 응했다.

"얼이는 시방 집에 없소."

무라니시 눈썹이 벌레처럼 꿈틀, 했다.

"없어?"

그 말은 계속 이러면 너의 목숨도 없다는 뜻으로 들렸다.

"멀리 가 있소. 아조 먼데요."

비화는 음식물에 들끓는 파리 떼 쫓듯 손을 휘휘 내저었다.

"그런께 고만 돌아가소."

그렇게 말하는 비화 눈에 얼핏 평상 아래 떨어져 있는 젓가락이 보였다.

"뭐라고?"

무라니시는 인상을 짓는 대신 같잖다는 웃음을 픽 터뜨렸다. 하지만 갈수록 말투는 더 거칠어졌다.

"쌍! 누굴 어린애로 아나?"

크지도 않은 눈을 있는 대로 부라렸다.

"그따위 거짓말에 속아 넘어갈 내가 아니다."

"내도 아요."

그의 형 무라마치 버금 갈 정도로 그의 조선말 실력은 크게 늘어 있었다. 그러고 보면 그들 형제는 무예만 특출한 게 아니라 두뇌도 뛰어난 모양이었다.

"사람을 봐도 한참 잘못 봤다."

으름장을 놓는 무라니시 말에 비화는 더 이상 대거리도 하기 싫다는 기색을 노골적으로 드러내 보였다.

"에나요."

그때 크게 불어오는 강바람 속에는 매캐한 물때 냄새가 물씬 풍기고 있었다. 평소에는 느끼지 못하고 있지만 가다 한 번씩 그렇게 코를 자극하는 순간이 있었다.

"후자케루나(실없이 굴지 마라)!"

마침내 무라니시 몸에서 무서운 살기가 확 뻗쳐 나왔다. 그 서슬에 질렸는지 물새 소리 하나 들리지 않는 나루터의 한낮에 대지를 비추는 태양 빛만은 쨍쨍했다.

"정말 계속 이럴 테냐?"

맹수가 허연 이빨을 드러내고 으르렁거리듯 하는 무라니시였다. 그가 그러거나 말거나 비화는 가게 문간 쪽을 향해 턱짓하였다.

"돌아가소."

그러자 그때까지 옆에 서서 쭉 지켜보고 있던 일본 낭인 하나가 굵은 팔뚝을 쓱 뽐내며 무라니시에게 말했다.

"이거 안 되겠스무니다. 먼저 이 가게부터 모조리 때려 부수고 나서 이야기하는 게 더 좋겠스무니다."

대추나무 가지에 붙어 있던 이파리 하나가 떨어지면서 바람에 날렸다.

그자는 똑같은 일본인들끼리 일본말을 하지 않고 조선말을 했다. 비화는 모르지 않았다. 그건 분명히 나루터집 사람들에게 그 소리를 듣게 하여 겁을 주고 순순히 응하게 하려는 속셈이라는 것이다. 간악한 종족이었다.

그 효과는 금방 나타났다. 굉장히 조마조마한 눈으로 힐끔힐끔 그 사태를 훔쳐보고 있던 평상 손님들 사이에 소요가 일기 시작했다. 계속 거기에 있다간 무슨 큰 봉변을 당할지 모르겠다는 위기의식이 팽배하고 있었다.

손님들이 하나둘씩 자리에서 일어나기 시작했다. 그대로 앉아 있는 손님들도 곧장 몸을 일으킬 태세였다.

맨 먼저 가게를 빠져나가고 있는 손님 등을 노려보고 있던 무라니시가 급기야 꽥 고함을 질렀다. 여기가 검도장인 줄 아는 모양이었다.

"좋다! 내 당장 요것들을?"

누구도 입을 열지 않았다.

"칙쇼(제기랄)!"

무라니시는 새 망에 기러기 걸렸다고 생각하는 듯했다. 정작 찾아서 해치려던 얼이는 못 잡고 엉뚱한 것들만 잡았다는 투였다.

"끝까지 그놈을 데려오지 못하겠다는 말이지?"

비화가 동요하지 않고 듣는 사람 감질나게 할 정도로 느리게 입을 열었다.

"없는 사람을 맹글어서 데꼬 오까?"

비록 혼잣말처럼 했지만 더 이상 높이는 어투가 아니었다.

"그놈이 없어?"

무라니시는 인내심이 바닥을 보이는 행색이었다. 그는 즉시 칼을 빼들고 와락 비화에게 덤벼들 기세였다.

"내, 내 못 참는다!"

그때였다. 우리 속에 갇힌 불곰이 포효하듯 길길이 날뛰는 무라니시를 향해 이런 소리가 휙 날아갔다.

"오데 와갖고 몬된 행패고? 요 나라에는 벱도 없는 기가?"

모두가 놀라 소리 나는 곳을 돌아보았다. 비화도 그쪽을 바라보다가 적잖게 놀랐다.

'아, 저분이!'

그는 손 서방이었다. 맹쫄이 강에 밀어 넣어 죽을 뻔했던 얼이를 발견하고 달보 영감에게 급히 알려 목숨을 건질 수 있게 해주었던 사람이었다.

'해필 이런 때…….'

비화는 한편으로 반가우면서도 다른 한편으로는 몹시 불안했다. 그는 차라리 그 자리에 나타나지 않는 게 훨씬 좋았다. 이건 아니다 싶었다. 상대는 그야말로 무법천지로 노는 왜놈 낭인들이었다. 줄을 쳐놓고 먹잇감이 잡히기를 기다리는 거미의 속성을 갖고 누구든 걸려들라고 노리는 자들이었다.

그러나 이미 늦어버렸다. 무라니시 얼굴에 이거 잘됐다, 하는 빛이 뚜렷하게 떠올랐다. 솔직히 아녀자를 데리고 실랑이를 하자니 약간 창피스럽기도 하고 무엇보다도 완력을 행사하기가 좀 뭣했는데, 너 잘 걸렸다! 하는 눈치였다.

"네놈은 누구야?"

무라니시 목소리는 낮았지만 그래서 한층 더 으스스한 느낌을 자아내었다. 나루터집뿐만 아니라 옆에 붙어 있는 밤골집 지붕 위에도 위험한 그림자가 드리워지는 분위기였다.

"내가 눈고 알아서 머할라꼬?"

손 서방은 왜놈 따윈 아예 사람 취급도 하지 않는다는 태도였다. 그는 비화를 한번 보고 나서 무라니시에게 경고하는 어조로 말했다.

"여자한테 그라지 말고 남자인 내한테 그래라."

무라니시 입귀가 흉하게 말려 올라갔다. 눈에서 노란 빛살을 발산하고 있었다. 화살촉이 박혀 있는 형용이었다. 그자는 상대 말을 곱씹듯 하였다.

"뭐라고? 너에게 그래라고?"

밤골집 지붕 위에 올라앉은 큰 까마귀 한 마리가 꼭 관전하는 모습으로 나루터집 마당을 내려다보고 있었다. 그 자리는 밤골집에서 키우는 '나비'가 곧잘 올라앉아 있는 곳이었다.

"네놈이 감히 이 무라니시에게 도전을 해?"

그러고 나서 무라니시는 손 서방 쪽으로 한발 다가가며 지금까지 보다도 몇 곱절이나 더 심한 살기를 내뿜었다. 독충을 방불케 했다.

"당장 숨통을 끊어 놓겠다!"

하지만 손 서방은 조금도 몸을 사리지 않고 한층 큰소리로 당당하게 상대했다.

"좋다! 와라!"

그 당시 조선인이라면 누구든지 마찬가지겠지만, 특히 손 서방은 왜놈이라면 악이 받칠 대로 받쳐 있는 사람이었다. 지난날 모친상을 당했을 때 그가 저놈들에게 어떤 수모를 당했던가 말이다.

세상에, 상주 머리카락을 잘라버렸지 않은가? 그래 상투도 쪼지 못한 불경不敬의 몸으로 장례를 치러야 했었다. 그 일은 두고두고 한이 되어 잠을 자다가도 발에 불침 맞은 것처럼 벌떡벌떡 몸을 일으키게 하였다.

단지 그뿐만이 아니었다. 출상하는 그날 상여를 메고 선학산 공동묘지로 향하던 애꿎은 상여꾼들도 모조리 상투가 달아나야 했었다. 그리하여 그 망극한 와중에도 그들 보기가 정말 얼마나 민망하고도 죄스러웠는지 모른다. 그런 손 서방이기에 지금과 같은 모습을 보이는 건 극히 당연한 일이었다.

'맷돌에 싹싹 갈아 마시도 분이 안 풀릴 눔들.'

그러나 그것은 실로 사려 깊지 못한 처사였다. 비록 아무리 그랬다 하더라도 그는 좀 더 냉정해야만 했다. 시장바닥 그 숱한 조선인들이 지켜보는 속에서 대일본국 사무라이의 명예를 더럽혔다고 이빨을 뿌득뿌득 갈아대고 있는 무라니시였다.

"그렇게 원한다면 네놈 목숨부터 거두어주겠다."

드디어 무라니시는 곧바로 칼을 뽑아 찌를 자세를 취했다. 시퍼렇게 뽑어져 나오는 검광이 무시무시했다. 가증스럽게도 맨손인 상대 앞에서 무기를 꺼낸 것이다. 그자 입에서는 음흉한 웃음소리가 흘러나왔다. 피 맛에 주린 악귀가 내는 소리가 그럴 것이다.

"흐흐흐."

하지만 그럼에도 불구하고 조금도 아랑곳하지 않고 손 서방은 삿대질까지 해가며 꾸짖기 시작했다. 그건 조선인 모두가 그들에게 하고 싶은 말이었다.

"너것들이 머신데 와 남 나라에 와갖고 지멋대로 구는 기고, 으잉? 우리한테 무신 일 안 당할라모 말이다."

어디선가 밤골집 나비 울음소리가 들렸다. 요즘 들어 새끼라도 뱄는지 뱃가죽이 아주 축 늘어져 보이는 고양이였다.

"하! 하!"

무라니시는 어이없고 분통 터지는지 그 소리만 연발했다. 그런 그에게 대고 손 서방은 갈수록 큰소리로 일갈을 터뜨렸다.

"퍼뜩 너것들 나라로 돌아가라꼬!"

그러자 무라니시를 호위하고 있던, 얼굴이 꼭 물방울 모양인 땅딸막한 일본 낭인이 발로 땅바닥을 탕탕 구르며 소리쳤다.

"우리나라로 돌아가라고?"

손 서방은 일당백의 의연한 모습을 보였다. 그런 그를 더없이 걱정스러운 눈으로 지켜보는 나루터집 식구들과 손님들은, 뭘 어떻게 하긴 해야겠는데 대체 무엇부터 해야 할지 갈팡질팡하는 모습들이었다.

"하모!"

죽비로 내리치는 듯한 손 서방의 그 말에 물방울 낭인이 불을 담은 것만큼이나 벌겋게 달아오른 얼굴로 말했다.

"저 조센진 놈이 감히 누구에게 하는 소리냐?"

손 서방 입에서 한층 위험천만한 말이 사금파리 조각보다도 날카롭게 튀어나왔다.

"우리 보고 자꾸 조센진, 조센진 해쌌는데, 너것들은 쪽바리다, 쪽바리!"

"뭐? 쪼, 쪽발이?"

일본인들이 분을 이기지 못하는 높은 소리가 가게채 지붕의 도리 밖으로 내민 처마를 울렸다.

"와 몬 들은 기가?"

손 서방은 잔뜩 업신여기는 목소리로 말했다.

"한 분 더 이약해주까? 쪽……."

하지만 그의 말이 이어지기도 전에 일본 낭인 입에서 또 욕설이 나왔다.

"코노야로(이 새꺄)!"

일순, 나루터집 넓은 마당 가득 무엇이든지 작살 내고 말 것 같은 살기가 확 뻗쳐오르기 시작했다. 마당 대추나무와 종가시나무도 그만 숨을 죽이는 모양새였다. 가게 옆으로 붙어 흐르는 남강 물도 흐름을 딱 멈추는 느낌이었다.

"칙쇼!"

무라니시가 거느리고 온 다른 일본 낭인, 곧 키가 장대같이 크고 얼굴이 완전 말대가리 형상인 자가 손 서방에게 달려들 동작을 취했다.

"천하에 나쁜 눔들!"

손 서방도 그대로 당할 수만은 없다는 각오를 드러내며 남자치고는 그다지 크지 못한 두 주먹을 불끈 쥐고 싸울 태세로 들어갔다.

"싹 다 뎀비라!"

지붕 위 까마귀는 여전히 정물인 양 꼼짝도 하지 않고 있었다. 사람들이 흉조라고 할 정도로 기분이 나빴다. 나비란 놈이 나타나 그놈을 쫓아주었으면 좋겠다.

"흐응!"

손 서방이 하는 짓을 지켜보고 있다가 냉소를 터뜨리는 무라니시 입언저리에 다분히 비웃는 기운이 감돌았다. 검도와 가라테 고수인 그는 바로 간파했던 것이다. 손 서방의 싸움 실력은 형편없다는 것을.

"와 몬 뎀비노?"

사실이 그러했다. 평생 농사를 짓고 살면서 그저 한없이 물러터지고 착해빠지기만 했지 남들과 서로 싸운 적이라곤 거의 없는 손 서방이었다. 그러니 무라니시 눈에 비친 손 서방의 싸움 자세는 그야말로 허점투성이였다. 그런데도 그런 같잖은 자가 갈수록 남의 비위를 더욱 빡빡 긁어놓는 소리를 해대는 것이다.

"백정들이나 갖고 노는 고따우 칼을 누가 무서버할 줄 알고? 아이다, 백정들 칼이모 괘안커로?"

무라니시는 사나운 투견이 으르렁거리는 소리로 외쳤다.

"쿠소야로(개자식아)!"

얼굴이 푸르스름한 잿빛의 납덩이같이 변하고 있는 무라니시를 향해 손 서방은 지금까지 가슴에 꼭꼭 맺혀 있던 한과 울분을 터뜨렸다.

"쿠소고 머고, 너것들은 개백정, 소백정보담도 몬 한 인간백정들인기라."

물방울과 말대가리가 동시에 소리쳤다.

"죽인다아!"

어느새 그들 손은 허리춤에 찬 칼 손잡이에 가 있었다. 그걸 보고도 손 서방은 조금도 물러서지 않았다. 오히려 거친 바람에 더 굳세어지는 풀잎을 떠올리게 했다.

"이 인간백정들아! 그란다꼬 겁묵으모 내가 우리 손가 집안에서 호적을 판다."

나무껍질이 녹색 빛이 감도는 회색의 종가시나무에서, 달걀을 거꾸로 세운 모양의 잎사귀가 땅으로 굴러 내리고 있었다. 그런 광경은 흔하지 않았다.

"좋다, 이놈!"

급기야 일본 낭인들이 일제히 막 칼을 뽑으려는 찰나였다.

"아, 가만!"

무라니시가 손을 들어 일행들을 제지했다. 그러고는 눈은 손 서방에게 꽂은 자세로 말했다.

"모기 보고 칼 빼드는 격이오. 나한테 맡기시오."

그의 말은 절대적인 권위를 담고 있었다.

"하이!"

일본 낭인들은 군소리 하나 없이 얼른 뒤로 몸을 뺐다. 물이 흐르는 모양으로 부드럽게 나아가고 물러나는 그 자세로 보아 무술을 닦은 기간이 짧지 않다는 것을 알 수 있었다.

"잘됐다."

그런 이빨 가는 소리를 내며 무라니시는 손 서방에게 좀 더 다가섰다. 그러고는 죽음의 접수장을 내보이듯 했다.

"얼이란 그놈 대신에 네 목숨을 가져가야겠다."

그 화급한 순간에, 아까부터 어떻게든 끼어들 기회만을 엿보고 있던 비화가 무라니시를 향해 부리나케 입을 열었다.

"그분은 아모 상관도 없는 분이오. 그러이 내하고 이약하이시더."

그러나 무라니시는 비화 쪽은 아예 바라보지도 않았다. 그러는 대신 무섭고 독살스러운 기운이 꽉 찬 두 눈을 손 서방에게 탄환처럼 박은 채 씨부렁거렸다.

"키키. 내 칼은 조선 사내의 피를 더 맛보고 싶어 하지. 그래 언제나 배가 고프다고 야단이거든."

손바닥으로 제 복부를 쓱쓱 문지르면서 게걸스러운 목소리로 말했다.

"오랜만에 포식이나 한번 시켜주어야겠어."

손 서방이 껄껄 웃고 나서 한껏 깔보는 어조로 내뱉었다.

"장 배때지 쫄쫄 굶는 상걸베이 겉은 것들!"

무라니시 안색이 확 바뀌었다.

"뭣이?"

손 서방은 잘 들으란 듯 또렷한 목소리로 쏘아붙였다.

"역시나 섬나라 오랑캐 눔들은 우짤 수가 없다 아인가베."

"오, 오랑캐?"

무라니시 낯짝이 원숭이 엉덩짝을 연상시킬 만큼 뻘겋게 달아올랐다. 잠시 뒤로 물러나 있던 일본 낭인들이 무라니시에게 접근하여 이번에는 일본말로 무어라고 했다. 그러자 무라니시 또한 저희 말로 맞받았다. 공기가 한층 더 심상치 않았다. 강바람 끝에 칼날이 돋쳐 있는 느낌이 전해졌다.

"……."

비화는 그들이 무슨 이야기를 주고받는지 알 수가 없었다. 하지만 그들의 표정이나 몸짓 등으로 짐작해 보면, 저런 자를 절대로 그냥 둘 수는 없다는 의견 일치를 보는 게 아닌가 싶었다. 비화는 엄청난 위기감을 느꼈다.

"아자씨! 얼릉예."

비화는 손 서방더러 어서 그 자리에서 피신하라고 말하려 했다. 하지만 무라니시가 한 걸음 더 빨랐다. 그는 곧장 손 서방 앞으로 다가가며 비수를 꽂는 것같이 말했다.

"네놈을!"

그자 눈에서는 바위라도 쩍 갈라버릴 성싶은 시퍼런 기운이 뿜어져 나왔다. 그러자 그 강렬한 빛살에 쏘이기라도 했는지 순간적이지만 손 서방은 눈앞이 캄캄해지면서 아무것도 보이지 않았다. 그리고 객관적으로 볼 때 그는 지금까지 허장성세를 부린 격이었다고 해도 틀린 말은 아니었다. 오로지 일본인들을 향한 적개심과 분노가 그를 온통 지배하고 있었던 것이다. 그리하여 더없이 당황한 그는 굉장한 조바심에 사로잡혔다.

"에라이!"

손 서방은 그런 소리를 지르며 거의 무의식적으로 무라니시를 겨냥해 오른쪽 주먹을 뻗었다. 하지만 솔직히 그건 상대에게 솜뭉치로 내리치는 충격도 줄 수 있는 정도도 못 되었다. 그저 주먹을 내밀었다는 게 맞는 말이었다.

그러나 무라니시는 달랐다. 그는 상대방이 선제공격을 가해온다고 보았을 것이다. 그게 아니라 할지라도 끝장을 보려고 작심한 그였다. 그리하여 그는 우선 날쌔게 몸부터 피했다. 그러고는 동시에 그의 오른발이 허공을 갈랐다. 빛살만큼이나 신속한 동작이었다.

"헉!"

손 서방이 금방 숨넘어가는 짧은 비명과 함께 두 손으로 배를 움켜쥐었다. 말 그대로 한순간에 벌어진 사태였다. 지금 그곳에 있는 누구도 그렇게 되기까지의 과정을 제대로 말할 수가 없을 정도였다.

"에잇!"

그런 손 서방을 겨냥하여 이번에는 주먹이 날았다. 철퇴를 휘두르는 형용이었다. 아마도 일본인들이 자랑삼는 가라테를 구사하고 있었다.

"으윽!"

손 서방이 땅바닥에 무릎을 팍 꿇었다.

"웩!"

그의 입에서는 순식간에 시뻘건 핏덩이가 왈칵 쏟아져 나왔다. 비화를 비롯한 모든 조선 사람들 속에서 더없이 경악하는 소리가 터졌다.

"아!"

"저, 저?"

"우짜노?"

몇 번을 강조해도 지나치지 않을 만큼 그건 눈 깜짝할 사이에 벌어진 광경이었다. 아무도 옆에서 손을 쓸 수 없을 만치 빠른 진행이었다. 시간의 흐름 그 자체가 아무런 의미도 가질 수 없는 현장이 아닐 수 없었다.

'까악, 카오옥!'

새들은 눈이 아주 밝다고 하는데, 그렇다면 지붕 위에 앉아 있는 까마귀는 그것을 똑똑히 보았을까? 그때까지 유야무야 있던 놈이 갑자기 발작을 일으키는지 날카롭고도 높은 소리를 내질렀다. 그리고 그에 호응하듯이 또 들려오는 고양이 울음소리가 있었다.

'야옹, 야오옹.'

손 서방은 도저히 무라니시의 적수가 되지 못했다. 우선 나이도 나이거니와 상대는 너무나 센 자였다. 게다가 비할 데 없이 독살스럽고 잔인했다.

"얍!"

짤막한 기합 소리와 함께 무라니시 몸이 새처럼 공중으로 붕 날아오르는가 싶더니, 꿇어앉다시피 하고 있는 손 서방 오른쪽 어깨를 제 무릎으로 사정없이 내려찍었다. 마치 도끼로 장작을 패는 것 같았다.

"……."

이번에는 작은 비명조차 지르지 못했다. 손 서방 몸은 널브러진 썩은 나무토막을 방불케 했다.

"아."

비화는 미치기 직전이었다. 정신없이 팍 엎어져 있는 손 서방에게로 허겁지겁 다가갔다. 그녀 스스로의 의지라기보다 거의 무의식적인 행동이었다.

"으."

들릴락 말락 하는 낮은 신음소리가 손 서방의 까칠한 입술에서 새 나오고 있었다. 그 입술 사이로 검붉은 핏물이 줄줄 흘러나와 하얀 저고리 앞섶을 죄다 물들이고 있었다. 그 모습은 어떤 말로도 표현할 수 없을 만큼 처참하고 끔찍했다. 누구 눈에도 치명타를 입은 게 틀림없었다.

'아, 그래도 죽지는 안 했구마!'

비화 머릿속을 후려치는 생각이었다.

"아자씨!"

"……."

"이, 일어나……."

비화는 두 손으로 손 서방 팔을 잡고 일으켜 세우려고 했다. 하지만 그게 생각대로 되지 않았다. 남자 몸무게도 그렇거니와 더욱이 그 순간에 그는 축 늘어져 버린 상태였다. 그러나 누구도 비화를 도와주기 위해 손 서방 쪽으로 오는 사람이 없었다.

"으하하핫!"

"키키키키."

무라니시와 그의 패거리들이 너무너무 통쾌하다는 듯이 나루터집이 온통 떠나가라 큰소리로 웃어대고 있었다.

"역시 우리 무라니시 님의 가라테 실력은 알아줘야 한다니까!"

물방울이 말했다.

"귀신도 놀랄 검도 솜씨까지 보여주지 못해서 서운하실 걸? 킬킬."

말대가리도 한마디 했다.

"하긴 그것도 봤으면 더 좋았을 텐데."

그자들이 그렇게 시시덕거리고 있는 동안 쓰러져 있던 손 서방이 크게 비틀거리며 아주 어렵사리 일어섰다. 그대로 있으면 좋을 것을, 또 불집을 내는 셈이었다.

"아, 아자씨."

비화가 서둘러 부축하려고 했지만, 손 서방은 비화 손을 거칠게 획 뿌리쳤다. 치명적인 공격을 당했던 그의 몸속 어느 곳에 그런 힘이 남아 있었는지 모른다. 아니, 그보다도 극도의 분노와 울분이 그의 온몸을 지배하고 있기 때문일 것이다.

그때 그는 오로지 상대에게 복수해야 한다는 그 한 가지 마음밖에는 없었을 것이다. 그는 얼핏 핏물이 번져 나오고 있지 않나 싶을 만치 벌게진 눈으로 일본 낭인들 쪽을 노려보면서 이를 갈았다.

"내, 내 니눔들을……."

그런데 그때 무라니시를 비롯한 일본 낭인들은 서로 자기들끼리 함부로 웃어가면서 무슨 말들인가를 나누느라고 손 서방이 일어난 것을 미처 알아차리지 못했다. 그리하여 어느 틈엔가 무라니시 가까이 다가간 손 서방이 주먹으로 무라니시 등짝을 콱 쥐어박은 것은 다음 순간이었다. 무라니시가 짧은 외마디 소리를 내었다.

"억!"

그것은 바로 옆에서 지켜보고 있던 비화도 어찌하지 못할 정도로 지극히 단숨에 벌어진 일이었다. 사람이 독기가 오르면 평소 그가 지닌 능력보다도 몇 배 강한 초인적인 힘을 발휘한다고 하였다.

그때 손 서방이 바로 그런 경우였다. 그는 창자가 끊어지고 어깨뼈가 부서지는 것 같은 그 지독한 아픔도 잊고 보복의 주먹을 날렸던 것이다. 이런 말이 생각나는 순간이었다. 호미 들면 농군이요, 총을 들면 군인일세. 군인은 적군을 제압한 듯 큰 소리로 말했다.

"이놈, 내 주먹맛이 우떻노?"

그러나 그 대가는 너무나도 컸다. 엄청난 것을 요구했다. 졸지에 등짝을 쥐어박힌 무라니시는 눈깔이 뒤집히는 인간으로 변했다. 제 딴에는 위대한 일본제국 사무라이로서 조센진 따위에게 당했다는 게 말이 안 된다고 여겼는지도 모른다. 칼로 스스로 제 배를 찔러서 할복자살까지 자행하는 족속들이었다.

맞았다. 그는 이미 이성을 놓아버린 한 마리 늑대였다. 그가 칼집에서 칼을 빼내는 것을 똑똑히 지켜본 눈은 하나도 없었다. 비록 일본에서 열리는 모든 검도 대회를 석권한 그의 형 무라마치 보다는 못하다고 해도, 그 또한 어지간한 검객들은 단칼에 날려 보낼 수 있는 높은 실력을 갖춘 고수였다.

그에 비해 힘도 그다지 세지 못하고 몸놀림도 둔해 빠진 손 서방이었다. 그 손 서방 몸에서 붉은 피가 솟구쳐 나왔을 때, 비화는 온 나루터집

안이, 아니 온 세상이 피로 물드는 것을 보았다. 핏물이 파도치듯 덮쳐 오는 듯싶었다. 그런 속에서 비화가 들은 소리는 단 하나, '억' 하는 단말마의 비명이 전부였다. 그리고 이어지는 까마귀 소리였다.

'카오옥!'

새겨보면 인간의 목숨보다 더 헛된 것이 다시없었다. 그것은 하나의 허상에 지나지 않았다. 바람보다도 구름보다도 더 순간적이고 허무한 것이었다. 인간이 숨이 붙어 있을 때는 우주보다도 더 크고 더 넓고 더 많은 것을 생각할 수 있을지 모른다. 그러나 그만이었다, 모든 게. 숨이 끊어지는 그 찰나부터 끝이었다.

"……."

사람들은 숨을 죽인 채 바라보았다. 일본 낭인이 들고 있는 칼끝에서 줄줄 흘러내리는 시뻘건 핏물이었다. 그 액체가 땅바닥을 흠뻑 적시고 있었다. 그리고 또 보았다, 도살당한 한 마리 짐승처럼 땅에 쓰러져 있는 한 주검을.

크게 당황한 건 일본 낭인들도 마찬가지로 보였다. 그들은 무라니시를 향해 일본말로 다급하게 무어라고 했다. 무라니시 안색도 고무 가면을 둘러쓴 것처럼 창백했다. 하지만 그는 일행들 말에 아무런 대꾸도 하지 않았다. 그저 장승같이 서서 제 손에 죽은 조선인 시체를 어떤 감정도 담겨 있지 않은 눈으로 묵묵히 내려다보고 있을 뿐이었다.

말대가리가 손으로 무라니시 등을 자꾸 떠밀었다. 그러고는 또 짧게 무슨 말인가를 했다. 아마도 어서 이 자리를 피하자는 소리가 아닌가 여겨졌다. 물방울도 똑같은 말을 던졌다. 그러자 영원히 정지해 있을 것으로 비치던 무라니시 몸이 아주 조금 움직였다.

그는 천천히 칼을 다시 칼집에다 집어넣고 있었다. 칼날에 묻은 피를 닦아내지도 않은 채였다. 그는 문간 쪽으로 몸을 돌려세웠다. 그리고 이루 말로 다 할 수 없는 비인간적인 장면이 또다시 벌어졌다. 그는 죽어 넘어진 손 서방 몸 위로 가래침을 뱉는 것같이 툭 내뱉었다.

"잘 가라, 조센진!"

그 소리를 끝으로 일본 낭인들은 가게 문간 바깥으로 모습들을 감추었다. 그것은 길고도 짧았던 광대패의 한마당을 연상케 했다. 너무나도 큰 비극이었기에 비극을 넘어 차라리 희화적으로까지 느껴졌다.

일본식 신재판소

"준서 옴마!"

숨을 죽인 채 주방 안에 꼭꼭 숨어 있던 우정 댁과 원아 그리고 나머지 여자들이 비화를 부르면서 우르르 마당으로 달려 나왔다. 그것을 본 까마귀가 자기를 잡으려고 나온 줄로 착각이라도 했는지 훌쩍 날개를 펼쳐 허공으로 날아오르고 있었다.

"옴마야!"

"우짜노?"

"이, 이……."

그녀들은 한눈에 봐도 죽어 있는 손 서방을 보고 하나같이 자지러지는 소리를 내질렀다. 학질에 걸린 사람처럼 온몸을 덜덜 떨어대며 당장 그 자리에 퍽 주저앉을 것 같은 사람도 있고, 아이처럼 마구 울음을 터뜨리는 사람도 있었다.

"……."

비화는 넋이 빠져나가고 몸통만 남아 있는 형용이었다. 머릿속도 텅 빈 상태였다. 땅도 하늘도 그 밖의 어떤 것도 존재하지 못하는, 말 그대로 '무無' 그 자체로 되돌아가 있었다.

담비는 사자에게 잡아먹히고 사자는 포수의 총에 맞아 죽는다. 약육강식의 원리를 그만큼 잘 표현한 말도 드물 것이다. 악귀를 쫓고 복을 비는 의식무儀式舞는 어디에 있는 것일까.

"이 보소!"

방과 평상에 있던 손님들도 한꺼번에 손 서방 있는 쪽으로 우우 몰려들었다. 한바탕 큰물이 들이닥친 것보다도 더 심한 소요가 일었다. 사람이 물에 죽을 신수身數면 접시 물에도 빠져 죽는다지만, 어떻게 이럴 수가 있는가?

"퍼, 퍼뜩 으원을 부, 불러예!"

"그, 그라이시더."

"아, 그랄 시간 없은께 업고 가입시더."

"오데로 가야지예, 오데로?"

"누 잘 아는 사람 어, 없소?"

"이, 있기는 있는데 그, 금방 생각이 안 나요."

"그래도 여 놔, 놔놀 수는 없는 기라요."

"하모, 하모, 옮기야지요."

그러나 그렇게 야단들이면서도 누구 한 사람 선뜻 손 서방 몸에 손을 갖다 대지 못하고 있었다. 손 서방 몸에서는 피가 멈추지 않고 계속 흘러나오고 있었다. 도대체 인간 몸속에는 얼마나 많은 양의 피가 들어 있는지 모르겠다.

그가 입고 있는 흰옷은 붉은 옷으로 바뀌어 보였다. 한 마리 붉은 짐승의 최후가 거기 있었다. 아까 그 까마귀는 영물이라는 말이 무색하지 않게 벌써 시신의 냄새를 맡고 그렇게 기다리고 있었던 것일까?

"……."

손 서방은 어떤 미세한 움직임도 없었다. 누가 봐도 즉사한 게 확실했다. 급소 어느 부위를 어떻게 찔렸는지 모르지만 단 한 번의 칼 놀림에 그대로 숨이 끊어져 버린 것이다. 그것은 고수 검객이 아니면 불가능한 일이었다.

서편 하늘에 위태롭게 걸린 해가 지상에 있는 사물들 그림자를 기다랗게 나루터집 마당에 소리 없이 드리우고 있었다. 그것들은 어김없는 슬픈 죽음의 음영이라고 이름 붙일 만했다. 하늘가, 아니면 강가 쪽에선가 물새들 울음소리가 불길하면서도 피맺히게 들려왔다.

"아자씨!"

이윽고 그런 절규를 토하면서 손 서방 시신에 맨 먼저 손을 댄 사람은 비화였다. 하지만 손 서방은 아무 말도 어떤 움직임도 없었다. 한 인간의 시간과 공간은 어딜 맴돌고 있을까?

그 자리의 모든 것은 이미 하나의 물상物象에 지나지 않았다. 단지 붉은 기운이 뚝뚝 묻어나는 성싶은 물새 울음소리만 비화의 부름에 응답이라도 하는지 끊이질 않고 있을 따름이었다.

손 서방 형제들이 무라니시와 그의 일당들을 살인죄로 경찰서에 고소했다.

그 사건의 증인은 당연히 나루터집 식구들이 섰다. 숨이 끊어진 손 서방을 등에다 들쳐업고 허둥지둥 '정약방' 까지 옮긴 서종헌이란 젊은이를 비롯하여, 그날 현장을 목격한 손님들 몇도 솔선하여 증인으로 나섰다. 경찰서 안이 5일장의 읍내장터를 떠올리게 할 정도로 꽉 찼다.

"아, 무슨 인간들이 이렇게 한꺼번에 몰려온 거야, 엉?"

"어디 고라니 떼들이 왔나, 잡살뱅이 귀신들이 왔나?"

일본인 경찰들이 오만상을 있는 대로 찌푸리고 함부로 짜증을 부렸다. 자신들 임무는 차치하고라도 한마디로 성가시고 귀찮다는 표정들이었다.

"오데 각설이패가 온 줄 아는가베? 머 기경할 끼 있다꼬 난리야."

동족인 조선인 순검이 더 으름장을 놓아가며 못마땅해 했다. 그건 참으로 서글프고 한심한 노릇이 아닐 수 없었다.

"한 번 더 말해 보라고. 처음부터 천천히 말이야."

의자에 몸을 폭 파묻고 드러누운 자세로 앉은 간부 구찌노부는, 증인으로 온 사람들 맨 앞쪽에 서 있는 세 여자를 겁 먹이기 위해선지 목이며 어깨며 가릴 것 없이 잔뜩 힘이 들어가 있었다. 권세가 좀 있다고 시건방지기가 이루 말할 수 없었다.

"그기, 그, 그기……."

아직도 더없는 무섬증과 함께 몹시 흥분한 우정 댁이 이빨을 딱딱 부딪치며 입을 열려는 걸 비화가 가로막고 나섰다.

"큰이모, 지가 이약하께예."

그러자 우정 댁은 자신이 감당할 수 없는 무거운 짐을 다른 사람에게 떠맡기듯 했다.

"그, 그랄래."

"예."

비화 얼굴에는 결사적인 비장감과 단호함이 묻어나고 있었다. 사람을 위압하는 분위기를 풍기는 그 안 사물들도 몸을 사리게 할 정도였다.

"누가 말하든 얼른 해보라니까?"

차베즈라는 경사가 냅다 고함을 질렀다. 넓적한 얼굴에 비해 두 눈이 지나치게 작은 그자는, 조센진 한 놈 죽은 일 갖고 무슨 소란이냐는 빛이 역력해 보였다.

"그런께네……."

비화는 목젖으로 울컥 치미는 뜨거운 설움과 분노를 억지로 삭이며 말을 이어갔다.

"돌아가신 그분이 벨 말을 한 거도 아인데 말입니더."

일본인 경찰이 허리춤에 차고 있는 칼을 저주와 경멸의 눈초리로 노려보았다.

"칼을 갖고……."

구찌노부가 이마에 골을 파며 비화 말을 싹둑 잘랐다.

"아, 아, 그 소리는 벌써 들어 알고 있는 것이고, 내 말은, 그 손 서방인가 발 서방인가 하는 그자가, 왜 죽으려고 쓸데없이 남의 일에 끼어들었는가, 그걸 좀 이야기해 보라는 거라고."

비화가 잘못 들었는지는 모르겠지만 그곳 경찰서 어느 방에선가 목이 졸릴 때 나오는 소리가 나고 있었다. 어쩌면 누가 고문을 당하고 있는지도 모른다.

"말귀도 알아듣지 못하면서 무슨 증언을 하겠다는 거야?"

구찌노부는 너희가 하는 증언은 애당초부터 모두 잘못된 것이므로 절대로 받아들일 수 없는 것이라고 미리 못을 박는 태도였다.

"끝꺼지 들어보이소."

상대가 그러거나 말거나 비화는 결코 밀리지 않는 모습을 보였다.

"그 사람들이 무담시 넘 장삿집에 와갖고 행패를 부리싼께……."

그러나 이번에도 비화는 제대로 의사를 전달할 수 없었다.

"행패는 무슨?"

남이 하는 이야기를 마지막까지 진득하게 듣고 있지 못하는 형편없는 성품인지, 아니면 조선인이라고 아예 무시해버리려는 의도인지 몰라도, 또다시 비화 말끝을 가로챈 구찌노부가 시큰둥하니 말했다.

"그냥 그 집 총각 하나 불러오라고 했다는데……."

경찰서 내부에 있는 사물들은 왠지 모르게 하나같이 단순하고 각이 져 있는 인상을 자아내고 있었다. 그렇다고 해서 그것이 절도節度라든지 명료함을 보태주는 것은 결코 아니었다.

"그게 아닙니다."

잠자코 뒤쪽에 서서 듣고 있던 서종헌이 앞으로 나섰다. 입성이 무척 깨끗하고 용모도 깔끔한 젊은이였다. 그는 일본 경찰 앞에서도 전혀 주눅이 들지 않은 목소리로 말했다.

"그자들이 금방이라도 가게를 부술 것처럼 하고 있었습니다."

그의 말은 책상과 걸상 위를 쓸고 벽면에 붙어 있는 게시물까지 덮어누른 후 높은 천장을 울리는 느낌을 주었다.

"가만, 넌 누구냐?"

살인 사건을 동물 한 마리가 우물에 빠져 죽은 것만큼이나 대수롭잖게 여기는지, 창문을 통해 하늘에 있는 구름 조각을 유유자적 콧노래까지 흥얼거려가면서 올려다보고 있던 차베즈 경사가 약간 경계하는 눈빛으로 물었다.

"말씨를 들어보니 여기 태생이 아닌 것 같은데?"

하지만 서종헌은 그에 대한 대답은 하지 않았다. 그 대신 제 말만 계속했다.

"먼저 시비를 건 쪽도 죽은 사람이 아니고 죽인 사람들이었습니다."

차베즈 경사가 인상을 팍 찡그리며 버럭 소리쳤다.

"뭐야?"

출입문 밖 복도에서 사람들이 지나가는 발자국 소리가 났다. 그런데 이상하게 사람 음성은 단 한마디도 없었다.

"생각해보십시오."

"생각해보거나 말거나."

서종헌은 전의를 다지는 군인을 떠올리게 하는 얼굴로 잠시 숨을 고른 다음에 차근차근 따지고 들어가는 말투로 일관했다.

"자기는 혼자고 더군다나 맨손인데, 어떻게 칼을 찬 여러 사람을 상대로 시비를 걸 수 있겠습니까?"

네모반듯한 창문을 통해 경찰서 정문으로 들어오고 있는 경찰차가 내다보였다. 곧장 문이 열리면서 정복과 사복 차림새를 한 경찰들이 내리고 있는 것도 눈에 띄었다.

"상식적으로 판단해보더라도 그건 아니지요."

그자들 마음에 꼭꼭 각인시켜주려는 듯한 서종헌의 말이었다.

"뭐, 상식?"

차베즈 경사가 쥐어박는 소리로 외쳤다.

"에나 시건방진 눔 아이가?"

키가 작고 얼굴이 새카만 조선인 순검도 나섰다.

"시방 오데 와서 누한테 따지쌌는 기고, 엉?"

서종헌이 이글거리는 눈빛으로 그를 째려보았다.

"이거 안 되겠어. 석 순검!"

구찌노부가 골머리 아프다는 표시로 손을 들어 제 앞이마를 툭툭 치며 지시했다.

"차베즈와 둘이서 저자에 대해 뒷조사 좀 철저히 해보라고. 아무래도 말씀이야, 불순한 구석이 너무 많아."

자기 직감이 남다르다고 은근히 내세우고 싶은 요량이 드러나 보였다.

"잘 파면 반드시 뭔가 나올 것 같다니까?"

서종헌이 흐응, 하고 가벼운 코웃음을 쳤다. 일본인 경찰들과 조선인 순검이 매서운 눈초리로 그를 노려보았다. 하지만 서종헌은 전혀 두려워하는 빛이 없었다. 오히려 당당한 목소리로 이렇게 요구했다.

"여기 아무 지은 죄도 없는 증인들만 붙들고 공연히 시간만 낭비하지 말고, 어서 사람을 죽인 죄인들이나 잡아 가두도록 하십시오."

상사가 부하들에게 명령을 내리듯 했다.

"증거 인멸의 우려도 있고, 아니면 도망쳐버릴 수도 있으니까."

직각으로 만나고 있는 사무실 바닥 한쪽 구석을 햇빛이 비스듬히 비추고 있었다. 어딘가 우중충하고 갑갑한 느낌을 던져주는 광경이었다.

"머, 머라꼬?"

석 순검이란 자가 두꺼비눈처럼 보기 흉하게 툭 불거져 나온 눈알을 막 부라리며, 당장 허리에 차고 있는 방망이로 서종헌을 후려칠 것같이 했다.

"듣자듣자 하이, 이 쌔끼가 증말?"

비화 눈에, 어쩐지 지난날의 임배봉을 연상시키는 차베즈 경사도, 열불이 돋쳐 이대로는 더 있을 수 없다는 목소리로 상관에게 물었다.

"저놈을 당장 감옥에 처넣을까요?"

그러나 구찌노부는 고개를 흔들면서 너무너무 재미있다는 웃음기를 실실 날렸다. 그러고는 무슨 큰 아량이라도 베풀어주는 것처럼 하였다.

"아, 그대로 두어."

차베즈 경사와 석 순검이 동시에 입을 열어 항명하는 투로 말했다.

"저런 놈을요?"

억울한 누군가가 또 끌려온 것 같았다. 바로 옆방에서 무어라 큰소리로 취조하는 일본말과 그보다 더 높은 소리로 울부짖는 조선말이 들려오고 있었다.

"조센진치고는 꽤 쓸 만하잖아?"

잠시 생각에 잠긴 얼굴로 옆방 소리에 귀를 기울이고 있던 구찌노부의 말에 차베즈 경사는 멀뚱한 표정이 되었다.

"예?"

구찌노부는 한심한지 혀까지 끌끌 찼다.

"내 말 무슨 뜻인지 모르겠어?"

차베즈 경사는 난감한 빛이었다.

"그, 저……."

구찌노부는 서종헌도 들으라는지 좀 더 큰 소리로 말했다.

"잘하면 거물급 하나 낚을 수도 있겠다, 그 말이야. 후후후."

별안간 옆방에서 비명소리가 났다. 증인들 안색이 저마다 새파래졌다. 지금 그쪽 방에서 벌어지고 있을 장면이 눈앞에 보이는 그들이었다. 때로는 소리라는 게 덫이 되어 사람을 옴짝달싹하지 못하게 만들어버리는 경우도 있는 것이다.

"그래도……."

"갱찰서에 와갖고 저리 지멋대로 하는 눔을……."

차베즈 경사와 석 순검이 계속해서 서종헌을 처벌해야 한다고 청하자 구찌노부는 뱀눈을 연상시키는 눈을 가느다랗게 뜨며 말했다. 조선에 대해 많이 조사하고 연구해온 사람인 양 굴고 있는 것이다.

"조선 속담에, 문 바른 집은 써도 입 바른 집은 못 쓴다, 그런 말이 있더군."

너희는 당연히 모를 것이니 내가 설명해준다는 식이었다.

"그게 무슨 뜻이냐 하면 말이지, 지금 자네들처럼 너무 시시비비를 가려가며 까다롭게 따지는 사람은 남의 원망과 노여움을 사게 된다는 거야."

비화와 우정 댁과 원아 얼굴을 음흉한 눈빛으로 한꺼번에 살피면서 말했다.

"그러니 그냥 대충대충 살자고, 우리."

"대일본국 거라면 몰라도……."

조선 속담이니 더 그럴 수 없다고 들고나오는 부하들을 단속시켰다.

"자네들, 제발 여자들처럼 굴지 말라고. 남자가 좀 더 대범해야 한다고."

"여자들."

차베즈 경사와 석 순검은 무척 자존심이 상한다는 기색이었다. 특히 조선 여자들도 있는 곳에서 말이다. 구찌노부가 뜬금없이 물었다.

"언제까지 그 자리에 머물러 있을 거야?"

"자리."

차베즈 경사와 석 순검은 얼굴을 마주 보았다. 상대 얼굴에서 그 의미를 캐보려는 빛이 엿보였다.

"승진도 생각해야지. 안 그래?"

그런 후에 구찌노부는 또다시 비화를 비롯한 나루터집 여자들 쪽으로 고개를 돌리더니 헤벌쭉 웃으며 말했다.

"이만 돌아들 가시오."

경찰 책무를 성실히 수행했다고 자부하는 목소리였다.

"사건 전모에 관해서는 다 들었으니 말이오."

그곳에 처음 올 때부터 커다란 두 눈에 겁이 서려 있던 원아가 말했다.

"그, 그래도 아즉 할 이약이 더……."

구찌노부는 눈을 치떠 원아 몸매를 훑어보며 선고 내리는 어조로 말했다.

"판단은 우리가 내릴 것이오."

사뭇 이기죽거리는 투로 이런 소리도 했다.

"그런 사실을 왜들 모르지?"

비화가 그의 시선을 맞받으며 물러설 수 없다는 강경한 태도를 보였다.

"정확한 판단을 내릴라쿠모, 상세한 내막을 더 알아야……."

비화의 말이 미처 끝나기도 전에, 차베즈 경사가 상관에게서 당한 분풀이를 할 대상을 찾았다는 듯 사정없이 호통쳤다.

"쌰! 무슨 잔소리들이 그리 많아, 으잉?"

옆방에서는 이제 아무 소리도 없었다. 그리고 그게 조선 증인들을 한층 더 불안케 했다. 차베즈 경사는 곧장 무슨 일이라도 저지르려는 모습으로 씩씩거렸다.

"함부로 지껄이는 주둥아리들이 조금이라도 성해서 돌아가려면 말이야."

우정 댁이 매우 질린 얼굴로 그들 몰래 손을 들어 비화 등을 찌르며 작은 소리로 불렀다.

"조, 조카."

비화는 야무지게 생긴 입술을 꼭 깨물었다. 억지로 상대해봤자 더 이상 얻을 게 없었다. 아니, 속수무책이란 말이 더 옳았다. 그녀는 속으로 곱씹었다.

'이런 기 시상이라쿠는 거는 하매 알았지만도…….'

인간 상식이라든지 사회 정의라든지 하는 따위는 무작한 세력 앞에서 너무나도 무능했다. 참으로 안타깝고 억울하지만, 일단은 이대로 돌아가서 추이를 지켜볼 수밖에 없었다.

"고마 돌아들 가입시더."

비화는 그녀 등 뒤에 굳은 모습으로 서 있는 사람들을 돌아보며 힘없이 말했다. 그러자 차베즈 경사와 석 순검이, 진작 그럴 것이지, 하는 얼굴로 비열한 웃음기를 흘렸다.

"이거는 아인데?"

"이리 돼삐모 안 되는 거 아이가."

"우리가 여꺼정 온 목적은 이런 기 아인 기라."

"그리 죽은 사람을 우짜 끼고?"

그러면서 모두들 아쉽지만 어쩔 수 없다는 표정으로 주춤주춤 몸을 돌려세우기 시작했다. 그걸 지켜보고 있던 비화가 조선인들보다 일본인들이 들으라고 또렷한 목소리로 말했다.

"엉터리로 일을 처리하모, 상부에 탄원서라도 내야지예."

그때 창 너머로 얼핏 내다보인 건, 경찰서 마당 가장자리에 보초처럼 서 있는 키 큰 히말라야시다에서 막 날아오르는 시커먼 까마귀 무리였다.

상촌나루터에 있는 저 유명한 콩나물국밥집인 나루터집에서 조선 농사꾼 한 사람이 일본 낭인이 휘두른 칼을 맞고 죽었다.

그 끔찍한 소문은 그 고을을 비롯한 근동으로 삽시이 퍼져나갔다. 그것은 나룻배 뱃전에 부서지는 남강 물결같이 금세 가라앉을 조짐을 보이지 않았다. 아니, 민심은 되레 날이 갈수록 더 거세지고 흉흉해졌다.

"이거 일 났소."

그날 하루도 장사를 마치고 고단해진 몸으로 잠자리에 누웠을 때 재영이 비화에게 하는 말이었다. 많이 힘들 테니 어서 푹 자라는 말과는 아주 동떨어진 얘기였다.

"인자 사람들이 께림칙해서 우리 집에 밥 묵으로 오것소?"

이제 막 호롱불을 끈 방은 컴컴했으며, 재영의 음성에는 그보다 더 어두운 기운이 서려 있었다. 희끄무레하게 보이는 방문이 안개 자욱하게 끼어 있는 먼 미지의 세계로 통하는 입구를 방불케 했다.

'부엉, 부엉.'

어디선가 조선 텃새인 수리부엉이가 울고 있었다. 비화가 성 밖 친정

집에 살고 있을 때도 참 많이 들어왔던 귀에 익은 소리였다. 아직도 그 동네에 살고 있는 그녀 부모도 그 밤에 잠을 설치며 저 소리를 듣고 있을지도 모른다.

"여보, 시방 내 이약 듣고 있는 기요?"

침묵의 벽을 잠시 사이에 두었다가 다시 물었다.

"하매 자요?"

비화는 아무런 대답이 없었다. 하지만 작금의 현실과도 같은 어둠 속에서도 빛나는 그녀 두 눈은 동굴처럼 깜깜한 천장을 똑바로 응시하고 있었다. 여자라고 해서 길을 걸어갈 때 땅만 내려다보며 걷는 것도 결코 좋은 자세가 아니라고 호한은 가르쳤었다.

"우짜다가 해필이모 안 있소."

베개를 고쳐 베고 있는지 부스럭거리는 소리가 났다.

"손 서방 그분이 그날 우리 집에 와갖고……."

재영은 여느 때보다도 말수가 많아졌다. 보통 사람이 불안하고 초조해지면 말수가 늘어나는 법이라고는 하지만, 재영은 그런 면에서 다른 사람들보다도 한층 심한 편이었다. 어쩌면 들쭉날쭉한 구석이 늘어났다고 할만했다.

"하기사 그분이 그리 안 됐을 거 겉으모……."

강가에서 살아가는 사람 목소리에는 수분이 좀 더 많이 느껴지는 법일까? 재영의 음성은 눅눅했다.

"안 화공이든 내든, 아이모 우리 준서든지 얼이 처남이든지 간에, 누라도 젤 먼첨 집에 들온 사람이 당할 뻔했다 아이요."

"……."

검은 안개 같은 기운에 어느 정도 눈이 익숙해졌음에도 불구하고 윤곽만 어렴풋이 드러나 보이는 방문이, 금방이라도 문틀을 벗어나 사람이 누워 있는 방바닥으로 굴러내리지나 않을까 싶은 위험한 느낌을 던져주고 있었다.

"그눔들이 노린 거는 우리 나루터집 남자였은께."

재영의 그 말에 그제야 비화가 천천히 입을 열었다.

"정확하거로 이약하모, 우리 나루터집 식구가 아입니더."

수리부엉이 우는 소리가 뚝 그쳤다.

"아, 그기 무신 소리요? 그라모 누?"

재영이 누운 채 비화 쪽으로 고개를 돌리는 기척이 났다.

"후, 사실은……."

비화는 며칠 사이에 부쩍 늘어난 한숨과 더불어 퍽 힘겨운 목소리로 대답했다.

"원채 그분이라예."

"원채? 원채."

그렇게 되뇌던 재영이 확인하듯 또 물었다.

"달보 영감님 큰아드님?"

"예."

비화는 방문이 아니라 그녀 몸이 방바닥 밑으로 처져 내리는 기분이었다. 극심한 절망을 동반한 무력감에다 손끝 발끝까지 욱신거리는 강한 통증이 달려들었다. 그리고 그것은 사람을 거의 빈사 상태로까지 몰아갈 조짐을 보였다.

"암만캐도 그눔들이 안 있소."

재영은 불안한 마음을 좀처럼 진정시키지 못하고 있다는 증거로 쉴 새 없이 몸을 이리저리 뒤척였다.

"그런께 그눔들은 말이오."

"……."

또다시 비화는 입을 다물었고, 잠시 어둠에 녹아든 침묵이 흐른 후에 이런 소리가 나왔다.

“처남 말에 으하모, 무라니시라쿠는 그 왜눔이 읍내장터에서 원채 그 분한테 크거로 당한 모냥이더라마는.”

베갯머리를 적시는 강물 소리가 차갑게 다가왔다. 물가에 사는 사람은 다른 곳에 사는 사람들보다 자살 충동을 더 많이 느낀다는 섬뜩한 말이 떠오르는 순간이었다. 물에 빠져 죽으면 그게 곧 물귀신이 되는 것이라고 생각하면 인간사 복잡할 것도 없었다.

“당신은 그날 그눔을 안 보시서 모리겄지만도예.”

비화는 그 기억을 되살리기만 해도 호흡이 가빠오는 바람에 숨을 몰아쉬었다.

“눈알이 뻘겋게 돼갖고 설치쌌는데, 천주학 믿는 혁노 총각이 노상 말하는 악마도 그런 악마가 없을 기라예.”

천주학을 입에 올리니, 병인박해 당시 순교한 혁노 아버지 전창무와 그의 아내 우 씨가 또 악몽의 한 장면에 나오는 인물들로 떠올라, 비화는 고함이라도 지르고 싶은 심정이었다.

“후우.”

재영 또한 가슴이 너무 답답해서 도저히 더 누워 있을 수가 없었던지 벌떡 일어나 앉았다. 그에게서는 비릿한 물때 냄새를 닮은 체취가 풍겨 나왔다. 그는 목을 뒤로 젖혀 하늘에다 대고 하소연이라도 하는 자세로 말했다.

“우짜다가 우리나라가…….”

그 순간, 비화는 어둠의 늪에서 빠져나온 것처럼 앉아 있는 남편의 흐릿한 윤곽을 통해 발견하고 말았다. 그와 동시에 맷돌에라도 깔린 듯 숨이 턱 막히고 뒤통수가 찌르르했다.

동업. 억호와 해랑의 자식으로 살아가고 있는 아이. 지금의 이런 상태 그대로라면 철천지원수 배봉이 창업한 동업직물을 이어받을 후계자.

'그라고, 그 여자.'

곧이어 남편과 애정 행각을 벌였던 허나연의 모습도 떠올랐다. 어느 누구도 결코 부인할 수 없고 번복될 수 없는 엄연한 사실, 동업의 친모였다.

'오데 그뿌이가?'

그뿐만이 아니라 운산녀, 민치목과도 한통속이 되어 있었다. 그녀는 지금 어디서 어떻게 지내고 있을까? 아직도 여전히 그 원수들과 함께 어울리고 있을 것이다. 호시탐탐 누굴 해칠 기회가 오기만을 기다리면서 말이다.

'아아.'

뒤돌아보면, 내가 이제껏 살아온 시간들이 꿈인가 생시인가 싶었다. 더욱이 앞으로 무슨 일들이 어떤 식으로 닥쳐올 것인지 위태롭고 불투명한 미래를 내다보면, 마음은 황량한 사막에 혼자 선 것처럼 그저 막막하고 허허롭기만 하였다. 도대체 상상조차 되지 않는다. 남강 물고기 뱃속도 이렇게까지는 깜깜하지 않을 것이다.

"앞으로가 더 큰일 아입니꺼?"

비화도 힘겹게 몸을 일으켰다. 그러자 기다렸다는 듯이 더없이 심한 어지럼증이 치한처럼 덤벼들었다. 재영이 집을 나갔던 지난날, 싸리로 엮어 만든 둥근 채소 광주리를 머리에 이고 시장에 팔러 다니던 시절에 얻은 고질병인지도 모르겠다.

"앞으로가…… 더 큰일……."

아내 말을 되뇌던 재영이 고개를 돌려 비화를 보며 물었다.

"우찌될 거 겉소, 당신이 볼 적에는?"

"……."

비화가 대답이 없자 재영은 두려운지 기어드는 소리로 확인했다.

"그라모 당신 생각에도?"

"예."

비화 답변이 짧았다. 그만큼 심각하고 대책이 없다는 증거였다. 하늘이 무너지면 솟아날 구멍은 어디에도 없다는 것이 더 맞는 말일 것이다.

"이, 이 일을!"

재영은 시종 크게 허둥거렸다. 정말 물귀신 같은 것들이 너무 많은 세상이었다.

"앞일이, 앞일을……."

"예, 그렇심니더."

그 대화를 마지막으로 부부 모두 입을 다물었다. 불을 켜자고 하는 사람도, 그만 자자는 사람도 없었다. 어둠의 손이 빚어낸 석상처럼 앉아만 있었다.

'부엉, 부엉.'

머리 양쪽에 귀 같은 털이 있다는 수리부엉이 울음소리는 도무지 그칠 줄 몰랐다. 어쩌면 그놈은 이 밤에 들쥐와 토끼를 포식하고 아주 기분이 좋아 노래를 부르고 있는지도 모른다. 끊이지 않는 그 소리에 재영은 총이라도 있으면 당장 쏘아 죽이고 싶다는 투로 내뱉었다.

"저늠의 부엉이!"

기실 장사도 장사거니와, 그보다도 몇 배 더 그들 가슴을 바윗덩이로 압박해오는 것은, 준서와 얼이 신상에 관한 문제가 아닐 수 없었다. 만약 그 둘이 아니라 그들 부부가 그 대상이라면 이렇게까지 힘들고 어렵지는 않을 거라는 생각도 들었다.

일본 낭인들은 준서와 얼이가 원채의 택견 문하생들이라는 사실을 알고 들이닥쳤을 것이다. 자기들 딴에는 세계 최강이라고 굳게 믿고 있는 검도가, 잔뜩 업신여기는 조센진들 전통무예인 택견에 당했다는 사실이 너무나 참을 수 없을 정도로 분하고 억울했을 것이다.

그랬다. 복수를 끝내기 전에는 결코 중도에 포기할 자들이 아니었다. 그날 그들 눈빛은 말 그대로 피에 굶주린 늑대의 그것이었다. 그자들이 노리고 있는 대상은 단지 원채 한 사람에게서만 그치지 않고 그의 택견 문하생들 전체일 것이다. 그자들은 조선 백성들을 마음대로 주무르기 위해서는 우선 택견을 굴복시키지 않으면 안 된다는 판단과 각오를 다지고 있는지도 모른다.

"우리 준서는 자고 있는지 모리것소."

재영이 그 방 옆에 있는 준서 방 쪽을 보며 말했다. 배봉가의 대저택을 겨냥한 비화인지라 나루터집은 가게채와 살림채 모두 방들을 많이 만들어 놓았다.

"책을 보고 안 있으까예."

비화 머릿속에 서안 앞에 붙어 앉아 부지런히 책장을 넘기고 있는 준서 모습이 그려졌다. 정말 서책을 좋아하는 아이였다. 거기에다가 택견까지 열심히 배운다니 문무를 겸비한 할아버지 호한의 외손자로서 손색이 없기에 자랑스럽기도 하였다. 몸이 허약하던 어릴 적에 앓았던 마마 때문에 생긴 곰보 자국만 아니라면 세상 어디에 내놓아도 하나 빠지지 않을 얼굴이었다.

그러나 거기까지 생각이 미치던 비화는 홀연 지독한 자괴심과 자기 혐오감에 속절없이 휩싸였다. 억울하게 비명에 간 손 서방에 대한 슬픔이나 고통보다도 살아 있는 제 자식 안위에 더 급급해하는 이 극단적인 이기심이었다.

손 서방은 나루터집에 와서 행패를 부리는 왜놈들을 막아주려 하다가 대신 목숨을 잃었다. 어깨뼈가 망가지고 시뻘건 핏물을 왈칵 토하며 눈알이 허옇게 뒤집힌 채로 죽어가던 그의 모습은 영원히 뇌리에서 지울 수가 없을 것이다. 그 또한 죽어서도 결코 눈을 편히 감지 못하고 있을 것이다. 그러니 어떻게 해서든 그를 해친 죄인들을 형장에 세우는 게 남은 우리들의 소명이었다.

그러나 좀 전에 남편에게도 말했지만, 자신이 없다. 경찰서에서 본 일본인들 태도가 내내 마음에 큰 가시로 걸렸다. 되레 이쪽을 죄인 취급했다. 치안을 책임져야 할 기관에 있는 자들이라고 보기 어려웠다. 지금 이 땅에 들어와 무력을 행사하고 있는 일본인들 눈에 비친 조선인은 인간 이하의 그 무엇일 것이다.

재판소라고 다를 리 없다. 일제 통감부가 설치되면서 일본인 판사들이 독점해버린 일본식 3심제 신재판소였다. 본래의 자주성을 잃고 의병 탄압의 제도적 장치로서 일제 식민통치의 시녀로 전락해버린 곳이다.

실속과는 달리, 겉으로 보기에만 번지르르한, 소위 저 '갑오개혁'이란 게 있고 나서 생긴 그 재판소 청사는 지난날 객사였다. 그리고 예전에는 비록 흡족하지는 못하나마 조선 관찰사나 군수가 단독판사가 되어 소송 업무를 처리하고 판결했었는데, 이제는 일본인 판사들의 판결을 받아야 할 지경에 이르고 말았다.

"고만 잡시다, 우리."

재영이 태풍에 허수아비 쓰러지는 모양으로 자리에 픽 드러누우며 말했다.

"안 자고 밤 새거로 부처매이로 이리 앉아 있어봤자 아모 소용도 없을 끼라. 아, 저눔의 부엉이는 잠도 없나?"

'부엉, 부엉, 부엉.'

비화 귀에 남편 말소리가 부엉이 울음소리와 겹쳐 들렸다. 정신이 말똥말똥해지는 가운데 말했다.

"주무시이소."

감았던 눈을 떠서 아내를 올려다보며 재영이 말했다.

"당신이 그라고 있는데 내가 잠이 오것소."

누에는 넉 잠을 자고 허물을 벗는다는데, 우리 인간은 몇 잠을 자야 고통을 벗을 수 있을까? 비화는 속으로 '잠, 잠, 잠……' 해보다가 말했다.

"지도 곧 자것심니더."

하지만 말은 그렇게 해도 비화는 몸을 눕힐 생각이 전혀 없어 보였다. 재영은 누운 채 다시 눈을 감고, 비화는 앉은 그대로 눈을 감았다.

'삐이~. 삐이~.'

어디선가 이번에는 풀피리 소리를 닮은 밤새 울음소리가 들려왔다. 저 한갓 미물들조차 또 무슨 아픈 사연이 있어 저토록 쉬 잠을 이루지 못하는가? 그런 감상에 젖는 비화 가슴팍을 안타깝고 서러운 물살이 끝없이 차오르고 있다.

날이 밝았다.

어둠의 족쇄에 꽁꽁 묶여 영원히 오지 못할 것 같던 새날의 아침이었다. 그렇지만 오늘 하루는 또 무슨 일이 일어날까 무섭고 두려워 차라리 이것저것 볼 수 없게 무작정 눈을 감아버리고 싶은 심정이기도 한 그들이었다.

지금까지 몇 년을 언제나 그래왔듯이, 나루터집 식구들 가운데 맨 먼저 일어나 살림채와 가게 마당을 쓸기 시작한 사람은 우정 댁이었다. 그녀는 퍽 익숙하게 빗질을 하는 틈틈이 아들 얼이 방 쪽으로 고개를 돌리곤 했다. 언제부터인가 그게 습관이 돼버린 탓에 우정댁 스스로도 모르는 새 그런 행동을 되풀이하곤 하는 것이다.

그러자 또다시 그에 대한 반사작용으로, 귀엽고 예쁜 효원의 얼굴이 눈앞에 어른거린다. 언제쯤이면 내 며느리가 될 수 있을까. 둘 사이에 무슨 일이 있었는지 알 수 없지만, 요새는 그 아이에 대해 물어봐도 얼이 이놈이 당최 입을 열지 않는다. 그렇게 단단히 채운 자물쇠도 드물 것이다. 설마 벌써 제 여자 있다고 어미를 눈 밖에 낸 것은 아닐 테지.

'요 새끼, 그리만 해봐라. 내가 질로 싹 나갖고 시방꺼정 멕이고 입힌 돈 모돌띠리 도로 물릴 끼다.'

손등으로 허리께를 여러 차례나 탕탕 두드린 후에 또 해보는 다짐이었다.

'그라고 효원이하고 혼래를 치르고 나모, 효원이 모리거로 지만 딱 불러앉히서 갈카줘야제. 얼이 니 에미 말 잘 듣거라, 흐음.'

마음속에서는 말보다도 점잖은 기침 소리가 더 앞선다.

'색시 그루는 다홍치매 적에 앉히야 하는 기다. 무신 소린고 하모, 얼이 니 잘 듣거라, 흐음.'

어느새 그녀는 남편 천필구가 돼 있다. 무릇, 아들 교육은 아버지가 시켜야 하는 법, 이 아비 말 잘 듣거라, 흐음.

'지 아내 되는 사람 버릇을 잡을라쿠모, 다홍치매를 입은 새색시 적에 법을 세우고 단디 길을 들이야 한다, 그런 뜻인 기라, 흐음.'

그러자 마음이 조금 야릇해졌다. 특히 생각만 해도 가슴이 얼음장에 대인 듯이 서늘했다. 죽은 손 서방에게는 더할 나위 없이 미안하고도 죄스러운 노릇이지만, 만약 얼이가 그 왜놈 칼잡이에게 죽임을 당했다면 어쩔 뻔했는가? 더 물어볼 것도 없이 그녀 또한, 이미 이승 사람이 아닐 것이다.

'그랬다모 시방쯤 우리 세 식구, 하늘에서 만내고 있을랑가?'

그런 생각 끝에 문득 올려다본 하늘에는 새벽 물안개가 아지랑이마냥 가물거리고 있었다. 강마을은 물기운이 많아 건조한 날씨를 몰아내 주는 힘이 있는 듯했다.

'얼이 아부지를 알아볼 수는 있을랑가 모리것거마. 내는 잘 몬 알아볼 값에 고 인간은 그라모 천벌 받제.'

참, 하늘나라도 지상에서와 마찬가지로 천벌을 내리는지 그건 모르겠다.

'지가 내한테 올매나 큰 죄를 지잇는데. 얼이를 내 혼자한테만 떠억 떠맽기고 지만 훌훌 떠나갔뻿다 아이가.'

그렇지만 저승사자 명부에 이름을 올려놓기 전까지는 지금부터가 더 큰 문제였다. 입에 올리기조차 싫은 소리지만, 찰거머리 같은 왜놈들은 그것들 칼끝에 얼이 피를 묻힐 때까지 나루터집 발길을 끊지 않을 것이다. 바로 이 순간에도 어디에선가 이 집을 몰래 감시하고 있을지도 모른다. 어쩌면 그것들이 세계 최강의 무기라고 자랑삼는 신식 총까지 소지했을 것이다. 그런 생각만으로도 머리가 아프고 숨이 막히고 살점이 후들거렸다. 뭐 하나 편안한 게 없었다.

'후우. 되기는(힘들기는) 와 이리 되노?'

잠시 빗질을 멈추고 선 우정댁 눈앞으로 또다시 저 임술년에 성문 밖 공터에서 망나니 칼에 의해 형장의 이슬로 사라진 남편 천필구가 그 모습을 드러내었다. 그 또한 굉장히 큰 근심과 불안에 잠겨 있는 빛이다. 우정 댁은 그에게 말한다.

– 얼이 아부지요. 우짜든지 우리 얼이를 잘 지키주소. 내사 얼이 아부지만 믿고 안 사요. 시방 내 이약 듣고 있는 기요? 그라모 그렇다꼬 답이나 좀 해주소.

그러자 그만 콧잔등이 찡해오는 바람에 우정 댁은 미친 여자처럼 손에 쥐고 있던 싸리 빗자루를 함부로 놀려댄다. 가게 마당 흙이 움푹움푹

파일 판이다. 마당 가에 나란히 서 있는 종가시나무는 그렇지 않은데 오래된 대추나무에 벌레가 많이 붙어 있는 걸까? 몸이 조그만 갈색 참새 무리가 그 나무에만 무수히 앉아 짹짹거리고 있었다.

그때다. '땡그랑, 땡땡' 하는 청아한 종소리가 들려온다. 우정댁 귀가 토끼 귀가 돼 쫑긋 선다. 이 시각이면 비가 오나 눈이 오나 바람이 부나 단 하루도 거르지 않고 나루터집 앞을 지나가는 단골 두부장수 어 씨다. 선 떡 먹고 체한 사람같이 별로 우습지도 않은 일에 푸실푸실 잘 웃기도 하는 그는 인상이 좋은 사람이었다. 우정 댁은 반가운 마음에 쪼르르 달려가 대문을 연다.

"우정 댁은 잠도 없소."

"사둔 넘 말 하요."

"내사 묵고살아야 하이……."

"언청이 아이모 째보라 쿠요."

매일같이 습관인 양 주고받는 아침 인사말이다. 그렇지만 그 인사말 뒤에는, 그 고을과 인근 마을 온 구석구석을 쏘다니는 어 씨가 전해주는 세상 바깥소식들이, 마치 줄줄이 딸려 나오는 고구마 뿌리같이 이어져 나오곤 하였다. 오죽하면 무엇이나 다 알고 모르는 것이 없는 사람이라고, 별명이 '세물전貰物廛 영감', '순라골 까마종'일까?

"시방 온 고을이 말요."

어 씨 음성은 종소리와는 판이했다.

"야아?"

그런데 이날은 처음부터 나루터집 이야기다.

"여 나루터집에서 왜눔 칼잽이한테 고마 찔리 죽은 그 사람 이약으로 왕왕 들끓고 안 있소."

"에나 억울해서 내는 더 몬 살것소. 이리 원통 절통할 데가 없소."

우정 댁은 말에 앞서 눈물부터 찔끔 솟아 나왔다. 남편을 그렇게 보내고 나서 시도 때도 없이 울다가 한동안은 좀 뜸했는데 요새 들어 또 그 모양새다.

"벱 없이도 살 수 있는 그 착해빠진 양반이……."

말끝을 잇지 못하는 우정 댁에게 어 씨도 퍽 안됐다는 얼굴로 말했다.

"성씨가 손, 손 서방이라꼬예?"

"예, 흐."

우정 댁은 손으로 눈물을 훔치려다 자칫 빗자루를 떨어뜨릴 뻔했다. 나중에 죽어 저승에 가서라도 용서를 빌어야 할 손 서방이었다.

"그란데 내가 오데서 줏어들은 바에 따리모 안 있소."

어 씨는 두부 팔 생각은 없고 아예 여기서 말뚝 박고 살 사람으로 보였다.

"왜눔 재판관들은 하매 이 시상에 있지도 않은 그 손 서방한테 도로 베라벨 죄를 몽땅 뒤집어씌우고……."

그는 선불 맞은 날짐승처럼 분에 못 이겨 펄펄 뛰는 모습을 보였다.

"왜눔 칼잽이는 무죄 판갤을 내리줄 끼라는 소문이 떠돌고 있는 기라요."

"무, 무죄?"

우정댁 손끝에 간신히 걸려 있던 빗자루가 끝내 땅바닥으로 툭 떨어져 내렸다.

세상에, 그런 살인자에게 무죄 판결이라니? 입이 여럿이면 금도 녹이고, 세 사람만 우겨대면 없는 호랑이도 만들어 낼 수 있다고, 아무리 제멋대로 하는 왜놈들이라도 많은 조선인이 증인 서고 소문낸 것이 무서워서라도 그렇게는 하지 못하리라 믿고 있었다.

"아, 그기, 그기 말이나 되는 기요?"

땅에 떨어진 빗자루를 한동안 망연히 내려다보고 섰던 어 씨가 기운이라곤 하나도 들어 있지 못한 소리로 말했다.

"내는 고마 가볼라요."

발소리에 앞서 종소리가 났다.

"갈라꼬요?"

우정댁 목소리에는 더 맥이 들어 있지 못했다. 그녀도 거기 빗자루와 똑같이 곧장 마당에 쓰러지려고 하는 아슬아슬한 모습이었다. 어 씨는 그런 우정 댁을 몹시 걱정스러운 눈으로 지켜보다가 말했다.

"야, 가요."

대추나무에 앉아 있던 참새 몇 마리가 그 옆에 자라는 종가시나무를 그대로 지나쳐 좀 더 떨어진 곳에 선 감나무로 옮겨가고 있었다.

"장사 잘하소."

그러고서 갑자기 무슨 바쁜 용무라도 생긴 모양으로 부리나케 돌아서는 어 씨 등짝에 우정 댁의 이런 소리가 들러붙었다.

"손 서방 그분 원혼이 가마이 안 있소."

"……."

나루터집을 곁에 끼고 흐르는 남강 물소리가 좀 더 거세지는 분위기였다. 그건 이 땅에 세찬 파도가 밀어닥칠 거라는 예고가 아닐까 싶었다.

"내가 그냥 하는 말인가 인자 함 두고 보소."

돌아선 채로 가만히 그 말을 듣고 있는 어 씨의 다리가 후들거렸다. 두부판을 짊어지고 곳곳을 돌아다니는 덕분에 이 나이에도 다리 하나는 '무쇠 다리'라고 떠벌리는 그였다.

"시상에 있는 왜눔들 하나도 안 냉기고 모돌띠리 쥑이뻘 낀께네."

우정 댁은 새벽 공기 속으로 가쁜 숨소리를 원귀의 입김처럼 훅훅 내

뽑으면서 또 말했다.

“하모요, 씨를 싹 말리삐야제.”

연이어 무어라고 악담을 퍼부어대는 우정 댁을 뒤로 남기고 종소리가 문간으로부터 멀어져 갔다.

‘땡그랑, 땡땡.’

산은 산은 얼화 동대산은

한참이나 혼자 우두커니 서 있는 우정댁 등 뒤에서 발자국 소리가 났다.

"성님! 아츰부텀 와 그리 허사비매이로 서 있어예?"

새날의 빛살과는 너무도 대조적으로 어둡기만 한 표정의 원아다. 얼굴이 해산달을 바로 코앞에 둔 산모보다도 더 부석부석하다.

"록주는 밤에 잘 자는 기가?"

우정 댁이 눈에 띄도록 굵어진 허리통을 굽혀 마당에 나뒹굴고 있는 빗자루를 '끙' 하고 용쓰는 소리와 함께 집어 들며 물었다.

"그기 안 있어예, 성님. 후~우."

원아 또한 비화처럼 언제부터인가 버릇이 돼버린 긴 한숨을 내쉰 끝에 대답했다.

"록주는 잘 자는데, 안 화공이 문제지예."

놀라 퀭해진 우정댁 눈이 화등잔 같았다.

"록주 아바이가?"

원아 얼굴이 노을빛에 젖어 있다. 아침노을이다.

"예."

그 대답만 하고 입을 다물어버리는 원아였다. 우정 댁이 목을 빼 서서히 터오고 있는 먼동을 올려다보며 딱하다는 어조로 말했다.

"하기사 넘들보담 몇 배 생각이 깊은 안 화공인께 더 안 그러까이."

이웃 밤골집 지붕 위에 막 날아와 앉는 비둘기 한 쌍이 정다워 보였다. 이 땅의 주인이 완전히 바뀌어도 저것들은 변하지 않을 것이다.

"조선 사람치고 시방 잠 푹 잘 사람이야 없것지만서도."

"……."

원아 침묵에 고함이라도 지르고 싶은 우정 댁은 비화와 재영 부부 방 쪽을 보면서 알려주었다.

"내가 통시 가다가 들으이, 준서 저그 에미하고 아바이 있는 방도, 어짓밤 그 늦게꺼정 무신 작은 소리가 새 나오는 거 겉더마는."

"그랗던가예."

원아 눈시울에 칡넝쿨 위로 내린 이슬 같은 물기가 서렸다. 그녀는 눅진한 소리로 말했다.

"성님이 밤낮 얼이 걱정하시듯기, 준서 땜에 장마당 멤이 안 놓일 기라예."

"그래도 내는……."

우정댁 얼굴에 더없이 결연한 빛이 떠올랐다.

"우리 얼이하고 준서가 잘한다꼬 생각한다."

어 씨가 남기고 간 종소리의 여운은 언제까지고 스러지지 않으리라는 묘한 생각이 드는 우정 댁이었다.

"운젠가 내가 그것들한테 야단을 쳤지만도, 이 나라 젊은이라모 당연히 그래야제."

"성님."

원아는 농민항쟁을 하다가 체포되어 처형당한 연인 한화주를 대하고 있는 느낌을 받았다. 우정 댁은 남편 천필구의 혼이 씐 듯했다.

"아암, 그래야 하고말고. 그래야 사내새낀 기라."

원아는 참새들이 각기 반반씩 나눠 앉아 경쟁이라도 벌이는지 귀가 따갑도록 지저귀고 있는 대추나무와 감나무를 쳐다보았다.

"그거는 그렇지만도……."

우정 댁이 이어져 나올 말을 듣기가 두려운지 원아 말을 서둘러 끊었다.

"그라모 됐제, 또 욕심시리 머를 더 바랠 끼고?"

아침 빛살을 받아 투명하게 비치는 그녀 얼굴에 언뜻 나타나 보이는 것은, 병이나 심한 괴로움으로 인해 끼는 검은 기미였다.

"아, 이기 와 여 있노?"

원아는 딴전을 피우며 언제 발견했는지 근처에 떨어져 있는 젓가락 한 짝을 천천히 주워들었다. 누군가가 흘려놓고 갔을 그것은 눈물 자국을 연상케 하는 아침 이슬에 젖어 있었다. 우정 댁이 혼잣말을 했다.

"내사 하나도 걱정 안 한다."

과부 젓가락. 한 짝뿐인 젓가락을 가만히 들여다보면서 원아는 우정 댁이 홀로 된 과수댁이란 사실이 새삼 가슴을 후려쳤다. 그럴 마음만 있다면 아직도 충분히 재가할 수 있는 나이였다. 그녀와 동갑나기인 밤골 댁은 한돌재와 새살림을 차렸으니 말이다.

'해나 얼이가 걸림돌이 된다모?'

원아는 우정댁 모르게 고개를 있는 대로 내저으며 강한 부정의 몸짓을 했다.

"다 잘 안 되까이."

아침놀에는 저녁에 비가 오고, 저녁놀에는 아침에 비가 온다는데, 엷은 황색과 분홍색과 보라색이 섞여 환상적일 만치 아름다워 보이는 동쪽 하늘가 노을에 텅 빈 시선을 던진 채 그렇게 혼잣말로 중얼대는 우정댁을 지켜보며 원아는 생각했다. 사람은 나이 들어갈수록 더 긍정적으로 변해간다는 증거가 아닐까. 아니, 긍정적이라기보다는 너무 깊은 체념이 그런 식으로 드러나 보이는 건지도 모른다.

"잘돼야지예."

원아는 억지로 밝은 목소리를 지어내어 맞장구를 쳐주었다. 그런데 우정 댁이 하늘에서 땅으로 눈길을 돌리며 대뜸 한다는 소리가 듣는 사람 가슴을 먹먹하게 했다.

"동상이나 내나 오데 살아 있을 사람이 살아 있나?"

이번에는 우정댁 그 말에 지청구를 놓듯 원아가 말했다.

"그라모 죽을 사람이 죽은 깁니꺼?"

그 대화를 끝으로 잠시 동안 마당에는 침묵이 깔렸다. 살림채와 가게채 지붕이 움츠리는 것 같아 보였다.

아침의 침묵은 어색하고 더욱 불편했다. 대지에 내려앉은 이슬이 두 사람 가슴에 촉촉이 스며들고 있었다. 그 순간에 그들은 똑같이 이런 생각을 하였다.

'살아 있을 사람은 눈데?'

'죽을 사람은 눈데?'

그때 갑자기 사방에서 새소리가 무척이나 기운차게 들려왔다. 이번에는 참새와 비둘기가 아니라 까치였다. 동편 서편 가릴 것 없이 아침 하늘을 온통 뒤덮고 있는 그것들은 힘을 내라고 격려하는 소리로 들렸다.

두 사람은 서로 서로의 그림자가 되었는지 하나로 그렇게 한참 서 있었다. 그런 그들 머릿속에는 저 임술년 농민항쟁 주모자로 잡혀 세상을 뜬 천필구와 한화주 모습이 이제 곧 떠오를 태양처럼 크게 자리 잡아 오고 있었다.

이윽고 살림채 이 방 저 방에서 기상하는 소리가 차례차례로 들려오기 시작했다. 안채 살림집과 바깥채 가겟집 사이에 담장 대신 경계선이 되도록 쭉 심어 놓은 사철나무며 은목서며 종가시나무, 소나무, 향나무 등의 나무 위에서 새소리가 들린 것은 그보다 조금 전이었다.

"잘 주무셨어예?"

준서와 얼이가 그들 앞에 나란히 모습을 드러내었다. 언제나처럼 강가에 나가 새벽 운동을 하기 위해서였다. 두 사람은 원채에게 배운 택견 연습을 부지런히 하고 있었다. 심신을 단련시키는 데 그보다 좋은 것도 흔치는 않을 것이다.

"또 택견하로 나가는가베? 남강 용왕님께서도 감탄하시것다."

원아 말끝을 우정 댁이 받았다.

"쎄빠지거로 해야제. 싸와야 할 것들이 천지삐까리로 널리 있은께네."

어른들이 하는 그 소리를 들은 그들은 서로의 얼굴을 마주 보면서 그저 씩 웃기만 했다. 하지만 하나같이 납덩이보다도 무겁고 어두운 낯빛이었다.

얼이 생명의 은인이기도 한 손 서방이 왜놈 칼잡이가 휘두른 칼에 귀한 목숨을 잃었다는 사실은, 한창 뜨거운 피 끓는 젊은 그들에게는 정말 참기 어려운 치욕과 참사가 아닐 수 없었다. 마음 가는 대로 따르자면 지금 곧바로 달려가서 모조리 요절내버리고 싶지만 아직은 역부족이었다. 그렇지만 언젠가는 반드시 택견으로 그 왜놈 칼잡이를 때려눕혀야 한다는 사명감만은 무섭게 불타올랐다.

"어이, 종산!"

"머? 이 자슥이 성님 자를 벌로야?"

"그래도 이름을 안 부리고 자를 불러주는 거를 고맙다 캐야제."

"오데 고마븐 기 씨가 말랐더나, 그런 거를 고맙다쿠거로."

"그라모 안 고맙다쿠모 되는 거를 갖고 머 땜새 글쌌노?"

"아즉 자도 없는 기야?"

"자? 자기는 와 또 자? 그만치 잤으모 됐제."

"니한테는 앞발 뒷발 다 들었다 고마."

"곰곰 생각하이 곰다리가 몇 개?"

울적해지는 심경을 조금이라도 떨쳐볼 요량으로 그런 농담을 주고받으며 잠시 후에 두 사람은 택견을 연마하는 남강변에 다다랐다.

"집 근방에 요런 데가 있어서 차암 조오타!"

"그런께 우리가 왜눔들한테서 더 잘 지키야제."

푸른 강과 나무숲 사이에 쫙 펼쳐진 드넓은 모래밭 위에는 뽀얀 물안개가 무수한 생명체처럼 스멀스멀 기어 다니고 있었다. 그건 어떻게 보면 수직으로 상승하는 것 같기도 했다. 물가여서 그런지 그곳은 유달리 물안개가 많이 끼었다. 그래서 때로는 어쩐지 오싹하면서도 무슨 모를 깊은 신비감이 느껴지곤 했다.

그런데 천만뜻밖에도 그 이른 시각에 그들보다 먼저 거기 와 있는 사람이 있었다. 물안개가 수증기나 아지랑이같이 자욱하게 피어오르는 강을 하염없이 바라보며 우두커니 서 있었다. 그 모습이 너무나도 깊은 고뇌와 갈등에 가득 차 있어서 보는 사람으로 하여 가슴이 저리게 할 지경이었다.

"새이야."

준서가 먼저 그를 알아보고 놀라 말했다.

"원채 아자씨다, 원채 아자씨!"

얼이 음성도 크게 흔들렸다.

"아자씨가 우짠 일로 이런 새벽에?"

물수제비뜰 때 나는 것 같은 느낌을 주는 그 말이 끝나기도 전에 준서가 원채 쪽으로 달려가며 소리쳤다.

"사부니임!"

얼이도 질세라 급히 걸음을 떼놓았다.

"내 수제자들이 무예 연습 열심히 하는가 안 하는가 감시할라꼬 왔다."

그렇게 농담처럼 툭 말을 던지는 그의 얼굴은 희뿌연 새벽빛 속에서 보아도 몹시 딱딱하게 굳어 있었다. 그뿐만 아니라 그의 아버지 달보 영감같이 등도 조금 굽어 보였다. 언제나 느티나무나 플라타너스를 떠올리게 할 만큼 꼿꼿한 자세를 잃지 않는 그였는데 무엇이 그를 저 모습이 되게 짓누르는 것일까.

세 사람은 남강을 향해 나란히 섰다. 일찍 깬 새벽 새들이 강 위를 낮게 날고 있었다. 그것들은 안개 속에서 숨바꼭질을 벌이는지 그 모습을 감추었다가 드러내고 드러냈다간 또 감추기를 되풀이하고 있었다. 안개 너머로부터 들리는 물새들 소리는 얼핏 이 세상 짐승들이 내는 소리가 아니라 신비로우면서도 뭔가를 재촉하는 소리로 전해졌다.

"그날 읍내장터에서 내가 벌로 나서는 기 아이었다."

한참 후에 원채 입에서 물기 젖은 낙엽처럼 떨어진 말이었다.

"내 생각이 짧았던 기라."

그 말속에는 분명히 억제하지 못하는 어떤 울먹임이 들어 있었다.

"아자씨!"

준서는 말이 없는데 얼이가 고개를 마구 흔들며 대드는 모습으로 말했다.

"아입니더! 와 그런 말씀을 하시예?"

언젠가 효원이 얼이 자신에게 그랬던 모습 그대로였다.

"아자씨는 잘몬하신 기 하나도 없심니더!"

"……."

안개는 바람이 불면 흩어졌다가도 이내 다시 모이곤 했다. 어쩌면 안개는 나라에서 기를 쓰고 해산시키려고 해도 굳게 결집하던 농민군을 닮았다.

"아자씨가 그리 안 하싯으모, 지라도 나서서 그 왜눔하고 싸왔을 깁니더."

"얼이 총각."

서에서 동으로 흐르는 강, 남강. 그 강물이 얼이가 하는 말들을 고스란히 실어 저 하류 쪽으로 내려보내고 있는 느낌을 주었다. 그 고을, 아니 이 나라 모든 백성에게 전해주기 위한 것 같았다.

"지가 안 그랬다모, 다린 조선 사람이 그랬을 기고예."

"음."

조선 역사는 조선 사람이 쓴다. 그런 말이 떠오르는 순간이었다.

"우짜모 준서가예."

그날 원채의 놀라운 활약상을 떠올리며 준서는 묵묵히 듣고만 있었다. 애먼 시장 사람을 괴롭히던 그 일본 낭인은, 그날 원채에게 당한 후로 그의 칼에 원채 아저씨나 얼이 형의 피를 묻힐 각오를 했을 것이다. 더 나아가 준서 자신의, 아니 모든 조선인의 피를 보려고 할 것이다.

"내가 젤 불안한 거는 말일세."

거리 측정이 잘되지 않는 흐릿한 강줄기 어딘가를 향하고 있던 원채의 매서운 시선이 얼이와 준서의 얼굴로 당겨졌다.

"그눔이 또 자네들 집에 나타날 끼라는 사실이제."

원채 어깨가 강에 하반신을 담그고 있는 물풀처럼 흔들리고 있었다.

평상시에는 바위나 쇳덩이도 질리도록 탄탄해 보이는 어깨였다.

"얼이 총각하고 내한테 복수할 때꺼지는……."

숨을 몰아쉬더니 세상에서 가장 두렵고 하기 싫은 소리를 하듯 하였다.

"그 짓을 절대 안 멈출 끼라."

"……."

준서와 얼이 눈이 마주쳤다. 눈이 산 밖에 비어지다는 말처럼, 너무 흥분하고 격노하여 이성을 잃을 지경에 이른 것은 아니지만, 칼을 세우고 있는 눈은 맞았다.

"우떤 누군가가 몬 하거로 막기 전꺼지는 말이네."

얼이가 떨리는 목소리로 물었다.

"시방 그 말씀은?"

원채가 허공 어딘가로 눈길을 던지며 대답했다.

"막 바로 말해서, 그자를 이 시상에 더 없거로 해삔다는 기제."

죽여야 한다는 얘기였다. 눈앞의 저 안개는 언제 걷힐 것인가? 준서는 무연히 생각했다. 스스로의 감정 변화에 더없이 놀라기도 했다.

'우찌 안개가 저리 배뀌 비일 수가 있으까?'

바로 전과 달리 갑자기 너무나 음흉하고 뻔뻔해 보이는 게 정말 싫었다. 항상 아련한 추억을 불러일으키는 벗의 속삭임으로 다가오곤 했는데, 지금은 죽음의 장막을 드리운 채 그 뒤에 숨어 잔뜩 노려보고 있는 괴물의 눈빛을 떠올리게 했다.

"하나도 걱정하지 마이소."

얼이가 이제는 원채보다 더 큰 주먹을 불끈 쥐어 보이며 자신 있게 말했다.

"한 분 더 오기만 하모, 반다시 내 손으로 그눔을 처치할 낍니더"

"잠깐만 내 이약 더 들어보게."

원채가 고개를 가로저었다. 그러자 그의 몸 가까운 곳에서부터 안개가 헤뜨려지고 있는 인상을 주었다.

“내 이약에 너모 기분 나빠하거나 크기 서분해하지는 마라꼬. 그날 내가 그눔하고 직접 부딪쳐 봐서 아는데…….”

거기서 잠깐 끊었다가 빠르게 말을 이었다.

“아즉은 자네들이 상대하기는 너모 버거븐 눔이네.”

안개만큼이나 흐린 기운이 서리어 있는 목소리였다. 아침 안개가 짙으면 그날은 햇볕이 ‘쩡’ 하고 나서 날씨가 좋다는데 왠지 이날은 그게 아닐 성싶었다.

“칼솜씨가 보통이 아인 기라.”

안개는 무수한 흰 칼날이 꽂힌 갑옷 같다는 생각을 준서는 했다. 그런데 그 갑옷을 입고 있는 자들은…….

“그거는예, 아자씨.”

얼이가 또 무어라 입을 열려는 걸 원채 몰래 눈으로 말리고 나서 준서가 말했다.

“초록은 동색이라꼬, 시방 들리는 소문매이로 왜눔 재판관들은 그 살인자를 무죄로 그냥 풀어줄 끼 뻐언한데 말입니더.”

모래톱으로 ‘쏴아’ 하고 밀려 나오는 물살이 내는 소리가 반란군의 함성처럼 들렸다.

“그라모 그눔이 앞으로 또 올매나 아모 죄 없는 우리나라 사람들을 해꼬지할랑고 그기 에나 걱정입니더, 아자씨.”

강가 나무들은 안개의 사슬에서 풀려나면서 그 본연의 초록빛을 회복하느라 부산하게 움직이고 있는 것 같았다.

“내 보기도 그렇거마는. 후우.”

원채가 한숨을 내쉬자 담배 연기로 보였다. 그러자 얼이 머릿속에 유난히 담배를 즐기는 꼽추 달보 영감이 떠올랐다. 그의 생신을 맞아 담뱃대를 선물했는데 그렇게 좋아할 수 없더라고 전해주던 원채 목소리도 이제 달보 영감을 닮았다.

"결국 방법은 하나밖에 없네."

멀리 상류와 하류 쪽을 번갈아 보아도 지금 강 위에는 나룻배가 한 척도 띄워져 있지 않았다. 찔레꽃이 한창 피어나는 계절에 가뭄이 들어 모내기에 차질을 빚게 한다고 이름 붙인 '찔레꽃 가뭄'이라도 들어 강에 물이 없어 배를 띄울 수 없는 게 차라리 더 낫겠다는 생뚱맞은 생각이 들게 하였다.

'하나밖에?'

준서와 얼이 눈이 허공에서 만났다. 그들 보기에 원채는 아슬아슬한 외줄 타기를 하는 광대와 다르지 않았다.

'무신?'

두 사람 눈이 동시에 원채에게 묻고 있었다. 아니, 어쩌면 몰라서 그런다기보다도 확인, 아니면 만류하고 싶은 감정에 더 가까운 거였다.

"따라서……."

그 눈빛들을 의식하며 원채는 스스로 굳게 다짐하는 어조로 천천히 입을 열었다.

"내 손으로 그눔을 없애는 것 말고는 아모 대책이 없어."

두 사람 입에서 거의 동시에 놀라는 소리가 나왔다.

"예?"

혁노가 늘 말하는 예수의 십자가를 그가 직접 짊어지겠다는 소리로 들렸다. 그 순간에는 안개도 흠칫 놀라 뒤로 물러나고 있는 듯했다.

"손에 피를 묻히고 싶지는 않지만도 우짜것노."

"아자씨!"

준서와 얼이의 등줄기를 차갑고 예리한 칼날 같은 기운이 쫙 훑고 지나갔다. 그때 원채 목소리는 그들이 듣기에도 몸서리가 쳐졌다.

– 죽이지 않으면 죽는다.

지난날 미군 포로가 되었다가 아주 극적으로 탈출하기도 했고, 일본군을 상대로 죽음의 문턱을 여러 차례나 드나들기도 했던 참전용사, 그의 두 눈에는 강줄기를 싹둑 갈라버릴 날카로운 기운이 번득이고 있었다.

강 건너편 아랫도리를 흰 안개 옷으로 휘두른 산머리가 무슨 거대한 동물의 얼굴을 방불케 했다. 날만 새면 보게 되는 이웃처럼 친근한 산등성이지만 지금은 이상하게 무척 낯설었다. 아니, 낯설다기보다 무섭고 섬뜩했다.

준서 마음에는 왜놈들이 이쪽을 몰래 훔쳐보고 있는 기분이었다. 악랄하기 이를 데 없는 그놈들이 낙육고등학교 출신의 대한제국 학생들을 일일이 감시하고 있다는 사실은 천하가 다 아는 일이었다. 그리고 그 포위망은 갈수록 좁혀들고 있다는 느낌을 지울 수가 없었다. 일제는 피신할 수 있는 공간이 완전히 없어질 때까지 그 끈질기고 처절한 술래잡기를 천천히 즐기려는 심산으로 보였다.

'아, 그리 되모!'

준서는 얼이를 돌아보았다. 자칫 얼이가 누구보다 먼저 그 마수에 걸려들 위험성이 높았다. 어쩌면 거미줄처럼 촘촘한 그들 정보망은, 한때 얼이가 상평 남강 등지에서 일본군을 상대로 전투를 벌였다는 사실을 벌써 포착했을지도 모른다. 그냥 두었다간 큰 화근이 될 것으로 보아 두 눈에 쌍심지를 켜고 추적할 것이다.

'그 여자.'

그러자 얼이가 사귀고 있는 관기 출신 효원이 생각났다. 연분홍 바탕에 연지곤지 찍은 탈을 쓴 오광대 서울애기를 떠올리게 하는 효원이었다. 어쩐 셈인지는 잘 알 수 없으나 요새 와서 얼이 입에서는 그녀 이야기가 단 한 번도 나오지 않고 있었다. 참 이상한 노릇이었다. 둘이 헤어졌을 리는 없을 텐데도 그랬다.

"내가 오늘 이리 일쪽 여 나온 거는 말일세."

그때 들려온 원채의 말이 준서 정신을 돌려놓았다.

"두 사람을 만내갖고 모도 몸조심들 해라쿠는 말을 전해주고 싶어서기도 하지만도, 그보담도 더 큰 이유가 있다네."

"예."

차라리 이 안개가 영원토록 사라지지 않았으면 좋겠다. 그렇게 되어 해고 달이고 별이고 볼 수 없으면 마음 참 편하겠다. 좋아도 그렇게 좋을 수가 없겠다. 준서 생각은 갈수록 삐딱한 아이마냥 엉뚱한 데로 굴러갔다.

"나루터집 안전 문제가……."

원채는 거기서 입을 다물었다.

"예?"

이번에도 준서와 얼이 입에서 한꺼번에 놀란 소리가 터져 나왔다.

"우, 우리 나루터집 안전 문제라꼬예?"

"그, 그 말씀은!"

원채는 윤곽이 점차 또렷해지기 시작하는 강가 나무들에 시선을 둔 채 그 특유의 저음으로 말을 이어갔다.

"내가 오데서 들은께, 왜눔들은 천성적으로 쌈질을 좋아하는 아조 호전적인 민족이기도 하지만도……."

더 경계하는 어조가 되었다.

"갱재에도 눈깔이 뻘겋다 안 쿠는가베."

비화가 곧잘 입에 올리는 '경제'를 생각하며 얼이가 물었다.

"갱재라모 돈예?"

"그렇제, 돈."

원채가 짧게 답했다. 준서가 물었다.

"그거하고 우리 나루터집하고 무신 상관이 있는 깁니꺼?"

마침 새하얀 물새 한 마리가 나루터집이 있는 곳으로부터 이쪽을 향해 날갯짓을 해오고 있었다. 전령사를 떠올리게 하였다.

"시방 그눔들 눈에는 말일세."

원채 입에서 뿜어져 나오는 입김이 이번에는 화약 연기를 연상시켰다.

"이 고을에서 돈을 젤 한거석 만지는 나루터집이, 머라쿠노, 눈엣가시, 그거맹캐 여기질 끼라."

강 가장자리 한쪽이 습지로 바뀌어 가고 있는 게 보였다. 물풀이 유독 많이 서식하고 있는 장소였다.

"아, 넘 나라에 무단으로 들온 그눔들이 말입니꺼?"

얼이 음성이 분노로 가득 찼다.

"종산, 먼첨 흥분한 쪽이 진다는 거를 알아야 하네."

이번에는 '얼이 총각'이 아니라 얼이의 자인 '종산'이라고 부르고 나서, 원채는 또렷한 목소리로 들려주었다.

"그래갖고 우짜든지 나루터집을 망하거로 할라꼬, 베라벨 비겁하고 나쁜 술수를 다 부릴 끼다, 이거제."

얼이가 찬 강물에 들어갔다가 나온 사람같이 부르르 몸을 떨었다.

"그 대매로 때리쥑일 눔들이!"

원채는 예리한 기운이 번득이는 눈으로 두 사람을 번갈아 바라보았다.

"그러이 자네들 젊은 두 사람이 반다시 나루터집을 지키야 한다 아인가베."

찔레나무가 우거진 강둑 쪽으로 시선을 옮겼다.

"더 이약 안 해도 내가 하는 말이 무신 뜻인고 알 끼거마는."

얼이가 탄알이라도 튕겨낼 것처럼 탄탄한 가슴팍을 쑥 내밀었다.

"잘 알것십니더, 아자씨."

그런데 준서가 뜬금없이 이런 질문을 던졌다.

"동업직물하고는 우짤꼬예?"

"동업직물?"

얼이뿐만 아니라 원채도 다소 의외란 표정이다가 이내 고개를 끄덕였다.

"잘 지적했거마는."

탐색하듯 조심스러운 소리가 뒤를 이었다.

"임배봉이하고 점벡이 행재 그들 부자가 벌이고 있는 비단장사도, 까딱하모 가리방상한 운맹이 안 되까이. 그리 될 공산이 없다꼬는 말 몬하제."

그 말을 들은 얼이는 좀처럼 이해가 안 간다는 표정이었다.

"배봉이 집구석은 왜눔들하고 그리 잘 지내는 사이라 쿠는데예?"

그러나 준서는 이미 짚어냈다는 기색이었다.

"첨에는 에나 친한 동업자매이로 그리해쌌다가, 난주 가서는 그냥 팍 덮치 무울라(덮쳐 먹으려고) 쿠것지예."

원채가 아직은 옅은 물안개에 가려 산수화를 떠올리게 하는 모래밭 저쪽 나무숲으로 고개를 돌리며 예언자 목소리로 말했다.

"바로 그건 기라."

꼽추 아버지와 언청이 어머니를 둔 가난한 뱃사공 집안에서 태어나 비록 많이 배우지는 못했어도, 남다른 인생 역정을 겪어온 그였기에 예지叡智가 뛰어난지도 모른다.

"그것들이 그리하기 전에 말일세."

듣기만 해도 몸서리쳐지는 소리가 나왔다.

"먼첨 집어삼킬라쿠는 기 나루터집이 되것제."

바람이 하류에서 상류로 불자 강물은 역류하는 것으로 비쳤다. 그건 강에서 드물지 않게 보이는 자연 현상이었다.

"흐~읍."

귀를 세우고 있던 두 사람은 하나같이 마른침을 꿀꺽 삼켰다. 입안이 불을 머금은 듯이 바짝바짝 타들어오는 느낌이었다.

"한돌재 그분하고 밤골댁 아주머이가 하는 밤골집도 그리하고……."

원채는 거기서는 보이지 않지만, 집들이 모여 있는 방향을 돌아보며 말했다.

"우리 고을 전체 조선인 장삿집을 대상으로 삼을 끼다."

"……."

두 사람은 입을 다문 채 한층 긴장하는 빛을 떨치지 못했다. 그에게서 나오는 말은 전부 께름칙하고 섬뜩하기만 하였다.

"아이제."

원채는 목을 뒤로 젖혀 하늘로 시선을 옮기며 신음하듯 말했다.

"조선 하늘 아래 있는 모든 집들이 그놈들 마수를 벗어나기 심이 들 걸세."

준서 머릿속은 온통 집이 집을 짓기 시작했다. 비바람과 더위, 추위를 막고 사람이 그 속에 들어 살기 위해 지은 건물. 모든 동물이 보금자리 치는 곳.

그런데 그뿐만 집이 아니다. 칼집, 벼룻집과 같이 작은 물건을 끼거나 담아 두는 것도 집이라 하고, 바둑에서 완전히 자기 차지가 된 곳도 집이다.

'그런 기 집인데, 그 모든 집들을……'

준서가 원채 눈을 좇아 올려다본 하늘에서는 이제 서서히 걷히기 시작하는 하얀 안개 사이로 푸른 기운이 언뜻언뜻 내비치고 있었다.

안 화공이 그려놓은 그림에서도 봄 직한 광경이었다. 저 섬진강 건너 전라도까지 그 명성이 전해지고 있는 안석록은 나루터집의 큰 자랑이자 자부심이기도 하였다.

"인자 알것십니더."

그때쯤 얼이도 점차 원채 이야기가 이해되었다. 악랄하고 치밀한 그 종내기들은 손 서방 살해 사건을 빌미 삼아 오히려 나루터집을 치려는 것이다. 없는 트집도 만들어 사사건건 괴롭히려는 섬나라 오랑캐들이었다.

'단디 대비 안 하모, 꼼짝 몬 하고 당하것다.'

그들로서는 나루터집 식구들과 손님들이 솔선하여 그 사건의 증인으로 나서는 게 적잖이 부담스러울 뿐만 아니라 가증스럽고 성가실 것이다. 그리고 그들이 조선 땅에서 활개를 치기 위해서는 반드시 제거해야 할 또 다른 대상으로 점찍을 가능성이 높은 것이다.

그때 원채가 문득 떠올렸는지 아니면 가슴 저 밑바닥에 내내 담아두고 있었던지, 바로 머리 위쪽에 보냈던 눈길을 북쪽 하늘로 던지며 말했다.

"이라다가 우리 갱상도 남자들도 저 이북에 있는 함갱도 남자들맹키로 러시아로 떠나야 할랑가도 모리것다."

"예?"

준서와 얼이가 경악한 눈빛으로 원채를 바라보았다. 경상도 남자들이 함경도 남자들처럼 우리나라 안도 아니고 그 먼 남의 나라 땅으로 떠나야 할지도 모르겠다니?

"아자씨, 그기 무신 말씀입니꺼?"

준서는 생각에 잠기는 표정이었고, 얼이가 큰소리로 계속해서 물었다.

"함갱도 남자들은 와 러시아로 가는데예?"

그런데 돌아오는 원채 답변이 실로 기가 막혔다.

"생활이 너모 에려버서 품팔이를 할라꼬."

"품팔이를예?"

얼이가 어리벙벙한 얼굴로 반문했고, 준서 또한 좀처럼 믿기지 않는다는 빛으로 말했다.

"아모리 살기가 심이 든다 캐도, 넘의 나라에꺼지 가서 품삯을 받고 일을 해예?"

원채가 기력이 쇠잔한 늙은이같이 한숨을 내쉬며 말했다.

"우짜것노. 산 입에 거미줄 칠 수는 없다꼬, 묵고는 살아야 한께네."

"그렇다꼬?"

굉장히 커다란 가물치 한 마리가 수면 위로 솟구쳤다가 다시 잠수하였다. 그놈이 남기고 간 둥근 파문은 쫙 퍼져나가고 있었다. 그 동심원은 강의 나이테라고 할만했다.

"러시아 아이라 그보담 더한 데라도 가갖고 일해야제. 일을 안 하고 우찌 목심을 부지하것노."

미련인 양 남아 있는 안개 속으로부터 아직 덜 깬 아침을 깨우는 물새 소리가 들려왔다.

"그 참담한 실정을 노래하는 민요도 있더마는."

준서와 얼이는 이번에도 얼굴을 마주 보며 되뇌었다.

"민요."

물새 소리에 잠깐 귀를 기울이고 있던 원채가 말했다.

"함 들어들 볼 끼가?"

이번에는 얼이보다 준서가 먼저 대답했다.

“예, 아자씨. 함 들리봐주이소, 우떤 노랜고.”
원채는 두 눈을 지그시 감고는 낮은 소리로 부르기 시작했다.

산은 산은 얼화 동대산은
부모님 형제엔 이별산일다
에~
해삼위海蔘威 항구가 그 얼마나 좋건대
신개척이 찾아서 반보따리로다
에~

그의 아버지 달보 영감의 뛰어난 노래 솜씨를 물려받았는지 원채의 노래 실력도 보통을 넘었다. 하지만 가족과 헤어져 멀리 떠나야만 하는 남편의 애달픔, 그 남편을 보낼 수밖에 없는 여인들의 아픔이 서려 있었다. 정든 내 조국에서 살 수가 없어 남의 나라로 가야만 하는 쓰라린 현실, 그러한 절박한 상황이 담겨 있는 그 가락은 깊은 한을 자아내고 있는 듯하여, 원채는 흐느끼려는 사람으로 보였고 준서와 얼이 또한 울음을 터뜨리려는 얼굴들로 우두커니 서 있었다.

영원히 가시지 않을 성싶던 안개가 이제 시나브로 엷어져 가고 있다. 붉은 염색물처럼 번지던 아침노을이 점차 사라지고 푸른 기운이 좀 더 감도는 하늘을 올려다보며 원채가 그때까지와는 달리 힘찬 목소리로 말했다.

“둘이서 대련 한분 해봐라.”
어느새 그는 무술 사부 모습으로 바뀌어 있었다.
“절대 정에 이끌리서 서로 봐주모 안 된다.”
강에 비친 하늘과 나무가 실제의 하늘과 나무보다도 더 선명하고 아름다워 보였다. 물로 헹궈낸 듯 맑고 깨끗한 자연 경관은 보기에도 아까울 정도였다. 강을 경계로 기막힌 대칭을 이루고 있는 하늘과 나무는 새삼 조물주의 신령함을 실감나게 하였다.

"지가 얼이 성하고 우찌예?"

준서가 그건 안 된다고 했다.

"지는 아즉 얼이 새이 상대가 몬 됩니더."

가물치가 만들어낸 원형의 물결은 흔적이 지워졌고 수면은 잔잔해져 있었다. 그것은 평상심을 놓치지 않는 강의 미덕이자 위대함을 느끼게 하였다.

"아입니더, 아자씨."

준서 말이 끝나기 바쁘게 얼이가 얼른 말했다.

"준서가 무담시 저래예. 인자는 그기 아인데 말입니더."

원채가 그들이 만난 후로는 처음으로 웃음을 보이며 말했다.

"심판은 내가 한다."

두 사람은 그만 입을 다물었다.

나무숲 쪽에서 미세한 움직임이 전해졌다. 들쥐거나 야생고양이거나 아무튼 몸집이 작은 동물이 확실했다. 그런데 대수롭잖은 그 기척에도 그들은 재빨리 그곳을 바라보았다. 그만큼 모두 신경이 바짝 곤두세워져 있다는 증거였다.

"일단 시작하자."

원채는 자신의 그 말에도 주저하는 두 사람에게 또 말했다.

"이것은 어디까지나 사부로서 내리는 명령이다. 알겠나?"

그 순간의 원채는 얼핏 그들에게 학문을 가르치는 훈장 권학처럼 비쳤다. 보통 때는 그 지역 방언을 쓰다가도 일단 심각하거나 중요한 이야기를 하게 될 경우 한양 말씨로 싹 바뀌는 스승이었다.

"예."

어쩔 수 없었다. 두 사람은 곧장 대련 자세로 들어갔다. 홀연 주변 공기가 확 달라지고 있는 분위기가 되었다.

"얍!"

"엣!"

얼이 말이 맞았다. 이제는 둘이 거의 비등비등했다. 준서는 얼이보다 몸집은 작았지만 키는 오히려 더 컸다. 기운이 좋은 얼이도 준서의 장신의 벽을 쉽게 허물지는 못했다.

"그래, 그래. 모도 훌륭타!"

원채가 격려하는 소리로 외쳤다. 젊은 신체들에서 뿜어져 나오는 싱싱한 열기에 이제 아주 조금 남아 있는 안개가 깡그리 타버릴 듯했다. 어쩌면 일본 칼잡이들의 호적수가 될 수도 있을 정도의 실력자들로 성장했다. 직접 가르친 원채도 예상하지 못했을 만큼 퍽 놀라운 발전이었다.

그런 택견 수제자들을 바라보는 원채 얼굴 가득히 더없이 흐뭇한 미소가 아침 햇살처럼 피어오르고 있었다. 택견을 구사하는 두 사람 그림자가 모래밭 위에서 어지러웠다.

상촌나루터의 하루는 또 그렇게 열려갔다.

맨손과 칼

다미는 진무 스님이 주지로 있는 비어사로 향하고 있었다.

그녀의 발걸음은 천근 쇳덩이를 매단 듯 한없이 무겁기만 했다. 때때로 다리 힘이 빠진 늙은이처럼 크게 비틀거리기도 했다. 마음은 그보다도 훨씬 더 흔들렸다. 앞으로 나아가기는커녕 오히려 뒷걸음질을 치고 있는 것 같은 심정이었다.

고을 북쪽 골짜기에 자리 잡은 그 절집 대웅전 뒤뜰에 선 고목에 명주끈으로 목을 매달아 죽은 할머니 염 부인을 생각하면, 자신의 무기력함과 불효에 온 가슴이 미어지는 느낌이었다. 지금, 이 순간이 엄청난 고문이요 형벌이었다.

더욱 무섭고 두려운 것은, 그런 순간이면 나루터집 비화를 겨냥한 원망과 미움이 활활 타오른다는 사실이었다. 정녕 어불성설이었다. 게다가 그런 악한 감정은 자신도 다스릴 수 없기에 한층 그녀를 허둥거리게 만들었다.

'암만 생각해도 내한테 말씀해주신 그 정도밖에 모리시는 거는 아인데…….'

그동안 몇 차례 만난 진무 스님 말씀으로 미뤄볼 때, 비화 마님은 분명히 그녀 할머니 자살 이면에 감춰져 있는 비밀을 속속들이 알고 있는 듯했다. 그게 사실이라면 제아무리 남들에게는 말하지 못할 무슨 깊은 사연이 있다손 치더라도 손녀인 다미 자신에게만은 숨기지 않고 모두 이야기해주어야 마땅했다. 하지만 그렇게 해줄 것같이 하다가도 막상 결정적인 순간에는 입을 굳게 다물어버리는 것이었다.

'쪼꼼 더 확실한 정그가 있어야만 행동으로 옮길 수가 안 있것나. 그거도 없심서 벌로 나섰다가는 그것들한테 도로 당할 이험이 너모 큰 기라.'

임배봉과 그의 식솔들 얼굴을 하나씩 떠올렸다.

'만약 정그를 대 봐라꼬 했을 때 그리 몬 해봐라. 가마이 있을 것들이 아이제.'

현재로서는 가장 아쉬운 것이 바로 증거였다. 할머니는 이제 저승에서 이 세상 사람들이 '백 부자'라고 부르던 할아버지와 상봉하여 함께 잘 지내고 계시겠지만, 당신 가슴팍에 꼭꼭 맺혀 있는 한은 반드시 풀어드려야 후손 된 자의 도리라고 믿었다. 오라버니들이야 천 리나 떨어진 한양 땅에 유학을 가 있어 다른 것을 돌아볼 여유가 없다고 하더라도, 고향에 머물러 있는 그녀로서는 기필코 밝혀내야 할 비밀인 것이다. 만약, 복수를 할 수 없다면 살아 있다는 그 자체가 불효였다.

'그 일이 불가능할 거로 비이고 내 심에는 버겁다꼬, 그거를 핑개삼아 갖고 시간만 자꾸 보낼 수도 없다.'

비어사가 가까워질수록 그런 마음은 한여름 무성한 녹음처럼 한층 짙어갔다. 오늘은 그 고목에게라도 묻고 싶었다. 우리 할머니께서 너에게 무슨 유언을 남기지 않으셨냐고. 당신의 원통함을 너에게만은 모두 털어놓지 않으셨느냐고.

고목이 말해주지 않으면 또 물어볼 대상은 있다. 비어사에서 키우는 진돗개 보리다. 그래, 털빛이 백설만큼 희고 깨끗한 보리는 대답해줄 것이다. 지성이면 감천이라고 했다. 이 다미가 정말 지극정성으로 빌면 대웅전 부처님께서 보리를 시켜서라도 그것을 알게 해주실 것이다. 사람이 꼭 하고자 하는 의지만 있으면, 넓은 남강 백사장에서 바늘도 찾을 수 있고, 한양 김 서방 집도 찾아간다고 했다.

그러나 그 순간까지도 다미는 전혀 내다보지 못했다. 부처님의 자비보다도 마귀의 못된 짓거리가 자신에게 먼저 닥치리란 것이다.

그것은 옥봉리 예배당과 말티고개 사이에 나 있는, 한쪽에 긴 도랑을 끼고 이어진 도로 위에서였다. 다미는 갑자기 앞을 턱 막아서는 어떤 물체에 소스라치게 놀랐다. 그녀가 가고 있는 맞은편에 서 있다가 가로막은 건지, 아니면 아까부터 저 뒤에서 따라왔던 건지, 그녀로서는 너무나 졸지에 당한 일이 아닐 수 없었다.

다미가 한층 더 경악한 것은, 그녀 눈에 맨 먼저 들어온 게 바로 저 칼이었기 때문이다. 그자가 허리에 차고 있는 긴 칼이었다. 민가에 들러 부엌칼을 잘 들게 갈아주고 그 품삯으로 살아가는 기술자나, 소를 도살하는 백정들도 그렇게 하고 다닌다는 소리는 듣지 못했다. 그녀 마음이 놀라 소리쳤다.

'일본도!'

그것은 일본인들이 언제나 자랑삼는 이른바 '닛뽄도'라고 하는 일본 칼이었다.

처음에 다미는 자신이 맞닥뜨린 상황 파악이 제대로 되지 못했다. 그럴 수밖에 없었다. 상식적인 관점에 비춰볼 때, 칼을 찬 일본인이 조선 처녀인 그녀에게 무슨 용무가 있을 리 없는 것이다. 굳이 그 사유를 찾는다면 길을 물을 수는 있었다. 한데 그런 게 아니었다. 그자는 입을 열지는 않고 보기만 해도 오싹할 정도로 아주 징그러운 웃음기만 실실 뿌릴 뿐이었다.

'아, 이거는!'

다미는 이내 여자의 직감으로 그자가 접근하는 원인을 깨달았다. 말로 나타낼 수 없는 엄청난 위기의식이 세찬 물살처럼 몰려들었다.

'우, 우짜노?'

물론 지금은 훤한 한낮이었고, 또한 옆을 오가는 행인들도 있었다. 하지만 섬뜩한 긴 칼을 찬 일본 낭인을 상대로 나서줄 사람은 흔하지 않았다. 행인들도 모두가 하얗게 질린 얼굴들로 자신이 다칠세라 저만큼 멀리 떨어져 선 채로 그 위급한 광경을 지켜보기만 하는 게 고작이었다.

"……."

다미는 말없이 얼른 그자의 옆으로 비켜 바삐 지나가려고 했다. 그 도리밖에는 아무것도 없었다. 아직 제대로 길을 들이지 못한 소나 말이 이끄는 수레나 마차와 마주쳤을 때는 사람이 피하는 게 상책인 것이다.

그렇지만 전혀 무용한 짓이었다. 그자가 피해가려는 그녀 앞을 잽싸게 막아섰다. 사람의 몸놀림이라고 믿을 수 없을 정도로 날렵한 동작이었다.

그뿐만 아니라 여전히 음흉한 그 웃음을 거두지 않았으며, 다미의 온몸을 집어삼킬 듯이 쏘아보는 눈빛은 다분히 색광적인 데다가 대단히 공격적이고 위협적이었다.

"와 이래예?"

다미가 카랑카랑한 목소리로 더없이 날카롭게 쏘아붙였다. 역시 예사 처녀는 아니었다. 대갓집 출신다운 위엄과 기백이 엿보였다. 하지만 상대는 호락호락하지 않았다. 도리어 더 신나는 노리갯감을 얻었다 하는 빛까지 내비쳤다.

"흐흐."

그자 입에서 와락 소름 끼치는 웃음소리가 흘러나왔다.

다미는 심장이 얼어붙는 것 같았다. 쭉 찢긴 눈매가 더할 수 없이 날카롭고 몸매는 약간 깡말라 보이는 그자에게서 풍겨 나오는 인상은 바로 저 검은 투견이었다. 시커먼 털빛과 그것과는 대조되는 시뻘건 혓바닥이 유난히 섬뜩해 보이는 사나운 개였다.

"갱찰을 부릴 끼라예!"

다미는 미친개 쫓듯 하며 경각심을 주기 위해 한 번 더 말했다.

"갱찰을 부릴 끼라예!"

그러나 상대는 경찰 따윈 안중에도 없다는 눈치였다. 그야말로 거칠 것 없이 굴었다. 그자는 비록 서툴기는 해도 분명한 조선말로 말했다.

"아, 아, 그러지 말고……."

그자는 팔을 길게 뻗어 다미 몸을 잡으려고 했다. 그 팔 끝에 달린 손이 꼭 뱀 대가리 같았다. 평소에 다미가 가장 싫어하고 무서워하는 동물이 바로 뱀이었다.

"어?"

"저, 저런!"

"우짜노?"

아주 조마조마한 눈으로 그 현장을 지켜보고 있던 조선인들 사이에서 경악하는 소리가 튀어나왔다. 제집에서 편히 누워 세상을 떠나지 못하고 받도랑을 베개하고 죽을 놈이 거기에 있었다.

"아!"

다미는 기절할 것같이 놀라며 아슬아슬하게 그자 공격을 피했다. 하마터면 상체를 틀어 잡힐 뻔했다. 그자는 팔을 방패연 꼬리에 길게 다는 긴 종이처럼 늘어뜨렸다. 그것은 얼핏 상대방 눈에 포기하는 것으로 보이게 하려는 얄팍한 술수가 아닌가 싶었다.

'후우.'

바짝 마른 다미의 입술 사이로 절로 한숨이 새 나왔다. 하지만 완전히 방어에 성공한 건 아니었다. 노림은 계속될 것이다.

"헉!"

바로 다음 순간이었다. 다미 입에서 단말마를 떠올리게 하는 소리가 이어졌다. 그자가 먹잇감을 낚아채려는 독수리 발톱처럼 한 번 더 앞으로 불쑥 내밀었던 손을 이번에는 허리춤의 칼집으로 쓰윽 가져간 것이다. 그러고는 이쪽에 겁을 먹이려고 하는 심산이 역력하게 약간 메말라 보이는 손가락으로 칼집을 소리 나게 두드려 보였다.

'톡톡.'

그 차가운 금속성이 듣는 사람 심장을 졸아들게 했다. 근처에 자라는 플라타너스 가로수 잎사귀가 또다시 파르르 떨리고 있었다. 머리 위에 있던 구름도 소스라치며 멀리 피신하는 것 같았다.

"큰일 났다!"

"저 처녀를 우짜모 좋노?"

"우짜다가 저런 낭패를……."

그새 행인들 숫자는 여러 배로 불어났다. 그렇지만 누구 한 사람 가까이 오지는 못하고 멀찍이 거리를 둔 채로 서서 불안한 기색을 감추지 못하고 있었다. 개중에는 큰 분노를 이기지 못한 나머지 얼굴빛이 벌겋게 달아오른 젊은이도 있었지만, 몸만 부들부들 떠는 게 고작이었다.

"으, 몬된 눔!"

"저거를 보고만 있어야 하다이?"

"누, 누가 우찌 좀 몬 하나?"

"잘몬하다가 우짤라꼬?"

모두는 알고 있었다. 갈수록 이 땅에서 일제가 무섭게 발호하여 지금은 임금마저도 저들 손아귀에 놀아난다는 사실이었다. 그런 판국에 한양에서 천 리나 떨어진 남방 작은 고을에 사는 일개 백성이 어떻게 감히 저들에게 대항할 수 있겠는가? 참으로 화가 날 말이지만 반딧불이로 별을 대적하려는 것과 유사했다. 그것이 결코 부인할 수 없는 그 자신들의 아프고 슬픈 자화상이었다.

"저눔의 칼!"

"대장간에 보내서 불에 녹이삐라."

더욱 사람들 눈살을 크게 찌푸리게 한 것은 그자가 차고 있는 일본도였다. 햇빛을 받아 번득이는 그 일본도는 조선인들 눈을 뜨지 못하게 할 뿐더러 극도의 공포심과 위기감을 자아내기에 모자람이 없었다. 그것은 조선 망나니나 백정의 칼과는 또 다른 뭔가를 강하게 뿜어내고 있었다.

"저리 하늘이 내리다보고 있는데……."

"모리는 소리한다? 진짜로 하늘이 있으모 이런 일이 안 생기제."

"천주학재이들은 모도 오데로 갔노?"

"하모, 맞다. 요런 때 장 저거들이 들먹거리쌌는 하느님 능력이나 좀 비이주지."

"그리해주모 내사 당장 천주학 믿것다."

"내도!"

그러나 조선 백성들의 소망 담긴 소리와는 상관없이 시간이 갈수록 훤한 대낮에 한층 황당한 광경이 펼쳐졌다. 옥봉리 예배당 쪽에서 올라가는 짐수레와 말티고개 방향에서 내려오는 소달구지가, 앞서 멈춰선 우마차와 수많은 사람에게 가로막혀 길 한복판에서 딱 마주쳐 오도 가도 못 하고 있었다.

한마디로 그 부근은 평소 보기 드문 일대 교통 혼잡을 이루었다. 한데도 도무지 개의치 않는 게 그 일본 낭인이었다. 아니었다. 도리어 그 자에게는 그 어떤 불미스러운 계획된 의도가 감춰져 있는 게 아닐까 싶었다. 조선인들에게 무언가를 보여주기 위한 것이다. 그리고 거기서 얻어내는 효과는 아마도 작지 않을 것이다. 진정 가증스러우면서도 실로 담대한 위인이 아닐 수 없었다. 특히 일부러 시간을 끌어가면서 그 짓을 하는 것이 확실했다. 그런 자를 지켜보며 사람들은 저마다 갈수록 더 치를 떨고 몸을 사렸다.

'칼솜씨가 보통이 아인 모냥인 기라. 그런께 저리 해쌌지.'

'잘몬 나섰다가는 저눔 칼에 찔리 죽을 끼다.'

'저 왜눔이 칼만 안 가짓어도 내가 함 나서볼 낀데.'

'쯧쯧. 에나 재수 옴 붙은 처녀 아이가? 해필이모 저 불한당 겉은 쪽바리 눔한테 고마 딱 걸리갖고.'

'우짜것노. 요새는 나라님도 저것들이 시키는 대로 하신다 안 쿠던가베.'

한양에서 기침하면 지방에서는 고뿔을 한다고 했다. 외세 눈치를 보는 조정의 나약함은 곧 이 나라 백성들에게도 그대로 전파되었다. 집안 가족들에게 힘쓰는 사내가 밖에 나가서는 사족을 못 쓴다더니 바로 그 꼬락서니였다.

더군다나 법보다 가까운 것이 주먹이라고 했다. 긴 칼을 차고 잔인한 웃음을 짓는 일본 낭인은 저승사자보다도 두렵게 느껴졌다. 어느 누구의 눈에도 그 처녀가 왜놈 마수에서 빠져나갈 길이 없어 보였다. 지금 그곳에는 오직 절망과 탄식만이 있었다. 대한제국이 처해 있는 작금의 현실을 적나라하게 보여주는 현장이었다.

"헤……."

그자는 듣기만 해도 징그럽고 짓궂은 웃음소리를 내면서 다미를 향해 좀 더 다가서기 시작했다. 그러자 공기마저 뒤로 물러나는 듯했다.

그것을 본 다미 몸에서 기운이 쫙 빠졌다. 특히 미친개 그것과도 같은 그자의 벌건 눈알에서 쉴 새 없이 쏟아져 나오는 섬찍지근한 빛은, 가증스러운 그물망이 되어 이쪽을 옴짝달싹하지 못하게 만드는 것이었다.

"이리 와."

그런 소리와 함께 급기야 그자가 두 팔로 다미를 와락 껴안았다. 무서운 악력이었다. 약간 깡말라 보이는 몸매 어디에 그런 괴력이 들어 있는지 모르겠다. 아주 굵은 쇠사슬에 친친 묶여버린 느낌이었다.

"악!"

다미는 그자에게서 빠져나오기 위해 비명을 지르며 발버둥 쳤다. 하지만 마음뿐이었다. 몸이 따라주지 않았다.

"가만히 있어!"

그자가 을러댔다. 상황은 모두 다 끝난 것으로 보였다. 지켜보고 있던 행인들 사이에서 지금까지와는 비교가 아니게 엄청난 소요가 일기 시작했다. 여기저기서 경악과 저주의 소리들이 터져 나왔다.

"저, 저리 몬된 기 있나?"

"아, 누가 저 왜눔을 좀 우찌 몬 하나?"

"그리 마이 비이던 순검들은 모도 오데 갔노?"

"허, 대명천지에 이런 일이?"

일본 낭인은 간이 커질 대로 커져 있었다. 이제 그 당찬 조선 처녀도 더 이상 저항하지 못하고 있거니와, 수많은 조선인 가운데서 어느 한 사람 감히 나서질 못하고 있는 것이다. 완전히 섬나라 오랑캐 세상이었다.

마침내 더 보고 있지 못하겠는지 그만 고개를 돌리는 사람까지 나왔다. 목을 뒤로 젖혀 하늘을 올려다보며 원망하는 모습을 보이는 사람도 있었다. 끝내 매몰차게 그 자리를 뜰 사람도 곧 나올 분위기였다.

바로 그런 와중에서였다. 거기 누구도 예상하지 못한 사태가 많은 사람이 바라보고 있는 앞에서 벌어졌다.

"짝!"

실로 믿을 수 없는 일이었다. 그 일본 낭인 뺨에서 그런 소리가 난 것이다.

'허?'

'아, 우짜모!'

모두 경악과 통쾌함이 담긴 눈으로 지켜보았다. 손바닥으로 자기 한쪽 뺨을 만지고 있는 일본 낭인이었다. 두 손을 가느다란 허리춤에 갖다 댄 자세로 똑바로 서서 씩씩거리고 있는 조선 처녀였다.

'시상에?'

어떻게 해서 사내 완력을 뿌리치고 그자 몸 안에서 벗어났는지는 모르나, 처녀가 왜놈 뺨을 있는 대로 세게 후려쳤던 것이다. 세상에, 왜놈이 처녀를 그렇게 한 것이 아니라 처녀가 왜놈을 그렇게 하다니.

"……."

그것은 실제 눈앞에서 보면서도 현실로 받아들이기 어려운 장면이 아닐 수 없었다. 모진 놈 옆에 있다가 벼락 맞을까 봐 멀찍하게 떨어져 선 채로 그저 조바심만 내던 사람들은 저마다 속으로 쾌재를 불렀다.

'누 집 처녇지는 몰라도 에나 대도 차다.'

'저 왜눔 꼬라지, 사진에 찍어놨으모 올매나 좋것노.'

'저거 몬 보고 어지(어제) 죽은 사람 에나 억울하것다.'

그러나 일은 더 커져 버렸다. 사태는 걷잡을 수 없을 정도로 악화된 것이다. 그 숱한 조선인들이 똑똑히 지켜보는 앞에서 가냘프게 보이는 처녀애에게 창졸간에 뺨을 얻어맞은 그자는 엄청난 분노와 창피감에 완전히 이성을 팽개쳐버렸다.

"칙쇼!"

그런 외침과 함께 그자 손에는 어느새 시퍼런 칼이 들려 있었다.

"죽인다!"

그자가 소리쳤다. 번개와도 같은 동작이었다. 다미는 물론이고 다른 어떤 사람도 그자가 언제 어떻게 칼을 뽑아 들었는지 알 재간이 없었다. 처음부터 그렇게 하고 있었던 것이 아닐까 싶을 정도였다.

"요, 요?"

그자는 영락없이 미쳐 날뛰는 오랑우탄이었다. 거기 공기는 숨마저 쉴 수 없을 정도로 긴박해졌다. 사람도 길도 가로수도 도랑물도 일제히 혼이 빠져나간 성싶었다. 그 누구도 상황을 되돌려놓을 수는 없을 것이다.

'아아.'

다미는 너무나 무서워 몸조차 제대로 떨지 못했다. 아예 눈을 감아버렸다. 그게 아니다. 아무리 눈을 뜨려고 애써도 뜰 수가 없었다. 눈뿐만 아니라 온 신경이 그냥 마비돼버린 상태였다. 그대로 심장이 덜컥 멎거나 그 자리에 철버덕 주저앉아버리지 않은 것만 해도 대단한 일이었다.

"조센진!"

일본 낭인이 다시 한번 크게 소리쳤다. 흥분한 그의 눈에는 상대가 남자인지 여자인지 늙은이인지 젊은이인지 그것조차 분간이 되지 않는 모양이었다.

"코노야로!"

그런 소리를 내지르며 당장이라도 칼을 휘두를 기세였다. 아니, 어쩌면 벌써 휘둘렀다.

"아!"

"헉!"

행인 중에는 질끈 눈을 감는 이들이 많았다. 그 조선 처녀 목숨은 완전 경각에 달렸다. 일본 낭인의 온몸에서는 엄청난 살기가 뻗쳐 나오고 있었다. 그것은 이제 그자 스스로도 억제할 수 없는 것으로 비쳤다. 모두가 어떤 힘에 의해 조종되고 있는 양상이었다. 그는 스치기만 해도 모조리 절단 날 날카로운 칼끝으로 다미를 겨냥하면서 외쳤다.

"간다아!"

바로 그때였다. 하늘에서 내리는 걸까, 아니면 땅에서 솟아나는 걸까? 홀연 이런 호통이 질식 직전의 그곳 공기를 매섭게 갈랐다.

"이눔! 그 칼 쌔이 몬 치우것나?"

모든 사람의 눈이 일제히 소리 나는 곳으로 쏠렸다. 다미도 반사적으로 번쩍 눈을 떴다. 그러고는 다음 찰나, 그녀 입에서는 무어라고 형용할 수 없는, 짧지만 참으로 많은 것을 담은 외마디가 터져 나왔다.

"아!"

다미는 보았다. 아무도 나서지 못하고 있는 그 절체절명의 정황 속에서 자기 몸을 전혀 돌보지 않고 용감하게 끼어든 한 젊은이였다. 얼핏 하늘의 손길이 드리우는 것 같은 큰 그림자였다.

그가 누구인가? 정녕 놀랍게도…… 그는 준서가 아닌가? 나루터집 비화의 아들.

'저, 저 도령이!'

그러나 다미가 앞뒤 더 잴 겨를이 없었다. 일본 낭인이 뭐라 마구 고함치며 준서에게 칼을 겨누고 있었던 것이다.

"아."

다미는 홀연 세상천지가 온통 캄캄해 보였다. 준서는 빈손이었다. 그는 꼼짝없이 단숨에 당하고 말 것이다.

"헉!"

주위 사람들도 여간 걱정스럽고 경악해하지 않았다. 하나같이 안색이 보리 싹처럼 파랗게 질려버렸다. 그다음에 벌어질 일은 불 보듯 뻔했다.

"크, 큰일인 기라!"

"초, 총각이 이, 이험타!"

백주에 이렇게 무수한 눈들이 지켜보는 앞에서 길 가는 조선 처녀를 함부로 농락하려고 들 정도니, 그 일본 낭인이 얼마나 제멋대로 노는 간덩이 부은 자인가는 충분히 알만했다. 끝이라고 보았다. 구멍은 깎을수록 커진다고, 잘못된 사태를 수습하려다가 한 사람이 더 당하게 되었다.

더군다나 그 조선 젊은이를 보니 키는 훌쩍 큰 편이지만 그다지 큰 덩치도 아니고 또한 쌈꾼처럼 우락부락하게 생기지도 않았다. 더구나 세상 물정에 한참 어두운 백면서생의 분위기가 풍겼다. 그런데 사람들은 잘 모르겠지만 이제는 얼굴에 나 있던 곰보 자국도 많이 없어져서 금방 눈에 띄지 않았다.

"약한 여자한테 칼을 빼들다이?"

그런 가운데 그 조선 젊은이가 일본 낭인에게 일갈을 터뜨렸다. 사람들은 일찍이 그렇게 위풍당당하고 담대한 인물은 본 적이 없었다.

"이, 이?"

일본 낭인이 입을 열려고 하는데 조선 젊은이가 그보다 앞서 한 번 더 말했다.

"그기 너거들이 장 그리 자랑해쌌는 사무라이 정신이가?"

그네들의 소위 '사무라이 정신'이란 것에 흙칠을 하는 그 소리를 듣자, 일본 낭인은 화가 머리끝까지 치민 얼굴로 외쳤다.

"무시기?"

다미는 도저히 눈앞에 벌어진 사태를 믿을 수 없었다.

'대체 이기…….'

꿈인가? 그녀가 지금까지 만났던 준서는 여자 앞에서 자기 얼굴에 남아 있는 빡보 딱지가 부끄러워 고개마저 제대로 들지 못하는 나약해 빠진 남자였다. 세상의 눈을 피해 단단한 껍질 속으로만 숨어드는 은둔자에 지나지 않았다.

'그랬던 그가?'

물론 초롱초롱한 눈빛이 더없이 영리해 보이고, 어딘가 퍽 사려 깊어 보이는 면이 예사 도령은 아니라고 여기긴 했다. 무엇보다 여장부로 알려진 비화의 아들이었다. 그렇지만 그에게 저런 면이 있었을 줄이야.

"에나 대단타 아이가?"

"오데 사는 누꼬?"

"우리 조선 젊은이 중에 저런 젊은이가 있었다이?"

행인들도 그 용감한 조선 젊은이에게 탄복한 나머지 연방 서로 무어라 수군거렸다. 하지만 상황은 너무 위태롭고 급박하게 흐르기 시작했다. 그 일본 낭인은 낯짝이 벌겋게 되어 사나운 야수처럼 날뛰었다.

"내 당장 네놈을……."

그런데 그렇게 격한 제 감정을 다스리지 못하던 그자 얼굴에 얼핏 곤혹스러워하는 빛이 떠오른 것은 다음 순간이었다.

"……."

그자는 작은 눈을 크게 치뜨면서 고개를 갸우뚱거렸다. 그러고는 준서 얼굴에서 뭔가를 알아내려는 기색이 분명히 엿보였다.

그건 준서도 마찬가지였다. 상대방이 돌연 해 보이는 태도가 아무래도 이상했다. 좀처럼 이해할 수 없는 구석이 느껴졌다. 지금과 같은 상황에서는 나올 수 없는 상대의 저런 반응, 그것은 이쪽을 헷갈리게 하여 심신을 마비시켜버리려는 술책이 아닐까, 의구심이 일어날 판국이었다.

그뿐만 아니었다. 그 모습이 어쩐지 눈에 낯설지 않았다. 무척이나 못돼먹은 성깔이 넘쳐나 보이게 약간 검고 깡마른 체구에 매우 날카로운 눈매, 그리고 살모사나 사마귀를 연상시키는 뾰족한 턱, 전체적으로 굉장히 험악하고 신경질적으로 생겨 먹은 상판대기 등등, 어느 한구석도 괜찮다고 여겨지는 데가 없는 작자였다.

'오데서 본 눔인 기라.'

바로 칼로 내리치려는 동작을 보이던 그자는, 매서운 눈매로 이쪽 얼굴을 훑으며 계속해서 무엇인가를 깊이 탐색하는 빛이었다. 준서도 밀리지 않고 상대 얼굴에서 눈을 떼지 않았다. 일종의 기氣 싸움이었다. 물론 그자 손에 들린 칼에 좀 더 바짝 신경을 쏟고 있었다. 찔리면 치명적일 수 있는 무서운 무기였다.

그러던 어느 한순간, 준서는 눈앞에 불이 확 켜지는 느낌을 받았다. 그와 동시에 몸과 마음이 걷잡을 수 없을 정도로 한꺼번에 세차게 흔들렸다. 온 세상이 크게 기우뚱했다.

그래, 그자다! 읍내장터에서 원채 아저씨에게 혼쭐이 났었던 그 왜놈, 무라니시다. 삼정중 오복점 사장인 무라마치의 동생이다.

"저, 저눔이 손, 손 서방 그분을 쥐, 쥑인 그 왜눔이다!"

바로 얼마 전에 얼이 형과 함께 길을 가다가 얼이 형이 멀리서 그놈을 발견하고 손으로 황급하게 얼굴을 가리면서 일러주던 기억도 있다. 그들 집에서 벌어진 그 살인 사건 현장에 없었던 두 사람은, 그날 무라니시를 직접 보지는 못했고 나중에 그자였다는 사실을 알게 되기는 했다. 어쨌든 혼자 산길을 가다가 호랑이를 만나도 전혀 끄떡하지 않을 얼이 형도 여간 경계하고 조심스러워하는 모습이 아니었다.

그런 자인데도 불구하고 왜 얼른 기억이 나지 않았을까? 그러다가 준서는 이내 깨달았다. 다미가 위기에 처해 있는 그 현장을 보고 너무나 황황한 나머지 미처 떠올리지 못했다는 사실이었다. 그것은 그만큼 다미는 그의 마음 한복판에 깊숙이 자리를 잡고 있다는 증거이기도 한 것이다.

그런데 준서가 막 그자의 정체를 생각해낸 것과 거의 때를 같이하여 그자의 안색도 싹 바뀌었다. 그렇다면 그자 또한 기억해낸 것이 틀림없었다. 하지만 그 엄청난 위기 상황 속에서도 준서는 약간 어리둥절해지고 말았다. 그자의 표정 변화를 읽을 길이 없었다. 너무나 복잡했던 것이다. 그건 준서로서는 지극히 당연한 일이었다.

'저놈.'

무라니시는 속으로 이빨을 갈았다. 그는 읍내장터 기억과 더불어 또 떠올렸다. 준서가 조선 전통무예인 택견을 익히던 바로 그 젊은이라는 것이다. 형 무라마치와 함께 상촌나루터 강가 나무숲 속에 숨어서 조선 젊은이들이 택견 수련을 하고 있는 장면을 훔쳐보았었다. 귀신도 그만 몸을 사릴 정도의 뛰어난 무예 실력을 시범 보이던 삼십 대 중반의 그 무술 사범은 절대로 잊을 수 없다. 그 자신이 저 읍내장터에서 그리 처참하게 당했던 자였다. 난생 그런 치욕을 겪은 적이 없었다.

그날, 몸은 다소 약해 보였지만 누구보다 운동신경이 뛰어난 데다가 무척 열심이던 그 조센진이 방해자로 뛰어들 줄이야. 그건 전혀 예상할 수 없었던 일이었다. 아니, 그보다도 자신에게 일생일대의 수모를 안겨주었던 그놈의 무술 제자가 아닌가 말이다.

"으으."

무라니시의 까칠한 입술 사이로 신음 비슷한 소리가 삐져나왔다. 그는 자신도 모르는 새 칼자루를 콱 거머쥔 손아귀에 잔뜩 힘이 들어갔다. 일본 전국 검도 대회를 석권한 검도 고수인 형 무라마치조차 두려워하는 조선 전통무예 택견이었다. 그것을 전수하고 있는 조센진이라는 사실이 그를 더없이 긴장시켰다. 그는 자신에게 말했다.

'무라니시! 너는 무라니시다. 알겠느냐?'

그랬다. 그렇다고 해서 그대로 순순히 뒤로 물러설 그가 아니었다. 그의 악마성에 더욱더 활활 불이 붙기 시작했다. 오히려 이런 상대를 만나서 더 잘 되었다는 호전적인 기상이 꼬리를 치켜들었다. 이번 기회에 조선 전통무예라는 택견이 어느 정도인가를 좀 더 깊이 알아두고 싶었다. 그래야만 앞으로 저 택견을 상대하는 데 도움이 될 것이라고 여겼다. 그날 읍내장터에서는 상대방을 지나치게 얕잡아보고 방심했던 측면도 없잖아 있었다. 이번에는 결코 그런 실수를 범하지 않을 것이다.

그런 한편으로, 오늘은 절대 패하지 않을 거라는 자신감도 있었다. 상대는 아직 흰 솜털 보송보송한 애송이인 데다가 특히 빈손이지 않은가. 그 자신 또한, 비록 형만큼은 아니어도 검술에서 누구에게도 뒤지지 않는다고 자부해왔다. 그뿐만이 아니라 가라테 고수이기도 하였다. 택견을 두려워하면서 경계하고 있는 형에게, 내가 그 택견을 물리치고 왔다고 자랑하고 싶은 영웅 심리가 살아났다.

"덤벼라!"

그렇게 입찬소리하는 무라니시 입언저리에 자신만만한 미소가 감돌았다. 그러자 잔혹해 보이기 이를 데 없었다.

"좋다!"

준서 얼굴에도 비장한 빛이 되살아났다. 어느새 준서는 공격과 방어를 함께 할 수 있는 택견 자세를 취하고 있었다.

'아, 이, 이 일을?'

다미는 제정신이 아니었다. 그녀 눈앞에는 당장이라도 일본 낭인이 휘두르는 칼을 맞고 피를 철철 흘리며 죽어가는 준서 모습이 어른거렸다. 무슨 수를 쓰든 싸움을 중단시켜야 하는데 어찌된 셈인지 몸도 마음도 도무지 따라주지 않았다. 다른 사람들 사이에서도 경악과 긴장의 기운이 강하게 일었지만, 이번에도 감히 직접 앞으로 나서서 그 싸움을 뜯어말리려는 이가 없었다.

"내 칼 맛을 보게 된 걸 영광으로 알아라."

일본 낭인이 든 날카로운 칼날 끝이 햇빛을 받아 사람 눈을 못 뜨게 했다. 그것은 자칫 그의 적수로 하여금 상대방의 움직임을 놓치게 할 위험을 안겨주었다.

"내 손 맛과 발 맛이 올매나 매븐 줄 알기 될 끼다."

그자와 맞선 준서는 '후려차기' 자세를 취하고 있었다. 그것은 원품자세에서 발을 차는 방향으로 허리를 약간 틀고, 발을 들어 몸 바깥쪽에서 몸 안쪽을 향해 구부렸던 무릎을 쭉 뻗으며, 발등을 곧게 펴서 상대방 허리 또는 얼굴을 차는 동작으로서, 무척 고난도의 기술이다.

"……."

무라니시는 큰소리는 쳐댔지만 적잖게 경계하는 눈치였다. 검도 고수이자 가라테 명수인 그는 곧바로 간파하였다. 상대 몸놀림이 결코 보통이 아니라는 것이다. 그는 칼자루를 쥔 손아귀에 더더욱 불끈 힘을 주었다. 형 무라마치가 항상 말하거니와, 무기를 가진 자는 손에서 그것을 놓치는 순간 벌써 패배한 것이다.

하지만 무라니시는 얼음처럼 냉정하고 침착했다. 절대로 호락호락한 자가 아니었다. 그 나름대로는 그저 단순한 시정잡배들과는 거리가 멀었다. 본국에 있을 때 그가 정식으로 대적한 칼잡이는 수백 명도 넘었다. 가라테 시합도 무수히 가졌다. 그리고 단 한 번도 패한 일이 없는 무적이었다. 형제가 다 같이 아주 어릴 때부터 검법과 가라테라면 당할 자가 없는 아버지에게서 전수받은 결과였다.

그러나 준서 또한 녹록치 않았다. 그의 품새는 고수의 기술을 선보이고 있었다. 지금 상대가 상대인 만큼 그는 원채에게서 배웠던 여러 기술

가운데서 가장 고난도의 기술을 구사하기 시작했다. 원품 자세에서 상체를 잔뜩 웅크려 무릎을 펴면서 발바닥으로 상대 하복부를 밀어 차는 '는질러차기'도 가히 놀라웠다.

"허!"

"오!"

그런 감탄사 사이에 이런 말도 나왔다.

"말로만 들었던 택견이다. 음."

사람들이 경악했다. 놀라움을 넘어 감탄했다. 드디어 무라니시 얼굴에도 땀방울이 약간 맺히기 시작했다. 준서도 마찬가지였다. 솔직히 더 긴장한 게 사실이었다. 무엇보다도 대결 경험 면에서 그는 상대에 비해 훨씬 약세였다. 어쨌든 현실을 믿을 수 없었다. 위기에 처해 있는 다미를 보게 될 줄이야. 그리하여 그녀를 구하기 위해 이렇게 목숨을 건 대결을 벌이고 있다니.

준서는 낙육고등학교에 다니는 벗의 집으로 가는 중이었다. 그러다 사람들이 많이 모여 있기에 무슨 일인가 하고 무심코 바라본 그곳에는 실로 눈을 의심할 사태가 벌어지고 있었다. 일본 낭인에게 당하고 있는 여자가 다른 처녀도 아니고 다미라는 사실을 알았을 때의 그 황당함과 분노였다. 그는 앞뒤 헤아릴 틈도 없이 냅다 고함을 지르며 뛰어들었던 것이다.

'우짜노? 우짜노?'

다미는 발을 동동 구르며 어쩔 줄 몰라 했다. 준서가 일본 낭인의 칼에 찔려 죽는 것은 시간문제로 보였다. 저 무서운 살상용 무기 앞에서 어떻게 그가 무사하기를 바랄 수 있겠는가 말이다. 급기야 다미의 그 불안이 그대로 적중하고 말았다.

"으윽!"

하는 얕은 신음소리를 내면서 준서가 오른손으로 왼팔을 감싸 쥐었다.

"으."

그의 얼굴은 굉장한 고통으로 마구 일그러져 있었다. 순식간에 벌어진 일이었다.

"아!"

다미는 심장이 뚝 멎는 느낌이 왔다. 눈에서 불똥이 튀었다. 예리한 일본도가 준서의 왼팔을 벤 것이다. 사람들이 자지러지는 소리를 질렀다.

"저, 저?"

다미는 사물이 두 개 세 개로 보이는 가운데 보았다. 준서가 입은 하얀 윗도리의 왼쪽 어깻죽지에서 소매 사이로 벌건 피가 번지고 있었다.

"흐흐. 이놈."

선제공격에 성공한 무라니시가 회심의 미소를 흘렸다. 무척 자신감이 넘쳐 보였다. 귀신이 내는 웃음소리도 내었다.

"이제 외팔이가 되었구나. 키키."

그는 몸의 균형을 잃고 비틀거리는 준서에게 최후의 통첩장을 보냈다.

"기다려라. 나머지 팔도 손봐주마."

무라니시의 칼이 이번에는 준서의 오른쪽 팔을 노리기 시작했다. 준서는 양쪽 팔을 모두 쓰지 못하는 팔 병신이 돼버릴 위기에 처하고 말았다.

"얍!"

기합을 내지르며 무라니시가 칼을 휘둘렀다.

"접수하겠다, 네놈의 두 팔을."

칼이 허공에서 미친 춤을 추듯이 하며 내는 소리가 소름 끼쳤다. 그것은 곧 생명 하나가 달아나는 소리였다.

'휘~익.'

그 아슬아슬한 순간이었다. 준서가 자기 오른팔을 노리고 내리치는 상대방 칼끝을 날쌔게 피했다. 그와 동시에 그의 몸은 한 마리 새가 되어 공중으로 붕 날아올랐다. 그것은 택견 고수만이 구사할 수 있는 '솟구치기'였다. 그도 이제는 원채 못지않아 보였다.

"억!"

짧은 외마디가 터졌다. 사람들은 보았다. 조선 젊은이의 발이 정확하게 일본인 낭인의 턱을 가격하고 있었다. 매의 발톱도 그렇게 날렵하고 힘찰 수는 없을 것이다.

'탁!'

일본도가 땅에 떨어지는 둔탁한 소리가 났다. 그와 동시에 무라니시의 몸뚱어리도 그대로 바닥에 나뒹굴었다. 한 마리 벌레를 연상시켰다.

"우짜모!"

부상당한 그런 몸으로 칼을 든 상대방을 단숨에 거꾸러뜨리는 그 놀라운 택견 솜씨에 사람들은 열린 입을 다물 줄 몰랐다.

"조센진 놈이 제법이로구나."

그러나 무라니시는 오래지 않아 그렇게 말하면서 몸을 일으켜 세웠다. 대단한 강골이었다. 큰 충격을 받은 것 같지는 않았다. 참으로 아쉽고 억울한 노릇이었다. 만약 준서가 성한 몸이었다면 그자는 완전히 뻗어버렸을 것이다.

"되련님!"

다미가 울부짖는 소리로 준서를 부르며 그에게로 달려갔다.

"으으."

준서는 칼에 베인 상처가 매우 고통스러운지 상을 찡그린 채 금방 쓰러질 사람처럼 크게 비틀거렸다. 누구 눈에도 가까스로 몸을 지탱하고 있는 것으로 보였다.

"내 오늘은……."

땅바닥에 떨어진 칼을 집어든 무라니시가 준서를 노려보며 말했다.

"네놈 운이 좋았다."

그는 강한 살의가 묻어나는 목소리로 계속 말했다.

"다음에 만날 땐 꼭 네놈 사지를 모조리 잘라버릴 테다."

바람이 그 부근에서만 불지 않고 있는 듯했다. 구름도 사라진 창공 저 드높은 곳에 작은 점같이 까마득히 보이는 것은 먹이 사냥을 끝낸 솔개가 틀림없었다.

"가, 가지 마라!"

준서가 그자를 잡기 위해 성한 오른팔을 내밀며 말했다.

"스, 승부가 안 난 기라."

그러고는 가쁜 숨을 몰아쉬며 또다시 택견 자세를 취하는 준서였다. 무라니시만 독종이 아니라 그도 마찬가지였다. 아니, 더하면 더했지 덜한 편이 아니었다.

"되련님!"

다미가 급하게 준서와 무라니시 사이를 막아섰다.

"네년도 다시 보게 될 날이 반드시 올 것이다. 그때는 정말 그냥 두지 않겠다."

더없이 분하고 뜻을 이루지 못한 아쉬움이 남은 얼굴로 다미에게 그렇게 쏘아붙인 무라니시는, 아직도 가격당한 충격이 다 가시지 않았는지 떨리는 다리로 돌아섰다. 비록 살점은 많이 붙어 있지 않은 신체였지만 오랜 무술 연마로 잘 다져진 탄탄한 근육이 고스란히 잘 드러나 보이는 듯했다.

어느 틈엔가 그의 칼은 칼집에 꽂혀 있었다. 결과적으로 보아 녹슨 칼과 칼집이 되고 만 꼴이었다. 하지만 그자는 더욱 갈고 닦은 무기로 또다시 도전해 오리라는 나쁜 예감을 떨쳐버릴 수 없는 준서와 다미였다. 그건 제아무리 부정하고 거부하고 싶어도 다 정해진 수순으로 보아야 했다.

"젊은이!"

"괜안으신가?"

택견의 일격은 과연 무시할 수 없는지 무라니시가 여전한 비틀걸음으로 저만큼 멀어져 가자, 그제야 사람들이 우 한꺼번에 준서에게 몰려들었다.

박가분朴家粉

몹시 지치고 긴장이 풀린 준서는 끝내 그대로 길바닥에 쓰러지고 말았다.

핏기가 사라진 그의 얼굴에는 식은땀이 줄줄 흘러내리고 있었다. 누가 봐도 굉장히 위험한 상태라는 것을 알 수 있었다. 택견 못지않게 일본 검도의 위력 또한 대단한 것이었다.

"되련님, 우, 우째예?"

다미는 금방이라도 울음이 터지려는 얼굴로 어쩔 줄 몰라 했다.

"자, 여러분!"

중치막 차림새를 한 장년의 사내가 모두를 향해 큰 소리로 말했다.

"우리 이 젊은이를 퍼뜩 으원으로 데꼬 가이시더!"

얼굴빛이 대추같이 붉고 머리털이 신선처럼 하얗게 센 노인이 길 저쪽에 서 있는 마차를 손으로 가리켰다.

"저게 태워갖고 가자꼬."

"예, 어르신."

청년들 몇이 한꺼번에 달려들어 고통스러워하고 있는 준서를 들어 올려 그 마차에 태웠다. 다미도 부리나케 같이 올라탔다. 그걸 본 늙은 마부가 서둘러 나뭇가지 끝에 가죽 오리를 단 채찍을 휘둘렀다.

'히히힝!'

큰 소리를 내지르면서 황색 말이 질주하기 시작했다.

"되, 되련님! 괘, 괘안으시예?"

뽀얀 먼지를 일으키며 급하게 달리는 마차 안에서 다미가 마구 울먹이며 물었다.

"예. 괘, 괘안…… 윽."

마차 바닥에 눕혀진 준서가 겨우 대답했다.

"말들 하지 마시오."

함께 따라온 청년과 심각한 얼굴로 무슨 말인가를 주고받던 중치막 사내가 두 사람에게 일렀다. 그의 정확한 신분은 알 수가 없지만, 어딘가 감히 범접하기 어려운 높은 기품이 느껴지는 선비풍 사내였다.

'탁, 타닥.'

이윽고 마차는 읍내장터 근처 수정리에 자리하고 있는 '대한한의원'에 당도했다. 검은 기와를 머리에 얹은 그 건물은 방금 빗물에 씻긴 것처럼 아주 청결한 분위기를 자아내고 있었다.

"음."

그곳 한의는 서둘러 환자를 돌보면서도 침착성을 잃지 않았다. 그 모습이 누구에게나 큰 신뢰감을 품게 할만했다.

"이런 거를 놓고 불행 중 다행이라 안 쿠는가베."

중년을 훌쩍 넘긴 나이임에도 낯빛이 물에 헹궈낸 듯이 투명하고 손이 희고 깨끗한 그는 무척 노련해 보이는 의원이었다.

"가장 중요한 뼈는 이상이 없는 거 겉거마는."

의원은 다미 쪽을 보며 그렇게 안심시키는 말을 했다.

"피를 마이 흘릿지만도 아즉 젊은께."

그래도 어깨를 들썩이며 울음을 그치지 않는 다미를 타일렀다.

"그러이 인자 울음을 뚝 근치라꼬. 본디 으원에 와서 그리 우는 벱이 아이제."

"예, 흐흑."

그러나 다미는 계속 눈물을 보였다. 그때의 심정을 무슨 말로 표현할 수 있을까? 그녀의 위기를 보자마자 소중한 목숨을 아끼지 않고 바로 몸을 던진 준서였다. 특히 그가 누구인가? 그의 집안에 하나밖에 없는 귀한 외동아들이었다.

다미는 비화가 얼마나 준서를 애지중지하고 있는지 누구보다도 잘 알고 있다. 만에 하나, 준서가 다미 자신 때문에 잘못되기라도 한다면…….

그녀는 울먹이면서도 제발 준서에게 아무 일이 없기를 내내 마음속으로 빌고 또 빌었다. 마마에 걸렸어도 목숨을 건졌듯 그렇게 무사하기를 간절히 빌었다.

"으원님 말씀을 들으이 그래도 한숨 돌리것거마."

"예."

"자, 그라모 우리는 이만 가보것네."

"증말 고마버예."

준서를 그곳까지 데려다준 다른 사람들은 모두 돌아가고 이제는 다미 한 사람만 남았다. 그녀는 준서의 유일한 보호자가 된 것이다. 참으로 앞을 내다볼 수 없는 게 인간사였다. 서로 그런 처지에 던져지게 될 줄이야.

"인자……."

그런데 준서는 응급처치하고 나자 그만 집으로 가겠다고 고집을 부렸다. 얼굴 화색이 남달리 좋은 의원이 며칠 있다가 퇴원하는 게 좋겠다고 권해도 막무가내였다. 다미와 둘이 있는 자리에서는 이런 말도 했다.

"내가 입원해 있을 끼라 쿠모, 부모님은 자슥이 한거석 다친 줄로 알고 에나 걱정 안 하시것심니꺼."

다미는 하도 애가 타서 자꾸 이런 소리만 했다.

"그래도예."

그때 다른 병실에 가서 진료를 보고 온 의원이 다가오자 준서는 다친 왼팔을 아무렇지 않다는 듯 움직여 보이며 말했다.

"인자는 피도 안 나오고, 아푼 것도 참을 만한께네예."

어느 곳에선가 약탕기에 한약을 다리고 있는지 그곳 공기 속에는 무슨 한약 냄새가 코를 찌르고 있었다.

"허, 그 아풀 거를 참을 만하다이?"

준서의 참을성에 혀를 내두르던 의원도 끝내 더 이상 말리지 못했다.

"참으로 효자군, 효자."

그러고 나서 친절하게 일러주었다.

"그라모 집에 가갖고 묵을 약하고 상처에 바를 약품하고 쪼꼼 챙기줄낀께, 내가 처방해주는 대로 하소."

"예."

의원은 인력거꾼까지 직접 불러주었다. 그런데 인력거에 올라타기 직전에 준서가 약간 겸연쩍은 얼굴로 다미에게 부탁했다.

"집에 가모 우리 부모님한테는 내가 실수로 칼에 비잇다꼬(베였다고) 해주이소."

"흑."

다미는 곧 터져 나오려는 울음을 가까스로 참으며 고개를 끄덕여주었다. 그러면서 정말 사내대장부구나 하는 생각도 하였다.

"……."

인력거를 타고 가는 내내 두 사람은 말이 없었다. 인력거 바퀴 소리도 조심스럽게 사람 귀를 울리는 성싶었다.

"흠흠."

사람 좋아 보이는 인력거꾼만 자꾸 헛기침하고 있었다. 여러 종류의 손님들을 태우는 그는, 말은 하지 않아도 내심 뭔가 짚이는 게 있는 모양이었다.

"이, 이기 뭔 일고, 응?"

"주, 준서야! 에나 괘안은 기가?"

"아이고! 우짜다가 이리 다칫다 말고?"

"아, 실수 한 분 안 하는 찬찬한 니가……."

준서를 본 나루터집 식구들은 모두가 어쩔 줄 몰라 했다. 재영도 제정신이 아닌 것으로 보였다. 그러나 비화는 달랐다.

"고맙거마는, 여꺼정 데불어주고."

그러고 나서 다미에게 조용한 목소리로 이렇게 말했을 뿐이었다.

"내가 인사는 내중에 정식적으로 하것네."

하지만 다미는 남들 보기에 필요 이상으로 부인하는 모습을 보였다.

"아, 아이라예!"

"……."

그런 다미를 물끄러미 바라보는 비화 눈길이 호수만큼이나 깊었다. 다미는 그 깊은 물에 빠져 허우적거리는 사람의 심정이었다.

"마님, 그, 그기 아이고예."

다미는 자초지종 있었던 그대로를 이야기해 줄 수도 없고, 그렇다고 그대로 있자니 그만 양심이 허락하지 않고, 이래저래 고개조차 제대로 들 수가 없었다. 나 때문에 준서가 이렇게 되었다고 하면 그들은 뭐라고 할지 걱정스러웠다.

다미는 얼른 그 집에서 나올 엄두를 내지 못했다. 준서가 여러 차례나 식구들이 모르게 어서 돌아가라는 눈짓을 해 보였지만, 그가 그럴수록 다미는 더더욱 자리를 털고 일어설 수가 없었다. 무엇인가 미진한 것이 그녀 가슴 안쪽에 남아 있었다. 반드시 마치고 가지 않으면 안 될 것 같은 그 무엇이었다.

비화는 뭔가 골똘히 상념에 잠기는 모습이었다. 그 표정이 말할 수 없이 복잡해 보였다. 그녀는 아들의 상처도 상처거니와 지금 눈앞에 벌어지고 있는 그 일이 너무나 심상치 않았다. 어떻게 이런 일이 일어날 수 있을까.

운명. 그렇다. 어떤 보이지 아니하는, 그러면서도 분명히 없지는 않은, 그 운명의 힘이 느껴졌다. 아무리 피하려고 해도 피하지 못하는 불가해한 그 무언가의 정체를 알 길이 없었다.

'하늘은 아시것제.'

큰 상처를 입은 준서를 집까지 데리고 온 다미였다. 대체 어떻게 해서 다미 네가 준서와 함께 우리 집에 오게 되었는지 물어볼 용기가 나지 않았다. 그것은 마치 인간이 알아서는 안 될 신의 금기 사항처럼만 여겨졌다. 그런 한편으로는, 좀 더 같이 있다 보면 저절로 알게 되겠지 싶었다. 때가 되면 모든 걸 털어놓을 아이가 다미라고 생각했다. 그렇지만 나루터집 식구들 눈도 의식하지 않을 수 없었다.

'고만 돌리보내기는 돌리보내야 하는데…….'

그러나 실천에 옮기지는 못했다. 결국, 다미는 오래 나루터집에 머물렀다. 그러고는 누구 눈에도 지극정성으로 비칠 정도로 준서 상처를 돌보아주었다. 우정 댁과 원아도 비로소 여기에는 뭔가가 있다는 눈치를 챈 것 같았다. 비화는 그들보다 훨씬 더 많은 것을 알고 있으면서도 내색을 하지 않는다는 것도 깨달았다.

하지만 그들은 아무도 알지 못했다. 다미가 준서를 그렇게 열심히 간호해주고 있을 때, 자기 방에 앉아 혼자 힘들어하면서 큰 소외감에 시달리고 있는 아직도 어린 한 사람이 있었다. 남모를 아픔을 곱씹고 있는 여자아이였다.

록주였다. 갈 방향을 잃고 제멋대로 굴러가는 구슬과도 같은 아이였다. 그러다가 무성한 풀숲에 들어가 보이지 않을 수도 있는 초록 구슬이었다.

그로부터 날짜가 얼마나 흘렀는지 모르겠다.

예전에 채소공판장이 있던 읍내장터 상가 건물에 들어가 있는 나루터집 제1호 분점에 좋지 못한 작은 사건 하나가 일어났다. 화재였다. 다행히 큰 피해는 없었다. 불길은 곧 진화되었다. 화마는 가게 내부를 절반가량 집어삼키고 물러갔다.

원인은 한 주방 아주머니의 사소한 실수였다. '부천띠기'라고 불리는 그 여자가 불씨를 소홀히 다루는 바람에 벽에 불똥이 옮겨붙었다. 일이 생기려면 손에 가시로 만든 방패를 들고 막아도 찔리지 않고 온다는 말로 자위할 수밖에 없었다.

그러나 약간의 손실을 입힌 그 사건이 읍내장터에 미친 파장은 컸다. 특히 같은 상가 건물 안에 입주해 있는 다른 상인들은 더 그럴 수밖에 없었을 것이다. 그리고 그 이면에는 동업직물의 은근한 부추김이 있었다는 것을 비화는 나중에야 알았다. 그 전방위 역할을 한 사람이 해랑이라는 사실에 대해서도 들었다.

'해랑이가!'

비화는 화재 그 자체보다도 해랑이 적극적으로 관여했다는 그 사실에서 몇 배나 더 강한 충격을 받았다. 드디어 발톱 하나를 드러냈구나! 하고 이를 갈았다.

"이거 사람이 영 불안해갖고 장사나 제대로 해 묵겄소?"

별명이 '두꺼비'인 철물점 곽 씨가 앞장서서 나루터집을 성토했다.

"이 건물에서 혼자서만 영업하는 것도 아이고……."

그는 두 눈알이 기형적일 정도로 크게 툭 튀어나온 사람이었는데, 그때 당시는 몰랐지만, 가끔 왼쪽 다리가 심하게 아프기도 하는 그는 갑상선 쪽에 이상이 있는 환자였다.

그러나 그가 가장 두꺼비다울 때는 해랑을 바라볼 때였다. 눈알을 두룩두룩 굴리며 해랑 얼굴에서 시선을 거두지 못하는 그의 입가에는 침이 주르르 흘렀다. 언젠가 한 번은 그의 아내 말순이 그런 남편에게 강짜를 놓았다가 된통 얻어맞고 의원까지 실려 간 적도 있었다. 걸인에게 동냥도 잘 주는 마음씨 고운 아낙인데 부부 금실은 별로였다.

그런 몰상식하고 무작한 곽 씨였기에 제1호 분점의 점장인 송이 엄마와 아주머니들은 아무런 말도 꺼내지 못하고 있다가, 그가 돌아가자마자 비화에게 어서 와 보라고 곧장 연락을 취하였다.

"그래, 시상 인심이 이랄 수 있는 긴가?"

송이 엄마는 비화를 보자마자 울분부터 터뜨렸다.

"같은 건물에서 장사함시로, 머라꼬 위로는 몬 해준다 쿠더라도 말이다!"

그 소리가 신호탄이 되었다.

"인자 겁이 나갖고 여서 일도 더 몬 하깃네."

평소 간담이 크기로 알려진 여걸 라 씨 아주머니가 눈알을 굴리며 몸을 떨었다.

"요리 눈이 꼬꼬롱해갖고 사람을 이리 째리 보는데 안 있나."

음식 만들 때 양념을 지나치게 많이 넣어 '양념각시'로 통하는 삼천포댁도 내내 구시렁거렸다.

"아, 우리가 저것들 구둘장을 파묵은 것도 아이다 아이가."

이곳저곳에서 부지런한 여자 입들이 그냥 있지 못했다.

"양지가 음지 되고, 음지가 양지 된다꼬, 지도 무신 일이 있을 줄 알아서?"

"하모! 하모! 뒷간 기둥이 물방앗간 기둥을 더럽다 쿤다더이, 내 참 애니꼽아서."

걸핏하면 조상 무덤이 어떻고 하는, 정촌에서 그 고을로 시집온 김씨 아주머니도 한소리 거들었다.

"지들 조상 무덤을 우쨌이모 또 모리것지만도."

그런 그들에게서는 이제 주인 비화가 왔으니 모든 건 다 해결되었다고 믿는 빛들이 또렷하였다. 그냥 가만히 듣고만 있는 비화에게 직접 곽씨를 찾아가 담판을 짓고 오라는 주문도 했다. 비화가 요술 방망이를 가지고 있는 것 같았다.

비화는 난감했다. 그 바닥을 떠난다면 몰라도 그 바닥에서 계속 살아가려면, 시장 다른 사람들과 서로 등을 져서 좋을 것은 하나도 없다는 것을 체득한 그녀였다. 그리고 통 큰 여장부인 그녀의 포부는 남달랐다. 거기 읍내장터에서 파닥거려봤자 지느러미에 상처 입는 피라미밖에 되지 못한다고 생각했다.

'큰 물괴기는 큰물에서 놀아야 한다 안 캤나.'

방 안에 앉아서 천 리 밖을 내다본다고, 비록 그녀는 한양에서 천 리나 떨어진 남방 고을에서 콩나물국밥집을 하고 있기는 해도, 귀는 언제나 드넓은 바깥세상을 향해 크게 열려 있었다. 둠벙을 파야 개구리가 뛰어들고, 방죽을 파야 머구리가 뛰어든다. 그녀가 원하는 것을 위해서는 준비를 철저히 해야만 하는 것이다.

"오데서 오싯다꼬예?"

"아, 우리는 말이지요."

한양이나 부산포, 원산항 등 대도시에서 온 손님들이 있으면 그녀는 만사 제쳐두고 항상 그들에게 접근하였다. 사람이라고 다 똑같은 사람이 아니고, 백 명 천 명에게서도 얻지 못할 것을 주는 한 사람도 있었다. 가령, 동쪽 방향의 목성木姓을 가진 귀인이 따로 없었다. 떨어진 주머니에 어패御牌 들었다고, 겉모양은 허술하고 보잘것없어도 실속은 뜻밖에 뛰어나고 훌륭한 사람도 여럿 만났다.

비화가 그렇게 하는 그 이면에는 굳이 두말할 필요 없이 저 동업직물이 있었다. 그녀는 단 하루라도 잊고 살아온 적이 없었다. 배봉은 이미 여러 해 전부터 부산포는 물론 바다 건너 일본에까지 상권을 뻗치고 있다는 것이다.

비화는 이를 악물었다. 여자답지 않게 큰 주먹을 힘껏 거머쥐었다. 반드시 되갚아 주지 않으면 안 될 빚이 너무나 컸다. 그리하여 어쩌다 운이 좋아 한양에서 내려온 상인을 접할라치면, 거의 몇 시간이고 요령껏 그를 붙들고 앉아 어렵사리 얻어낸 정보도 적지 않았다.

"개항이 문제지요."

한양 상인은 시골 밥집 주인 아낙 앞에서 꽤 점잖게 나왔다.

"개항."

비화는 그의 말 한마디라도 놓치지 않으려고 단단하게 외웠다. 그리고 한 번만 들으면 여간해서 잊어버리는 일이 없었다.

"개항 이전에 우리 조선 사회에 형성되어 있던 일부 상업 자본마저……."

한양 상인은 그 개항을 전후하여 생겨난 차이점을 강조해 보이려는 심산인지 잠시 동안 간격을 둔 다음에 말했다.

"개항 이후로 물밀 듯이 들어오는 외국 자본 앞에서 대부분 몰락의 길을 걷게 됐다, 그런 말입니다."

귀담아듣고 있던 비화는 자신도 모르게 통탄하는 소리가 되었다.

"아, 우짭니꺼?"

"그러니까 예삿일이 아니지요."

"에나 그렇네예."

그렇지만 일부 상인이나 관료들을 중심으로 민족 자본을 키우려는 노력도 없지는 않다고 했다. 마른 나무를 태우면 생나무도 타듯이, 대세大勢를 잘 타는 게 중요하다 했다.

"우찌예?"

체면 따윈 저만큼 던져두고 달라붙는 비화였다.

"더 소상하거로 이약 좀 해주이소."

"허, 여자분께서 보통이 아니시군요?"

한양 상인은 번성한 나루터집 안을 둘러보았다.

"하기야 그런 여장부이시니 이렇게 대단한 사업을 하시겠지만 말입니다."

그런 탄복과 존경의 말과 더불어 그들은 자신들이 알고 있는 모든 것을 빠짐없이 죄다 들려주었다. 개중에는 퍽 생소하고 이해하기 어려운 내용도 많았지만, 그것은 들을수록 비화 가슴을 뛰게 만드는 이야기였다.

"그래서 말입니다."

"아, 예. 그래서예?"

"민족 자본이야말로……."

식민지나 반半식민지 또는 발전도상국 등에서, 외국 자본에 저항하는 토착 자본, 그걸 민족 자본이라고 한다는 것을 처음 알았을 때도, 새로운 어떤 민족 종교를 대하는 것과 같은 강렬한 느낌을 받은 비화였다.

"우짜모!"

"또 있지요."

전국을 무대로 하여 사업을 하는 그들은 보통 인물들이 아니었다. 고만고만한 물건 몇 개 짊어지고 다니는 보부상 정도는 도저히 그들 상대가 아니었다. 과연 세상은 넓고 인재도 넘쳤다. 그만큼 개척할 수 있는 분야도 많다는 것을 비화는 실감했으며 가슴이 뛰었다. 대화는 끝날 줄 몰랐다.

"금난전권이 폐지되고 외국 상인들의 경제 침투가 점점 깊어지면서 말입니다."

"금난전권, 갱재 침투."

"시전 상인들은 기존의 특권 상업 활동을 포기하고 근대 상인으로 변신했지요."

"그기 안 쉬벗을 낀데예?"

"물론입니다. 어려웠지요."

"그란데예?"

"그래 그들은 말입니다. 혹여 들어보셨는지 모르겠지만, 저 '황국중앙총상회'라는 것을 조직하였지요."

"황국중앙총상회."

"상권 수호 운동을 벌이거나, 근대적 생산 공장에 투자하기도 했고요."

"근대적 생산 공장."

비화 마음에 얼른 와닿지 않는 게 '근대'니 '근대적'이니 하는 소리였다.

'근대, 근대적…….'

근대 상인은 콩나물국밥을 만들어 파는 장사치인 나와는 어떻게 다르며, 또 근대적 생산 공장이라는 것과 우리 나루터집 사이에는 어떤 차이가 있는가? 혹시라도 임배봉과 그의 점박이 자식들은 근대 상인이며, 또 동업직물은 근대적 생산 공장이라고 이름 할 수 있지 않을까?

'그라모 우리는, 우리는?'

그러자 비화는 자신이 하는 영업은 너무나 시대에 뒤떨어진 전근대적인 게 아닌가, 나는 꽁지 떨어진 매 신세로 추락하지는 않을까, 문득 소리 내어 울고 싶은 심정이 되기도 했다. 자신감이 그만큼 줄어들기도 했다는 이야기였다. 그녀는 입에 시퍼런 칼을 무는 심경으로 한양 사업가의 이야기를 새겨들었다.

"객주와 관료들도 여러 회사를 세웠는데, 그중 대표적인 게 상회사지요."

"상회사."

비화가 중요하다 싶어 영리해 보이는 두 눈을 반짝이며 되뇌면 상대방은 신바람이 나서 더욱 세세히 들려주었다.

"처음에 그들은 창신상회, 태평상회 등을 만들어 상업 활동에 종사했고요."

"창신상회, 태평상회."

그렇게 곰곰이 새겨보다가 문득 우리 가게를 지금보다도 좀 더 다양하게 발전시켜 '상촌상회'라고 이름 붙이면 어떨까 싶기도 했다.

"나중에 가서는 말이죠, 특정 상품을 전담 취급하거나 특정 기관에 전문적으로 납품하는 회사로 발전하기 시작했어요."

"특정 상품, 납품 회사."

간혹 우정 댁이나 원아가 슬그머니 와서 손님들과 그런 이야기를 정신없이 나누고 있는 비화를 한참이나 물끄러미 바라보고 서 있다가 돌아서곤 했다. 마당에 파수꾼 모양으로 선 나무들이나 거기 가지 끝에 앉은 새들도 이쪽으로 고개를 돌리는 것 같았다.

"예? 누라꼬예?"

그런데 비화 귀를 가장 솔깃하게 한 것은, 원래는 보부상이었다가 근대 사업가로 성장했다는 박승직이란 사람에 관한 이야기였다.

"아마 1896년인가 되는 해였을 겁니다."

비화가 느끼기에, 그게 벌써 까마득한 옛날로 들렸다.

"1896년."

대화는 그 시간이며 장소를 자유자재로 넘나들었다. 낙락장송도 근본은 종자이듯, 그는 보통 사람과 별다름이 없으나 노력한 결과로 그렇게 되었다고 한다.

"그 박승직은 보부상을 그만두고 저 배오개(지금의 동대문 시장)에 아주 근사한 포목 상점을 열었지요."

"아, 포목……."

비화 심장이 비봉산이나 선학산 풀숲에서 많이 보는 방아깨비처럼 풀쩍 뛰었다. 전신이 칼끝에 대인 듯 저릿해졌다.

포목점. 당장 눈앞에 동업직물이 떠올랐다. 배봉 얼굴 위로 아직 한 번도 만난 적이 없는 박승직이란 사람의 얼굴이 겹쳐 보이기도 했다. 박승직이란 그 인물은 들어볼수록 놀라운 상인이었다.

"그는 저 영국이나 일본에서 수입한 면직물을 팔아 막대한 이윤을 남기면서 사업을 크게 키워나갔다고 합니다."

비화는 부러워하는 빛을 감추지 못했다.

"아, 영국 면직물꺼지?"

일본이나 중국, 미국도 아니고 그 멀리 있는 영국이란 나라와 교역을 하다니, 그 사람은 몸에 날개가 달린 걸까.

"내 들으니……."

그때 뺨에 살이 좀 붙고 낯빛이 뽀얀 그 한양 사업가가 문득 이렇게 물었다.

"이 고을 비단이 꽤 유명하다면서요?"

"예?"

비화는 자신도 모르게 몸을 움찔하였다. 그러자 그는 비화가 잘 알아듣지 못한 줄 알고 보다 또렷한 목소리로 한 번 더 말했다.

"여기 비단 말입니다."

비화 말이 목구멍으로 기어들어 갔다.

"아, 예."

그가 구미 당긴다는 어조로 말했다.

"질도 좋고, 값도 그런대로 싸다고 들었습니다."

"……."

비화는 방심하고 있다가 갑자기 허를 찔린 기분이었다. 가슴에 커다란 돌덩이를 얹은 듯 한없이 답답해지면서 숨을 쉬기도 힘들었다.

'저것들만 비단장사 하는 거도 아이지 않나.'

당연히 동업직물만 이 고을 비단을 취급하는 것은 아니었다. 읍내장터라든지 인근 고을 장터에 나가보면 여기서 생산되는 비단을 파는 상점도 적지 않았다. 그리고 갈수록 그런 추세는 늘어날 터였다.

그러나 누가 뭐래도 그중 동업직물이 단연 으뜸이었다. 저 현해탄(대한해협) 건너 일본에까지 수출되는 동업직물 비단이라는 선전에, 사람들은 배봉과 그 식솔들은 죽어라 미워하면서도 그들이 운영하는 점포에서 많은 물품을 사 갔다. 이래저래 따지고 들자면 모순투성이로 가득 찬 게 인간 세상이었다.

'우짜모 해랑이 이약대로 되는 날이 올랑가도 모린다.'

아직은 그런 소리까지는 들려오지 않지만, 언젠가 해랑은 비화 앞에서 자기들이 대국大國인 중국까지 먹을 것이라고 큰소리쳤었다. 아비지옥에 떨어져 있다가 환생한 여자가 해랑이 아닌가 싶었다.

'그때는 개가 배룩(벼룩) 씹는 소리라꼬 비웃었제.'

지금에 와서 뒤돌아보면 그건 그냥 단순히 허풍으로만 보아 넘길 성질이 아니었다. 같은 여자들이라도 당장 이끌릴 정도의 꽃다운 미모와 뛰어난 언변을 바탕으로 하여, 해랑이 일취월장 동업직물을 성장시켜나가고 있는 그 수완과 역할을 놓고 볼 때, 어쩌면 그럴 가능성도 배제할 수는 없었다. 벌써 해오고 있는 생각이지만, 배봉 가문에서 가장 무서운 존재는 바로 해랑이었다. 해랑의 벽을 뛰어넘지 못하면 복수는 고사하고 되레 또 당할 소지도 높았다.

"여기 물이 좋아 그런 점도 있겠고요."

"……."

한양 사업가는 갑자기 말이 없어진 비화를 의아한 눈으로 보며 말했다.

"공기? 그것도 좀 그렇고 말이죠."

비화는 행여 한양 사업가 입에서 동업직물이라는 이름이 흘러나올까봐 가슴을 졸였다. 또한, 자기가 동업직물의 '동'자라도 내뱉을까 전전긍긍했다. 지나친 과민반응이 아닐 수 없었다. 그건 평소의 그녀와는 너무나 거리가 먼 심리 상태였다.

'내가 이리하모 안 된다.'

하지만 그런 사실을 뻔히 알면서도, 아니 그런 사실을 알기 때문에, 비화는 한층 주눅이 들고 용기가 꺾이고 마는 것이었다. 그러면 아무것도 모르는 상대는, 그전까지는 그토록 적극적이고 열성적으로 나오던 그 가게 여주인이, 별안간 다른 사람이 된 듯 말수가 적어지고 의기소침해지는 모습에 고개까지 갸웃하는 거였다. 잘못하면 '사업事業'이 아니라 '사업死業'이 된다는 그 어려운 분야에 종사하는 사람답게 눈치도 빠르고 통찰력도 깊었다.

"몇 번을 이야기하지만 본디 장사라고 하는 것은……."

그렇지만 비화도 한양 사업가도 내다보지 못했다. 그 후 그 박승직이, 일제의 화폐 정리 사업으로 인해 다른 한국 상인들이 줄줄이 도산할 때에도, 동대문 포목상 및 니시하라 같은 일본인 무역업자들과 함께 합작 무역 회사인 유명한 '공익사公益社'를 설립하게 되리라는 것을 몰랐다.

그뿐만 아니라 크게 번창한 그 공익사는 인천, 평양, 강경은 물론이고, 심지어 중국의 봉천, 장춘, 하얼빈 등지에까지 지점을 개설하고, 온갖 직물과 섬유 등을 수입하는 한편으로, 쌀이라든지 콩, 쇠가죽 등속을 수출하고, 또한 더 나아가 정미업계에도 진출한다는 사실도 알지 못했다.

그런데 더 훗날의 일이지만, 박승직이라면 뭐니 해도 화장품을 얘기하지 않을 수가 없을 것이다. 그 고을 아낙들까지도 바느질 그릇이나 패물 등을 팔러 다니는 방물장수를 통해 구입하게 되는 화장품이다. 비화는 우정 댁이나 원아 등과 함께 바로 그 화장품을 쓰면서, 그 한양 사업가와 한창 이야기를 나누었던, 그날 그 순간을 되살리게 되기도 한다.

박가분朴家粉.

그렇다. 이 나라 최초의 화장품이라고 이름 붙일 수 있는 박가분을 바로 그 박승직 가문에서 만든 것이다.

조선팔도를 돌아다니는 방물장수들을 통해 판매된 박가분은 박승직 상점보다도 도리어 더 유명해졌다. 그리하여 1920년대에 들어서는 하루에 무려 5만 갑씩 팔려 나갔다. 또한 흥미로운 일은, 박가분이 그렇게 인기를 끌자 이번에는 서가분, 장가분 등등 유사품이 줄을 이었다는 사실이다.

"준서 옴마!"

비화가 전설의 인물로 여겨지는 박승직 생각에서 돌아선 것은, 문득 들려온 송이 엄마 목소리 때문이었다.

"예?"

송이 엄마는 시비를 걸거나 다그치는 어투로 물었다.

"내가 속도 팍팍 상하고 너모 신갱질도 나서 하는 이약인데, 우리 나루터집 2호 분점은 운제쯤 기경할 수 있노?"

비화는 어리둥절한 얼굴로 반문했다.

"2호 분점예?"

그러자 송이 엄마가 쿡 쥐어박는 소리로 말했다.

"하모."

비화는 더듬거리지 않을 수 없었다.

"그, 그거는……."

"와?"

주인과 종업원이 바뀐 형세였다.

"안 할 끼가?"

숫제 명령조로 들렸다. 그만큼 송이 엄마는 나루터집이 자기 가게인 것처럼 크나큰 정과 애착을 지니고 있다는 증거였다.

"하, 하기는 할 깁니더."

비화 목이 저절로 움츠러들었다. 당장 붕 떠오른 게 조 관찰사 상판대기였다. 아니 할 말로, 칼이 있으면 배를 푹 찔러버리고 싶었다.

'우짜다가 그런 손재損財가 들어갖고 말이다.'

그녀 대신 잡혀간 준서 아버지를 감옥에서 빼내기 위해 그자에게 얼마나 많은 돈을 그냥 싸다 주었는지는 아무도 모른다. 허리가 휘청한다는 소리는 바로 그런 경우를 두고 쓰는 말이었다.

'그래도 다행이라꼬 생각해야제 우짜것노?'

까딱했으면 분점 개설은 고사하고 상촌나루터에 있는 본점마저도 문을 닫아야 할 뻔했다. 하지만 비화는 송이 엄마뿐만 아니라 자기 입에서 무슨 말이 떨어지기만을 기다리는 다른 주방 아주머니들을 의식하여 입을 열지 않을 수 없었다.

"운젠가는 열거로 되것지예."

그러자 맥도 모르고 침통 흔들듯 즉각 날아오는 말들이 예사 날카로운 게 아니다.

"운젠가는?"

"아, 그라모 아즉 계획에 없다쿠는 이약 아이가?"

"그거는 우리 여사장님 입에서 나올 말씀이 아인데?"

"꼬라지도 보기 싫은 저 동업직물을 생각하모, 하로라도 얼릉 해야 하는 기라."

비화는 그만 자리에서 몸을 일으키고 말았다. 가벼운 어지럼증이 달려들어 그녀는 조금 비틀거렸다.

"와? 하매 가실라꼬? 누 말마따나 만내자 이벨, 그긴가베?"

송이 엄마는 숙제를 다 마치지 못한 아이를 떠올리게 했다. 그 '만나자 이별'이라는 말에서는 두 번 다시는 얼굴을 보지 못할 성싶은 느낌마저 들었다.

"오랜만에 오싯으이 쪼꼼 더 계시다가 가시야지예."

하는 사람은 그중 나이가 적은, 주방 여자들 가운데서 유일한 처녀인 진인혜였다.

"그라까?"

비화는 잠시 망설였지만, 왠지 모르게 어서 상촌나루터로 돌아가고 싶었다. 아늑한 둥지에 깃들이고 싶은 겨울 철새의 마음이 그러할는지 모른다. 예전 같으면 성 밖 동네에 있는 친정집이 먼저 떠올랐겠지만,

지금은 아니었다. 부모님이 따뜻하게 맞아주실 그곳을 찾아들면 독하고 모질게 품고 있는 포부와 의지가 흔들릴 것 같아서였다.

"담에 또 오께예. 모도 수고들 하시이소."

비화는 실수로 잘못 들어간 남의 집을 빠져나오듯 서둘러 분점을 나섰다. 출입문이 약간 흔들리면서 내는 삐걱거리는 소리가 가까스로 억누르는 신음처럼 전해졌다. 그녀는 숨을 크게 몰아쉬었다.

'더 앉아 있다가는 심이 멕히서 죽을 거 겉다 아이가.'

그러나 그게 크게 잘못된 일이었다는 게 이내 밝혀졌다. 그녀가 막 분점에서 나왔을 때 역시 통로 맞은편에 있는 동업직물 점포에서 거의 동시에 문을 나서는 해랑과 둘이 딱 마주치고 말았던 것이다.

"……."

해랑도 비화 못지않게 당황하는 빛이었지만 곧바로 심상한 척했다. 어릿광대같이 어설픈 연기였지만 과소평가할 일은 아니었다.

'더 백야시가 돼가는구마.'

비화는 속이 있는 대로 메슥거렸다. 그래도 그냥 그대로 헤어졌더라면 한결 더 나았을 것이다. 하지만 그게 아니었다. 백여우가 대뜸 이렇게 쏘아붙였던 것이다.

"넘의 집 비단 태워 없앨 일 있는 긴가?"

두 건물을 구분 짓는 통로를 왕왕 울리는 그 소리는 누구 귀에도 다분히 시비조였다.

"국밥 맨드는 데는 불이 필요할랑가 몰라도, 비단 맨드는 데는 씰데도 없는데……."

비화는 억지로 감정을 추스르며 응대했다.

"태워 없앨 만하모 태워 없애야제."

당장 화살이 날아왔다. 벌겋게 달구어진 불화살이었다.

"무신 권리로?"

"인간 권리로!"

비화가 맞받아쳤다. 해랑은 잠시 눈동자가 딱 고정되는 그 특유의 표정을 짓더니만 다시 이기죽거렸다.

"참, 기도 안 차서."

통로 사이를 오가고 있는 많은 장사치며 손님들을 바라보면서 내뱉었다.

"나루터집 사람들만 인간이고, 동업직물 사람들은 인간이 아이다, 그런 소린가베?"

"안께 다행이다."

그렇게 곧장 되받아치긴 했지만, 비화는 조금 전 분점 안에서와는 비교가 아니게 엄청난 현기증에 시달렸다. 동업직물, 동업, 동업…….

홀연 비화는 손끝 발끝까지 기운이 빠져나가면서 모든 게 귀찮아지기 시작했다. 항상 뱀 대가리처럼 빳빳하게 고개를 치켜드는 그 망상을 의식의 밑바닥에다 꾹꾹 눌러 앉히며 살아가는 것도 이제 진력이 났다는 증거였다. 드디어 나의 인내심이 아우성을 내지르기 시작하는가.

이렇게 주체하기 불가능한 기분일 때는 언제나 그래왔듯이, 맨 먼저 남편 재영의 모습이 높은 벽이 되어 눈앞을 가로막았다. 그러고는 뒤를 이어서 그의 그림자처럼 따라 나오는 여자, 허나연이었다. 마지막으로 그 두 사람이 세상에 퍼뜨린 불륜의 씨앗, 동업이었다.

그대로 미쳐버리라는 것인가? 그게 아니면, 지난날 천주학 하던 전창무와 우 씨 부부의 소생인 혁노가 했던 것같이 어설픈 미치광이 흉내라도 좀 내어보라는 것인가? 그러다가 진짜 광녀가 돼버린다면?

그리하여 두 명의 동업이 악령처럼 나타나 비화의 눈을 막 어지럽히기 시작했다. 심장이 터져나가고 머리가 빠개지는 느낌이었다.

박동업과 임동업, 임동업과 박동업.

비화는 그 아뜩한 순간에도 생각해내었다. 허나연 그 여자를 안 본 게 정말 무척이나 오래됐다. 지금은 어디서 무엇을 하며 살고 있을까. 그 의문 끝을 물고 비화는 급기야 엄청난 피해의식의 포로가 되기 시작했다.

'우째서 내만 날마당 가슴앓이를 함서 살아야 하는 것가?'

당사자들인 남편과 그 여자, 그리고 그들 자식인 동업, 그리고 그런 동업을 거둬들여 키우는 배봉 집안 억호와 해랑은, 저렇게 잘들 살아가고 있는데……. 이미 그 일을 모두 잊어버리고 있는 모습들인데……. 왜 이 비화 혼자만 대체 누구를 웃기려고 괘사를 떠는 어릿광대가 되어…….

한순간 비화는 좀처럼 감당할 수 없는 엄청난 충동에 사로잡혔다. 해랑에게 동업의 비밀을 모조리 말해버리고 싶다는 유혹이었다. 온 세상 사람들을 향해 소리치고 싶다는 욕망이었다.

– 동업직물 장손 동업이 진짜 아부지는 우리 준서 아부지요오!

그러던 비화는 제 그림자를 보고 놀란 암탉처럼 소스라치며 몸을 돌려세웠다. 그 돌연한 행동을 보고 적잖게 놀란 해랑이 눈을 크게 떴다.

"……."

도저히 이해할 수 없는 낯선 비화의 모습이었다. 금방이라도 픽 쓰러질 여자같이 해가며 시장바닥 사람들 사이로 비칠비칠 걸어가고 있는 그녀의 뒷모습이, 해랑 눈에는 그렇게 생경스러워 보일 수가 없었다.

악귀가 오지 못하게 집 앞에 메밀을 뿌리듯, 비화가 여기 다시는 오지 않게 메밀을 뿌렸으면 좋겠다는 생각을 했었는데, 차후로는 비화 스스로가 나타나지 않으리라는 예감까지 들었다.

'비화 눈에 나도 저렇게 비인 거는 아이까?'

그리고 그 순간, 해랑은 얼핏 지나가는 바람결에 실린 환청을 들었다. 바로 해랑 자신의 목소리였다.

– 비화 언가야.

저 '길거리 귀신'에게 씐 걸까. 정신없이 한참을 걸어가고 있던 비화는 어느 지점에 서서 주위를 둘러보고는 소스라치게 놀랐다. 지금 자신이 있는 그곳이 어디인가. 내가 왜 집으로 가지 않고 여기를 왔는가?

엉뚱하게도 거기는 평소 그녀가 의식적으로 피해 다니곤 하는 대사지였다. 어쩌다 용무가 있어 그 근처를 꼭 지나가야 할 때도, 고개를 잔뜩 모로 돌리고 부랴부랴 벗어나 버리는 곳이 그 대사지였다.

해자垓字인 대사지.

외부 침입을 막기 위한 방어 연못답게, 그것은 지금도 그 누구의 접근도 절대로 허용치 않겠다는 꿋꿋한 태세를 유지하고 있는 것으로 비쳤다. 오로지 연꽃만 내 품에 안겠다는 그 심보가 고집불통 늙은이 같다고나 해야 할까.

그때 대사지 위로 바람이 불어왔다. 그것은 비화의 검은 귀밑머리를 가볍게 날리게 했다. 그 바람에 비화는 약간 정신이 돌아왔다. 그러나 그와 동시에 그녀는 온 몸뚱어리를 쫙 훑고 지나는 엄청난 전율을 느꼈다. 다리가 마구 후들거리고 턱이 덜덜 떨렸다. 그녀는 자신을 향해 속으로 악을 써댔다.

– 니가 요 온 목적이 머꼬? 퍼뜩 이약해라. 누가 모릴 줄 알고?

그러자 또 다른 목소리가 응수했다.

– 하모, 맞다. 니가 아는 그대로 아이가. 내는 시상에 그 일을, 그 일을…….

그러나 앞의 목소리가 뒤의 목소리를 가로막았다.

– 흥! 하지도 몬할 일을 와 말하노?

– 와 몬 해? 와 몬 해? 인자는 할 수 있다 고마! 인자는 할 수…….

그렇지만 뒤의 목소리는 제 스스로 꼬리를 사리었다.

"으흐흐, 으흐흐."

비화는 끝내 오열을 터뜨렸다. 대사지를 가로질러 얹혀 있는 대사교를 오가는 사람들이 아무도 눈치채지 못하게 손으로 입을 가리고 소리 죽여 가며 울었다. 그러다가 자조했다. 사람이 살아가다가 울 수도 있는 거지, 뭐 어때서 숨기고 난리야?

'콱 죽어삐라, 비화야.'

정말 지지리도 못난 그 자신이었다. 해랑을 한순간에 매장시킬 수도 있는 파괴력을 가진 무기를 지니고 있으면서도 오늘도 속절없이 당하기만 했다. 해랑을 파멸시킬 힘이 없는 것도 아니면서 말이다. 못 살면 터탓이라고, 책임을 누구에게 돌리고 원망할 것인가 말이다. 비화는 웃음과 함께 있는 대로 입을 열었다. 온 세상을 향해 말했다.

– 호호호. 압니꺼? 모리지예? 몇 푼짜리나 되는 여잔고. 해랑이라쿠는 저 여자는 관기가 되기 전에 하매 몸이 싹 다 더럽혀졌던 여잡니더. 그것도 그 에린 나이에 행재한테 당했지예. 바로 저 숲에서 말입니더. 호호호. 생긴 거는 선녀 겉지만도 몸도 맴도 구정물 속에 폭 담갔다가 나왔지예. 더욱이 시방 남핀이 눈고 압니꺼? 바로 그녀를 첨 범했던 그 사냅니더, 그 사내. 호호호. 저 대사지는 모돌띠리 알고 있십니더, 그날의 그 일을. 우때예? 에나 에나 안 재미있어예? 호호, 오호호호…….

대사지 저편 끝으로부터 막지 못할 적군인 양 바람이 불어오고 있었다. 그것은 갈수록 점점 더 드세어지고 있었다. 무슨 짐승이 함부로 울부짖는 소리와도 유사했다. 마침내 대사지가 바람에 실려 날아가고 있었다. 대사지에 걸쳐진 대사교도 공중으로 날아오르고 있었다. 뗏장을 얹어 나무 사이로 발이 빠지지 않도록 흙으로 다져 만든 다리가 하늘을 날고 있었다.

그리고 비화는 자지러지면서 발견했다. 대사교 끝에 두 사람이 서 있었다. 동업과 그의 친모 허나연이었다. 그들 모자가 이쪽 아래를 내려다보면서 그녀를 크게 비웃고 있었다. 손가락질에다 발길질까지 해가면서 그랬다.

그런데 그들 웃음소리 속에 뒤섞여 다른 말소리가 났다. 자세히 올려다보니 동업 모자가 있는 곳과는 반대쪽 대사교 끝에 준서가 서 있었다. 준서가 자기 어머니를 조롱하는 그들을 향해 큰소리로 나무라고 있었다.

그러자 동업이 벌컥 화를 냈다. 준서도 같이 화를 냈다. 급기야 두 사람이 서로를 향해 달려들고 있다. 그들은 대사교 한가운데에서 맞붙기 시작했다. 맞수였다. 어느 한쪽도 밀리지 않았다. 그렇다고 어느 한쪽이 우세한 것도 아니었다.

그러던 어느 찰나였다. 갑자기 대사교가 탁 두 동강이 나버렸다. 비화는 경악의 눈으로 지켜보았다. 한쪽 대사교에는 준서가, 한쪽 대사교에는 동업이 있었다. 그 둘은 서로 떨어진 대사교 위에 서서도 상대를 노려보며 무어라 소리를 질러대고 있었다.

하지만 그런 순간은 그다지 오래가지 못했다. 한층 가공할 사태가 벌어졌다. 어찌 이럴 수가 있을까. 준서와 동업이 서 있는 대사교가 똑같이 비화 그녀 머리를 겨냥하여 사납게 내리꽂히고 있었다. 한데 더더욱 기겁하게도, 그 흙다리는 날카로운 송곳 끝같이 된 무쇠 덩이인, 적군을 막기 위해 진지 앞에 던져두는 마름쇠로 변하고 있었다.

'악!'

비화는 비명을 질렀다. 자신도 모르게 질끈 두 눈을 감았다. 얼마 후 그녀는 다시 번쩍 눈을 떴다. 그런 그녀 눈에는 잔잔한 대사지를 가로지르며 얌전히 놓여 있는 대사교가 띄었다. 준서와 동업과 나연은 온데간

데없고 낯선 얼굴들만 무심히 오가고 있는 대사교였다. 그 사람들 사이에 섞여 지나는 말과 소, 개 등의 동물들도 금방 하늘에서 내려온 것처럼 몽롱해 보였다.

'쌔이 집으로 가야제.'

비화는 서둘러 몸을 돌려세웠다. 불현듯 준서가 뼈마디 시리도록 보고 싶었다. 꿈속에서 사라졌던 것과 마찬가지로 현실에서도 그녀 곁에서 멀어질 것만 같았다. 애달픈 빡보 자국이 가슴 아픈 아스라한 추억마냥 희미하게 남아 있는 그의 얼굴이 몇 년을 보지 못한 것처럼 그리웠다. 깎은 밤, 씻은 팥알같이 헌칠하고 미끈하게 생긴 내 아들이다.

그런데 이건 또 무슨 변고인가? 이번에는 맹쭐이었다. 틀림없었다. 민치목의 아들 맹쭐이었다. 비화는 또 환영인가 싶어 눈을 크게 떴다. 아니었다. 환시가 아니었다.

'소긍복 그 사람 원혼은 머하고 있는고? 애비고 자슥이고 모돌띠리 안 잡아가삐고.'

그런 생각까지 들기도 했다. 게다가 그는 혼자가 아니었다. 일행이 있었다. 그런데 동행자가 심상치 않았다.

'왜늠하고?'

바로 보았다. 맹쭐은 일본인과 함께 있었다. 그와 무어라고 서로 말을 주고받으며 이쪽을 향해 대사교 위를 천천히 걸어오고 있었다.

'맹쭐이가!'

비화는 눈앞에서 빤히 지켜보면서도 믿을 수가 없었다. 맹쭐이 일본사람과 대화를 하고 있다니. 어떻게 일본 사람을 알게 되었고, 어떻게 일본말을 알아서?

비화는 맹쭐 옆에 서서 오고 있는 일본인을 유심히 바라보았다. 하지만 비화로서는 알 리가 없었다. 그자는 토목공사업자 죽원웅차였던 것이다. 그들은 호주 선교사 달렌이 앞으로 그 고을에 세우려고 하는 근대식 병원 공사에 대한 이야기를 나누는 참이었다.

"어?"

마침내 맹쫄 쪽에서도 비화를 발견했다.

"비화 아이가?"

그는 이제 아이 부모가 된 그녀를 아직도 그런 식으로 부르고 있었다. 시간이 가도 여전히 막돼먹은 인간말짜였다.

"비화야. 우리 에나 간만이다, 그자?"

장물아비가 훔친 물건을 힐끔힐끔 훔쳐보는 모습으로 비화 얼굴을 바라보았다.

"얼골 잊아묵겄다."

"……."

비화는 말을 잊은 아이같이 가만히 있었다. 입을 섞어 말하기도 싫었다.

"마, 그거는 그렇고 안 있나."

무슨 급하고 중요한 말을 할 듯이 하더니만 고작 한다는 소리가 이랬다.

"니 콩나물국밥 안 팔고 요는 우찌 온 기고?"

그러고 나더니 맹쫄은 진득진득한 눈빛을 하고 역겨울 만치 비화 얼굴을 뚫어지게 보고 있는 일본인에게 입을 열었는데, 의도적으로 조선말과 일본말을 섞어서 하는 성싶었다. 비화에게 자신의 어쭙잖은 일본말 실력을 은근히 과시하려는 얄팍하고 가증스러운 속셈이 그대로 드러나 보였다. 어쨌거나 맹쫄의 말은 대충 이런 뜻 같았다.

이 여자가 상촌나루터에 있는 저 유명한 나루터집 여주인 비화입니다.

죽원웅차가 놀라는 얼굴이 되면서 서투른 조선말로 물었다.

"아하, 그 콩나물국밥집 말이무니까?"

죽원웅차도 비화에 대해 조금은 알고 있다는 눈치였다. 그자는 무슨 이상한 동물을 구경하듯 매우 신기하다는 눈빛으로 계속해서 비화를 할금거렸다. 방금 맹쭐이 해 보였던 그대로였다. 비화는 징그러운 벌레가 몸 위를 스멀스멀 기어 다니는 느낌이었다.

"비화야, 너거 집 안 곤칠 끼가?"

맹쭐은 바보처럼 입을 반쯤 벌리고 헤식게 웃었다. 당장 오줌장군 마개로 틀어막아 버리고 싶은 입이었다.

"아이라. 새로 지이야제."

난데없는 집 이야기에 비화는 잠시 멍해졌다.

"마이 낡았던 거 겉던데?"

이번에는 어깨를 으쓱해 보이며 대단한 선심이라도 쓰는 것같이 했다.

"니 우리한테 부탁만 해라이. 그라모 우리가 조선팔도에서 젤 멋진 집을 지이줄 낀께네."

'집.'

비화는 깨달았다. 맹쭐과 함께 있는 그 일본인은 건축이나 토목과 관계되는 일을 하는 자라는 것이다. 그러자 준서, 얼이 등과 나란히 낙육고등학교에 다니는 문대 아버지 서봉우가 얼핏 생각났다. 근동에서 알아주는 도목수였다.

"에, 그거는 또 그렇고, 비화야."

맹쭐은 당연히 벌써 꺼냈어야 할 해랑을 입에 올리기 시작했다.

"요새는 옥지이, 아니 해랑이 몬 만나제?"

맹쭐의 물음에 대신 대답을 해주려는지 대사교 위를 지나가는 소와 말이 한꺼번에 우는 소리를 내고 있었다. 어쩌면 웃는 소리인지도 모르겠다. 바로 조금 전에 그 해랑을 보고 온 비화에게 무슨 되지도 않은 헛

소리를 늘어놓느냐고.

"하기사 그 귀하신 공주님하고는 안 되것제."

맹쭐은 갈수록 멍청한 밥순갈을 한술 더 떴다.

"아아, 인자는 황후제, 황후. 그러이 콩나물국밥집 주인하고 오데 같이 만낼 상대가 되나? 후후."

아직 조선말을 잘 모르는 죽원웅차는 귀를 곤두세우고 맹쭐이 무슨 소리를 하는가 하고 제 딴에는 열심히 듣는 눈치였다. 그러다가 어떤 말은 좀 알아듣고 다소 놀라는 표정을 짓거나 입을 벌리고 '헤헤' 웃기도 했다.

'내 살아옴시로 들은 이약 그대로다.'

비화는 옛말이 하나도 그릇된 게 없다고 생각했다. 개 꼬리 삼 년을 두어도 족제비 꼬리 못 된다는 것이다. 사실 비화는 맹쭐보다 그의 아비 치목에게 더 신경을 쏟고 있었다. 그는 살인마였다. 치목이 남강변에서 아버지 호한의 죽마고우였던 소긍복을 살해하는 장면을 얼이가 목격했다고 했다. 맹쭐을 시켜서 얼이를 죽이려 한 적도 있었다.

그뿐인가? 치목은 자식뻘밖에 되지 않는 비화 자신까지도 넘보던 파렴치한이었다. 그날 남편 재영과 얼이가 아니었다면 그녀는 꼼짝없이 당하고 말았을 것이다. 그 치목이 운산녀와 어울린다는 사실도 익히 알고 있다. 게다가 허나연도 그들과 한통속이다. 준서 피부병을 낫게 하기 위해 물어물어 찾아갔던, 암물과 수물이 나오는 치라골 약수터에서 만난 그들은 인간이 아니었다. 똑같이 인간이 아닌 맹쭐이 짐승 입에서나 나올 법한 소리를 해댔다.

"비화야이, 그기……."

그 말끝은 맺지도 않고 또 다른 소리를 꺼내는 그였다.

"옥지이, 아니 해랑이가……."

비화는 말 못 해 죽은 귀신이 씌었거나 실성한 사람 모양으로 끊임없이 저 혼자 무어라 계속 시부렁거리는 맹쫄 이야기는 단 하나도 귀에 들어오지 않았다. 여전히 그는 조금도 두렵지 않고 단지 퍽 성가시다는 느낌뿐이었다. 또한, 맹쫄에게 마음을 기울이기에 앞서 맹쫄을 둘러싸고 있는 인간들이 너무나도 버거웠다. 그녀는 새삼스레 깨달았다. 나는 이 세상을 뜨기 전에 해결해야 할 일이 참으로 많다는 것이다.

그런 생각 뒤끝에 다시 바라본 대사지가 망망대해보다도 막막해 보였다. 그리고 이건 또 어인 영문인가? 언제 뒤따라왔을까? 비화는 어디선가 들리는 이런 소리를 들었다.

– 비화 언가야.

그것은 틀림없는 해랑, 아니 옥진의 음성이었다.

천기누설

찌뿌드드한 날씨였다.

동문수학하는 벗들과 헤어져 집으로 향하면서 동업은 허리만큼이나 긴 목을 쭉 빼고 하늘을 올려다보았다. 병자 얼굴을 연상케 하는 혼탁한 빛이었다. 그래서인지 그의 몸도 마음도 영 개운치 못했다.

그러나 동업은 그게 날씨 탓이 아니라 꿈 때문이라는 것을 잘 알고 있었다. 간밤의 악몽이었다. 되살릴수록 머리털이 쭈뼛 곤두설 정도로 섬쩍지근했다.

'그기 꿈이 아이었으모 우짤 뻔했노?'

오늘은 학업도 엉망이었다. 책에 쓰인 글씨가 하나도 눈에 들어오지 않았다. 평소에는 머릿속에 쏙쏙 들어오던 스승님들 가르침도 귀 밖에서만 놀았다.

'할아부지가 아시모 야단이실 끼다.'

그는 서당이든 서원이든 간에 문하생 누구보다도 뛰어나서 할아버지 배봉이 언제 어디서나 늘 자랑삼는 손자였다. 점박이 자식들이 하나같이 잘하지 못하던 원수의 공부였기에, 천재 소리 듣는 동업은 배봉의 푸른 꿈이요, 세상에 다시없는 빛나는 보배였다.

'어른들을 실망시키드리모 안 되는 기라.'

동업은 서원이 있는 언덕배기 쪽을 돌아보았다. 그날은 서원도 왠지 침통한 표정을 짓고 맥없이 서 있는 형상이었다. 거기 담장 가장자리에 자라는 나무들도 생기를 잃고 몹시 지쳐 보였다. 나무들이 그들을 반겨주지 않을 줄 미리 안 모양인지 날아드는 새들도 눈에 띄지 않았다. 전체적으로 어둡고 삭막한 한 폭의 수채화를 방불케 했다.

'그라고 본께, 그 아주머이를 몬 본 지도 짜다라 됐다 아이가.'

바로 허나연이 꿈에 나타나 보였던 것이다. 꿈에서 보자니 현실에서 보다도 한층 더 동업 자신과 빼닮아 있었다. 꿈속의 순간적인 착각이지만 거울에 비친 자기 모습인 줄 알았을 정도였다. 여자인데도 그랬다. 특히 두 눈은 서로의 판박이였다.

그런데 웬 영문인지 그녀가 누군가와 다투고 있었다. 상대는 동업이 전혀 모르는 어떤 사내였다. 정확히 말하자면 얼굴 윤곽이 너무나도 흐릿해서 누구인지 알아볼 수 없었다. 또한, 그 아주머니 목소리는 들리는데, 그 사내 음성은 하나도 들리지를 않았다. 그래서 도대체 아무것도 알 수 없는 비밀스러운 사내였다.

그런데 또 참으로 기묘한 게, 그 두 사람이 다투는 이유가 동업 자신이라는 것을 그는 알고 있었다는 사실이었다. 아무리 꿈이래도 그건 정녕 불가사의였다. 그들이 전혀 그런 소리를 내비치지 않았는데도 불구하고 이상하게 동업은 그 싸움이 자기 때문에 벌어지고 있다는 것을 깨닫고 있었다. 하지만 자기 때문이란 것만 알았지 왜 자기 때문인가는 또 몰랐다.

'아, 와 저리들 싸우는 기고?'

그의 가슴팍이 더없이 답답했다. 누군가 콱 쥐어박은 것만큼이나 서러웠다. 사람이 서럽다 서럽다 해도 그렇게 서러울 수가 있을까. 그래도 말릴 엄두를 내지 못하고 있던 동업은 문득 주위를 둘러보았다.

'여게는 또 오데고?'

그곳이 또 퍽 낯선 장소였다. 물이 보이고 모래가 깔려 있는 것으로 미루어 어쩌면 강가가 아닐까 싶었다. 물 저 건너편에는 역시 안개에 가려진 양 희끄무레한 산 능선이 비쳤다. 하늘에는 해도 달도 별도 떠 있지 않았다. 허공에는 그저 회색 천 조각이 드리워져 있는 듯싶었다. 어떻게 보면 동업직물 비단 같기도 했다. 그 와중에도 그의 집 비단을 보니까 부쩍 반가웠다. 그런데 어쩌면 그리도 우중충하고 형편없는 비단일 수 있을까? 천민들이 몸에 걸치는 삼베옷보다도 못해 보였다.

'아, 새다!'

바로 그때다. 그 아주머니와 사내 머리 위에서 빙빙 돌고 있는 웬 물체는 새였다. 검은 새였다. 새는 몸집이 엄청 컸다. 몸 빛깔도 당최 마음에 들지 않거니와 징그러울 정도로 거대했다. 때때로 그 큰 날개에 가려져 사위가 온통 컴컴해지기도 하였다. 그러면 잠시 목소리만 들리고 사람은 보이지 않았다.

그런데 별안간 어디선가 또 한 사람이 불쑥 나타났다. 동업은 두 눈을 크게 치뜨고 그를 바라보다가 깜짝 놀랐다. 속에서 비명이 터져 나왔다.

'헉! 저, 저눔은 나, 나루터집 아들 아이가?'

맞았다. 천만뜻밖에도 그는 준서였다. 비화 아들이었다.

그 또한 알 수 없는 노릇이었다. 그 아주머니와 대판 싸우고 있는 사내는 누군지 도무지 짚어낼 방도가 없는데 준서는 너무나도 또렷하게 알 수가 있는 것이다. 심지어 그의 얼굴에 나 있는 빡보 자국까지도 선명하게 볼 수 있었다.

그러고는 다음 순간, 동업은 기적처럼 깨달았다. 지금 그가 꿈을 꾸고 있다는 것이다. 진정 기이한 현상이 아닐 수 없었다. 한참 꿈을 꾸면서도 아, 이게 꿈이구나! 하는 그 생각을 하는 것이다. 서원 스승에게서 배운 저 '장자의 꿈'도 떠올랐다. 꿈에 나비가 되었다는 것이다. 내가 나비인지 나비가 나인지 통 알 수가 없었다는 것이다. 그러한 착각 상황이 꿈에 그에게도 벌어졌다. 동업이 준서인지 준서가 동업인지 헷갈리기 시작한 것이다.

동업은 정신을 차리려 무진 애를 썼다. 그러다가 저 빡보 놈은 왜 남의 꿈속에까지 들어와 있는가 생각하기에 이르렀다. 한층 더 같잖고 가증스러운 것은, 그놈 역시 동업 자신처럼 두 어른 싸움을 구경하고 있다는 사실이었다. 그것도 가끔씩 두 팔을 끼기도 하는 철저한 방관자 모습이었다.

문득, 꿈의 장면이 바뀌었다. 이번 장소는 분명히 알 수 있었다. 바로 성을 지키는 못인 해자로 쓰던 대사지였다. 거기 가득 피어 있는 연꽃도 보였다. 정월 대보름날 밤이면 성 안팎의 남녀노소가 한 해 동안 재앙이 없기를 바라며 '다리밟기'를 하는 대사교도 같이 보였다. 아주 오래전부터 남강으로 흘러드는 크고 작은 개울에 많이 설치한 흙다리 가운데 하나였다. 나무 사이로 발이 빠지지 않도록 뗏장을 얹어 다져놓은 흙도 똑똑하게 비쳤다.

다른 것들은 전부 혼미한데 왜 대사교는 저렇게 잘 보이는 거지? 동업은 이내 그 원인을 알았다. 언젠가 그 대사교 위에서 준서와 싸운 적이 있었으며, 그것이 이제 자기 꿈으로 되살아나고 있다는 것이다. 다른 점이 있다면, 현실에서는 준서 어머니 비화도 옆에 함께 있었는데, 꿈에서는 준서 혼자라는 사실이었다. 그렇지만 동업 자신과 판박이인 그 아주머니는 꿈과 현실, 그 두 세계 속에 똑같이 나왔다.

어쨌거나 동업은 그 당시 결판을 내지 못했던 승부를 지금 반드시 지어야겠다는 각오를 다졌다. 그래서 준서 쪽으로 한걸음 내디디는데 바로 그 순간에 그만 잠을 깨고 말았다. 하필이면 그 결정적인 찰나에 눈을 뜬 것이다. 아쉽기도 하고 가슴을 쓸어내리기도 했다. 스스로도 역겨울 정도로 이중적인 감정의 결이 아닐 수 없었다.

여하튼 눈을 뜨고 나서도 한동안이나 멍했다. 정신을 차리기가 너무 힘들었다. 대체 뭔지 해몽하기 어려웠다. 무엇을 암시하기 위한 꿈인가. 그날 공부하는 내내 동업을 괴롭힌 잡념이었다.

펼쳐놓은 책장 위에 꿈의 장면이 어른거렸다. 나비가 너울거렸다. 한데, 그 나비는 사람 얼굴을 하고 있었다. 중국의 장자라는 그 사람인가? 그런 생각이 들어 잘 살펴보았더니 그게 아니었다. 바로 동업 자신이었다.

그때다. 무언가가 '탁' 하고 그의 어깨에 부딪혀왔다. 아직도 몽롱한 의식 상태로 꼭 꿈속을 가듯 걷고 있던 동업은 번쩍 정신이 났다. 그러고는 바로 앞을 떡 막고 서 있는 어떤 그림자를 발견하고는 크게 소스라쳤다. 그자는 얼핏 봐도 자기와 같은 조선인이 아니라 일본인이었던 것이다.

"날이 갈수록 우리 고을에 왜눔들이 상구 늘어나이, 이거는 에나 보통 문제가 아인 기라. 이런 식으로 가다가 내중에는 우찌 될랑고?"

긴 한숨을 뿜어내며 그런 말씀을 하시던 스승의 그늘진 얼굴이 퍼뜩 떠올랐다. 실수를 한 쪽은 동업 자신이었다. 그는 허리를 굽히며 사과하지 않을 수 없었다.

"미, 미안합니더. 내가 다린 생각 쪼꼼 한다꼬 고마 앞을 몬 봤심니더."

"……."

그러나 상대는 동업의 사과를 받아들이지 않고 화가 잔뜩 돋아난 얼굴로 말없이 이쪽을 째려보기만 했다. 키는 동업 자신보다 작아도 굉장히 다부지게 생긴 자였다. 인상이 퍽 험악하고 눈매가 날카로웠다.

그자는 동업이 한 번 더 정중히 사과하자 그제야 참 재수 없다는 빛을 노골적으로 드러내며 동업 바로 발밑에 침을 '퉤' 뱉고는 거칠게 걸음을 옮겼다.

'이거는 너모하는 거 아이가?'

동업은 확 치미는 분노와 극심한 자괴심을 가까스로 추슬러야 했다. 스승들에게서 사람은 언제 어디서나 공손해야 한다고 배웠지만, 내가 섬나라 오랑캐 놈 따위에게 너무 저자세가 아니었나 싶기도 했다. 더욱이 지금 여기는 우리 조선 땅인 것이다. 개도 자기 동네에서는 한 수 먹고 들어간다는 말도 있다. 게다가 그는 근동에서 누구도 함부로 대하지 못하는 대갓집 장손이었다.

'액땜을 하는 긴가?'

다시 한번 께름칙한 그 꿈이 머릿속에 되살아나면서 반발심 비슷한 감정이 일었다. 사람이 무엇을 깊이 생각하다 보면 맞은편에서 오는 사람을 미처 발견하지 못할 경우도 있고, 저 혼자 돌부리에 걸려 엎어질 수도 있는 것이다. 그러니 이건 아무래도 부정 탄 흉몽 탓이었다.

'조심해야겄다.'

동업은 똑같은 실수를 되풀이하지 않기 위해서 정신을 바짝 차렸다. 하지만 그는 조금도 내다보지 못했다. 그 일본인과의 불쾌한 사건은 사실 아무것도 아니라는 것이다. 말하자면 그것은 단지 하나의 전초전에 불과했다. 어쩌면 그의 운명까지도 뒤바뀌게 할 신의 시험대에 오르기 위한 것이었다.

그랬다. 그가 세상에 태어난 이후로 지금까지 겪어왔던 어떤 경험보다도 엄청난 일 하나가 기다리고 있었다. 꿈에, 그것이 꿈이라는 것까지도 알았던 그였지만, 이제 곧 닥칠 현실의 일은 그야말로 꿈에서조차도 내다볼 수 없었다.

이제 다시는 맞은편에서 오고 있는 것들과 충돌하지 않기 위해 동업은 두 눈을 거의 부릅뜨다시피 하고 있었다. 그러잖아도 친모 허나연을 빼닮아 커다랗고 동그란 눈이 화등잔만큼이나 빛나고 커 보였다. 그리하여 동업은 좀 더 빨리 그 상황에 직면하게 되었으니, 분명히 운명의 손이 그의 덜미를 틀어쥐고 그렇게 이끌어가고 있었는지도 모르겠다.

'어?'

처음에 저만큼 멀리서 그 두 사람 모습이 보였을 때 동업의 마음은 약간 야릇해졌다고나 할까 그런 정도였다. 그 아닌 다른 누구라도 비슷한 느낌이었을 것이다. 한땐 자기 집에서 부리던 종들이었다. 지금은 천민 신분에서 풀려나 자유의 몸으로 살아가는 남녀였다.

할아버지와 아버지가 짝을 지어주었다고 들었다. 그것도 한 살림 꾸려나갈 정도의 밑천도 대주었다고 했다. 쉽지 않은 일이었다. 상세한 내막을 모르는 동업은 그런 집안 어른들을 대단히 자랑스럽고 훌륭하게 생각하고 있었다. 나아가 저들은 우리 집안에 누구보다도 감사하는 마음을 품고 있을 거라고 믿었다.

'짐승도 안다꼬 했으이.'

그러나 상대방 남녀는 은혜를 알기는 고사하고 자면서도 증오와 분노의 이빨을 뿌득뿌득 갈아댈 사람들이었다. 그들에게 동업이란 종내기는 늘 비난하고 저주하는 집안 장손이었다.

한편, 설단은 자신도 모르게 남편 꺽돌 눈치부터 살폈다. 재업만큼은 아닐지 몰라도 동업 또한 그들에게는 엄청난 존재인 것이다. 더군다나 설단은 꺽돌과 언네에게 저 동업에 대해서 죄다 이야기를 해주고 난 다음이었다. 그리하여 그들은 어림짐작을, 아니 거의 확신하고 있었다. 동업은 비화 남편 재영의 피붙이라는 것이다.

꺽돌 또한 설단의 얼굴을 돌아보았다. 그 눈빛이 더할 나위 없이 복잡다단했다. 그 순간, 설단은 가슴 시리도록 깨달았다. 남편 눈빛에서 읽었다.

'아, 저이가!'

그러자 설단 가슴이 '쿵쿵' 뛰기 시작했다. 그녀 몸 안에서 수백 수천 마리 말들이 질주하고 있었다. 언젠가는 그 일을 하게 될 것이라고, 아니 반드시 해야만 할 일이라고 꼭꼭 다짐해왔다. 하지만 막상 그 일을 시작하려고 한다는 데 생각이 미치자 별안간 눈앞이 아찔해지면서 온몸이 덜덜 떨리고 입이 딱 얼어붙어 버리는 느낌이었다. 남편까지 버리고 아무도 따라올 수 없는 곳으로 달아나고 싶었다.

그건 꺽돌도 마찬가지였다. 깊은 산속에서 곰이나 호랑이를 만나도 놀라 달아나지 않을 정도로 담대한 그도 여간 흔들리는 모습이 아니었다. 사실 언네와 설단을 생각하면 벌써 실행에 옮겼어야 마땅할 일이었다. 하지만 그럴 기회가 좀처럼 와주지 않았다. 동업직물의 대저택은 구중궁궐보다도 깊었다. 결코, 그렇게 인정해주고 싶지는 않았지만, 동업은 왕자보다도 더 만나기 어려운 존재였다. 그런데 지금 여기 길에서 그와 맞닥뜨린 것이다. 그것도 단 혼자인 그였다.

'저놈은 시방 곁에 아모도 없는 기라, 아모도.'

꺽돌은 천지신명이 우리를 도운다고 보았다. 그러지 않고서야 이렇게 좋은 기회가 올 수 없었다. 공범을 알아내기 위한 혹독한 고문의 후유증으로 앉은뱅이가 돼버린 어머니 언네의 한을 씻어주라고, 몇 달이나 내 뱃속에 들어 있었던 자식을 빼앗겨버린 아내 설단의 한을 풀어주라고, 그리고 배봉가에게 고통을 당한 모든 이들의 한을 없애주라고, 하늘이 내려주신 두 번 다시 오지 않을 절호의 기회였다.

'꺽돌아, 얼릉!'

그의 마음이 한정 없이 조급했다. 입에 침이 말랐다. 이번 기회를 놓치면 다시는 복수할 수 있는 시간이 오지 않을 것이라는 강박감이 높은 파도 더미같이 꺽돌을 덮쳤다.

그날 남강 백사장에서 벌어졌던 천룡과 해귀의 갑종 결승전에 대한 기억도 되살아났다. 멋진 승부를 내지 못한 것이 아직도 아쉬웠다. 그런 그의 가슴에 세찬 부채질을 한 것은 설단의 반응이었다.

아내는 두려워하고 있었다. 피맺힌 복수의 칼을 마침내 휘두를 수 있는 이토록 좋은 순간에도 그저 무서움에 떨며 주저하고 있었다. 거센 폭풍우에 더없이 겁을 집어먹은 어린 새처럼 옹크리고 있었다. 그렇게 벼르던 결정적인 순간이 왔는데도 말이다.

꺽돌은 그런 아내에게서 발견하고 말았다. 물보다 진하여 더 슬프고 더 아픈 것, 피였다. 종년의 피였다.

'이랄 수가?'

비록 지금은 아니지만, 오랫동안 운명으로 받아들이고 상전으로 모셔 왔던 집안의 귀하신 몸인 동업을 보면서, 그녀는 자신도 모르는 새 온몸에 배어 버린 슬프고도 더러운 근성, 종년 근성을 벗어던지지 못하는 것이다.

'아즉도 종년인가, 내 아내가? 에나 그런가?'

그 가슴을 울리는 절규의 뒤를 이어 나오는 질문이 있었다.

'그라모 내는 머꼬?'

또 있었다. 꺽돌은 영원히 지워버릴 수 없는 지문이나 상처처럼 떠올려야만 했다. 설단이 낳은 재업의 아비 억호였다. 어디선가 살점이 떨어지게 하는 음흉한 그놈 웃음소리가 바람 끝에 스쳐오고 있었다. 사람을 당장 미쳐나게 하는 이런 소리도 들렸다.

– 니 에핀네는 내가 먼첨 차지했던 여잔 기라. 흐흐흐.

문득, 꺽돌 입에서 아주 괴상하고 기이한 소리가 새 나왔다.

"으흐억."

설단이 놀라 그를 올려다보았다. 하지만 꺽돌 자신마저도 알지 못했다. 이제 막 자기 입에서 나온 그것이 신음인지 이빨을 가는 소리인지 흐느낌인지 외침인지 또 다른 무엇인지 알지 못했다.

"동업 되련님!"

드디어 꺽돌이 동업을 향하여 입을 열었다. 그것은 천년 세월을 굳게 닫혀 있던 육중한 돌문이 열리고 있는 인상을 주었다. 그때 그의 표정은 세상 무슨 말로도 나타낼 수 없는 미묘한 빛을 담고 있었다.

"에나 오랜만이오, 되련님. 잘 살았소?"

비록 저음이지만 한없이 위험하고 예리한 날이 숨어 있는 음색이었다.

"서로 안 죽고 있으이 이리 만내는갑소."

그 소리에 근처에 선 가로수 잎사귀가 파르르 떨리는 듯싶었다. 마음에 가시랭이가 일게 하는, 어느 누가 들어도 그것은 다분히 시비조였다. 조롱과 반감과 공격적인 어투였다.

하지만 동업은 금방 무슨 반응을 보이지 않았다. 그저 꺽돌 얼굴을 힐끗 보았을 뿐이었다. 허나연을 닮아 허리가 긴 그는, 키가 꺽돌과 비등비등했다. 몸집은 많이 뒤처지는 편이었지만 약한 쪽이 아니었다.

"허, 사람 말이 말 겉잖소?"

한 번 더 찔러보는 꺽돌이었다.

"……."

그래도 상대 말을 무시하듯 말없이 바라보기만 하는 동업이었다.

"양반 자슥이모 그래도 되는 긴가?"

꺽돌은 손아랫사람 타이르는 투로 나갔다. '양반 자식'이란 말이 플라타너스 가로수 잎을 흔들고 바람을 타고 흩어져갔다.

"개가 짖는 것도 아이고, 사람이 말을 하모 안 있나."

꺽돌은 손가락으로 제 입을 가리키면서 이를 악다무는 소리로 말했다.

"머라꼬 한마디는 해야제."

그러자 동업이 비로소 말문을 열었다. 그런데 그 말이 계산적인지 즉흥적인지는 도무지 모르겠다.

"하도 오랜만에 만난께 놀래 그렇는데……."

그러면서 동업은 흐지부지 말끄트머리를 흐렸다. 예전 같으면 당연히 말을 놓았겠지만, 지금은 자기 집에서 수족으로 부리는 종도 아니고, 더욱이 상대는 나이 차가 많이 나는 사람이었다.

"허, 그런가? 돈 쌔뼀고 지체 높은 사람도 놀랠 때가 있는갑네?"

거기까지 말하던 꺽돌은 퍼뜩 입을 다물어버렸다. 마침 바로 옆을 지나는 행인이 있었던 것이다. 그렇더라도 이번에는 동업 몸에 팽팽한 긴장감이 실리는 게 설단 눈에도 똑똑히 비쳐들었다. 영리한 그는 금세 알아차렸다. 자신이 아까 예상했던 것과는 다르게 지금 상대방은 결코 좋은 감정을 가지고 자기를 대하고 있지는 않았다.

'이거는?'

동업은 내심 적잖게 당황하면서도 기분이 몹시 언짢아지기 시작했다. 내가 그래도 지난 한때는 자신들이 하늘같이 떠받들어 모시던 웃전이 아닌가 말이다. 제아무리 하루하루가 다르게 세상이 변하고 처지가 바뀐다 해도 그렇다. 나중에는 불온하기 그지없는 생각도 들었다.

'시간이 암만 흘러가도 그 출신은 몬 기시는 긴갑다.'

전후 사정 아무것도 모르고 있는 동업이 볼 때 그것은 극히 당연한 반응이었다. 속량에다가 살림 밑천까지 얻어 나간 주제에 말이다. 그런 생각을 굴리고 있는 동업 귀에 또다시 보리 까끄라기같이 깔끄러운 소리가 달라붙었다.

"저짝으로 가갖고 이약 쪼매 했으모 우떨꼬 싶은데?"

꺽돌 입에서 이미 존댓말은 사라지고 없었다. 그뿐만이 아니라 높아지는 말꼬리는 누구 귀에도 심히 거슬릴 터였다.

"이약이라이?"

동업은 부아가 끓어올랐으나 가까스로 참으며 물었다.

"내하고 할 이약이 머가 있다꼬?"

그 말끝을 꺽돌이 낚싯대 낚아채듯 홱 낚아챘다.

"있은께 있다쿠는 기지!"

상것의 본색을 스스로 드러내 보이려고 작심을 한 사람 같았다.

"사람 말을 우찌 듣노?"

"……."

급기야 동업 얼굴에서 불쾌한 빛은 전부 가시고 대신 짙은 공포의 빛이 떠올랐다. 그만큼 그때 꺽돌에게서 생명의 위협까지도 느낄 정도의 위험한 기운이 강렬하게 뻗쳐 나오고 있었던 것이다. 탄탄한 그의 몸이 하나의 무기로 느껴질 정도였다.

'그냥 벌로 있어서는 될 일이 아이다.'

동업은 반사적으로 주변을 둘러보았다. 그것은 거의 동물적인 본능에서 비롯되는 행동과 다름 아니었다. 많지는 않아도 사람들이 다니고 있었다. 그렇다면 꺽돌이 함부로 횡포를 부리지는 못할 것이다. 소금이 쉴 때까지 해보자고 마음먹었다. 길게 끌다 보면 대책이 나올 것이다.

'후.'

일단 조금은 안도감이 들자 동업은 차츰 두려움보다도 궁금증이 앞서기 시작했다.

'저눔이 내한테 이리쌌는 거는…….'

있다. 여기에는 분명 뭔가가 있다. 착각이 아니다.

'설단이도 함 봐라.'

그것은 설단을 통해서도 넉넉히 감지되었다. 설단 얼굴은 그야말로 다양한 빛깔의 감정으로 뒤엉켜 있었다. 동업은 어릴 적에 설단의 보살핌을 받으면서 성장했다. 그래서 둘 다 같은 종이었지만 거의 접촉이 없었던 꺽돌에 비하면 설단에 대해서는 꽤 익숙한 편이었다. 설단의 태도나 표정 변화에 대해서는 조금 알았던 것이다.

'암만캐도 머가 있다.'

지금 설단을 눈여겨보니 이제까지는 한 번도 접해보지 못했던 기묘한 생소함이 엿보였다. 이전의 설단에게는 없던 무언가가 새로 생겨나 있었다. 그게 무엇일까?

그가 어렸을 당시 설단을 애먹이던 기억이 되살아났다. 이제는 아슴푸레하지만, 부모가 출타 중일 때 집 밖으로 나가자고 마구 생떼를 써서 나갔다가, 마침 돌아오는 부모에게 애꿎은 설단이 된통 야단맞던 일, 자기가 집 뒤뜰에 있는 큰 우물에 빠질 뻔했을 때 다행히 다른 여종 언네가 구해주긴 했지만, 그때도 설단은 어머니 분녀한테 차마 입에 담지도 못할 욕설을 들으며 눈에 피눈물이 나도록 당하던 일…….

"와? 할 이약이 없었으모 좋것나?"

그때 꺽돌이 심하게 다그치는 소리가 다시 났다.

"시방꺼정 너모 죄를 짜다라 지이갖고, 이약해 보자쿤께 고마 팍 찔리는 데가 마이 있는 모냥이제?"

"……."

찔린다기보다 아무것도 느낄 수 없다는 게 더 동업의 입을 열지 못하게 했다.

"싫으모 고만두든지."

꺽돌은 의외로 쥐약 장수 행세를 했다. 동업은 또다시 헷갈리기 시작했다. 그러고 있는 그의 귀에 또 떨어지는 말이 기이했다.

"하지만도 요분 기회 놓치모, 죽을 때꺼지 모릴 낀데?"

흰말이 끄는 짐수레가 덜커덩거리는 소리를 함부로 부려놓은 짐짝처럼 떨어뜨리고 점차 멀어져갔다. 네 개의 바퀴가 일으킨 흙먼지는 금방 사라지지 않았다.

'죽을 때꺼지 머를 모린다는 기제?'

꺽돌이 던진 마지막 말이 동업 가슴에 화살이 되어 날아와 박혔다. 그 화살 끝이 파르르 떨리고 있었다. 빼버리면 오히려 독기가 온몸으로 더 퍼질 화살 같았다.

'하모, 여는 머신가 있다 아이가. 확실타.'

동업은 비슷한 높이에 있는 꺽돌의 눈을 똑바로 응시하면서 입을 뗐다.

"알았거마는."

그 말을 들은 꺽돌 입언저리에 회심의 미소가 떠올랐다. 그런 그에게서는 아무래도 약간 단순하다는 인상이 전해졌다. 그것은 상대적으로 동업이 속내를 잘 드러내지 않는 것과 연관성이 있어 그럴지도 모른다.

"가마이 있거라."

짐짓 어른 말투를 흉내 내면서 동업은 극히 냉철하고 사무적인 협상조로 나갔다.

"그라모 오데로 가서 이약하모 되까?"

그러자 꺽돌이 저만큼 늙은 플라타너스 가로수가 왠지 추레해 보이는 모습으로 서 있는 곳을 강인해 보이는 턱으로 가리켰다.

"저 나모 밑이 좋것거마는."

그러고 나서 꺽돌은 동업의 의사 따윈 아예 아랑곳하지 않고 그쪽으로 먼저 성큼 걸음을 옮겨놓았다. 동업의 눈에는 태산이 움직이는 것 같았다. 소금 섬을 물로 끓이라 하면 끓이라는 말도 못 들어봤느냐? 잔말 말고 내가 하라는 대로 고분고분 복종하지 않고 뭐하는 거야? 그런 위협이 전해졌다. 그동안 그에게 대단히 많은 변화가 있었다는 것을 동업은 한 번 더 깨달았다.

잠시 서 있던 동업은 느릿느릿 꺽돌 뒤를 따랐다. 그러면서 그는 자기 등 뒤로 선연히 느꼈다. 설단이 지금까지보다 한층 더 긴장한 얼굴로 자기를 바라보고 있었다.

'대체 무신 이약을 할라꼬 저리쌌는 기고?'

이윽고 그 설단도 이쪽으로 오고 있었다. 체구도 조그맣고 심성도 나약해 빠진 한 여자가 그 순간만큼 부담스럽게 다가온 적은 일찍이 없었다. 동업은 자꾸만 가빠오는 숨을 크게 몰아쉬며 혼자 속으로 중얼거렸다.

'설단이도 이전의 설단이가 아인 기라.'

플라타너스 둥치는 컸다. 수령이 백 년은 족히 넘어 보이는 가로수였다. 동업과 꺽돌은 그 나무 아래 마주 섰다. 설단은 꺽돌 몸 뒤쪽에 숨듯이 했다. 그녀 눈에 들어온 남편의 촉석루 기둥같이 굵은 다리가 심하게 후들거리고 있었다. 그도 인간이니 어쩔 수가 없는 모양이었다. 이야기하자고 윽박지르던 그가 선뜻 입을 열지 못했다.

그러자 설단의 작은 몸뚱이는 더더욱 움츠러들었다. 그녀 가슴속에서 마구 뛰는 소리가 그 고을 사람들 귀에 다 들릴 성싶었다. 그 소리를 듣고 모두가 달려올 것 같았다. 옆에 서 있는 나무가 그녀를 와락 덮치려는 걸로 비쳤다. 동업이 달리 보였다.

'아즉 에린 기 보통이 아이다.'

오히려 침착한 사람은 동업이었다. 그 순간에는 한층 귀공자 티가 났다. 하긴 그는 이제 곧 자기가 들을 이야기가 무엇인지 아직도 모르고 있었다. 만약 미리 알았다면 그는 그 자리에 그대로 주저앉아버렸거나 기절해버렸을 것이다.

"길 가는 사람을 세워서 보자 해놓고 머하는 짓인고?"

이윽고 먼저 입을 연 사람은 되레 동업이었다.

"우째서 퍼뜩 이약 안 하고?"

일순, 꺽돌의 파리한 입술 사이로 한숨 소리와 유사한 소리가 흘러나왔다. 어찌 들으면 그 소리는, 해녀들이 물질을 마치고 물 밖으로 올라와서 가쁜 숨을 내쉴 때 내는 저 '숨비소리'를 떠올리게 했다. 그 소리에 그들 머리 위로 늘어진 플라타너스 잎사귀들이 바다 물결 모양으로 출렁거리는 듯했다.

"……."

꺽돌은 답답하리만치 계속 침묵이었다. 기실 그는 무슨 말부터 어떻게 끄집어내야 할지 난감한 상태였다. 그냥 사실 그대로, 있는 그대로를 내뱉어버리면 되는 간단한 일이라고 생각했었는데, 막상 결정적인 그 순간에는 머릿속이 텅 비고 말문이 콱 막혀버리는 것을 어쩌지 못했다.

'내가 와 이라노?'

하기야 어느 누구든 그럴 수밖에 없을지 모른다. 그것은 참으로 엄청난 비밀이 아닐 수 없었다. 천기누설이라고나 해야 할까. 장차 유서 깊은 그 남방 고을 근동 최고의 대갓집 동업직물 후계자가 될 사람의 출생 성분에 관한 이야기였다. 소경 팔매질하듯 일을 대중도 없이 함부로 하다가는, 소경 죽이고 살인 빚을 갚아야 하는 일이 생길 수 있다.

꺽돌을 허둥거리게 몰아붙이는 까닭은 또 있었다. 그 사연은 너무나도 극적이어서 아무라도 쉽게 받아들이기 힘든 그런 성질의 것이었다. 도대체 그게 현실 속에서 일어난 일이라는 것을 어느 뉘가 쉬 믿겠는가? 있을 수 없는 일이 생긴 것이다. 그래서 처음부터 끝까지 쭉 들려주어도 상대는 곧이듣기가 어려울 것이다.

더군다나 동업 입장이나 처지에서는 더 그럴 것이다. 세상에, 그게 말이나 되는 소리냐? 그렇지만 아직 아무 얘기도 듣지 못한 동업은 도리어 아까보다 더 안정돼 보였다. 평소 주변 사람들이 혀를 내두를 정도로 차분하고 웅숭깊은 성품이었다. 어쩌면 지금 그의 마음 저 한쪽에는, 꺽돌과 설단이 우리 집에서 종살이했다는 생각이 크게 자리를 잡고 있어, 속으로 이렇게 제멋대로 얕잡아보는 소리를 하고 있는지도 모르겠다. 네까짓 종놈 종년 정도야. 그렇지만 실상은 그런 게 아니었다. 일부러 안 그런 척 가장하고 있었을 뿐이었다.

하양 저고리와 검정 치마를 입은 웬 여자아이가 댕기머리를 나풀거리며 지나갔다. 그 뒤를 늙은 마부가 모는 마차가 한 대 지나가고 있었는데, 마차 꽁무니에는 마부가 눈치채지 못하게끔 고개를 바짝 숙인 선머슴아이들 서넛이 달라붙어 가고 있었다. 짐만 해도 한참 버거운 차에 아이들까지 올라탄지라 갈색 말은 무척 힘겨운지 '히히힝' 소리를 내지르고 있었지만, 마부는 그 이유라도 알아볼 생각은 전혀 없는 듯 그저 무덤덤한 얼굴로 짧은 곰방대만 뻑뻑 빨아댔다.

소달구지도 나타났다가 멀어지고, 가마 두 대와 인력거 한 대가 어디론가 매우 다급하게 달려가고 있었다. 그것들이 모두 사라지자 잠시 그곳을 지나는 발길이 끊어졌다. 넓은 길 위에는 햇빛만 생각난 듯 반짝거렸다. 드디어 꺽돌 입에서 제일 먼저 나온 말이 이랬다.

"본디부텀 시상 살아가는 이치라쿠는 기, '멍멍' 강새이나 '음매' 송아지 겉은 미물도, 지를 놓아준 에미 품속을 그리버하고, '깽깽' 여시도 죽을 때는 지가 태어난 언덕 쪽으로 머리를 향한다 캤제."

"……."

동업은 홀연 누구 눈에도 백치 표정이 되었다. 그가 아닐지라도 누구든지 그랬을 것이다. 동물 울음소리까지 섞어가면서 무슨 말을 하는 것이냐? 뜬금없이 수리지끼 놀이를 하자는 것도 아니고 말이다.

'에린 기 얼골 하고 있는 거 함 봐라.'

꺽돌은 그런 동업이 좀 이해는 되었지만 그렇다고 마음의 여유가 있어서 그런 것은 결코 아니었다. 설단 역시 더없이 긴장된 속에서도 답답하다는 빛을 띠었다. 자꾸 밀리고 있는 기분을 떨칠 수 없었다. 꺽돌이 다시 입을 열었다.

"그라이 사람이라모 더 안 그러까이?"

"내도 사람이지만도……."

동업이 경계와 조바심을 동시에 내비치며 탐색하는 어조로 말했다.

"내사 무신 이약인고 하나도 몬 알아묵것다."

꺽돌 눈이 설단을 향했다. 그 눈빛은 굳은 결의와 함께 도움의 손길도 바라는 것 같았다. 하지만 그것을 알면서도 설단은 말머리를 어떻게 꺼내야 할지 남편보다 훨씬 더 막막할 따름이었다. 꺽돌은 아내에게서 도움을 얻길 포기한 모양이었다.

"흠."

그는 메마르고 갈라 터진 기침 소리를 내고 나서 이빨을 악다물었다. 그런 후에 아주 또렷하고 빠른 속도로 말을 내뱉었는데, 지금까지와는 다르게 굉장히 직설적이고 단도직입적이었다.

"고귀하신 우리 동업 되련님, 누가 되련님을 놓아준 긴고 아요?"

그러자 동업은 꺽돌이 무슨 소리를 했는가를 더욱 알아듣지 못한 기색이었다. 누가 너를 낳아준 것인지 아느냐? 동업은 멀뚱한 얼굴로 반문했다.

"낼로 놓아준?"

"하모."

꺽돌이 쐐기를 박았다.

"질로 놓아준 부모 말이제."

그러고 나서 야문 음식물을 꼭꼭 씹어 먹는 소리로 외쳤다.

"부, 모!"

동업이 눈을 깜빡이며 자못 흔들리는 목소리로 되뇌었다.

"부모?"

"……."

이번에는 꺽돌이 곧바로 응하지 않았다. 동업은 꺽돌의 그 짧은 침묵마저도 견디기 힘들었는지 또 금방 물었다.

"그기 무신 소린데?"

꺽돌은 딴청부리지 말라고 했다.

"시방 몰라서 묻는 기라?"

동업은 한 번 더 곱씹듯 했다.

"낼로 놓아준 부모라이?"

"흥!"

꺽돌 입가에 냉소가 확 번졌다. 설단 눈에도 잔인하게 느껴질 지경이었다. 그의 음성도 그 웃음기에 못지않게 차갑기 이를 데 없었다.

"우리 잘난 되련님 부모 말인 기라."

동업은 또 제대로 입을 열지 못했다. 나를 낳아준 부모…….

그 말의 내용도 내용이거니와, 느닷없이 그런 이야기를 입에 올리는 상대 속내와 의도에 더 익숙할 수 없었다. 서로 농담할 처지도 아니고, 왜 저런 허깨비 소리를 하는 것일까.

꺽돌도 거기까지 말하고는 또다시 침묵으로 들어갔다. 백 마디 말보다도 침묵이 더 큰 효과를 발휘하는 순간이 있는 것이다. 하지만 그의 두 눈만은 동업의 작은 반응도 결코, 놓치지 않으려고 솔개의 눈을 하고 매섭게 쏘아보고 있었다.

그때쯤 설단의 시선도 동업 얼굴에 박혀 있었다. 네 개의 눈동자가 하나의 얼굴에 날 선 비수가 되어 꽂혀 있었다. 공기도 그 흐름을 딱 멈춘 순간이었다.

얼마나 시간이 지났는지 모른다. 동업이 가까스로 입을 떼어 하는 말이 기껏 이런 것이었다.

"시, 시방 내한테서 머를 얻을라꼬, 이, 이라는 긴고 모리것거마는."

"머를 얻을라꼬?"

동업의 그 말이 떨어지기 무섭게 꺽돌이 잔뜩 노기 서린 목소리로 말했다.

"장 양반 행세함시로 살아가는 너것들 보기에는, 모도 너것들한테 머를 얻을라꼬 해쌌는 거매이로 비이는갑네?"

동업은 정색한 얼굴로 바뀌면서 그것은 아니라는 변명 대신 따지려 들었다.

"그라모 와?"

꺽돌이 조소하는 투로 툭 내뱉었다.

"얻을라는 기 아이고 모돌띠리 빼앗을라쿠는 기제."

동업이 즉시 확인했다.

"모돌띠리 빼앗을라쿠는?"

꺽돌은 냉혹한 기운이 뚝뚝 묻어나는 음성이었다.

"그렇제. 한 개도 안 냉기고 말인 기라."

잎사귀 한 개 달려 있지 않은 나무 이야기를 하는 성싶었다.

"걸베이로 맹글어뻴 끼라."

그러더니 상대 심장에 비수를 꽂는 것처럼 말했다.

"마즈막 순서는, 목심……."

그때까지 잠자코 듣기만 하던 동업이 그 대목에서는 그냥 있지 않았다.

"목심?"

그의 눈길이 꺽돌과 설단 얼굴을 재빨리 쫙 훑고 지나갔다. 이제 그들에게서 주인 앞에 그저 굽실거리던 예전의 그 종놈 종년 모습은 손톱만치도 찾아볼 수 없었다. 난생처음 대하는 사람들 못지않게 낯설고 경계되는 자들이었다.

"흐~읍."

동업은 심호흡을 크게 하였다. 마음을 가다듬었다. 나도 달라져야 한다고 자신을 다독거렸다. 그도 조만간 장가까지 들 수 있는 나이였다. 삼 년 먹여 기른 개가 주인 발등 문다는 것도 알고, 산 넘어 산도 알았다. 여러 면에서 결코, 녹록지 않았다. 그는 집터 다지듯 마음을 다졌다.

'저것들한테 당할 수는 없다.'

무릇, 사람은 평상시에는 그 그릇의 크기를 잘 알 수 없지만, 특별한 경우, 가령 위기에 처할 때라든지 지극히 중요한 결정을 내릴 일이 있을 때라든지 하는 순간에는, 비로소 그의 진면목이 잘 드러난다고 했다. 그것도 강제적이거나 억지로가 아니라, 누에가 커서 실을 토해 고치를 짓듯 아주 자연스럽게 말이다.

'탑은 절집에서만 쌓아올리는 기 아이라.'

철이 들면서 이날까지 근동 최고 갑부 동업직물의 차차기 후계자로서의 경영수업을 착착 쌓아온 동업이었다. 현 최고 경영자인 할아버지 배봉과 함께 일본 상인들과의 거래 장소에까지 가서, 사업 수완뿐만 아니라 사람을 다루는 법까지 익혀온 그런 젊은이였다. 거기에다가 경상지방에서 모두 알아주는 학덕 높은 스승들을 모시고 매일같이 아주 엄격하게 공부를 해왔다. 알곡이었다.

그 반면에 꺽돌과 설단은 배운 게 하나 없었다. 가정교육도 그렇고 서당 공부도 그랬다. 미천한 종의 신분으로서 코뚜레 꿰인 소가 되어 그저 상전이 시키는 대로만 살아온 꼭두각시 인생들이었다. 그런 그들이기에 막상 자기 주체적인 상황에 처하면 그만 크게 당황하고 헤매기 십상이었다. 온전히 제 것으로 만들지 못하는 자유는 차라리 부담 없는 구속보다도 못했다. 쭉정이였다.

그렇다고 꺽돌이 꼭 그렇다는 것만은 아니었다. 그 옛날 지리산 쪽 어디에선가 황 할아범 손에 이끌려 그 먼 고을까지 와서 배봉 집안 종이 되었지만, 어쩌면 그의 선조는 천민이 아니었지 않을까 여겨질 정도로, 생각이 무척이나 깊고 아무나 막 대할 수 없는 기품마저 엿보였다. 멸문지화를 당한 무관 가문 핏줄일 수도 있었다.

더군다나 꺽돌은 의모義母 언네의 복수에 말 그대로 혈안이 돼 있었다. 아내 설단의 아픔도 컸다. 이 세상에서 그가 믿고 의지하는 단 두 사람, 그들의 한을 풀어줄 수 있는 참으로 귀한 순간이 온 것이다. 이런 호기를 놓쳐버리면 두고두고 가슴을 찧을 것이다. 그는 죄인 문초하듯 자신을 꾸짖었다.

'시방 머하고 있노, 응?'

그러나 꺽돌은 갈수록 더욱 초조하고 당황해지고 있었다. 애간장이 녹아내리고 있었다. 아무리 예전의 웃전이지만 그의 눈에는 아직 머리에 쇠똥도 채 마르지 않은 애송이가 동업이었다. 그런 애송이 정도야 아주 간단하게 처리할 수 있으리라 믿어 의심치 않았다.

한데 그게 아니었다. 지금 정황은 그의 예상을 철저히 벗어나 있었다. 비록 동업은 몹시 위축되고 혼란스러워하는 빛은 숨기지 못했지만 그렇다고 그대로 호락호락 당할 것 같지는 않았다. 이토록 버거운 표적일 줄은 몰랐다. 아니라면, 고양이를 물 수 있는 궁한 쥐를 보고 있는 것인가.

'동업의 친모는 누꼬?'

그 숨 가쁜 와중에 그런 의문이 처음으로 꺽돌의 머리를 세차게 후려쳤다. 그것은 누가 어디선가 갑자기 행한 돌팔매질에 당하는 것과 흡사한 현상이었다. 사실 동업의 친부만 생각했지 친모는 생각하지 않았다. 그것은 가부장적인 제도에 짙게 물들어 있는 자들의 인습 탓이었는지도 모른다.

앞뒤와 옆을 이리저리 꿰맞춰 볼 때 동업 친부는 재영이 거의 확실하다. 그렇지만 동업 친모는 말 그대로 깜깜 밤중, 오리무중인 것이다. 어쨌거나 동업 친모는 동업 친부보다도 두뇌 회전이 빠르고 조금은 약아빠진 여자가 아닐까 싶다.

바람결에 묻혀온 소문에 의하면, 어느 정도의 신빙성이 있는 소리인지는 제대로 몰라도, 비화 남편 재영은 그다지 사내답지도 못하고 그저 아주 평범한 남자라고 했다. 그러니까 아무래도 동업은 외탁을 한 성싶었다. 그의 친모에 대해서는 전혀 모르는 형국이니 그의 외가야 당연히 알 수 없지만 어쩐지 느낌이 그러했다.

그런데 그때였다. 지금 당장 그 자리에서는 꼭 필요하지 않고, 어떤 측면에서 보아 해서는 안 될 이런저런 잡념에서 헤어나지 못하고 있는 꺽돌 귀에, 동업의 이런 소리가 들려왔다.

"낼로 놓아주신 아부지는 임 자, 억 자, 호 자, 쓰시는 분이시고, 어머이는 분 자, 녀 자, 쓰시는 분이시다."

"머라?"

꺽돌은 자신도 모르게 피식 웃고 말았다. 그러고는 심한 조롱조로 쏘아붙였다.

"임억호? 분녀?"

"하모, 그렇제."

동업은 한 치도 물러설 수 없다는 태도였다. 또렷또렷한 목소리로 대꾸했다.

"그 두 분이시제."

"……."

이럴 땐 무슨 말로 응수해야 할지 몰라 주춤거리고 있는 꺽돌이었다.

"아즉꺼정 그것도 모리고 있었는가베? 자기가 상전으로 뫼시……."

그러다가 동업은 말끝을 흐지부지 말아버렸다.

"머로?"

그 말이 꺽돌을 더 화나게 만들었다. 차라리 끝까지 말했다면 나았을 것이다. 사주四柱에 없는 관冠을 써서 이마가 벗어질 놈이? 급기야 그의 입에서 험한 말이 나왔다.

"이눔이?"

낯빛이 화톳불처럼 벌게졌다. 주먹이 부들부들 떨렸다. 당장 결딴내버리고 싶은 쥐새끼같이 얄미운 놈이었다.

그때 설단이 감정을 추스를 것을 일깨워주려는지 그를 불렀다.

"여보!"

'아, 내가 또 와 이라노?'

설단이 그를 부르는 소리에 꺽돌은 번쩍 정신이 들며 속으로 자신을 타일렀다.

'먼첨 흥분하는 쪽이 지는 기다. 우짜든지 침착해야제.'

꺽돌은 동업 모르게 숨을 크게 몰아쉬고 나서 철판을 방불케 하는 두꺼운 가슴팍을 동업 쪽을 향해 쑥 내밀며 큰소리로 웃어 젖혔다.

"하하핫! 하하핫!"

그러고는 짐짓 혼잣말로 중얼거리듯 했다.

"지 친부모도 모리는 등신 겉은……."

조금 전 동업이 그랬듯 말끝을 흐리면서 꺽돌은 놓치지 않았다.

'저 얼골!'

동업 얼굴 가득 당혹감이 스쳤다. 그때까지와는 완전히 딴판인 반응이었다.

'그라모 그렇제!'

꺽돌은 비로소 깃대를 먼저 꽂았다는 안도감이 들었다. 그와 동시에 엄청 기운도 솟았다. 빰 맞을 놈이 여기 때려라, 저기 때려라, 하더니 드디어 성공이었다.

'인자사 니눔도…….'

맞게 보았다. 동업은 분명히 굉장한 충격에 흔들리는 모습을 감추지 못했다. 꺽돌 말을 곧이곧대로 받아들이려는 기색은 없었지만 둔중한 쇠뭉치에 뒤통수를 강하게 얻어맞은 모양새였다. 안색이 폐병 환자처럼 새하얗고, 익사체같이 파랗게 질린 입술이 파르르 떨렸다.

꺽돌의 그 소리가 왜 그토록 강렬한 힘을 싣고 동업의 가슴팍에 날아와 깊이 박혔을까. 동업은 그 경악스럽고 혼란스러운 순간에도 어린 시절 일을 기억해내고 있었다. 당시 언네에게 들었던 이야기였다. 세월이 한참 흘러가도 이상하게 잊히지 않는, 아니 되레 더 명징하게 되살아나는 말이었다.

보기만 해도 섬찟한 마귀할멈으로 변하여 더없이 야릇하고 기묘한 웃음기가 서린 얼굴로 언네는 이랬다. 동업 되련님은 부모님 중에 어느 분을 더 닮은 것 같으냐, 동생 재업은 아버지를 닮았지 않았느냐, 그런데 되련님은 전혀 그렇지 않다, 밑도 끝도 없이 해대던 그런 등등의 소리들…….

동업은 비록 인물화를 그리는 환쟁이는 아니지만 지금도 생생하게 그려 보일 수 있다. 가마에서 떨어진 후유증으로 한참 동안 몹시 심하게 앓다가 돌아가신 어머니 분녀 모습을. 얼굴이며 몸매며 좋아할 때와 싫어할 때의 표정이며 평소 앉음새와 걸음걸이까지를. 그리고 특히 자신은 그런 어머니도 닮지 않았다는 사실을. 언네가 하는 이야기와 마찬가지로 아버지 억호와는 더 거리가 멀었다. 부모를 닮지 않은 자식이다.

졸지에 동업 눈에 사물들이 두 개 세 개로 보이기 시작한 것은 그 순간부터였다. 하늘과 땅도 여러 개로 막 불어났다. 바로 옆에 서 있는 가로수가 여러 그루로 비쳤다. 심지어 꺽돌과 설단도 하나가 아니었다. 꺽돌이 여러 명이고, 설단도 여러 명이었다.

"아."

급기야 동업은 자기 자신마저도 하나가 아니라는 착각에 허우적거리기 시작했다. 여러 명의 동업이었다. 그것은 바로 정신분열증의 초기 증상과 통할 수도 있었다.

그렇게, 그는 서서히 허물어지고 있었다.

– 백성 5부 18권으로 계속

백성 17

초판 1쇄 인쇄일 • 2023년 10월 25일
초판 1쇄 발행일 • 2023년 10월 30일

지은이 • 김동민
펴낸이 • 임성규
펴낸곳 • 문이당

등록 • 1988. 11. 5. 제 1-832호
주소 • 서울시 성북구 동소문로 65-2 삼송빌딩 5층
전화 • 928-8741~3(영) 927-4990~2(편)
팩스 • 925-5406

전자우편 munidang88@naver.com

ISBN 978-89-7456-569-5 03810

값은 뒤표지에 표시되어 있습니다.